irgendwie tragisch

www.danielkrumm.ch

IRGENDWIE TRAGISCH

Roman

Daniel Krumm

2017

Impressum

© Krumm, Daniel
1. Auflage, Juni 2018

Text und Bild	Daniel Krumm
Covergestaltung	Jan Bernet
Lektorat/Korrektorat	Fehler-Haft.de
Druck und Bindung	Zumsteg Druck AG
	5070 Frick
	www.buchmodul.ch
Papier	Z-Offset Natural
	(FSC-mixed)
Verlag	swiboo.ch
ISBN	978-3-907106-14-3

gedruckt in der
schweiz

Ich bin kein netter Mensch, schlimmer, ich bin ein Scheißkerl. Ich wünschte mir jemanden wie mich nicht zum Freund, denn ich kann mir nicht vorstellen, einem mir entgegenbrachten Vertrauen gerecht zu werden. Zudem bin ich ein Egomane, was mir vielleicht angeboren ist, und wenn dem aber nicht so wäre, dann hat mich das Leben dazu gemacht, zu einem, der konsequent seine eigenen Interessen verfolgt und nur im Sinne seiner Ziele auf jemanden Rücksicht nimmt. Ich bin ich, und ich werde nie klein beigeben. Punkt. Ich muss schmunzeln, wenn ich über meinen Charakter nachdenke, und beim besten Willen nichts Erfreuliches und Positives finde. Wie mein Wesen so mein Handeln. Aus Mangel an Bildung, Talenten und gutem Willen suchte ich immer den einfachsten Weg zu Geld und Lebensinhalt, dies ohne Rücksicht auf Moral und Gesetze. Ja, man könnte mich sogar als Verbrecher bezeichnen. Keiner, der mit Ehre, Würde und Stil Steuern hinterzieht, der ungerechten Reichtum umverteilt oder jene bescheißt, die es verdient hätten, nein, ich bin ein heimtückischer Ganove, ein Zuhälter, der mit Drogen handelt. Ich gehöre zum Bodensatz der Gesetzlosigkeit, nur Kinderschänder sind schlimmer. Vielleicht wirkt meine Selbstdarstellung etwas theatralisch übertrieben und gezielt identitätsstiftend, mag sein, aber ein guter Mensch bin ich trotzdem nicht.

Ich bin keineswegs stolz auf mein Handeln, aber es hat sich so ergeben, und jetzt finde ich keinen Ausweg aus dieser Situation. Ich kann auch niemandem die Schuld für mein Tun zuweisen, einzig ich selbst bin dafür verantwortlich, da lässt sich nichts schönreden. Ich möchte sogar behaupten, manchmal reuig zu sein, wünschte mir, ein besserer Mensch werden zu wollen, allerdings habe ich keine Ahnung, wie ich mich ändern kann. Vielleicht fehlt dazu auch der absolute Wille, der ultimative Leidensdruck. Zu bequem habe ich mich in meinem Leben eingenistet und schätze es, außerhalb jeglicher Norm und jedem gesellschaftlichen Zwang zu leben. Keine Arbeitszeit, kein Vorgesetzter, keine Verpflichtung, nur Freiheit und Leben, ganz nach dem Lustprinzip. Klar gibt es diese harte und erbarmungslose Welt im Graubereich, in der ich mich behaupten muss, wo es kein Verständnis, keine Toleranz und keine Liebe gibt, wo ein Fehler schlimm enden kann.

Auch wenn ich keinen Beruf erlernt habe, so kenne ich die Regeln der Straße, wie ein Schreiner, der weiß, wie er das Holz zu hobeln hat, damit die perfekte Oberfläche zum Vorschein kommt. Meine Tätigkeit ist so anspruchsvoll wie ein Beruf mit Fachausweis. Und man kennt mich mit meinen fachlichen Fähigkeiten. Ich habe unzählige Nasen und Rippen gebrochen, Zähne ausgeschlagen und Lebern punktiert, dass man genügend Respekt vor mir hat, trotz meiner bescheidenen Größe von einem Meter achtundsechzig. Hinter vorgehaltener Hand nennt man mich „Rumpelstilzchen". Gefällt mir. Dieses Vorbild scheint auch ein Arschloch zu sein. „Giftzwerg" hat man mich auch schon genannt, was mir weniger gefällt. Meine Größe war lange Zeit mein größtes Problem und zwang mich oft zu übertriebener Härte und verunmöglichte mir den Erwerb meines Traumwagens, einen Mustang Shelby GT 350, das 1967er-Modell. So kaufte ich mir einen Lotus Exige Sport 350. Ein Wagen wie ich, schnell, wendig, klein und böse. Meist fahre ich einen alten, verbeulten Golf GTI 1, der fällt nicht so auf, denn oft ist man mit Zurückhaltung gut bedient, aber manchmal muss man Stärke demonstrieren, dann braucht es die brutale Potenz des Wagens und des Mannes an dessen Steuer. Auch dies gehört zum Geschäft.

Und dieses Geschäft funktioniert wie eine gut geölte Maschine. Ich mag ein Scheißkerl und ein Arschloch sein, aber ich verstehe das Geschäft, ich kenne den Markt, das Spiel von Angebot und Nachfrage, habe das Feingefühl für die Ware, kenne die Vertriebskanäle und verstehe, mit dem

Geld ökonomisch umzugehen. Mein Sinn für den Profit stünde manch einer Firma gut an, zumindest wäre ich eine gutbezahlte Führungskraft und könnte mich wirtschaftlich, aber auch gesellschaftlich etablieren. So bin ich erfolgreich, nur will kein Schwein etwas davon wissen, weil mein Erfolg unmoralisch ist, dabei entspricht mein Geschäftsmodell den grundlegenden Bedürfnissen der Gesellschaft. Sex und Kokain, ein Sortiment, welches Freude, Befriedigung und Glück verspricht, alles Begierden und Bedürfnisse, die ganzen Kulturen ins Verderben oder zur Blüte geführt haben. Für mich ist diese Tatsache und die Struktur meiner Kundschaft Beweis genug, wie bigott und verlogen unsere Gesellschaft ist, was wiederum gut ist, denn ich verdiene ein Vermögen, und meine Kunden sind glücklich. Dabei gilt es einzig einige wenige Grundregeln zu beachten.

Wichtig ist, den Stoff nicht an Kinder und an Schwerstsüchtige zu verkaufen, und zu schauen, dass die eigenen Mädchen die Finger davonlassen. Wichtig ist auch, dass die Mädchen gesund sind, zu sich schauen und nicht in einem allzu nuttigen Stil herumlaufen. Schließlich ist der größte Teil meiner Klientel gut situiert, legt großen Wert auf ein gepflegtes Äußeres und schätzt einen risikolosen Genuss. Man muss schlichtweg Vertrauen in mich und mein Angebot haben, was nur durch dauernde Qualitätskontrolle und beharrliche Präsenz erreicht werden kann. Die Leute wollen von mir persönlich bedient werden und dies nicht auf der Straße. So liefere ich nach Hause, ins Hotel, ins Büro, in die Praxis, warte in einem Café, gehe mit den Kunden essen oder ins Kino, und pflege zu ihnen oft ein lockeres Verhältnis. Auch meine Mädchen stehen nicht auf der Straße. Sie werden gebucht und in der Regel haben sie pro Tag einen einzigen Freier, der mit ihnen den Abend genießt und schließlich die Nacht in privaten Gemächern oder in ausgesuchten Hotels ausklingen lässt. Diese Art von Prostitution ist nicht ganz ungefährlich, denn Leute, die sich solche Nächte leisten wollen, pflegen damit auch meist ihre seltsamen Neigungen. Aber ich habe ein Auge auf die Kunden, versuche mehr über sie zu erfahren, als sie preisgeben wollen, damit ich reagieren kann, sollte etwas aus dem Ruder laufen. Manch einem musste ich nachträglich sein Leben in Unordnung bringen oder Schmerzen zufügen, damit eine angemessene Genugtuung geleistet wurde, denn die Mädchen waren danach oftmals arbeitsunfähig oder in ärztlicher Behandlung. Grundsätzlich regle ich alles ohne Polizei. Ich bin zwar bei dieser Behörde kein unbeschriebenes Blatt, aber man toleriert mein Geschäft und lässt mich in Ruhe, da ich keinen Ärger verursache, und einige Kunden ihre schützende Hand über mich halten. Auch dieser Umstand habe ich mir während Jahren hart erarbeitet.

Auf jeden Fall kann ich behaupten, es geschafft zu haben. Man zollt mir Respekt. Meine Mädchen werden in Frieden gelassen und man lässt mir mein Revier, in dem ich das weiße Pulver verkaufen kann, wie es mir genehm ist. Ich bin jetzt neununddreißig Jahre alt, investierte fünfundzwanzig Jahre davon in Skrupellosigkeit, Gewalt und Arroganz, damit ich jetzt dastehe, wo ich stehe.

Was ich nicht habe, ist eine Freundin oder eine Frau, ich meine, eine Beziehung. Zu ficken gäbe es genug, dazu muss ich nicht einmal auf meine Mädchen zurückgreifen, aber eine Frau, die mir etwas bedeuten könnte, bleibt nicht freiwillig bei mir. Das kann ich allerdings nicht nachvollziehen, denn ich biete ihnen alles. Luxuswohnung, Geld, Schmuck, guten Sex, alles, was sie sich wünschen, und trotzdem finden sie alle ein Haar in der Suppe. Scheißweiber! Ich weiß, Frauen haben neben dem Materiellen auch andere Interessen. Ich ja auch, nur langweilt mich schnell einmal das Gesülze aus grenzenlosem Vertrauen, tiefem Verständnis und inniger Liebe. Ich scheine mich schlichtweg nicht für eine Beziehung zu eignen, was mich nicht einsam, aber etwas unzufrieden macht, besser gesagt, es kränkt mich. Diese Weiber geben mir zu verstehen, dass man mit mir nicht leben kann, dass ich beziehungsunfähig bin. Vermutlich haben sie recht, aber verflucht nochmal, das muss man mir doch nicht so demonstrativ vor Augen führen. Was soll's, ich ignoriere dieses weibische Getue und widme mich dafür mit entsprechend mehr Leidenschaft meinem Geschäft.

Ich bin erfolgreich, aber vollkommen unbeliebt. Lange habe ich mich gefragt, warum das so ist, wo sich doch alle das wünschen, was sie von mir bekommen. Ich bin ein Wohltäter, zugegeben nur gegen Geld, aber ohne den es dieses Angebot nicht gäbe. Dankbarkeit und Toleranz wäre mir gegenüber angebracht. Aber es bleibt bei Respekt und höflicher Distanz. Keine Liebe, keine Freundschaft, keine Sympathien, selbst meine Mädchen betrachten mich nur als das kleinere Übel in ihren verpfuschten Leben. Es ist nicht erbauend, ein Arschloch zu sein. Ich fühle mich wie die hässliche Hyäne, die für das Aas zuständig ist, die schaut, dass es keine Seuchen gibt, aber die trotzdem niemand ins Herz schließt.

So entschloss ich mich bereits vor geraumer Zeit, jene Position in der Gesellschaft einzunehmen, die man mir zugeordnet hat. Die geduldete und hässliche Hyäne.

2

Es ist tiefe Nacht, ich sitze in meinem Golf, friere und beobachte den düsteren Straßenzug mit den alten Lagerhallen. Das wenige Licht ist trüb, körnig, wie in einem alten Film, wabert neblig, ähnlich einer Suppe aus Watte. Tristesse im November und zu allem Überfluss beginnt es leicht zu regnen. Ich schaue zum wiederholten Mal auf die Uhr, es ist zwei Uhr fünfzig, und ich frage mich, ob sich die Zeit der einschläfernden Monotonie anpasst und dabei immer langsamer wird. Unendliche Stunden habe ich bereits in der Einsamkeit solch nächtlicher Straßen verbracht, rauchend hinter dem Steuer, wartend auf den Kurier, der launisch wie eine Diva manchmal gar nicht kommt. Ein unangenehmer, wenn nicht sogar ein erniedrigender Umstand, wenn man Abhängigkeit zu spüren bekommt, wenn man untertänigst warten muss, auf sein Kommen und seine Bereitschaft hoffen muss. Seit jeher gab er mir nie eine Gewähr für seine Lieferbereitschaft, schließlich musste er den Markt spielen lassen, wenn auch nur zum Schein. Man darf diesen Scheißkerl nicht allzu sehr verwöhnen, wird der Kurier denken, auch wenn er zuverlässig, diskret und solvent ist.

Ein Scheißgeschäft, welches nur unter Misstrauen und in Dunkelheit gedeiht. Einer der finsteren Seiten meiner Welt. Ich muss über meinen sentimentalen Anfall schmunzeln, als bräuchte ich manchmal etwas Trost und die Gewissheit, ein kaltblütiger Kerl zu sein. Insgeheim gefällt es mir, hier zu sitzen, mit einem leicht nervösen, inneren Vibrieren auf den Stoff zu warten, den feinen Duft der Gefahr wahrzunehmen, die Einsamkeit zu zelebrieren und um in Ruhe nachdenken zu können. Auch wenn Nachdenken nicht meine Stärke ist, lasse ich mich gerne in Fantasien treiben, stelle mir vor, wie es wäre, wenn ich ein ganz normales Leben führen würde.

Zwei Scheinwerfer schwenken in die Straße ein, nähern

sich viel zu schnell, dass es mein Kurier sein könnte, blenden mich, rauschen an mir vorbei und im Spiegel verglühen die roten Rücklichter. Nur ein kurzes Intermezzo in der Stille der Nacht, wieder herrscht verschlafene Starre, als wäre nichts geschehen. Vielleicht hat man mich hinter dem Steuer sitzen sehen und fragt sich nun, was dieser Kerl hier um diese Zeit zu suchen hat. Ich hätte mich ducken können, aber es geht mir gegen den Strich, mich wie ein Feigling zu verstecken. Ein klein wenig Stolz muss schon sein.

Ich stecke mir eine weitere Zigarette an und suche im Radio einen Sender, der wenigstens im Ansatz meinen Musikgeschmack treffen könnte. Vornehmlich mitfühlendes Gequatsche oder seichtes Gedudel, sogar als Ankündigung der Adventszeit ein erstes Weihnachtslied von Mariah Carey. Schließlich finde ich Led Zeppelin und lächle ganz zufrieden. Ich versinke wieder in der Lethargie des Wartens, Herzfrequenz und Atmung sind nur noch Dekoration, ich träume von dem perfekten Leben, weit weg von dieser schäbigen Straße, an einem tropischen Strand, unter Palmen, an einer Bar, mit einem Drink und einer schönen Frau. Idiotische Vorstellung ohne Bezug zur Realität. Ich ärgere mich über meine sehr beschränkte und durch die Werbung suggerierte Auffassung eines perfekten Lebens. Ich würde mich sehr schnell zu Tode saufen oder zu Tode langweilen. Das wäre Urlaub, aber kein Leben.

Wieso komme ich ausgerechnet jetzt auf solch seltsame Gedanken? Klar wäre ein Urlaub eine willkommene Abwechslung in meinem Leben, welches, wenn man es genauer betrachtet, sehr monoton sein kann. Mein Job ist wie jeder andere auch. Nein, nicht wie jeder andere, denn ich habe keinen Anspruch auf Urlaub. Niemand macht meine Arbeit, wenn ich unter den Palmen läge, im Gegenteil, kaum wäre ich weg, drängten mich andere Gestalten aus dem Geschäft und ich müsste nach zwei Wochen wieder von vorne beginnen. In meinem Business herrscht die pure Marktwirtschaft ohne jegliche Regeln, Kartellgesetze und

Höflichkeiten, nur gewinnorientierter Kapitalismus in Reinkultur. Man würde mich mit Freuden in den Urlaub fliegen sehen und mir lächelnd mit dem ausgestreckten Mittelfinger nachwinken. Erhol dich gut, du Arschloch, würden sie mir hinterherrufen, dann sofort meine Mädchen schänden und meine Kunden bedrohen. Es gäbe nicht einmal eine Karenz- oder Schonfrist. So gesehen, böte eine furznormale Anstellung als Buchhalter mit Rentenberechtigung eine weitaus entspanntere Karriere.

Bei dieser Vorstellung muss ich grinsen. Jeden Tag in einen Bildschirm starren, teamfähig sein, sich dauernd bemühen, verbiegen, sich weiterbilden, dem Vorgesetzten in den Arsch kriechen und auf keinen Fall der Sekretärin an den Arsch fassen, würde mich belasten. Leistungsbereitschaft, Effizienz und Umsatzwachstum als Evangelium. Auf Dauer muss solch ein Leben langweilig und anstrengend sein, kein Wunder, benötigt man Urlaub, und die Rentenberechtigung ist mit weitaus mehr Mühe verbunden, wie man glaubt.

Dieses Thema erübrigt sich so oder so, schließlich habe ich keinen Beruf erlernt und mich noch nie um eine Arbeitsstelle bemüht. Wie könnte ich ein neues Leben beginnen, wenn mein Lebenslauf im Bewerbungsschreiben ein leeres A4-Papier mit einer einsamen Überschrift ist. Wer nähme jemanden wie mich? So verzweifelt kann keine Firma sein. Aus diesen Gründen gehe ich nicht in den Urlaub, weil ich sonst mein Geschäft verlieren würde und keine Arbeit mehr hätte. Ganz einfach!

Das wird er sein. Zwei Lichter rollen langsam auf mich zu. Mein Puls erhöht seine Kadenz um eine Nuance, immer noch werde ich bei solchen Momenten etwas nervös. Nicht dass ich Angst hätte, aber wie in freier Wildbahn, lauern die Raubtiere mit Vorliebe an einem Wasserloch, irgendwann kommt ein durstiges Opfer vorbei. Wenn uns die Bullen oder die Konkurrenz schaden möchten, dann wäre dies der ideale Augenblick. Bis jetzt ging immer alles gut, was nichts bedeuten will. Benedict rollt mit seinem alten, rostigen Chevrolet Nova an meine Seite, dass wir nur die Seitenscheiben herunterkurbeln müssen, um unsere Taschen austauschen zu können.

„Hei Victor, geht's dir gut?"

„Fein, ich kann nicht klagen und wie geht's dir, Benedict?"

Seit Jahren begrüßen wir uns mit den gleichen Worten, sei es aus Gewohnheit, sei es aus Vorsicht. Wie ein Passwort, welches den Prozess der Übergabe legitimiert. Die Reihenfolge der Worte und die Tonalität könnten Warnung oder Entwarnung bedeuten. Keine Botschaft, über die man sich einmal geeinigt hatte, einfach ein Ritual, welches sich mit der Zeit ergab.

Dann schauen wir uns schweigend an, mustern unsere Minen, beschnuppern uns wie zwei Hunde und verziehen dann die Mundwinkel zu einem schmalen Lächeln.

Benedict.

Benedict ist meine Quelle, meine Lebensader, mein Beherrscher, mein Schicksal und vermutlich auch mein Untergang. Benedict ist ein großer Scheißkerl, denn er ist sich nicht zu schade, Drogen an Minderjährige zu verkaufen. Dabei verfolgt er eine verdammt hinterfotzige Strategie zur Aufzucht seiner süchtigen Kundschaft, wogegen mein Kokaingeschäft mit wohlstandsverwahrlosten Idioten beinahe legal erscheint. Benedict ist auch mächtig, zieht die Fäden im lokalen Handel und ist die Kontaktperson zu den lichtscheuen Lieferanten, die ich nicht kenne und nicht kennen will. Und Benedict sollte man nicht zum Feind haben, denn er ist skrupellos, gnadenlos, gefühlslos und bisexuell. Letzteres spielt eine Rolle, da er seine Feinde zu Opfern macht und brutal zu vergewaltigen pflegt, egal ob Mann oder Frau.

Schweigend tauschen wir unsere Plastiktüten von Aldi aus, denen kaum anzusehen ist, dass sich etwas darin befindet und der Wert jeweils bei zehntausend liegt. Nie der große Deal, immer nur so viel, dass mit den Folgen zu leben wäre, würde man uns erwischen.

„Nächste Woche geht es nur am Donnerstag. Zwei Uhr auf dem Parkplatz bei der Uni."

„Okay. Ich werde da sein."

Er nickt, lässt seine Seitenscheibe hochgleiten und fährt ganz sachte los. Das sanfte Grollen des Achtzylinders verliert sich in der Nacht. Ich bleibe noch einen Augenblick, als müsste ich mich wieder zurechtfinden und Mut fassen, dann starte ich den Motor und verlasse diese unwirtliche Gegend Richtung Stadt.

3

Die regnerische Nacht geht nahtlos in einen düsteren Tag über, und ich sollte schon längst im Bett liegen, wenn da nicht eine Anomalie aufgetreten wäre.

Alexa fehlt.

Rita und Chloé haben sich zur vereinbarten Zeit gemeldet und kurz über die vergangene Nacht berichtet, bevor sie schlafen gingen.

Nur Alexa nicht.

Mein furchtloses Mädchen aus dem Süden Moldawiens, eine wunderschöne Perle, eine hochbeinige Stute mit perfekten Brüsten und grauen Augen, vor denen man sich fürchten muss. Katzengleich wie eine Sphinx kann sie mit ihrem kühlen Blick Leute zum Schweigen bringen und Männer in den Wahnsinn treiben. Einzig ihr lausiges Deutsch hält sie davon ab, Karriere zu machen und sich in die höchsten Sphären der Gesellschaft zu ficken. Ich bezahle ihr einen Deutschkurs, aber ihre Disziplin lässt zu wünschen übrig, was generell eins ihrer großen Schwächen zu sein scheint. Des Öfteren verschwand sie einige Tage mit einem Kunden, ohne sich bei mir abzumelden, dass ich mir Sorgen machen musste. Diese Welt hat genug Psychopathen, die sich zuerst tagelang mit Vergnügen an solch einer Frau vergehen würden, um sie dann portioniert zu entsorgen. Darum versuche ich den Mädchen begreiflich zu machen, dass sie sich immer bei mir melden und auf solche Spezialdienstleistungen verzichten sollten. Scheißweiber!

Fluchend telefonierte ich während den letzten Stunden alle Personen und Lokale ab, die mir in ihrem Zusammenhang in den Sinn kamen, und dort, wo niemand antwortete, fuhr ich hin. Zumeist eine sinnlose Fahrt, denn viele Saunas, Clubs und Massagesalons hatten um neun Uhr in der Früh bereits geschlossen. Bei ihr zu Hause war sie auch nicht, die anderen Mädchen wussten von nichts, und in den Hotels wurde sie nicht gesehen.

Nun sitze ich etwas ratlos vor einem Espresso an der Bar im Radisson und wäre gerne schlafen gegangen. Niemand zwingt mich dumpf brütend hier zu sitzen, schließlich ist diese blöde Fotze alt genug, zudem habe ich sie bezüglich dieser Unsitte genügend in die Schranken gewiesen. Das macht mich wütend. Sie ist und bleibt ein bockiges Weib, welches schwer zu zähmen ist und mit Sicherheit andere Ziele verfolgt, als sich hier kaputtvögeln zu lassen. Wie viele dieser Mädchen, sucht auch sie einen brauchbaren Prinzen, der ihr eine goldene Zukunft schenkt, in der sie nicht ausgenutzt wird. Leider begreifen sie nicht, dass die meisten Freier nur ficken wollen und keine Frau fürs Leben suchen.

Träume und Realität klaffen weit auseinander, vor allem in der Welt des Scheins, der Fassaden und des Geldes. Sich mit edlen Nutten zu zieren, hat den verruchten Hauch von Moralverachtung und signalisiert der Gesellschaft, dass man es geschafft hat. Da werden die Mädchen zu Trophäen und nicht zu Frauen, mit denen man das Leben teilen möchte. Die meisten karriereorientierten Spießer scheuen sich vor den Folgen offensichtlicher Panikbeziehungen, erst recht, wenn sie nicht gut Deutsch sprechen. Da bleibt man lieber allein und gönnt sich zwischendurch ein exklusives Vergnügen. Und Nutte bleibt Nutte, dieses Prädikat wird man noch erheblich schlechter los wie Fußpilz.

Ich seufze, zahle die Zeche, laufe durch den Regen zum Parkhaus, wo ich meinen Wagen hole, und nach Hause fahre. Viel mehr bleibt mir nicht übrig.

Meine Wohnung, höchst elegant eingerichtet, aber kaum genutzt, empfängt mich mit ihrer unterkühlten Wohnlichkeit. Ich könnte genauso gut in einem Hotel oder einem Wohnwagen leben, es würde keine Rolle spielen, denn ich komme nur in diese Räume, um zu schlafen und um ein wenig zu arbeiten, mehr nicht. Es ist weniger ein gemütliches Zuhause, welches mich warm umfängt und mir Geborgenheit schenkt, mehr die exklusive Behausung eines gutbetuchten Nomaden. Die meiste Zeit befinde ich mich in einem Unruhezustand, getrieben von meinen Geschäften und dem Druck des Milieus. Dagegen verbringe ich wenig Zeit in der großzügigen Wohnlandschaft mit weiter Sicht über die Stadt hinweg bis in die Vogesen und selten koche ich in der bestens eingerichteten Küche. Meine Putzfrau, die jede Woche zweimal kommt, hält sich mehr in diesen Räumen auf wie ich. Trotzdem leiste ich mir diesen Luxus. Eine teure Wohnung nahe am Puls der Stadt, einem strategischen Stützpunkt gleich, verschafft Respekt und hilft Frauen zu imponieren. So habe ich beim Schlafbereich auch besonderen Wert auf die Einrichtung gelegt, nicht zu schwülstig, aber warmes Nussbaumholz, schwarzes Leder und rote Seide machen jede Muschi nass.

Allerdings habe ich jetzt null Interesse an einer Muschi, denn es drängt mich unter eine heiße Dusche und zum Schlafen ins Bett, wo ich dann schlaflos an die Decke starre. Trotz den heruntergelassenen Jalousien zeichnet ein minimes Restlicht die Konturen des Zimmers. Ich beginne zu grübeln.

Was soll ich mit Alexa machen, wenn sie wieder auftaucht? Bestrafen? Zum Teufel jagen? Verzeihen? Ihr renitentes Verhalten könnte die anderen Mädchen anstecken, und Disziplinlosigkeit könnte Schule machen. Aber ich bin kein Freund von interner Härte, pflege in der Regel ein harmonisches Verhältnis zu den Mädchen, denn ich musste schon früh feststellen, dass Repression die Mädchen nur störrisch und abweisend werden lässt. Mag sein, dass ich gegenüber ihnen zu weich bin, nur sah ich bis jetzt nie die Notwendigkeit den unerbittlichen Gebieter zu markieren. Das spare ich mir für die Konkurrenz auf, bei der meine eiserne Brutalität berühmt und berüchtigt ist. Nettigkeiten verteile ich nicht allzu großzügig.

Langsam werden mir die Lider schwer, denn ich komme

immer mehr zur Überzeugung, dass sich alles in Wohlge-
fallen auflösen wird. Dann schlafe ich ein.

4

„Ciao Victor", begrüßt sie mich mit einem gequälten Lächeln und haucht mir drei Küsse auf die Wangen.

„Ciao Isabelle, du siehst wieder einmal hervorragend aus."

„Danke für die Blumen, mein kleiner Schleimer, aber du bekommst mich trotzdem nicht ins Bett."

„Isabelle!", entgegne ich empört. „Was denkst auch von mir. Wie könnte ich nur meine beste Kundin mit einer plumpen Anmache brüskieren."

„Ach, spar dir deine nett gemeinten Worte."

„Darf ich dir einen Kaffee anbieten? Oder bist du in Eile?"

Sie zögert kurz, blickt gehetzt auf ihre Armbanduhr, zieht dann ihren Mantel aus und nimmt Platz. Mitten am Nachmittag hat es nur wenige Gäste in diesem verschlafenen Vorstadtcafé, meist ältere Leute, die sich die Zeit mit Kartenspiel totschlagen und während Stunden am gleichen Glas Tee nippen. Aber man hat hier seine Ruhe, kann in einer Nische seine Zeitung lesen und dabei zufällig seine Kundschaft treffen. Wie Isabelle, die Marketingleiterin einer Supermarkt-Kette, die, völlig überfordert mit ihrem Beruf und ihrem Privatleben, bei mir ihr Lebenselixier bezieht. Sie scheint heute wieder einmal sehr schlecht gelaunt zu sein.

„Danke, gerne, in einer Stunde habe ich den nächsten Termin, also reicht das für einen schnellen Kaffee."

„Am Sonntag?"

„Leider! Die Asiaten, haben manchmal die sonderbarsten Zeiten für ihre Telefonkonferenzen."

Ich bestelle ihr einen Cappuccino, mir einen zweiten Espresso mit einem Croissant, denn ich habe noch nicht gefrühstückt. Wir schauen uns in die Augen, mustern uns und kommen wohl beide zur Einsicht, dass sich das Leben seit unserer letzten Begegnung nicht verändert hat. Sie wäre eine attraktive Frau, wenn sie ihre karrieregeile Verbissenheit und ihre negative Einstellung, speziell gegenüber Männern und grundsätzlich zu allem, ablegen könnte. Ihr fehlt Lockerheit, dafür ist sie mit reichlich Zynismus gesegnet.

„Wie geht es dir?", frage ich mit Interesse, denn das Wohl meiner Kunden könnte schließlich Einfluss auf mein Geschäft haben.

„Frag nicht!"

„Nicht gut?"

„Schlimmer!"

„Das tut mir leid."

„Das muss dir nicht leidtun. Du musst mir einzig guten Stoff besorgen, dann hilfst du mir am besten."

„Macht dich die Arbeit kaputt?"

Ihr Blick gleitet in die Ferne, während sie nach einer passenden Antwort sucht. Ich denke, den Nerv getroffen zu haben, denn ihre Augen werden wässrig und ihr Kinn beginnt leicht zu zittern. Mit der Befürchtung einen Nervenzusammenbruch ausgelöst zu haben, bereue ich bereits meine Frage, aber sie bekommt sich schnell wieder in den Griff. Sie scheint es gewohnt zu sein, die Risse in ihrer Fassade unter Kontrolle zu halten.

„Vielleicht werde ich für diesen Job zu alt. Ich bin jetzt sechsundvierzig und habe bereits das Gefühl, den Anschluss verloren zu haben. Ich muss mich jeden Tag von neuem mit Problemen und Anforderungen auseinandersetzen, von denen ich vor wenigen Jahren nicht einmal geahnt habe, dass es sie jemals geben könnte. Und dann die Jungen, die dich mit ihrer lockeren Art fürchterlich alt aussehen lassen. Ist das meine Lebenskrise?"

„Ich weiß es nicht, denn ich bin jünger, arbeite ich in einem vollkommen anderen Fachbereich und kenne keine interne Konkurrenz."

Dieser Vergleich bringt sie zum Schmunzeln.

„Vielleicht sollte ich bei dir arbeiten. Hast du keine offene Stelle?"

„Ja, vielleicht nicht im Marketing, aber ich kann mir gut vorstellen, wie du deine Qualitäten an den Mann bringen könntest."

„Victor, du bist ein Schwein. Ich dachte an eine seriöse Arbeit. Ich bin zu alt, um als eine deiner Stuten zu laufen."

„Irrtum, du wärst eine Bereicherung meines Sortiments. Da kenne ich einige Herren, die würden dich mit großer Lust buchen. Vielleicht müsstest du dir noch einige perverse Praktiken aneignen, sowie ein Image zulegen, welches die Männer verrückt macht. Wie zum Beispiel die strenge Chefin. Da braucht es kein Bett, nur einen großen Schreibtisch."

Isabelles Blick zeigt Irritation, Belustigung, Faszination, eine Gefühlsmischung, die sie scheu lächeln lässt.

„Mensch Victor, ich hatte kurz den Eindruck, du meinst es ernst mit deinen schweinischen Ideen. Wie sollte ich Männer verrückt machen, wenn sich kein Mann für mich interessiert?"

„Ach Mädchen, sei etwas weniger verbissen, verkrampft und zieh dich nicht so maskulin an. Die Männer haben Angst vor dir. Sei verführerisch."

„Mach dich nicht lustig über mich."

„Hei, wenn ich von etwas eine Ahnung habe, dann über die Wirkung von Frauen auf Männer. Du wärst eine attraktive Frau, wenn du es nur zulassen würdest."

„Du bist ein fieser Charmeur und Blender. Wie sonst schaffst du es, Frauen für dich anschaffen zu lassen."

„In dem ich ihnen eine Möglichkeit biete, gutes Geld zu verdienen und gleichzeitig ihre Würde zu behalten. Das mag ein Widerspruch sein, wenn man seinen Körper verkauft, aber ich versichere dir, dass die Mädchen in der Regel von kultivierten Männern verwöhnt und bewundert werden. Ich garantiere ausgesuchte Kundschaft, die sehr viel Geld für eine Nacht bezahlt, und es liegt immer an den Mädchen, mit dem Kunden einverstanden zu sein. Ich finde das fair."

Ich spüre Isabelles Verunsicherung. Wie bei den meisten

Mädchen tobt zu Beginn eine Zerrissenheit bestehend aus Faszination, Gier, Erregung und Abscheu.

„Sag mal, spinnst du? Es kommt mir vor, als wäre ich bei einer Werbeveranstaltung für deinen Escort Service. Für wen hältst du mich eigentlich?", empört sie sich halbherzig. „Ich bin doch keine Nutte."

„Hei, das habe ich nie gesagt, und abgesehen davon sind meine Mädchen keine Nutten. Sie sind Gesellschafterinnen, Kurtisanen, Vertraute, Geliebte, aber keine kommunen Nutten. Sie haben nur einen Kunden pro Nacht, und das sind alles Leute, die ich kenne."

„Mag sein, dass du einen elitären Kundenkreis bedienst, und deine Mädchen nicht auf der Straße stehen müssen, aber es handelt sich dabei trotz allem um Prostitution."

Ich widerspreche ihr nicht, ganz bewusst nicht, es soll auf keinen Fall der Eindruck von versuchter Beeinflussung entstehen. Zudem habe ich nicht im Geringsten mit einem derartigen Verlauf unseres Gesprächs gerechnet und ich hatte auch nie geplant, Isabelle in meinen Escort Service einzubinden, auch wenn mir jetzt der Gedanke nicht mehr so abwegig erscheint. Sie ist hübsch, nicht übermäßig schön, schlank, gepflegt, intelligent, ungebunden, vielleicht etwas alt, wäre gerne sexuell aktiver, denn sie leidet unter der Angst, ein ungevögeltes, einsames und altes Weib zu werden. Torschlusspanik und kein brauchbarer Mann in Sicht.

Ich lächle sie an, um sie zu beschwichtigen: „Isabelle, sei ganz entspannt, ich will dich nicht überzeugen, das soll keine Bekehrung sein. Abgesehen davon bist du aus einem ganz anderen Grund hier."

Ich schiebe ihr den leicht aufgeblähten Briefumschlag über den Tisch, und sogleich beginnen ihre Augen zu leuchten. Sie nimmt ihn entgegen, steckt ihn in die Handtasche und lächelt das erste Mal glücklich zurück. Nebst ihrer Wochenration hat es auch einen Einzahlungsschein mit dem Rechnungsbetrag im Umschlag. Sie wird mir das

Geld in den nächsten zwei Tagen überweisen. Ein saube-res Geschäft.

„Dann sehen wir uns wieder übernächste Woche?", fragt sie.

„Ja, wann hast du Zeit?"

Sie kramt ihr iPhone hervor, ruft ihren Kalender auf, den sie mit gerunzelter Stirn studiert.

„Ich bin Mittwoch und Donnerstag an einer Weiterbil-dung, also könnten wir uns am Freitag um sechzehn Uhr wieder hier treffen."

„Ich werde hier sein."

„Sehr gut", bestätigt sie, steht auf, zieht ihren Mantel an und neigt sich mir entgegen, um mich zum Abschied zu küssen, aber fragt leise in mein Ohr. „Äh, nur um meine Neugier zu befriedigen. Vögelst du mit deinen Mädchen?"

„Ja, mit allen und dies mehrmals täglich", flüstere ich zu-rück.

Sie gibt mir drei Küsse auf die Wangen, zwinkert mit ei-nem Auge, lächelt schief und bemerkt trocken: „Du bist und bleibst ein Schwein."

Dann hetzt sie zum Café hinaus, ihrem nächsten Termin entgegen.

5

Der Rest des Tages verrinnt wie heißer Asphalt, zähflüssig, pechschwarz. Kein guter Tag, denn Alexa hat sich bis am Abend nicht gemeldet und die wiederholten Anrufe versickern ungehört im Nirgendwo. Den beiden Mädchen habe ich eine unverfängliche Geschichte über ein längeres Engagement aufgetischt, was immer wieder einmal vorkommen kann und keine Furcht aufkommen lässt. Glücklicherweise verbringen die drei ihre Freizeit höchst selten zusammen, sodass diese Notlüge keine misstrauischen Fragen zur Folge hat.

Es ist kurz nach sieben in der noblen Bar des Hotels Drei König, Rita und Chloé haben sich hübsch gemacht und trinken sich für den Abend etwas Mut an, während ich überlege, wo ich Alexas letzten Kunde finden könnte. Dessen Telefon meldet, dass der Teilnehmer zurzeit nicht erreichbar ist. Das Handy ist vermutlich abgeschaltet. Ich habe seine Adresse, seine Kreditkartendaten und habe herausgefunden, dass er bei einer Bank in der Innerstadt arbeitet. Die Mädchen haben heute Abend einen gemeinsamen Kunden, der sie hier abholen wird, also sitze ich etwas abseits und versuche im Netz mehr Informationen über den letzten Kunden von Alexa zu sammeln. Das weitere Vorgehen ist ein sorgfältiges Abwägen vieler Aspekte, schließlich will man keinen solventen Kunden verlieren, aber sollte Alexa etwas zugestoßen sein, und dieser Kerl trüge die Verantwortung daran, dann müsste durchgegriffen werden. Es würde dauern, bis der mit seinen Fingern wieder Geld zählen könnte.

Ich finde nicht viel Aufschlussreiches über diesen Björn Pretarsson, nur wenige lieblose Einträge in geschäftlichen Netzwerken mit den gewohnt schlechten Fotos und den nichtssagenden Informationen. Nichts, was ich schon wüsste, und keinen einzigen Hinweis auf seinen Aufenthaltsort. So wird wohl nicht viel Anderes übrigbleiben, als ihm einen Hausbesuch abzustatten.

Ich lehne mich zurück und beobachte den neuen Kunden, der sich mit einem schüchternen Lächeln den beiden Mädchen vorstellt. Ein gepflegter Mann, gemäß seinen Angaben achtundvierzig Jahre alt, geschieden, Vater von zwei Kindern, Anwalt, Engländer, seit zehn Jahren in der Schweiz, vermögend. Er hat bereits die viertausend Franken für den Abend und die Nacht überwiesen, nicht eingeschlossen das Nachtessen und das Hotel. Wie er sich mit den Mädchen unterhält, macht er nicht den Eindruck, solche Begegnungen gewohnt zu sein. Ein Mann in den besten Jahren, der sich ein außergewöhnliches Abenteuer leisten will. Er wird es nicht bereuen, denn er wird kaum jemals wieder so entspannt und zufrieden sein, wie morgen, nachdem die drei sich voneinander verabschiedet haben werden. Er scheint die anfängliche Scheu abgelegt zu haben, denn er redet nun auf die Mädchen ein, die dann laut lachen müssen. Vermutlich ist er nervös und hat sich seine ersten Sätze sorgfältig bereitgelegt, um Sicherheit zu gewinnen und das Eis zu brechen. Die wenigsten Männer machen in solch einer Situation einen souveränen Eindruck. Aber ich bin zufrieden mit dem Gesehenen, zahle meine Zeche, dann verlasse ich die Bar.

Das Wetter spielt November. Ich stelle den Kragen meiner Jacke hoch und eile mit eingezogenem Kopf nach Hause, wo ich in der Tiefgarage in den Lotus steige. Giftig hallt das Röhren des Sechszylinders von den nackten Betonwänden. Ich hätte sehr gut den Bus nehmen können, aber vielleicht muss ich Stärke demonstrieren, dann scheint es lächerlich, wenn ich mit den öffentlichen Verkehrsmitteln käme. Denkbar, dass es zu schwierigen Szenen kommen könnte, wenn ich mit meiner Frage nach Alexa ein trautes Heim in Aufruhr versetze. In meinen Unterlagen ist sein Zivilstand nicht ersichtlich, aber sein Wohnort, ein Villenquartier in einem noblen Vorort deutet auf geregelte familiäre Verhältnisse hin. Wer wohnt schon alleine in einer Villa?

25

Pretarsson ist seit drei Jahren ein zuverlässiger Kunde, ein Unternehmer, der sich seine vierteljährlichen Eskapaden über ein Spesenkonto finanziert und bis anhin keinen Anlass zur Sorge bot, außer vielleicht mit seinen analen Vorlieben, was wiederum keine abstruse Anlage zu Perversion bedeutet. Ein Mann, der seine Neigungen vermutlich nicht auf andere Weise ausleben kann, aber ansonsten mit großer Wahrscheinlichkeit ein unauffälliges Leben führt. Ein Typ Kunde, wie es sie Dutzende in meinem Portfolio gibt. Kein Einziger kann ich mir als Risikofaktor vorstellen. Aber man kann trotzdem nie wissen. Wie viele Psychopathen wissen nichts von ihrem Problem? Bis irgendein harmloser Auslöser sie zu einem Monster werden lässt.

Ich benötige keine zehn Minuten bis ich in die Straße einbiege, im ersten Gang mit lautem Motor durch die Stille rolle und vor dem Haus mit der Nummer siebenundzwanzig anhalte. Mein nervöser Fuß tippt nochmals kurz auf das Gaspedal, bevor ich den Motor absterben lasse. Es herrscht gespenstische Ruhe, nur die Hitze im Heckmotor tickt leise. Ich bleibe noch einen Moment sitzen, bin mir noch nicht im Klaren, wie ich auftreten soll, frage mich, was mich wohl erwartet. Auf jeden Fall scheint jemand zu Hause zu sein, denn einige Fenster leuchten warm in die garstige Nacht hinaus. Der Rest der Straße wirkt wie ausgestorben, kein Zeichen von Leben, nur eine trübe Straßenbeleuchtung und abweisende Hecken, hinter denen die Villen schwach zu erahnen sind.

Dann steige ich aus, überquere die Straße, drücke auf die Klingel am Gartentor. Es dauert eine Ewigkeit bis sich eine blecherne Frauenstimme aus dem Lautsprecher meldet: „Ja, wer ist da?"

„Guten Abend. Mein Name ist Victor Grober und ich möchte gerne Herrn Pretarsson sprechen."

Es herrscht Ruhe, keine Antwort und auch kein Summer, der das schmiedeeiserne Gartentor aufschwingen lässt. Ich rüttle am Tor, vielleicht ist der Öffnungsmechanismus geräuschlos, aber es ist immer noch geschlossen. Ich will bereits nochmals auf den Klingelknopf drücken, da fragt die Stimme: „Ich welcher Angelegenheit möchten Sie meinen Mann sprechen?"

„Es ist eine persönliche Angelegenheit, die ich nur mit ihm besprechen kann."

Wieder herrscht Stille, und der Regen läuft mir langsam ins Genick.

Dann krächzt es doch: „Tut mir leid, mein Mann ist nicht zu Hause."

„Könnten Sie mir sagen, wann oder wie ich ihn erreichen kann?"

„Keine Ahnung", antwortet sie, ergänzt dann leise nach einem kurzen Zögern: „Das möchte ich selbst gerne wissen."

Bei ihren letzten Worten stellen sich mir die Nackenhaare auf.

„Sie wollen mir zu verstehen geben, dass sie nicht wissen, wo sich ihr Mann aufhält?"

„Ja."

Ich überlege fieberhaft, wie zu reagieren ist, aber sie kommt mir zuvor: „Er hätte heute zum Mittagessen nach Hause kommen sollen, aber er ist überfällig und nicht erreichbar."

Dann höre ich den Summer, das Gartentor öffnet sich und der Garten wird mit Licht geflutet. Sie erwartet mich unter der offenen Tür, wo ich dank dem Vordach nicht mehr im Regen stehen muss.

„Kommen Sie bitte herein, Sie sind ja ganz schön nass geworden. Entschuldigen Sie meine Unhöflichkeit."

Ich trete ein, wir geben uns die Hände.

„Sie müssen sich nicht entschuldigen, schließlich kennen Sie mich nicht."

„Aber Sie kennen meinen Mann. Geschäftlich?"

Ich versuche auszuweichen: „Ja, so kann man es sagen."

Sie betrachtet mich mit fragendem Blick, was mir die Gelegenheit gibt, sie zu mustern. Eine hübsche Frau, einige

Zentimeter grösser als ich, blonde, lange Haare, die sie offen trägt, grüngraue Augen, schlank, aber einen verhärmten Zug um den strengen Mund. Eine nordische Schönheit in einem modischen Etuikleid, eine unerwartet elegante Garderobe für eine Frau in Sorge.

„Wie ist das zu verstehen?"

„Na ja, ich biete ihrem Mann Dienstleistungen an, und wir kommen damit immer wieder ins Geschäft. Wir hatten einen Termin vereinbart, aber er kam nicht."

„Ach, wann sollten Sie sich mit meinem Mann treffen?"

„Am Vormittag, elf Uhr."

Sofort ist mir klar, etwas Falsches gesagt zu haben, denn ihr Blick wird frostig.

„Elf Uhr? Eigenartig, zu diesem Zeitpunkt wollte er bereits hier sein. Sind Sie sich des Zeitpunkts ganz sicher?"

„Äh, ja."

Sie betrachtet mich weiterhin misstrauisch.

„Persönliche Angelegenheit und geschäftliche Dienstleistungen. Ist das kein Widerspruch?"

„Nein, ganz und gar nicht."

„Verdammt nochmal, werden Sie doch etwas konkreter!", schnauzt sie mich an, was mich sogleich sauer werden lässt.

„Glauben Sie mir, es ist eine vertrauliche Angelegenheit, von der Sie nichts wissen wollen", entgegne ich eine Nuance aggressiver, und bin mir sogleich meiner dämlichen und doppeldeutigen Aussage bewusst.

„Herr äh..."

„Grober. Victor Grober."

„Herr Grober, mein Mann ist längst überfällig, und Sie machen hier geheimnisvolle Andeutungen. Was soll das? Sagen Sie mir bitte die Wahrheit."

„Glauben Sie mir, Sie wollen die Wahrheit gar nicht kennen, zudem ist es eine sehr persönliche Sache mit Herrn Pretarsson."

„Geht es um eine seiner Eskapaden? Organisieren Sie ihm seine Abenteuer, die er manchmal braucht?"

28

Wie es aussieht, sind Pretarssons Seitensprünge eine abgemachte Sache, eine Freiheit, die sie ihm zubilligt. Eine moderne, offene Ehe, die ungewöhnliche Neigungen akzeptiert und den Raum gibt, um sie auszuleben. Das soll es geben.

„Wenn Sie es so direkt ansprechen, dann will ich es nicht abstreiten."

„Warum sind Sie dann hier?"

„Na ja, so wie ihr Mann, ist auch Alexa, eines meiner Mädchen, welches mit ihm zusammen war, verschwunden."

Ihre Augen weiten sich, sie muss sich am Türrahmen festhalten, es scheint, als möchten ihr die Beine wegknicken.

„Ist Ihnen nicht gut?", frage ich unangenehm berührt, denn was ich jetzt nicht gebrauchen kann, ist ein ohnmächtiges oder hysterisches Weib.

Ich will sie stützen, aber sie stößt mich weg und läuft mir davon. Ich folge ihr, nachdem ich die Haustüre hinter mir geschlossen habe, in ein großzügiges Wohnzimmer mit einer durchgehenden Glasfront, was den Ausblick auf einen sorgfältig gepflegten Garten nur erahnen lässt. Einige Leuchten geben den Büschen und Bäumen eine erhabene Silhouette. Eine perfekte Kulisse. Alles ist ordentlich und bis zu den Zeitschriften auf dem Beistelltisch perfekt arrangiert. Vermutlich haben sie keine Kinder, auch keine miefige Töle oder haarige Katze, zu antiseptisch ist dieses Haus, als würde hier nicht gelebt. Meine eigene Wohnung kommt mir unweigerlich in den Sinn. Bis ich mich umgesehen habe, hat sie sich bereits ein Glas mit einer bernsteinfarbenen Flüssigkeit gefüllt und sogleich einen kräftigen Schluck hinuntergeschüttet. Whisky?

Ich stehe mit den Händen in den Hosentaschen mitten im Raum, übe mich in unterwürfiger Zurückhaltung. Ich habe ein ungutes Gefühl was ihre Reaktion anbelangt. Gut möglich, dass sie mit den angesprochenen Eskapaden ihres

Mannes etwas ganz Anderes gemeint hat, als außerehelichen Sex mit einer Nutte. Aber es ist nun mal von mir ausgesprochen worden, und die Folgen gehen mir voll am Arsch vorbei, so lange ich erfahre, wo Alexa sein könnte. Ich will nicht fremde Probleme lösen, ich will von fremden Problemen leben, gut leben.

Sie redet vertraulich mit ihrem Glas.

„Äh, Frau Pretarsson, haben Sie eine Idee, wo ihr Mann sich aufhalten könnte?"

Sie schaut mich erschrocken an, als hätte sie mich soeben erst wahrgenommen, und muss zuerst angestrengt nachdenken, bis sie antwortet: „Nein!"

„Keine Ahnung, nicht den Anschein eines Schimmers?"

„Nein ist nein, verdammt nochmal!", schreit sie mich an.

Ich erschrecke, und kaum hat sie sich gefasst, fragt sie mich in einem ganz zivilisierten Ton: „Sie sind Zuhälter?"

„Ja, in einem gewissen Sinn könnte man es so umschreiben."

Sie nickt, als hätte sie keine andere Antwort erwartet, dann werden ihre Augen nass.

„Möchten Sie auch einen Whisky?", fragt sie mit belegter Stimme, während eine Träne über ihre linke Wange rinnt.

Jetzt nicke ich, und sie füllt mit derselben Großzügigkeit ein Glas, wie bereits ihr eigenes. Ich bedanke mich und erwarte ihr vernichtendes Gezeter, aber sie bleibt erstaunlich ruhig.

„Ich war immer der Meinung, er sei ein Spieler, der einige Male im Jahr in Baden-Baden seinen Spieltrieb befriedigen muss."

„Und jetzt sind Sie schockiert, weil es ein anderer Trieb ist, den er befriedigen muss. Hören Sie, ich mische mich nicht in fremde Angelegenheiten, denn ich möchte nur wissen, wo Alexa steckt."

Sie scheint fieberhaft zu überlegen, denn ihr Blick irrt ziellos und nervös umher. Dann nimmt sie einen weiteren Schluck, wobei ihr einfällt, dass ich immer noch mitten im Raum stehe.

„Nehmen Sie doch Platz", sie weist auf die Polsterlandschaft. „Ich habe keine Ahnung, wo er sich mit dieser Dame aufhalten könnte. Was für ein Arrangement hat er denn bei Ihnen gebucht?"

Ich lasse mich tief in das weiche Polster fallen und erkläre: „In der Regel treffen sie sich zu einem Nachtessen, gehen in einen Club tanzen und ziehen sich danach in ein Hotel zurück, wo sie die Nacht verbringen. Um neun Uhr, nach dem Frühstück, ist Schluss. Ich habe alle möglichen Orte, wo sie sein könnten, bereits kontrolliert, aber ich kann sie nirgends finden. Haben Sie vielleicht eine Zweitwohnung, ein Ferienhaus oder hat er Bekannte, wo er sich aufhalten könnte?"

Ratlos schiebt sie die Schultern nach oben, während sie die Mundwinkel verzieht.

„Keine Ahnung", beteuert sie und leert ihr Glas in einem Zug. „Wir haben keinen zweiten Wohnsitz, und ich wüsste nicht, wo er sich aufhalten könnte. Wissen sie, ich bin nur eine einfache Ehefrau, geeignet für häusliche Aufgaben, ungeeignet für Vertrauen, Liebe und dreckigen Sex."

Mit jedem Wort wird sie lauter, wütender. Ich nehme einen großen Schluck, und suche nach einer eleganten Möglichkeit, dem sich anbahnenden Nervenzusammenbruch zu entgehen. Ihr Problem berührt mich nicht im Geringsten, einzig der Verbleib und die Unversehrtheit meiner Einnahmequelle liegt mir am Herzen. Nur hängt das Fehlen der beiden offensichtlich zusammen, was mich davon abhält einfach abzuhauen. Auch wenn sie nichts zu wissen scheint, ist sie die einzige Person, die mir bei diesem Problem helfen kann.

„Frau Pretarsson, ich bitte Sie, bewahren Sie Ruhe, denn wir müssen unbedingt ausfindig machen, wo die beiden sich aufhalten. Können Sie nicht in seiner Firma nachfragen, vielleicht gibt es da Leute, die Auskunft geben könnten. Sie kennen da sicher jemanden?"

„Ja, seine Sekretärin, seine drei Abteilungsleiter und der

Finanzchef. Im Grunde genommen kennen ihn alle Mitarbeiter, schließlich ist er Inhaber, aber nur zu diesen fünf Personen hat er eine persönliche Beziehung."

„Dann wenden wir uns zuerst an die Sekretärin, die kennt vermutlich seinen Terminkalender, ist am nächsten an ihm dran. Haben Sie die private Telefonnummer dieser Sekretärin?"

„Äh, da müsste ich nachschauen, aber ich weiß, wo sie wohnt."

„Okay, auch gut. Geben Sie mir die Adresse, oder noch besser, kommen Sie mit, wir gehen diese Dame gleich besuchen."

„Jetzt?"

„Ja, jetzt. Ich denke, wir dürfen keine Zeit verlieren."

Sie wirkt sofort überfordert und scheint fieberhaft zu überlegen, ob sie es wagen darf, mit einem Zuhälter unterwegs zu sein. Sie könnte ja in meiner Gesellschaft gesehen werden. Ein Moment, den ich auf eine gewisse Weise genieße, wenn ich mit Ablehnung, aber auch mit Neugier betrachtet werde. Ich bin mit Sicherheit ihre erste Berührung mit der ihr unbekannten Welt der Prostitution, die insgeheim auf die meisten Menschen eine geheime Faszination ausübt. Auf jeden Fall ist es aufschlussreich, zu beobachten, wie sie zwischen der Sorge um ihren Mann und ihren moralischen Bedenken hin und her gerissen ist.

„Ist es Ihnen unangenehm, mit mir diese Frau aufzusuchen?"

„Nein, wieso?"

„Sie wollen nicht, dass diese Sekretärin in der Firma erzählt, wie sie mit einem dubiosen Kerl aufgekreuzt sind. Sie fürchten das Geschwätz. Nicht wahr?"

„Na ja, ich kann ja nicht gut erklären, wer Sie sind."

„Dann lassen Sie uns lügen. Ich bin Ihr Bruder und helfe Ihnen bei der Suche nach Ihrem Mann. Zum Beispiel."

Sie nickt skeptisch, vielleicht erleichtert, nicht alleine ihren Mann suchen zu müssen.

6

Es war eine verkrampfte, überflüssige Aktion. Der Besuch bei der Sekretärin, Frau Angela Weiss, eine Mittvierzigerin mit runden Hüften und ausladenden Brüsten, brachte keine neuen Erkenntnisse, dafür schiefe Blicke und genug Nahrung für Spekulationen, was im Büro mit Sicherheit auf Interesse stoßen wird. Frau Pretarssons Bitte um Diskretion wurde von Frau Weiss als Selbstverständlichkeit bestätigt und sie markierte beleidigte Empörung, dass eine mögliche Indiskretion überhaupt in Betracht gezogen wurde. Ich sah aber in ihren Augen ihre Falschheit, spürte ihre Abneigung, ihre Rivalität gegenüber Frau Pretarsson, als bestünde zwischen den beiden einen offenen Wettbewerb um den Vermissten. Ehefrau gegen Sekretärin, beides Frauen, die offensichtlich von diesem Kerl mehr oder weniger gevögelt und angelogen wurden. Diese Begegnung war herrlicher Anschauungsunterricht zum Thema ‚gesellschaftliche Abgründe', was ich immer wieder mit viel Vergnügen genieße. Nach zehn zähen Minuten verließen wir die völlig überheizte und von drei schlechtgelaunten Katzen bevölkerten Wohnung, stiegen in den Lotus und fuhren wieder zur Pretarssons Villa zurück.

Wir sitzen im dunklen Wagen, starren in die verschwommene Welt der nassen Frontscheibe, folgen den Spuren der Regentropfen und keiner findet passende Worte. Die Stille der Verlegenheit.

„Kommen Sie auf einen Kaffee hinein. Ich möchte jetzt nicht alleine sein."

Wieso nicht? Ich habe zwar keine Lust den Tröster zu spielen, aber vielleicht wäre sie eine potentielle Kundin für meinen anderen Geschäftszweig. Sie würde auf jeden Fall in mein Kundenschema passen.

„Einen Kaffee nehme ich gerne, zudem sollten wir uns überlegen, wie wir weiter vorgehen wollen."

Wir würgen uns aus der tiefen Position der harten Schalensitze, eilen ins Haus und lassen uns im Wohnzimmer in die weichen Polster fallen. Vermutlich hat sie den Kaffee bereits wieder vergessen, sonst würde sie jetzt kaum zurücklehnen und an die Decke starren. Ich räuspere mich, lege meine Lederjacke ab, was sie aus ihrer Lethargie holt.

Sie schaut mich aus unendlicher Entfernung an, aber fragt dann: „Kaffee oder Whisky?"

„Kaffee. Ich muss noch fahren."

Sie steht auf und verschwindet durch eine Tür, die wohl in die Küche führt. Ich höre ihr Hantieren, das Röhren der Kaffeemaschine, dann kommt sie mit einem Tablett mit zwei Kaffeetassen, Zucker, Milch und einem Teller mit Gebäck zurück. Ein Kaffeekränzchen. Niedlich.

„Danke, sehr nett von Ihnen. Darf ich eine indiskrete Frage stellen?"

„Fragen Sie."

„Haben Sie zu ihrem Mann ein gutes Verhältnis? Hatten Sie Streit in letzter Zeit?"

„Sie meinen, dass er deshalb eine Nutte aufsuchen würde und sich dann vom Acker macht?"

„Ja, so etwa wäre meine Frage zu deuten. So was soll es geben, dass auch eine Nutte einem Mann den Kopf verdrehen kann, vor allem wenn der Haussegen schief hängt."

„Dann müsste wohl jeder zweite Mann mit einer Nutte durchbrennen. Eine Nutte bleibt eine Nutte, sie wird kaum eine Ehefrau ersetzen können. Er würde bald wieder reumütig angekrochen kommen, sollte er sich von einer Nutte derart in die Irre leiten lassen. Was würde ihm schon geboten, außer Sex?"

„Erheblich mehr, als sie sich vorstellen können. Alexa ist eine sensible Frau, die ausgezeichnet kochen kann. Sie hat eine sehr geschmackvoll eingerichtete Wohnung, liebt Jazz und russische Literatur. Abgesehen davon hat sie ein abgeschlossenes Studium in Philosophie. Eine geistreiche

Frau, die für gebildete Männer eine ebenbürtige Begleiterin ist. Meine Mädchen sind nicht doof, sie haben vielleicht eine andere Moralvorstellung."

Ich habe etwas dick aufgetragen, denn derart kultiviert sind sie auch wieder nicht, aber verstehen sich gut zu verkaufen. Alle drei haben ihr Studium abgebrochen und dies nicht nur aus finanziellen Gründen. Dank meinen Bemühungen und der Hilfe von jenen, die sie berieten, weiterbildeten und begleiteten, erreichten sie ein brauchbares Niveau an Bildung, Stil und Kultur. Sie hatten die Spielregeln schnell begriffen, denn sie gingen mit einem guten Verdienst einher.

„Das hört sich an, als müsste ich mir Sorgen machen, als wären Ihre Mädchen eine echte Konkurrenz für eine Ehefrau."

„Ja, denn sie sind verständnisvoll, gebildet, einfühlsam, willig und sehr erotisch. Alles Eigenschaften, die mit den Jahren in der Ehe verblassen. Was ich mit meinen Mädchen im Angebot führe, ist nicht nur der Glanz der jungen Liebe, es ist viel mehr. Wenn Sie das Ihrem Mann bieten können, dann müssen Sie sich keine Sorgen machen."

Sie schüttelt voller Betroffenheit den Kopf, als wollte sie nicht wahrhaben, dass meine Worte genau den Schwachpunkt ihrer Beziehung beschreiben. Sie spürt die Wahrheit meiner Worte, wer sonst kennt sich mit diesem Thema besser aus, als jemand, der darauf seine Existenz gründet. Was auch stimmt. Täglich begegne ich Geschichten, die das Leben schreibt, die sich in unendlichen Variationen wiederholen, aber letztendlich immer dieselbe Ursache haben. Menschen die sich auseinanderleben, sich nicht verstehen oder sich nie richtig kennengelernt haben. Erstaunlich, wie viele Missverständnisse es zwischen Mann und Frau geben kann. Auch erstaunlich, wie viel geheime Leidenschaften es gibt.

„Wissen Sie, ich will das gar nicht hören. Welche Frau will ausgerechnet von einem Zuhälter erfahren, weshalb ihr Mann zu Hause seine Erfüllung nicht finden kann. Sie sind ein gefühlloses Arschloch!", schreit sie mir ins Gesicht und beginnt erbärmlich zu schluchzen.

Ich erschrecke, denn mit dieser Vehemenz habe ich nicht gerechnet. Da kommt mir die Galle hoch.

„Was soll denn der Scheiß, verdammt nochmal!", schreie ich zurück. „Ihre verkackte Ehe geht mir voll am Arsch vorbei. Abgesehen davon Sie mir mit Ihrer verkorksten Beziehung gutes Geld bescheren, interessiert mich Ihr Leben einen feuchten Furz. Aber glauben Sie mir, ich habe recht, da können Sie sich winden, wie Sie wollen."

Ich bin etwas außer Atem, weniger, weil ich schlecht austrainiert wäre, mehr aus Wut über ihre verlogene Moral. Sie betrachtet mich mit großen Augen und scheint darüber nachzudenken, ob sie mich für diese Wutrede hassen oder bewundern soll. Werde ich wütend, verliere ich schnell meine Beherrschung, meist schlage ich dann erbarmungslos zu. Aus diesem Grund werde ich selten provoziert, ausgenommen von Leuten, die mich nicht kennen. Selbstverständlich zählt das nicht bei Frauen, da werde ich niemals handgreiflich. Bei Frauen werde ich herrisch, wütend, vielleicht aggressiv, aber nie erhebe ich die Hand gegen eine Frau, auch nie gegen meine Mädchen.

Frau Pretarsson erscheint mir jetzt vollkommen irritiert, kämpft sichtlich mit den Tränen und versucht auf keinen Umständen die Fassung zu verlieren. Habe ich ihr mit meiner cholerischen Art Furcht eingeflößt? Gut möglich.

„Entschuldigen Sie, ich wollte Sie nicht beleidigen. Ich werde jetzt wohl besser gehen."

„Nein, bleiben Sie", sagt sie viel zu hastig und laut.

„Ich dachte, Sie halten nichts von mir und meiner Meinung."

„Ja, das ist so, nur sind Sie der Einzige der mir helfen kann."

„Da bin ich mir nicht so sicher. Gehen Sie morgen früh zur Polizei und melden Sie Ihren Mann als vermisst. Ich werde Alexa melden, sollte sie morgen früh noch fehlen."

Sie nickt und fragt schüchtern: „Wollen Sie etwas zu essen?"

7

Es ist ein verstörender Anblick, zwei Menschen in trauter Zweisamkeit hoch oben an einem Baum hängen zu sehen.

So ist es Philippe Laclontes erster Gedanke, dass sich jemand einen Scherz erlaubt hat, und dass es sich um zwei Strohpuppen handeln müsse, wie man sie originell kostümiert zur Fasnachtszeit entlang den Dorfstraßen aufgehängt sieht. Allerdings scheinen die zwei nicht kostümiert zu sein. Das Licht der Morgendämmerung ist noch etwas düster, weshalb er sich gezwungen sieht, den Weg zu verlassen, mit seinen schönen, schwarzglänzenden Schuhen ins nasse Gras zu treten, um sich der großen, erhabenen Eiche am Rande des Parks zu nähern. Mit jedem Schritt wächst eine schreckliche Ahnung zur Gewissheit. Als betrete er eine mittelalterliche Hinrichtungsstätte, wo man die Gerichteten zur Abschreckung hängen ließ, ein Bild, welches ihm unweigerlich in den Sinn kommt. Seine Schritte werden immer langsamer, dann war er nahe genug.

Da hängen ein Mann und eine Frau, die Köpfe unnatürlich abgewinkelt, straff gezogene Schlingen um den Hals, weit oben in der mächtigen, laublosen Krone und schaukeln leicht im kalten Morgenwind. Wolkenfetzen ziehen gehetzt über den Park, einige Krähen sitzen gelangweilt in den Bäumen, nur manchmal hört man Automobile auf der naheliegenden Straße vorbeifahren. Eine surreale Szene. Laclontes Nackenhaare beginnen sich aufzustellen, der nüchterne Magen rebelliert. Gebannt starrt er nach oben in die Baumkrone, die sich wie ein Scherenschnitt von den grauen Wolkenschlieren abhebt. Er schaut sich um, aber er ist der Einzige, der seinen morgendlichen Arbeitsweg durch den Park gewählt hat. Sein Blick zieht es wieder in den Bann des wuchtigen Geästs mit den Gehängten, die wie Weihnachtskugeln den Baum dekorieren. Unweigerlich stellt man sich die Frage, wie die zwei da hinauf gekommen sind, mehr als zehn Meter über dem Boden. Erst jetzt sieht er die Seile, die über Astgabeln durch die Krone nach unten führen, wo sie am Sockel einer Parkbank festgebunden sind. Seinem spontanen Reflex, die beiden loszubinden und zur Erde zu lassen, widersteht er, denn er ist sich im Klaren, dass er nichts mehr für sie tun kann. Die Polizei wäre nicht erfreut, wenn sinnlos Spuren vernichtet würden, also holt er sein Handy aus der Tasche und ruft den Notruf an.

8

Es braucht unendlich lange, bis ich begreife, dass jemand ungeduldig an der Tür klingelt. Klingeln ist auch der falsche Begriff für dieses tonlose, synthetische Surren, welches so schrecklich zurückhaltend ist, wie früher das wahre Klingen fürchterlich aggressiv war. Ich schaue mit verklebten Augen auf den Wecker, der gerade erstmal zehn Uhr zehn anzeigt. Es ist früh am Morgen, noch keine zwei Stunden ist es her, als ich das Licht gelöscht hatte und sogleich eingeschlafen war. Der Postbote mit einem Einschreiben? Kaum. Der würde sicherlich nicht minutenlang die Klingel bearbeiten, der hätte schon längst einen Abholschein in den Briefkasten geworfen, und wäre weitergeeilt. Es scheint wichtig zu sein. Ich schlage die Decke zurück, setze mich auf, erhebe mich ächzend, ziehe mir eine Jeans und ein T-Shirt über.

An der Wohnungstür drücke ich auf die Taste für die Kamera, da werde ich schlagartig wach. Polizei! Auch wenn ich für derartige Momente vorgesorgt habe, bringt das einschießende Adrenalin mein Herz in Schwung und lässt kalten Schweiß ausbrechen. Fieberhaft denke ich nach, suche den Fehler, analysiere die Lage, entscheide mich, nach ewigen Sekunden auf die Gegensprechtaste zu drücken.

„Guten Tag meine Herren, was kann ich in dieser Frühe für Sie tun?"

Der einzige Zivile neigt sich zum Mikrofon und sagt: „Guten Morgen Herr Grober, hier ist die Polizei. Wir müssen Sie dringendst sprechen. Bitte lassen Sie uns eintreten."

Ich betätige den Türöffner, und sehe, wie sich drei Beamte ins Haus drängen. Mein Pulsschlag hat sich wieder leicht erholt, denn ich bin mir absolut sicher, in der Wohnung keinen Stoff, keine Waffen oder sonstiges, kompromittierendes Material herumliegen zu haben. Ich bin jeder

Zeit vorbereitet. Ich öffne die Wohnungstür und erwarte die Herren unter der Tür. Zwei treten aus den Aufzug, den Dritten höre ich die Treppe hochkommen.

„Herr Grober?", fragt der Zivile, ich nicke, und er streckt mir seinen Ausweis entgegen. „Ich bin Kommissär Sternenberg, dies ist Korporal Schwarz, der Herr, der sich mühselig die Treppe hoch schleppt, ist Gefreiter Reichert. Können wir eintreten?"

„Ich bitte darum."

Mit einer knappen Geste bitte ich sie die Wohnung zu betreten, auch der übergewichtige Gefreite Reichert mit seinem hochroten Kopf, der endlich oben angekommen ist. Sie schlendern durch die Wohnung, lassen ihre Blicke neugierig umherschweifen, versuchen sich einen ersten Eindruck von mir zu verschaffen. Die loftartige Attikawohnung besteht aus einem einzigen großen Raum, nur das Gästezimmer, die Toiletten und der Wirtschaftsraum sind davon abgetrennt.

„Haben wir Sie geweckt?", fragt der Kommissär, während er den Ausblick über die Stadt bewundert.

„Ja, weshalb sie etwas länger auf die Klingel drücken mussten. Ich habe eine tiefen Schlaf."

Sternenberg lächelt zynisch schief und bemerkt mit einem leicht selbstgefälligen Unterton: „Vermutlich sind Sie erst in den frühen Morgenstunden zum Schlafen gekommen."

„Wie kommen Sie denn auf diese Idee?"

„Na ja Herr Grober, es ist kein Geheimnis, dass Sie Ihr Geld in erster Linie nachts verdienen."

„Sie wollen damit etwas andeuten, was ich nicht keineswegs leugne, was aber meiner Ansicht nach nicht strafbar ist. Oder sehe ich da was falsch?"

Sternenberg winkt ab.

„Das war keine Anklage, das war nur eine scherzhafte Bemerkung. Aber wir gehen davon aus, dass der Grund unseres Besuchs damit zu tun hat. Sie kennen Frau Alexa Covalenco?"

Auch wenn ich seit dem Anblick der drei Polizisten auf dem kleinen Bildschirm genau diese Frage erwartet habe, trifft sie mich jetzt wie einen Tritt in die Eier. Mit dieser Frage erübrigt sich meine Hoffnung auf ein glückliches Ende Alexas Eskapade, weshalb sonst besuchen mich gleich drei Polizisten.

„Ja, sie ist eine Mitarbeiterin meines Begleitservice."

Niemand sagt was. Sternenberg liebt offensichtlich den dramatischen Auftritt, warum sonst sollte er nur schweigend aus dem Fenster sehen. Ein Mensch, der seine Machtposition genießt, der es liebt, mit der schrecklichen Aura seiner Fragen Ängste und Sorgen zu schüren, einzig mit dem Ziel, zu provozieren. Aber ich kenne ihre Strategie. In etlichen Vernehmungen während vielen Jahren lernte ich ihre Vorgehensweise und ihr Denken kennen. Nie war ich Opfer, immer nur Verdächtiger, aber nie konnte man mir etwas beweisen, denn oft war es eine glückliche Fügung, manchmal das Unvermögen der Polizei, meist meine fiese Verschlagenheit, welche mich vor ernsthaften Folgen bewahrte. Auch jetzt fürchte ich mich nicht vor der Staatsgewalt, dafür umso mehr vor dem Grund ihres Kommens. Ich weiß, dass Alexa etwas zugestoßen sein muss, etwas Gravierendes, darum ist es mir recht, wenn Sternenberg seinen Mund hält, und ich nicht erfahren muss, was ihr wirklich widerfahren ist. Aber er wird es mir berichten, mit Worten, die mir größtmöglichen Schmerz bereiten werden, weil man mich für einen Scheißkerl hält. So schweige auch ich, beobachte die beiden Uniformierten, die wie Hunde, neugierig meine Wohnung beschnuppern.

„Ich muss Ihnen leider mitteilen, dass Alexa Covalenco heute Morgen tot aufgefunden wurde. Wir gehen von einem Gewaltverbrechen aus."

Selbst wenn ich mich innerlich auf das Schlimmste vorbereitet habe, erwischt mich diese amtliche Mitteilung mit erbarmungsloser Härte. Eine böse Ahnung mutiert zu einer schrecklichen Tatsache. Meine Mädchen bedeuten mir viel, sie gehören zu den wenigen Menschen, die mir wirklich nahestehen, die mich nicht lieben, aber zumindest respektieren als ihren Mentor, Vertrauten und Beschützer. Letzterem konnte ich nicht gerecht werden.

„Was ist geschehen?", stammle ich.

„Sie wurde aufgehängt, zusammen mit ihrem Liebhaber, hoch oben in einer Eiche im Wenkenpark. Das Ganze hinterlässt den Eindruck einer Hinrichtung."

Ich muss mich setzen, denn meine Beine drohen einzuknicken.

„Kennen Sie einen Björn Pretarsson?", fragt Sternenberg.

Ich muss zuerst meine konfusen Gedanken ordnen, bevor ich mit einem heiseren Krächzen antworten kann: „Ja, er war vorgestern Abend mit Alexa verabredet."

„Wie gut kannten Sie ihn?"

„Er buchte Alexa vielleicht alle paar Monate zu geschäftlichen Anlässen, wenn er eine repräsentative Begleitung brauchte. Ich kannte ihn nicht persönlich, wir sprachen immer nur am Telefon oder kommunizierten per Mail. Ich habe mir auch schon einmal ein Bild von ihm gemacht, denn ich will wissen, mit wem die Mädchen Kontakt haben. Dazu habe ich die beiden einmal bei einem Treffen von Weitem beobachtet. Mehr war da nicht..."

Meine Stimme ist belegt, da ich mit meinen Tränen kämpfe, was mich irritiert und den Faden verlieren lässt. In der Regel habe ich meine Emotionen im Griff, außer vielleicht meinen Zorn. Gefühle habe ich unter Kontrolle, weil sie für mich kaum existieren. Ich bin vermutlich ein pathologischer Fall von einem Gefühlskrüppel, weder gute, noch schlechte Empfindungen können mich bewegen, sie lassen mich einfach nur kalt. Sicherlich ein wesentlicher Grund meiner Beziehungsunfähigkeit, aber auch meines geschäftlichen Erfolgs, und ich habe mich damit abgefunden. So staune ich über mich selbst, wie ich größte Mühe bekunde, meine Fassung zu bewahren. Es zeigt sich ungewollt die weiche Seite eines harten Kerls. Dies ausgerechnet vor der Polizei.

Sternenberg bemerkt das seltsame Timbre in meiner Stimme und mein Zögern, was ihn dazu bewegt, sich von dem Panoramablick zu lösen und sich mir zuzuwenden.

„Sie waren bei seiner Frau. Warum?“

„Warum wohl? Ich habe Alexa gesucht, denn sie war verschwunden. Da liegt es meines Erachtens auf der Hand, dass man ihren letzten Klienten nach ihrem Verbleib fragt.“

„Kannten Sie Frau Pretarsson bereits vorher?“

Ich runzle meine Stirn, um zu zeigen, wie seltsam seine Frage ist.

„Nein, wir haben uns erst gestern Abend kennengelernt.“

Er mustert eingehend mein Gesicht, wo er gerne eine verräterische Reaktion gesehen hätte, aber ich habe mich von meinem Gefühlsausbruch wieder erholt und schaue ihm kalt in die Augen. Der klassische Wettbewerb, wer zuerst wegschaut, hat verloren. Ich gewinne, denn bei seinen Fragen wächst eine Wut in mir. Er will mich provozieren, weil er irgendeinen abstrusen Verdacht hegt.

„Wo waren Sie vorletzte Nacht?“

Ich muss schon sagen, er kommt schnell und ohne Umschweife zur Sache.

„An verschiedenen Orten. Die meiste Zeit, von etwa acht bis elf Uhr, verbrachte ich mit Freunden beim Nachtessen in der ‚Mägd‘, danach ging ich in die ‚Rio Bar‘, wollte mich danach zum Schluss mit Alexa im ‚Club 59‘ treffen, aber sie kam nicht. Sie werden das vom Personal bestätigt erhalten. Ich suchte Alexa an Orten, wo sie hätte sein können, trank schlussendlich einen Kaffee im ‚Radisson‘ und ging dann schlafen.“

Der Dicke macht sich eifrig Notizen.

„Wir werden das nachprüfen. Dürfen sich Herr Schwarz und Herr Reichert bei ihnen etwas umsehen?“

„Nur keine Scheu, ich habe nichts zu verbergen.“

Ein kurzer Blick von Sternenberg reicht, und die zwei Polizisten wissen, was zu tun ist. Ohne jegliche Scheu öffnen sie sämtliche Schränke, alle Schubladen, überprüfen die Räume, schauen sogar unter das Bett und wundern sich vermutlich, wie ordentlich es bei einem Zuhälter zu Hause aussieht.

„Können Sie sich diese Tat erklären? Haben Sie einen Verdacht oder wissen Sie etwas von einer Gefährdung?"

Eine gute Frage, die ich mir bereits gestellt habe, aber auf die ich so schnell keine Antwort finde, und wann, dann hätte ich sie ihm kaum gegeben. Klar, es gibt diese futterneidischen Typen, die mich am liebsten tot sehen würden, um meine Domäne zu erben, aber ein derartig kranker Mord würde ich selbst diesen Idioten nicht zutrauen. Meine zwielichtige Welt ist zum größten Teil von großmäuligen Taugenichtsen geprägt, die außer primitiven Drohungen, Angebereien und gequirlter Scheiße keinen vernünftigen Satz ausscheiden können, und dabei will ich nicht behaupten, dass ich die Krönung der menschlichen Evolution bin, aber ich kenne keinen Einzigen in der Szene, der mir nur annähernd das Wasser reichen könnte. In der Regel sind es gestrauchelte Existenzen, die sich in unserer Zwischenwelt, wie ich unsere Szene gerne bezeichne, gegenseitig das Leben schwermachen. Es gibt keine Freundschaften, keine Solidarität, außer die Allianz gegen die Polizei, welche auch nur aus einer überlebenswichtigen Notwendigkeit heraus entsteht. Trotz allem ist unsere verschlafene Stadt kein Moloch voll skrupelloser Verbrecher und psychopathischen Mördern, im Gegenteil, selbst in der Zwischenwelt dominiert hier das Provinzielle. Ich kann mich nicht erinnern, jemals von etwas derartig Krankem gehört zu haben, wie zwei Menschen, die man an einem Baum aufgehängt hat.

„Tut mir leid, aber mir fehlen die Worte. Ich kann mir beim besten Willen nicht vorstellen, wie Leute, die ich kenne und die mich nicht mögen, zu solch einem Verbrechen fähig wären. Was Sie andeuten, ist die Tat eines Psychopathen, den es in unserer Stadt nicht gibt. Und glauben Sie mir, ich kenne die meisten dieser zwielichtigen Typen."

Sternenberg nickt zustimmend.

„Ja, da stimme ich Ihnen zu. Das ist eine neue Qualität von Brutalität und Skrupellosigkeit. Es sind beinahe mittelalterliche Gepflogenheiten der Bestrafung, als wollte man damit ein Zeichen setzen."

„Was wollen Sie damit andeuten?"

„Wer am höchsten hängt, hat am meisten gesündigt. Das war einmal die Aussage solch einer Hinrichtung. Nachzulesen unter Wikipedia."

Abstruse Gedanken, wenn mittelalterliche Hintergründe in Betracht gezogen werden. Trotzdem ist dieser Zusammenhang nicht ganz von der Hand zu weisen, sofern man davon ausgeht, dass es solche Unmenschen gibt. Und es scheint sie zu geben.

„Sie mögen viel Schlechtes über mich denken, aber ich kann mir nicht vorstellen, solch einen Täter zu kennen, noch selbst in irgendeiner Form damit in Verbindung zu stehen."

Schwarz und Reichert haben sich mittlerweile wieder zu uns gesellt, sichtlich enttäuscht, weder nackte Weiber, noch eine perverse Folterkammer, dafür einzig bürgerliche Durchschnittlichkeit gefunden zu haben. Die drei blicken sich wortlos, aber mit aussagekräftigem Blick an. Sie wussten von Beginn weg, dass sie nichts Belastendes finden würden, brauchten aber die Bestätigung.

„Herr Grober, würden Sie den Leichnam von Frau Covalenco identifizieren? Sie liegt in der Rechtsmedizin."

Ich nicke zustimmend, auch wenn mich vor dieser Aufgabe graut. Mir fehlt die Erfahrung mit Leichen. Ich kann emotionslos Zähne ausschlagen, Nasen platthauen, dass Blut spritzt, Finger brechen, Schultern auskugeln, und wenn es sein muss, jemanden erbarmungslos zum Krüppel schlagen, aber sobald der Tod ins Spiel kommt, beschleicht mich ein Grauen. Ich fürchte mich vor dem Tod und gehe ihm aus dem Weg, so gut ich kann. Unteranderem ein Grund, wieso ich keine Waffe trage.

„Kommen Sie heute Nachmittag um fünfzehn Uhr vorbei. Ich schreibe Ihnen die Adresse auf meine Visitenkarte. Ich werde Sie begleiten."

Ich nehme die Visitenkarte entgegen und folgen den Herren zur Tür.

„Ach, Ihre Aussage müsste ich noch zu Protokoll nehmen. Vielleicht könnten wir nach der Leichenschau in mein Büro fahren. Ginge das?"

„Ja, ich werde mir die Zeit freihalten."

Wir nicken uns zum Abschied zu und ich schließe die Tür, froh, endlich allein zu sein. Ich setze mich an den Esstisch, und lasse meine wirren Gedanken kreisen.

Mein ganzes Wesen weigert sich diese apokalyptische Tragödie zu akzeptieren. Es sind diese Bilder in meinem Kopf, die in eine düstere, mittelalterliche Vergangenheit, aber auf keinen Fall in diese beschauliche, moderne Stadt passen. Was ist das für eine kranke Sache, die um Jahrhunderte zu spät geschieht? Was sind das für kranke Menschen, die jemanden so etwas antun? Ich bin zutiefst irritiert. Die Trauer um Alexa nimmt mir schier den Atem, lässt immer mehr mein Herz schmerzen, als drücke eine schwere Last auf meine Brust. Ich atme tief durch, versuche mich zu beruhigen, aber finde keine Argumente, die dem Drama die Schärfe nehmen. Ich fühle mich im Ungewissen, denn Sternenbergs Beschrieb der Tat lässt viel Interpretation offen. Darum weniger aus voyeuristischer Neugier, mehr aus dem Willen um Gewissheit, drängt es mich, den Tatort, die Hinrichtungsstätte zu sehen, damit ich mir ein realistisches Bild machen kann und nicht in meiner Phantasie versinke.

Ich packe meine Lederjacke und den Fahrzeugschlüssel, dann verlasse ich überstürzt die Wohnung. Den Lotus sollte man nicht über nasse Straßen jagen, wenn man sich nicht auf das Fahren konzentriert. Das wütende Gezeter der anderen Verkehrsteilnehmer perlt emotionslos an mir ab, zu unwichtig scheint mir ihre spießbürgerliche Aufgeregtheit gegenüber meinem absoluten Zorn. Nur mit Mühe akzeptiere ich Rotlichter und unschuldige Fahrradfahrer, ernte meist nur verständnisloses Kopfschütteln oder einen ausgestreckten Mittelfinger. Erst kurz vor dem Wenkenpark nehme ich den Fuß vom Gas, als gelte es, sich diesem Ort mit gebührender Würde zu nähern. Ich stelle den Wagen in einer Seitenstraße ab und laufe den restlichen Weg zu Fuß, bis mich ein gelbes Absperrband am Betreten des Parks zu hindern versucht.

„Hei Sie da, bleiben Sie außerhalb der Absperrung!", schnauzt mich ein Polizist barsch an, nachdem ich unter dem Band durchgeschlüpft bin.

Ich wende mich ihm zu und entgegne unfreundlich: „Ich will nur sehen, wo man meine Freundin aufgehängt hat. Mehr will ich nicht."

Ich beachte nicht weiter seine nörgelnde Stimme, welche wie durch Watte und in Zeitlupe gesprochen scheint und betrete den Park. Ich liebe diesen Park. Unzählige Sommerabende habe ich hier in dieser Idylle verbracht, in diesem kunstvoll komponierten Baumbestand mit seinen romantischen Lichtungen, Wiesen und dem seerosenbewachsenen Teich. Selbst jetzt, bei kaltem Regen und tiefhängenden Wolken, ist das Anwesen mit seinen goldenen Hirschen am Eingang eine beeindruckende Pracht. Dieser Park ist nicht nur ein Zeichen von Macht und Reichtum, es ist viel mehr das Werk eines feinsinnigen Schöngeistes, eines Verehrers der Natur, eines geduldigen Architekten der Schönheit und Harmonie. Selbst mir, mit meinem tendenziell bescheidenen Intellekt, blieb die Ästhetik der Anlage nie verborgen. Ich fühlte mich immer wohl in diesem Park.

Umso drastischer erscheint mir die Diskrepanz zwischen der Schönheit des Gartens und der Hässlichkeit der Tat. Als möchte jemand bewusst diesen Kontrast provozieren und ein Zeichen setzen. Ein Fingerzeig, vielleicht sogar eine Drohung. Aber warum?

Ich werde an der Schulter herumgerissen, und dabei angeschnauzt: „Ich habe doch gesagt, dass Sie hier nicht hineindürfen, verdammt nochmal!"

9

„Du kannst dir ja vorstellen, welche Aufmerksamkeit diese Tat erhalten wird? Mitten in einer idyllischen Parklandschaft wird eine doppelte Hinrichtung zelebriert, wie zu den besten Zeiten der Inquisition oder des Dritten Reichs. Hier, in der friedlichen Schweiz wird auf kranke Weise gemordet, dass selbst abgebrühte Serienkiller der amerikanischen Schule anerkennend nicken. Hannibal Lecter hätte seine helle Freude gehabt.“

Schäumend vor Wut über den allgemein elenden Zustand dieser Welt und aus Furcht vor dem bevorstehenden Ungemach, schreitet Staatsanwalt Konstantin Feindrich wie ein Verrückter hinter seinem Schreibtisch hin und her. Sternenberg steht wie eine Statue am Fenster, macht das, was er am liebsten tut, den Blick in die Ferne schweifen lassen. Er wird ihn toben lassen, denn er ist der Einzige, der ihm in diesem Augenblick zuhört und sogar so etwas wie Verständnis hat, schließlich wird der Staatsanwalt an der Pressekonferenz auseinandergenommen und für die kriminelle Entwicklung in dieser Stadt verantwortlich gemacht werden. Dabei wird die heuchlerische Pressemeute glücklich über diesen Doppelmord sein. Aus Mangel an wirklich wichtigen Problemen beschäftigt sich diese Stadt in der Regel mit Lappalien oder Wohlstandsfragen. Man hat sich zufrieden in diese heile Welt eingekuschelt, wie in ein weiches, warmes Bett, während es draußen stürmt. Und jetzt hat jemand das Fenster eingeschlagen, dass der eiskalte Wind erbarmungslos an den Gardinen zerrt.

„Wir wissen, wer die Toten sind, und dass sie sich nicht selbst erhängt haben. Wir gehen davon aus, dass es drei bis vier kräftige Männer gebraucht hat, um die Körper jeweils zehn Meter nach oben zu ziehen, in Anbetracht des Gewichts der Körper, sowie dem Reibungswiderstand des Seils über die Astgabel. Am Boden wurden keine verwertbaren Spuren gefunden. Keine Verdächtigen. Auf den

Punkt gebracht, wissen wir, dass wir nichts wissen. Habe ich das richtig verstanden?"

„Ja, das hast du richtig verstanden. Eifersucht könnte ein Motiv der Ehefrau sein, aber solch eine Hinrichtung erscheint reichlich überzogen und alleine hätte sie die Tat nicht ausführen können. Da werden wir sicherlich weiter ermitteln müssen. Bei Grober bin ich mir beinahe sicher, dass er damit nichts zu tun hat. Warum sollte er ein lukratives Pferd im Stall und einen solventen Kunden umbringen? Ich finde kein zwingendes Motiv, bei beiden nicht. Vielleicht ein kranker Psychopath mit einer moralischen Botschaft?"

„Wunderbar. Wenn ich das an der Pressekonferenz sage, dann dreht die Meute durch. Ich werde nur kurz die unwichtigsten Fakten ansprechen, dann auf die laufenden Ermittlungen hinweisen, welche uns nicht ermöglichen, weitere Details preiszugeben. Punkt, Schluss!"

„Soll ich Frau Pretarsson einen Schutz geben, denn jemand wird sicher ihre Identität herausfinden, dann hat sie keine ruhige Minute mehr. Sie wirkt gefasst, aber ich habe den Eindruck, dass sie kurz vor einem Nervenzusammenbruch steht."

„Wo ist sie jetzt?"

„Zu Hause."

„Haben wir Personal für solch eine Aufgabe?"

„Ich habe noch nicht nachgefragt, aber ich kenne die Antwort bereits. Aus Spargründen steht weniger Personal zur Verfügung, einige sind krank, der Rest muss Überstunden abbauen, einfach gesagt, nein, wir haben kein Personal."

„Nicht gut. Ruf doch dem Sozialdienst an, die sollen ihr eine Betreuung zur Seite stellen."

Sternenbergs Gesichtszüge zeugen weniger von Begeisterung, denn mehr von dem gequälten Ausdruck bei einem Biss in einen sauren Apfel. Er fände eine uniformierte Respektsperson geeigneter, denn eine verständnisvolle Hilfsperson, aber besser das als gar nichts.

Sternenberg nickt zögernd und sagt: „Ich kümmere mich darum und gehe dann zur Leichenschau mit Grober, im Anschluss komme ich mit ihm für das Protokoll hierher zurück."

„Netter Kollege, mich an der Pressekonferenz im Stich zu lassen", stichelt Feindrich mit gespielter Enttäuschung, obwohl jeder weiß, wie gerne er ganz vorne an der Rampe steht.

„Du wirst das souverän erledigen, denn für diese dürftigen Fakten muss sich nicht ein halber Dutzend Kriminalbeamte, Staatsanwälte und Polizeichefs vor die Presse setzen, von denen dann doch nur einer spricht."

„Einverstanden, aber ruf mich an, im Fall sich vor vierzehn Uhr neue Erkenntnisse ergeben, dann könnte ich das noch mitteilen."

Sternenberg winkt zustimmend, während er das Büro des Staatsanwalts verlässt und in sein eigenes geht. Er schließt die Tür, die er immer nur dann schließt, wenn er mies drauf ist und seine Ruhe haben will, oder die Diskretion einer Befragung ihn dazu zwingt.

Heute sucht er die Stille. Seit dem frühen Morgen steht er unter dem starken Eindruck dieser Hinrichtung, und trotz seiner achtundzwanzig Dienstjahre lässt ihn diese Tat nicht kalt. Er findet keine professionelle Distanz dazu, zu schrecklich war dieser Anblick, als sie am Tatort eintrafen. Beklemmender kann eine Szenerie nicht sein. Ein schreckliches Kriegsbild, beinahe kunstvoll arrangiert. Darum sprechen auch alle von einer Hinrichtung und nicht von Mord.

Ihm ist etwas übel, vermutlich ist es der miserable Kaffee aus dem Automaten, viel wahrscheinlicher wird es dieser Fall sein, der ihm auf den Magen schlägt. Er kann sich sehr gut ausmalen, was auf ihn zukommt. Sonderkommission, Hektik, falsche Spuren, Frust, schlaflose Nächte, medialer Druck, übellaunige Vorgesetzte, schlechte Ernährung, zu viel Zigaretten und Alkohol. Alles Voraussetzungen, die er nicht mehr braucht, weil sie ihn kaputt machen. Er ist schon müde, bevor das ganze Theater überhaupt richtig begonnen hat, zudem ist er sich absolut sicher, dass er enorm viel Energie benötigen wird. Er ist sich bewusst, dass sein Motor mit achtundfünfzig Jahren nicht mehr allzu hohe Drehzahlen zulässt, aber dass ihm seit einiger Zeit der Treibstoff auszugehen droht, macht ihm echt Sorgen. Er weigert sich, ausgebrannt zu sein, denn er konnte bei genügend Kollegen miterleben, wie der berufliche und soziale Abstieg mit diesem Problem begann. Zuerst große Betroffenheit, viel Mitgefühl, dann zur Erholung in ein Sanatorium, zurück nach einem halben Jahr an einen Schreibtisch, weit entfernt von der interessanten Arbeit, schleichende Desillusionierung, dann die Spirale nach unten mit Saufen, vorgezogener Rente oder im schlimmsten Fall, Entlassung.

Nein, er wird sich hüten, Schwäche zu zeigen, und nimmt sich vor, mehr zu delegieren. Das ist der große Vorteil einer Sonderkommission, man ist nicht auf sich alleine gestellt, kann die Jüngeren mit der Knochenarbeit belasten, muss nicht mehr unendlich langweilige Stunden am Telefon, mit Recherche, Observationen und Klinkenputzen verbringen. Viel Arbeit der Ermittler ist gar keine Arbeit im Sinne von etwas produzieren oder bearbeiten, das Meiste ist Suchen, Reden, Warten und Überlegen. Darum sollte er sich auf das Überlegen konzentrieren und endlich lernen, sich nicht für alles verantwortlich zu fühlen. Dummerweise leitet er diese Sonderkommission, weil dem dienstältesten und erfahrensten Ermittler diese Ehre zusteht, auch wenn er diese Ehre immer mehr als eine drückende Last empfindet.

Aber er wurde ja nicht gefragt, er wurde in einem Nebensatz angewiesen: „Sternenberg, Hofmeier ist im Urlaub, also bleibt die Soko an dir hängen. Stell ein Team zusammen. Sechs Leute sollten reichen.“

Wie er seinen Chef mit seiner ruppigen Art doch liebt. Ein cholerischer Mensch, dem man nicht einmal eine harte Schale und einen weichen Kern attestieren kann. Bei ihm ist alles hart, außer der Wampe, die ihm weich über den Gürtel hängt. Ein unsympathischer Kerl, an dem bis jetzt noch niemand eine positive Eigenschaft gefunden hat, außer seinem außerordentlich hohen Sachverstand. Ein alter Fuchs, arrogant, rechthaberisch, grantig, geschieden, gemieden, ohne jegliche Sozialkompetenz, aber beruflich integer und erfolgreich. Ein schlecht gelaunter Dinosaurier, sieben Monate vor dem Ruhestand. Man könnte sich auf seinen Abschied freuen, wenn da nicht Gerüchte kursieren, dass ein junger Jurist ohne Erfahrung die Leitung der Abteilung übernehmen sollte. Eine neue Tendenz im öffentlichen Dienst, pragmatische Führungskräfte mit Akademikern zu ersetzen, ob sie eine Ahnung haben oder nicht. Manager und Verwalter sind erwünscht. Vielleicht werden wir Brechbühl, unseren ungenießbaren Vorgesetzten, eines Tages wieder zurückwünschen. Unerträgliche Visionen, passend zu diesem Tag.

Er sieht einen Umschlag der internen Post auf dem Schreibtisch, und weiß, dass darin die wichtigsten Tatortfotos sind. Er zieht die Fotos im A4 Format heraus, um sie an der Magnetwand aufzuhängen. Dann betrachtet er die Galerie. Man hat das Gefühl, als wären es Schwarzweissfotos. Wie Kunstfotografie mit hartem Kontrast, gnadenlos hochauflösend, bizarre Szenen ohne einen Tropfen Blut, aber mit einer düsteren Stimmung voll tödlicher Erbarmungslosigkeit. Bilder, die Nackenhaare aufrichten, die Schaudern auslösen und die Raumtemperatur sinken lassen.

Von Neuem beschleicht Sternenberg den Eindruck eines Schauspiels, eines Kunstwerks, welches genauso auf den Betrachter wirken soll und ihm etwas sagen will. Auch wenn die Fotos eine drastische Ästhetik ausstrahlen, muss er eingestehen, auf eine gewisse Weise von deren Kraft in den Bann gezogen zu werden. Selbst dem Polizeifotografen schien dieser Anblick zu kreativen Bildkompositionen verführt zu haben, derart ausgesucht sind die Perspektiven und Bildausschnitte. Er löst sich von den Bildern, damit er

54

sich mit dem Blick durch das Fenster etwas entspannen kann, aber das trübe Wetter und die trostlose Umgebung heitern ihn nicht auf. Im Gegenteil. Er versinkt in ein dumpfes Grübeln, ohne klare Gedanken, lustlos, bis die Türe aufgerissen wird, und Charlotte Vallon in das Büro platzt.

Charlie, wie sie von allen genannt wird, hat die nervige Unbekümmertheit, welche nur die Jugend haben kann. All jene Dämonen, die Sternenberg nicht mehr in Ruhe lassen, sind für sie keine Gründe, weswegen sich ihre Frohnatur eintrüben sollte. Ihr gelingt die Kunst der völligen Loslösung ihres privaten Lebens von den dunklen Seiten der Polizeiarbeit. Die Schicksale, die Dramen, die Opfer und die Toten scheinen sich nicht in ihrer Seele abzulagern, wo sie immer stärker auf das Gemüt drücken, bis man davon beherrscht wird. Sie grenzt sich ab, lässt das Übel von sich abperlen und scheint ein glücklicher Mensch zu sein. Sternenberg kann sich nicht erinnern, auch einmal so gewesen zu sein. Schon immer war er der Grübler, der Empfindsame, der Mitfühlende, was ihn nicht für einen idealen Kriminalbeamten qualifiziert, ihm dafür jene Sensibilität gibt, die es braucht, um erfolgreich ermitteln zu können. Seine Empathie, sein Gespür für die Botschaft zwischen den Zeilen, sein Verständnis und seine Offenheit für alles Menschliche ermöglichen ihm eine Perspektive auf Dinge, die den meisten verborgen bleibt. Seine Intuition bewegt sich oft auf einem kaum nachvollziehbaren Niveau, als würden seine logischen Überlegungen von irren Phantasien überlagert, die erstaunlicherweise immer wieder zu einem Resultat führen. Er ist so etwas wie ein Traumtänzer, der sich gerne in philosophische Betrachtungen verliert, die keiner richtig versteht, weshalb auch keiner widerspricht, aber man schätzt ihn, besser noch, man mag ihn.

„Hei Chef", begrüßt sie ihn auf ihre erfrischende Weise. „Das ist ja eine üble Geschichte. Wenn die Rechtsmedizin nichts findet, dann werden wir wohl mit null Spuren, sowie null Zeugen beginnen müssen."

„Sag mir nicht, dass ihr bereits die ganze Umgebung befragt habt."

„Da gibt es nicht viel zu befragen. Nur einige Villen und Einfamilienhäuser, sowie die Straße, die vorbeiführt. Alles ruhig, verschlafen und hinter hohen Hecken versteckt."

„Diese Tat kann nicht geräuschlos verübt worden sein. Da kamen mehrere Leute, kaum zu Fuß oder mit dem Öffentlichen Verkehr, eher mit einem oder zwei Fahrzeugen. Vielleicht waren die Opfer bereits tot, mussten zum Baum getragen werden, wozu geschätzte vier Personen nötig waren, um die Opfer da hochzuziehen. Davon muss jemand etwas mitbekommen haben."

„Wir werden den Radius der Befragungen erweitern, wenn du das wünschst."

„Ja, zudem müssen wir möglichst schnell die Wohnung der beiden Opfer durchsuchen. Wir müssen sehr tief schürfen. Dieser Fall wird alles von uns abverlangen, denn es ist kein Beziehungsdelikt, kein Suizid, keine Tat im Milieu. Wenn uns jemand mit solch einem Aufwand eine Geschichte erzählen will, dann haben wir es mit einem Psychopathen oder mit dem organisierten Verbrechen zu tun."

„Ist diese Schlussfolgerung nicht etwas übereilt?"

„Als Schlussfolgerung ist meine These vollkommen übereilt, aber du wirst sehen, ich werde recht behalten. Das ist die opulente Inszenierung einer Oper, voll übertriebener Symbolik und Theatralik. Beachte das Bühnenbild, es hätte nicht sinnbildlicher sein können. Voll Dramatik und Anspielung auf die mittelalterliche Rechtsprechung. Eine moderne Inquisition gegenüber Menschen, die mit ihrem Sterben schrecklich büßen mussten, vielleicht nicht für eigene Taten, vielleicht nur als Zeichen für jene, die sehr wohl verstehen werden, warum das geschehen musste. Wenn Scott zurück ist, soll er recherchieren, ob bereits ähnliche Taten in Europa begangen wurden, sagen wir die letzten zwei Jahre. Er soll gleich damit beginnen, denn in der Regel dauert das eine Ewigkeit."

Charlie verdreht die Augen und lässt Luft ab, als bedeute diese Anordnung weniger eine unangenehme Aufgabe, als eine harte Strafe.

„Da wird sich Scott aber freuen", bemerkt sie trocken, wohlwissend, dass sie ihm vermutlich dabei wird helfen müssen. Nachtarbeit statt Nachtleben.

„Wir bekommen Verstärkung, nur keine Angst, es werden noch drei Beamte dazu stoßen. Wir bilden eine kleine Sonderkommission."

Sie nickt, aber ihr schiefes Lächeln verdeutlicht ihre Meinung über die Größe der Sonderkommission. Sie weiß auch, dass sie damit zufrieden sein sollte, schließlich ist Personalmangel ein permanenter Zustand unter einer Stadtregierung, die die Polizei weniger gewichtet, als das Sozialwesen. Sternenberg versteht Charlies stillen Frust sehr gut, schweigt aber, denn es würde sich nichts ändern. Doch, es ändert sich immer wieder was – die Administration wuchert wie ein Krebsgeschwür, zudem kommen dauernd neue Aufgaben hinzu. Sie alle haben gelernt, diskret in sich hinein zu hadern, denn alle hatten gewusst, was dieser Beruf mit sich bringt, als sie ihn gewählt hatten. Vielleicht ist Kriminalbeamter ein Beruf, wie Lehrer, der viel Substanz fordert und nur eine gewisse Zeit mit Begeisterung ausgeübt werden kann.

Sternenberg braucht jetzt dringend einen guten Espresso mit einem Grappa und eine Zigarette. Ihm ist klar, wo er das alles bekommen kann.

10

Ich habe immer noch nicht die Mädchen informiert, aber ich werde es auf jeden Fall tun müssen, wenn ich die Leichenschau und das Protokoll hinter mich gebracht habe. Beides liegt mir schwer auf dem Magen und beidem kann ich mich nicht entziehen.

Pünktlich erreiche ich den Haupteingang zur Rechtsmedizin, wo Kommissär Sternenberg bereits auf mich wartet.

„Danke, dass Sie gekommen sind. Wollen wir es hinter uns bringen", begrüßt er mich mit einem aufmunternden Lächeln.

Mir fallen keine brauchbaren Floskeln ein, also nicke ich, und folge ihm in das nüchterne Gebäude. Wir passieren eine Porte, steigen hinab in verwinkelte Gänge, queren gekachelte Räume, begegnen dabei keinem Menschen, bis eine automatische Tür uns den Zugang in einen Raum gewährt, der streng nach Desinfektionsmittel riecht, an eine Schlachterei mahnt, und in dem sich vier Arbeitstische aus Chromstahl aufreihen. Auf zwei Tischen liegen Körper, zugedeckt mit weißen Tüchern, die Konturen klar abzeichnend. So klar, dass ich erkenne, welcher Alexas Körper ist.

Eine etwa fünfzigjährige Frau in einem weißen Arztkittel, weißen Hosen und weißen Schuhen empfängt uns mit einem weißen Lächeln, als gelte es Werbung für Zahnpasta zu machen. Dieses Lächeln gilt ganz klar Sternenberg, weniger mir.

„Hallo Matthias", flötet sie, gibt ihm drei Wangenküsse und wendet sich dann mir zu. „Herr Grober, guten Tag. Mein Name ist Rosa Weiz. Ich danke Ihnen, dass Sie so schnell kommen konnten. Es tut mir sehr leid, was passiert ist."

Ich nicke nur, denn ich bin mir nicht sicher, ob ein Ton über meine Lippe käme. Dann tritt sie neben den Tisch, schlägt das Tuch zurück, bis der Kopf zu sehen ist.

Es ist Alexa. Die Augen friedlich geschlossen, der Mund

beinahe lächelnd, als ob sie schläft. Aber sie ist tot. Sie wirkt blass, und ihre Schönheit wäre makellos, wenn da nicht dieser hässliche, rötlichblaue Striemen um ihren Hals führen würde.

„Ja, das ist Alexa Covalenco", bestätige ich leise und Frau Weiz deckt Alexas Gesicht wieder sorgfältig zu. Die Stirn, die Wangenknochen, die Nase, die Lippen und das Kinn zeichnen sich deutlich ab, das letzte Bild von Alexa, bevor ich mich von Trauer übermannt abwenden muss.

„Sie sieht so friedlich aus", bemerke ich, als müsste ich mich damit trösten.

Die Pathologin zögert einen kurzen Moment, abwägend, was sie mir sagen darf, aber erklärt dann: „Wenn es für Sie nur ein sehr schwacher Trost sein sollte, der Strang war nicht die Todesursache. Sie starb an einer Überdosis verunreinigtem Kokain."

Verunreinigtes Kokain? Das kann nicht sein. Alexa nahm keine Drogen Was hat das zu bedeuten?

Sternenberg nimmt meinen fragenden Blick auf und meint mit sanfter Stimme: „Herr Grober, wir werden uns um diese Frage kümmern. Vertrauen Sie mir."

„Danke, ich weiß das zu schätzen", murmle ich, bin gleichzeitig erstaunt, so etwas zu einem Polizisten gesagt zu haben.

Sternenberg verabschiedet sich mit einer vertraulichen Geste von Frau Weiz, ich schüttle ihr wortlos die Hand, dann verlassen wir diesen bedrückenden Raum.

Auch wenn es inzwischen wieder zu regnen begonnen hat, empfinde ich den Schritt aus der Rechtsmedizin hinaus in dieses nasskalte Wetter als eine unwahrscheinliche Wohltat. Ich atme tief durch, dies möglichst diskret, um nicht Schwäche zu offenbaren, aber Sternenbergs Blick spricht Bände.

„Herr Grober, alles okay? Ist Ihnen nicht gut?"

„Nichts ist okay. Ich brauche dringend einen Whisky."

„Ich bin dabei. Kommen Sie, ich kenne da ein Lokal, wo es ein gutes Glas voll gibt."

Wie es scheint, ist er zu Fuß hier, denn wir laufen Richtung Innerstadt. Sternenberg spannt einen Regenschirm mit einem farbenfrohen Blumendruck auf, und bietet mir einen Platz im Trockenen an. Die ersten zwei Minuten gehen wir schweigend nebeneinander her, stecken uns beide eine Zigarette an, dann fragt er plötzlich: „Ich hatte den Eindruck, Sie waren überrascht, dass Kokain im Spiel war. War Frau Covalenco sauber?"

„Ja, sie war sauber, dafür lege ich meine Hand ins Feuer. Bei mir arbeiten keine drogensüchtigen Mädchen, wenn Sie an das gedacht haben."

„Ich habe weder an das eine noch an das andere gedacht, zudem hasse ich moralische Vorurteile. Ich möchte nur andeuten, dass in gesellschaftlich gehobenen Kreisen sehr oft Kokain konsumiert wird, und ihre Kundschaft kommt genau aus diesem Segment."

Er hat recht, keine Frage, ich beliefere einige dieser Kunden mit dem Stoff. Aber garantiert nur sauberer Stoff.

„Ich kann Ihnen nicht widersprechen, nur kann ich versichern, dass Alexa nicht drogensüchtig war. Ich denke, das kann man sicherlich feststellen."

„Ja, ich denke, man kann Kokainkonsum in den Haaren nachweisen. Ich werde auf jeden Fall Frau Weiz darauf ansprechen, aber sie wird dies garantiert von sich aus nachprüfen. Haben Sie eine Ahnung, ob Herr Pretarsson Kokain konsumierte?"

„Keine Ahnung. Alexa hat nie etwas angedeutet. Vielleicht kann Frau Pretarsson mehr dazu sagen."

„Kurz bevor sie zur Rechtsmedizin kamen, erhielt ich einen Anruf. Sie waren am Tatort, teilte man mir mit. Was für einen Eindruck haben Sie erhalten?"

„Seltsame Frage. Darüber muss ich zuerst nachdenken."

Wir biegen in eine schmale Gasse ein und betreten eine kleine Bar, die ich bis anhin um diese Tageszeit immer als geschlossen wähnte.

„Georges, bitte zwei Glengoyne."

Wir setzen uns in eine kleine Nische und warten schweigend bis die zwei gutgefüllten Gläser vor uns stehen. Wir prosten uns mit einem Nicken zu, beide nehmen einen kräftigen Schluck, der wie glühendes Gold durch die Kehle rinnt und spürbar die Verspannung löst. Aber es löst nicht den Krampf in meinem Herz.

„Wie eine Szene aus einem schlechten Film. Wenn man einen Mord begehen will, dann macht man doch nicht so ein Theater. Das war mein Eindruck, auch wenn nur noch die Seile mit den Schlingen vom Baum hingen."

Sternenberg nimmt nochmals einen Schluck, dann bemerkt er mit ruhiger Stimme: „Das sehe ich genauso. Jetzt müssen wir nur verstehen, was man uns damit sagen will."

„Uns?"

„Das ist eine grundlegende Frage. Wer will wem was zu verstehen geben? Wollen die Täter Ihnen, mir, Frau Pretarsson oder der Gesellschaft etwas demonstrieren? Geht es um Macht, Geld oder nur um den Wahn einer Horde Psychopathen?"

„Psychopathen in Horden? Sind das für gewöhnlich nicht Einzelgänger?"

„Sehen Sie, das sehe ich auch so, und ist somit der springende Punkt. Das sind keine Irren, was mir allerdings nicht weniger Sorgen bereitet."

Sternenbergs Offenheit irritiert mich, dass ich um nachzudenken, mit dem Glas spiele, und dann einen Schluck nehme, den ich zuerst lange im Mund kreisen lasse. Wieso zieht er mich in sein Vertrauen? Wieso verrät er mir seine Schlussfolgerungen? Es ist befremdend. Vielleicht will er damit etwas bewirken. Ich darf diesen sympathischen Mann nicht falsch einschätzen.

„Wieso sollten Ihnen Psychopathen weniger Sorgen bereiten?"

„Nur so ein Bauchgefühl. Vielleicht macht mir eine Tat aus Berechnung einfach mehr Angst. Da kommen mir Kriegsgräuel in den Sinn, die nichts mit Krieg zu tun hatten, die nur verübt wurden, um Schrecken zu verbreiten.

Wenn sie deine Frau vergewaltigen, deine Tochter schänden, deinen Sohn töten, dein Haus niederbrennen, dann hat das nichts mit Krieg zu tun, aber zerstört jeden Soldaten, jedes Volk. Es wäre schrecklich, wenn wir es hier mit dieser Form von Terror zu tun hätten. Verstehen Sie, was ich sagen will?"

„Ich verstehe Sie sehr gut, aber frage mich, warum Sie mir das erklären. Als gingen Sie davon aus, dass es etwas mit mir zu tun haben könnte."

„Sagen Sie es mir. Gilt dieser Terror Ihnen? Können Sie hundertprozentig ausschließen, dass nicht jemand Ihnen Ihr Geschäft streitig machen will?"

Ich schüttle verständnislos den Kopf und kippe das Glas mit dem letzten, großen Schluck hinunter. Seine Schlüsse sind nicht ganz von der Hand zu weisen, auch wenn sie übertrieben scheinen.

„Schöße man da nicht mit Kanonen auf Spatzen? Ich bin eine kleine Nummer, und es wäre doch viel einfacher, man würde mir zuerst einmal meine Finger brechen, mein Auto anzünden oder meine Mädchen vergewaltigen, bevor man zwei Menschen auf eine kranke Weise tötet."

„Aber vielleicht wollen die Täter uns sagen, dass Sie gar nicht so eine kleine Nummer sind. Könnten Sie sich diese Logik nicht vorstellen? Ihr Begleitservice als Deckmantel für etwas viel Größeres und Lukrativeres. Wir müssen unser kleinkariertes Denkschema verlassen. Finden Sie nicht auch?"

Mir wird heiß und kalt. Seine angenehm sonore Stimme hat mir soeben mit aller Liebenswürdigkeit zu verstehen gegeben, ein Motiv in einem grässlichen Verbrechen zu sein. Als würde er mir ohne Betäubung einen Zahn ziehen, so fühlt es sich an. Er baut phantasievolle Theorien auf, die mich beunruhigen, weil sie durchaus etwas Wahres an sich haben könnten. Und ich frage mich, wie tief sind die Kenntnisse der Polizei über mein Drogengeschäft? Auch wenn ich bei weitem kein Drogenbaron bin, nur ein kleiner, aber erfolgreicher Dealer, ist es durchaus möglich, als unerwünschter Konkurrent gesehen zu werden. Über viele Jahre hat dieses System wunderbar funktioniert, weil ich einen zuverlässigen Lieferanten und einen seriösen Kundenstamm habe. Saubere Ware, solvente Kunden, Vertrauen, kein Heroin und keine Drogentote. Nie hat man mich in der Drogenszene wahrgenommen, denn meine Kunden gehören nicht dazu. Es sind in erster Linie Menschen, die Kokain als Genussmittel, als Leistungsstimulanz oder zum Trost konsumieren, aber nicht als lebensnotweniges Suchtmittel. Jedem verkaufe ich nur eine angemessene Menge, führe über den Konsum jedes Einzelnen Buch, und suche das Gespräch, wenn ich eine Neigung zu übermäßigem Bedarf feststellen muss. Es gab schon Kunden, die wollten sich nicht bevormunden lassen und suchten sich einen anderen Lieferanten. Solche Leute ließ ich ziehen, auch wenn der Umsatzverlust mich schmerzte. Heute verdiene ich mit dem Kokain pro Woche etwa zehntausend, also meine Marge beträgt hundert Prozent, was einen steuerfreien Jahresgewinn von etwa einer halben Million bedeutet. Ich könnte erheblich mehr verdienen, wenn ich nicht streng nach meinen Prinzipien handeln würde. Trotzdem ist es viel Geld, aber keinen Haufen, für den man diesen Doppelmord inszenieren müsste.

Auch mein Escort Service ist ein lukratives Geschäft, aber mit meinen drei Mädchen zu klein für das wirklich große Geschäft. Gut vierhunderttausend verdiene ich netto an diesem Service und die Mädchen je etwa zweihunderttausend. Also zusammen ungefähr eine Million, brav versteuert, wie es sich gehört.

Ich ordere noch zwei Gläser Whisky und zwei Espressos, dann bemerke ich mit ruhiger Stimme, auch wenn ich mich aufgewühlt fühle: „Zugegeben, ich mag vielleicht noch einen kleinen Nebenerwerb haben, eine harmlose Tätigkeit im Graubereich, die aber die Gesellschaft nicht schädigt. Mehr kann ich nicht anbieten. Mir fehlt die Phantasie, um in meinen geschäftlichen Aktivitäten den Grund für einen inszenierten Doppelmord zu sehen. Es muss ein anderes

Motiv geben."

„Möglich. Trotzdem werde ich diesen Gedanken weiter-verfolgen. Herr Grober, mit Verlaub, Sie sind kein unbe-schriebenes Blatt, Ihre Akte ist stattlich, obwohl man Ihnen in all den Jahren nur Bagatellen beweisen konnte. Drogenhandel und Zuhälterei. Ich kann das nicht ganz au-ßer Acht lassen, beabsichtige allerdings nicht Sie zu schi-kanieren, solange Sie kooperieren. Wir werden uns auch um den Hintergrund von Herrn Pretarsson kümmern."

Die zweite Bestellung wird serviert, und ich wundere mich über Sternenbergs Trinkverhalten während der Dienstzeit. Aber es soll mir recht sein, so entsteht so etwas wie eine entspannte Vertrautheit und unser Gespräch ver-liert endgültig den Charakter einer Vernehmung. Klam-mert man die Umstände aus, dann könnte man beinahe von einem ungezwungenen Geplauder mit einem Bekann-ten sprechen. Vielleicht eine Art vertrauensbildende An-biederung, die nur dem Zweck der Ermittlung dient. Aber seine sanften Augen, sein unkonventionelles Denken und die Tatsache mitten am Tag mit ihm Whisky zu trinken, geben mir ein gewisses Gefühl von Sicherheit und Sympa-thie. Aber verdammt, er ist Polizist, sage ich mir. Eine be-fremdende Tatsache für jemanden wie mich, die ich vor-sichtig versuche auszublenden.

„Wie muss ich mir die Kooperation vorstellen? Kann ich mein Leben und mein Geschäft weiterführen?", frage ich in einem beinahe unterwürfigen Ton und werde mir mei-ner prekären Situation plötzlich bewusst. Was ist, wenn man jetzt verstärkt ein Auge auf mich hat?

„Sie sollten Ihre Gewohnheiten, Ihr Leben und Ihre ge-schäftlichen Aktivitäten nicht verändern, sonst könnte man auf den Gedanken kommen, Sie hätten etwas zu kor-rigieren. Ich denke, Sie werden mit dem Tod von Frau Covalenco genug zu tun haben. Trauern Sie, geben Sie ihr die verdiente Ehre."

Wir schauen uns lange an, leeren unsere Gläser. Ich gebe Georges ein Zeichen, dann zahle ich die Zeche, obwohl sich Sternenberg halbherzig dagegen wehrt.

„Dann lassen Sie uns in mein Büro gehen und das Protokoll erledigen."

Wir verabschieden uns von Georges, dann zwängen wir uns unter den Regenschirm und laufen im Gleichschritt durch die Innerstadt zur Staatsanwaltschaft.

11

Der Rahmen ist ungewohnt, doch ich wusste keinen besseren Ort, um die Mädchen zu treffen, als meine Wohnung. Bis jetzt galt meine Wohnung als Sperrgebiet, als prostitutionsfreie Zone, wo ich mich von der Welt der käuflichen Liebe abschotten konnte, wo einzig der administrative Teil dieses Geschäftes erledigt wurde. Hier sitze ich oft abends, treffe Vereinbarungen und Verabredungen mit Kunden, koordiniere Termine, organisiere einen reibungslosen Geld-, Dienstleistungs- und Warenfluss. Am Bildschirm wie am Telefon. Weder das Drogengeschäft noch die Prostitution findet mehr zwingend auf der Straße statt. Selbst diese Angebote finden online seine Abnehmer. Für den Kunden bequemer, aber für mich nicht einfacher. Der Kunde holt nicht mehr ab, er lässt es sich liefern. Egal was. Kleider, Schuhe, Pizza, Sushi, Eier, Getränke, Möbel, Drogen und Mädchen. Das Milieu im Wandel der Zeit.

Es klingelt an der Tür, und auf dem Monitor sehe ich die beiden Mädchen, wie sie erwartungsvoll in die Kamera schauen. Ich öffne ihnen und lasse sie kurz darauf eintreten.

Zwei schöne Frauen, keine billigen Nutten.

Chloé, die strenge Geschäftsfrau mit dunkler Hornbrille, braun wallendem Haar, schlank, etwa gleich klein wie ich, meist streng mit einem engen Kostüm und hohen Pumps gekleidet. Eine Frau, von der man nicht erwartet, dass sich unter ihrer nüchterner Schale ein erotisches Tier verbirgt. Sie kommt aus dem Norden von Frankreich und spricht, obwohl sie seit fünfzehn Jahren in der Schweiz lebt, ein Deutsch mit einem starken französischen Akzent.

Rita, ein gänzlich anderer Typ Frau, schwarze, hochgesteckte Haare, eine dralle, vollbusige Lebefrau, immer gut gelaunt, voll ansteckendem Optimismus und Energie. Kokettiert mit ihrer sehr weiblichen Figur, trägt immer enganliegende Kleider, die sich über ihre wohligen Rundungen spannen und deren Knöpfe unter Dauerstress stehen. Sie ist Schweizerin, war bis vor zwei Jahren Sekretärin, aber wechselte ins Milieu aus Freude an der Erotik und dem Geld, welches sie für die Pflege ihres Vaters gut gebrauchen kann. Rita ist eine heilige Sünderin, ein lustvoller Vulkan, eine lebensfrohe Hedonistin. Wenn eine Frau mich reizt, dann Rita, aber sie überragt mich um einen halben Kopf.

Alle meine Mädchen, auch Alexa, entsprechen nicht dem gängigen Bild einer Prostituierten, im Gegenteil, man hat Mühe, sie mit dieser Tätigkeit in Verbindung zu bringen, was auch unser gemeinsames Bestreben ist, denn auf keinen Fall wollen wir die Erotik auf primitive Weise verkaufen, schon gar nicht zu einem billigen Tarif. Hohe Preise stehen für hohe Qualität, was neben exklusivem Sex auch intellektuelle Konversation voraussetzt.

Ich hauche beiden die obligaten Begrüßungsküsse auf die Wangen und schaue dabei in skeptische Augen. Noch nie waren sie in meiner Wohnung, darum wissen sie, dass etwas Spezielles zu erwarten ist. Ich geleite sie zu den Polstersesseln und bitte sie Platz zu nehmen. Alles wirkt förmlich und gestelzt. Spätestens jetzt geht es ihnen wie mir, als die Polizei an der Tür klingelte. Bald wird es nicht mehr so sein wie es bis anhin war.

„Ich habe euch leider eine sehr schlechte Nachricht. Alexa ist tot. Sie wurde ermordet..."

Mir versagt die Stimme, und ich spüre, wie ich vollständig den Faden verliere. Entsetzen weitet ihre Augen, sie starren mich an, sprachlos, die längste Zeit, dann beginnen langsam Tränen zu fließen, die mich aus dem Konzept bringen, welches ich mir zurechtgelegt habe, um ihnen die fürchterliche Wahrheit auf eine humane Weise beizubringen. Wenn so was überhaupt möglich ist. Ich stehe vor ihnen und fürchte selbst die Fassung zu verlieren. Nicht nur aus Trauer, auch aus der Gewissheit, dass mit dem Mord an Alexa und Pretarsson unser Leben seine Leichtigkeit verloren hat.

Es herrscht eine bedrückende Stille.

„Warum?", fragt dann Rita mit brüchiger Stimme und bleicher, versteinerter Miene.

„Die Polizei spekuliert wild und ich habe keine Ahnung. Sie wurde gemeinsam mit Björn Pretarsson, ihrem langjährigen Kunden umgebracht. Ein Doppelmord. In diesem Moment wird die Presse informiert", ich stocke und füge leise an. „Es tut mir so leid."

Chloé beginnt zu schluchzen, und Rita nimmt sie in die Arme, während auch ihr die Tränen über ihre Wangen rinnen. Eine herzzerreißende Szene, ein Gräuel für jemanden wie mich, der mit Emotionen nicht umgehen kann. Darum wende ich mich ab, um aus dem Sideboard eine Flasche Whisky mit drei Gläser zu holen, obwohl mir vollkommen klar ist, dass die Mädchen keinen Whisky mögen. Ich stelle alles auf den Salontisch, fülle mir großzügig ein Glas, setze mich dazu und warte ab.

Es scheint sie hart zu treffen, kein oberflächliches Trauerspiel, keine gespielte Betroffenheit. Auch wenn die Drei kein übertrieben herzliches Verhältnis verband, bildeten sie eine verschworene Zweckgemeinschaft und fühlten sich manchmal wie Schwestern. Auch jetzt, in ihrem gegenseitigen Trost, spüre ich eine Solidarität wie die von Geschwistern. Ich spüre aber auch, dass ich nicht dazugehöre. Ich bin nicht ihr Bruder, ich bin nur ihr Zuhälter.

Ich erzähle ihnen die ganze Geschichte, zumindest die Fakten, die ich kenne, denn sie werden schonungslos alles aus der Presse erfahren, auch jene Spekulationen, die sie nicht hören wollen. So wird ihre Trauer zur Fassungslosigkeit. Die Tränen versiegen, dafür werden ihre Augen stumpf und ihre Gesichter zu Fratzen. Was sie von mir zu hören bekommen, macht sie tief betroffen, und es ist zu erkennen, wie sie sich langsam der Tragweite dieses Verbrechens bewusstwerden. Sie beginnen über ihre Situation nachzudenken, fragen sich, welche Gefahr für sie besteht, wie ihre Kunden reagieren werden, wenn die Polizei zu schnüffeln beginnt. Immer neue Fragen stellen sie sich, ich sehe es in ihren Augen.

„Was nun?", fragt diesmal Cloé, nachdem sie wieder etwas Boden unter den Füssen hat.

„Diese Entscheidung möchte ich euch überlassen. Wenn ihr den Kopf nicht frei habt, dann werdet ihr auch keine Kunden glücklich machen. Vielleicht wäre eine Pause keine schlechte Idee, außer ihr fürchtet euch vor dem Nichtstun."

Ich spüre, wie ihre Gedanken stürmisch kreisen, wie sie die eigene Dimension des Dramas einzuschätzen versuchen, aber keinen Ausweg aus ihrer Ratlosigkeit finden. Ihre Blicke wandern bittend zu mir, dass ich ihnen helfen möge, so, wie es einem starken Beschützer geziemt. Dabei frage ich mich selbst, wie mit dieser Situation umzugehen ist. Ich bin etwa so ratlos wie sie selbst.

Es ist Rita, die traurig bemerkt: „Ich kann mir im Moment nicht vorstellen, mit einem Mann einen netten Abend zu verbringen. Ich möchte meine Termine bis auf weiteres absagen."

Chloé nickt zustimmend.

„Einverstanden", stimme auch ich zu. „Ich werde eure Kunden benachrichtigen und auf später vertrösten. Ich würde euch gerne weit weg im Urlaub sehen, aber vermutlich wird die Polizei mit euch reden wollen."

Ihre Blicke sprechen Bände.

„Du meinst, wir könnten verhört werden?", fragt Rita erschrocken.

„Befragt, nicht verhört, das ist ein Unterschied, ihr werdet nicht verdächtigt. Sie werden jeden Stein umdrehen. Ihr hattet Kontakt zu Alexa, das wird der Polizei kaum verborgen bleiben. Aber macht euch deswegen nicht allzu viele Sorgen. Ihr habt kein Verbrechen begangen, denn eure Arbeit beschränkt sich auf die Begleitung von Geschäftskunden. Darauf müsst ihr beharren, und wenn sie Adressen von Kunden möchten, dann verweist sie an mich. Ihr habt keine Informationen. Ganz einfach."

Chloé beginnt wieder leise zu weinen, ihr Körper zuckt

und sie legt ihre Hände vors Gesicht. Rita streichelt tröstend ihren Rücken, obwohl sie selbst es genauso nötig hätte. Aber ich sitze gegenüber und betrachte ihrer beiden Verzweiflung mit großer Hilflosigkeit.

Ich treibe gedanklich davon, versinke in düsteren Überlegungen, denn langsam werden mir unangenehme Szenarien gewahr. Ich hatte noch nicht die Muße über die Konsequenzen nachzudenken. Es war mir schnell klar, dass Ärger und Einschränkungen anstehen werden. Polizeiliche Ermittlungen werden Staub aufwirbeln, sie werden im Sumpf wühlen, vielleicht wird auch etwas haften bleiben, aber nach einigen Wochen wird Gras darüber wachsen und das Leben wieder in den gewohnten Bahnen verlaufen. Auch in meiner Welt gibt es einen Alltag mit Gewohnheiten, mit einem Rhythmus und mit festen Werten. Genau diese Kontinuität spielt eine entscheidende Rolle im Verhältnis zu meinen Kunden. Weil wir uns in einem Graubereich bewegen, wollen sie Vertrauen in mich haben und wissen, dass ich nicht nur für Qualität, sondern auch für Zuverlässigkeit stehe, wie der Arzt, der Friseur, der Vermögensverwalter oder der Partner. Einfach gesagt, sollte ich in Wirklichkeit alles sein, nur nicht das, was ich wirklich bin. Ein beschissener Dealer und Lude.

Es beschleicht mich eine miese Ahnung, wenn ich daran denke, was geschehen könnte, wenn durchsickere, dass ich mit diesem Drama in Verbindung stehe. Man wendete sich von mir ab, man miede mich wie einen Aussätzigen, selbst meine Mädchen kennten mich nicht mehr, und von Benedict bekäme ich kaum mehr etwas geliefert. Sehr schnell verlöre ich meine Existenzgrundlage. Auch wenn es nur panische Befürchtungen sind, die mir den kalten Schweiß aus den Poren drücken, erkenne ich in aller Deutlichkeit, dass dies ein sehr realistisches Szenarium sein könnte.

Da kommen mir die Fragen von Kommissär Sternenberg in den Sinn, ob dieser Terror mit gelte. Geht es um einen Machtkampf, von dem ich noch gar keine Kenntnis habe? Vielleicht bin ich jemandem ein Dorn im Auge oder unbeabsichtigt auf die Füße getreten? Auch wenn ich mich nur als kleines Zahnrad im Getriebe sehe, erfülle ich eine Funktion, die mit einem guten Einkommen verbunden ist. Vielleicht Grund genug für Neid und Begehrlichkeiten.

Wenn dies so wäre, dann war ich nicht aufmerksam genug, dann war ich nicht professionell genug. Ein Leben in falscher Sicherheit, in einer Komfortzone, wie eine Made im Speck. Man wird träge, selbstzufrieden, arrogant und achtlos. Längst ist mir die Aggressivität der jungen Jahre verloren gegangen, gewichen einer abgeklärten Selbstsicherheit, die nach außen imponierend wirken mag, aber in Wirklichkeit von meinem Ruf zerrt. Haben sich die Kräfte verschoben, ohne von mir wahrgenommen zu werden? Es wäre fatal.

Nicht, dass sich Chloé und Rita beruhigt hätten, sie haben nur aufgehört zu weinen und starren nun apathisch vor sich hin. Kein schöner Anblick.

„Was sollen wir jetzt tun?"

„Wenn ihr wollt, dann könnt ihr nach Hause gehen oder auch hier bleiben. Ich habe genug Platz. Nur nicht verschwinden, das würde verdächtig erscheinen."

Chloé steht auf und geht auf die Terrasse um zu rauchen, während Rita sich einen Whisky einschenkt.

Rita nimmt einen kleinen Schluck, verzieht das Gesicht und fragt mich: „Victor, sei ehrlich. Was hat das zu bedeuten? Was denkst du?"

Ich ziehe die Schultern hoch, die Mundwinkel nach unten, signalisiere Ratlosigkeit, aber bemerke dann: „Entweder ein Psychopath oder jemand, der mich fertigmachen will. Ich tendiere auf Psychopath, denn so wichtig kann mein Geschäft nicht sein, dass man dafür zwei Menschen umbringen müsste."

„Vielleicht hatte Alexa ein Problem. Sie war oft eigensinnig und spielte manchmal mit dem Feuer."

„Willst du mir andeuten, dass es Dinge gab, von denen ich keine Kenntnisse habe?"

Rita windet sich, als wäge sie ab, wieviel sie mir von ihrem Wissen erzählen darf.

„Naja, sie erzählte einmal von einem Kerl, der sie in einen privaten Club mitnahm, in irgend so eine kranke SM-Fetisch-Sekte, wo es gelegentlich aus dem Ruder lief und sogar Verletzte gab. Sie verdiente damit echt Kohle. Ich dachte, du wüsstest davon."

Ich spüre, wie in mir eine Wut heranwächst. Wie konnte Alexa solche Risiken eingehen und dabei Regeln verletzen, die ich ihr mit auf den Weg gegeben habe. Genau diese abartigen Geschichten sind es, die Menschen in Schwierigkeiten bringen, die sie erpressbar werden lassen und in eine Ecke drängen, aus der sie nicht mehr herauskommen. Perversion hat seinen Reiz, seine Leidenschaft, aber auch seine Ächtung durch die Gesellschaft. Es ist schlichtweg eine Frage der Moral, egal ob sie verlogen oder ehrlich ist. Vielleicht hat sie dabei Grenzen überschritten, Tabus gebrochen, Menschen in ausweglose Situationen gebracht, Diskretion oder Ehre verletzt. Sicherlich alles keine zwingenden Gründe für einen Mord, aber vielleicht der Ursprung eines Dramas, welches sich zu einer griechischen Tragödie entwickeln könnte. Schicksalshafte Umstände, die sich verwoben hatten und unausweichlich auf eine Katastrophe hinführten. Solch ein Szenarium wäre durchaus denkbar, auch wenn es sich irreal anfühlt.

„Nein, sie hat mir nichts davon erzählt. Sie wusste genau, dass ich damit nicht einverstanden gewesen wäre", presse ich zwischen den Lippen hervor. „War denn Pretarsson auch in diese Geschichte verwickelt?"

„Keine Ahnung. Sie nannte keine Namen, blieb sehr vage, als hätte man ihr verboten darüber zu reden."

„Erzählte sie aus Begeisterung oder aus Angst? Du kennst sie. Was meinst du?"

In diesem Moment kommt Chloé wieder herein, setzt sich wieder auf ihren Platz, um in sich ihre Nase laut zu schnäuzen und betrachtet uns fragend mit rot geäderten Augen.

„Chloé, Liebes, ich habe Victor von dieser SM-Fetisch-Geschichte erzählt, in die Alexa verwickelt war. Was meinst du, könnte das eine gefährliche Geschichte gewesen sein? Hatte sie deswegen Angst?"

„Keine Ahnung. Sie war seltsam geheimnisvoll, wenn sie darüber sprach, aber viel erzählte sie nicht."

„Warum erwähnte sie gegenüber euch diese Sache, wenn sie doch nichts sagen durfte", sinniere ich laut. „Wollte sie euch zu Mitwisserinnen machen oder wollte sie nur imponieren?"

Beide Mädchen verfallen in eine hektische Nachdenklichkeit, mit unruhigen Augen und Händen, die nervös an allem herumnesteln.

„Wenn ich das wüsste", antwortet Rita ganz leise, kaum hörbar.

12

Längst hat sich die Nacht wie ein schwarzes, nasses Tuch über die Stadt gelegt, die Straßen glänzen nach dem Regen in den Lichtkegeln der Automobile und der Straßenlampen, und nur wenige Menschen suchen um diese Zeit ihren Weg nach Hause. Es ist elf Uhr, Sternenberg sitzt immer noch im Büro. Nicht, dass er sich in Listen, Berichten, Protokollen vertieft oder selbst in die Tasten haut, nein, er sitzt götzengleich auf der Schreibtischkante und stiert gedankenversunken in die Nacht hinaus.

Der Tag hatte eine ungewöhnliche Intensität, war gesättigt von unendlich vielen Wahrnehmungen, die zu verarbeiten gar nicht möglich war. Solch ein außergewöhnlicher Doppelmord hatte er in seiner langen Karriere noch nie auf dem Tisch gehabt. Mord aus dem Affekt, aus Leidenschaft, aus abgrundtiefem Hass, aus Gier, auch sehr oft aus Dummheit, aber nie waren diese Taten derart arrangiert worden, dass man beinahe von einer theatralischen Inszenierung des Mordes reden konnte. Wenn es nicht so pervers wäre, müsste man den Tätern beinahe eine lobende Anerkennung für die visuelle Komposition des Verbrechens aussprechen. Vielleicht muss man die Mörder im Theater- oder Filmmilieu suchen, denkt sich Sternenberg, und schmunzelt gleichzeitig über seinen abstrusen Gedankengang. Dabei wäre er so dankbar für jeden brauchbaren Hinweis. Alle Ansätze deuten auf eine aufwändige Ermittlungsarbeit hin. Kaum Spuren, keinen einzigen Zeugen, kaum Indizien, keinen Verdächtigen und jener Hauch von grauer Halbwelt, der auf einen Verdacht hoffen ließe, hat nicht das Potential für solch ein Verbrechen.

Hier liegt wohl der Schlüssel. Was braucht es, dass man solch ein Verbrechen auf diese Weise begehen kann? Reicht da Eifersucht, Neid, Gier oder Dummheit? Wohl kaum. Es bräuchte mehr als einen Auszug aus dem Katalog der sieben Todsünden, außer sie wären gepaart mit einem psychischen Defekt. Dem widerspricht die Tatsache, dass es mehrere Täter gewesen sein mussten. Psychisch kranke Täter handeln in der Regel alleine, das hat er Grober bereits zu verstehen gegeben und zu dieser These steht er.

Morgen früh um sieben wird sich die Sonderkommission erstmals in voller Besetzung zum Morgenrapport einfinden, dann spätestens sollte er eine klare Idee zum weiteren Vorgehen haben. Fünf intelligente Mitarbeiter erwarten von ihm eine klare Strategie, aber alles was er ihnen sagen kann, ist, dass die bisherigen Erkenntnisse äußerst dürftig sind. Die ersten oberflächlichen Durchsuchungen der Wohnungen der beiden Opfer hat nichts aber auch gar nichts zu Tage befördert.

Erstens, die genaue Untersuchung der Wohnungen, zweitens, die Auswertung der Daten ihrer Handys und Rechner, drittens, der Schritt an die Öffentlichkeit mit einem Zeugenaufruf in der Presse, viertens, Hintergrundrecherchen über die Opfer, fünftens, Parallelfälle suchen und sechstens, auf den Zufall hoffen. Das würde zwei Tage intensive Arbeit bedeuten, dann müssten wir Ergebnisse vorweisen, ansonsten sähe es sehr düster aus. So wird er es ihnen mitteilen, dann die einzelnen Aufträge verteilen, um sich anschließend selbst vom Tatort inspirieren zu lassen. Es bereitet seinen Sensoren immer Mühe, wenn nach dem ersten Eintreffen am Tatort die hektische Betriebsamkeit der technischen Ermittler jegliches Gefühl für die Aura des Verbrechens zerstört haben. Sternenberg hat nicht nur an diesem Tatort um Zurückhaltung, um Ruhe und um etwas Zeit gebeten, aber er konnte sich nie durchsetzen, im Gegenteil, er erntete nur verständnislose Blicke. So musste er sich jeweils im Nachhinein einen Eindruck vom Ort des Geschehens verschaffen, wenn der Geist des Verbrechens bereits entzaubert war.

So wurde es für die Technokraten zu einem wahren Vergnügen, seiner Mystifizierung des Tatorts ihre gnadenlos umtriebigen Analysen entgegenzusetzen. Intuition versus Technik, zwei absolut gegensätzliche Philosophien. Gleißendes Licht, Absperrungen, Trittplatten, Nummerierungen, Messbänder, Blitze der Fotoapparate, diktierte Kommentare, lauter Licht, Lärm und Dinge, die die Ambiance zerstörten. Er würde viel dafür geben, wenn er als erster am Tatort eintreffen würde, um nur zehn Minuten die Spuren des Delikts auf sich wirken lassen zu können. Er ist überzeugt, nebst einigen konkreten Hinweisen, eine Empfindung für das Verbrechen zu erhalten, ähnlich einer Witterung, die man aufnimmt.

Sternenberg seufzt, spürt auf einmal eine unendliche Müdigkeit in sich aufsteigen. Er sollte nach Hause gehen und schlafen, denn morgen wird er gefordert sein, aber er wird kaum seine Ruhe finden. Er wird im Bett liegen und in die Dunkelheit starren wie die meisten Nächte.

So geht er zum Kasten, holt sich daraus eine Wolldecke und ein Kissen, und bettet sich damit unter seinen Schreibtisch. Er zieht den Stecker der Schreibtischlampe, dann ist es beinahe dunkel, nur der Schimmer der Stadt leuchtet spärlich ins Büro.

13

Ich habe es nicht mehr ausgehalten. Ich musste hinaus, denn ich ertrug die Ruhe nicht mehr, nachdem sich die Mädchen von mir verabschiedet hatten und nach Hause gegangen waren. Gerne hätte ich gehabt, sie wären geblieben, dann wäre ich mit meinen wirren Gedanken nicht alleine gewesen, aber ihnen wurde vermutlich so viel Nähe zu mir doch zu viel. So streune ich durch die dunkle und nasse Stadt, obwohl ich mich lieber in den Lotus gesetzt hätte und durch die Nacht gebrettert wäre, aber ich hatte definitiv zu viel Whisky getrunken.

Es beginnt wieder zu nieseln, die Kälte schleicht unter meine Lederjacke und ich bin froh die Schiebermütze aufgesetzt zu haben. Die Füße tragen mich entlang dem Rhein Richtung Hafen zu einer kleinen Kneipe eines Portugiesen, der hervorragende Muscheln zuzubereiten weiß, aber um diese späte Stunde kaum mehr in der Küche stehen wird. Pablo wird hinter der Theke stehen, seine Gläser polieren, während Benedict und ich zu den wenigen Gästen gehören werden. Benedict war spürbar verwundert über meinen Anruf zu diesem ungewohnten Zeitpunkt, aber erklärte sich bereit, mich zu treffen. Er fragte nicht nach dem Grund.

Benedict sitzt bereits vor einem Glas Bier und lächelt mir entgegen.

„Hei Benedict, danke bist du gekommen", begrüße ich ihn und gebe ihm die Hand.

Seine Hand, groß wie eine Bratpfanne, zermalmt beinahe meine Finger.

„Ciao Vic, ich hatte soeben das Training beendet, als du anriefst, und hatte großen Durst. Passt doch."

Ich setze mich, bestelle ein Glas Rotwein, während ich verstohlen meine Hand lockere.

„Hast du schon gehört?", frage ich, nachdem wir uns einen Augenblick lang gemustert haben.

Benedict zieht fragend die Augenbrauen in die Höhe

„Was soll ich gehört haben?"

„Dieser Doppelmord im Wenkenpark."

„Ach so. Doch, das habe ich mitbekommen. Eine schräge Sache. Aber warum fragst du danach?"

„Das eine Opfer ist Alexa."

Benedicts Gesichtszüge entgleisen komplett. Ich weiß, dass die beiden sich kannten, aber ich weiß auch, dass die beiden schon mehr als nur oberflächliche Nettigkeiten ausgetauscht haben. Von ihm erhielt ich nie eine Buchung, nie wurde Geld gezahlt, es war wohl eine Art von flüchtiger Beziehung, die die beiden verband, mehr wohl nicht, auch wenn er jetzt vollkommen entsetzt reagiert, als wäre sie seine Freundin gewesen. Er tut mir beinahe leid.

Er schüttelt langsam den Kopf, ungläubig, sprachlos.

„Du hast sie gekannt, darum habe ich gedacht, du hättest ein Anrecht, von mir zu erfahren, was sich ereignet hat."

Seine Kiefer beginnen zu mahlen, sein Blick wird hart. Offensichtlich bedeutet sie ihm mehr, wie ich vermutet habe.

„Vic, auf das war ich nicht vorbereitet. Das macht mich kaputt", stammelt er.

„Es tut mir leid, und ich weiß nicht, was ich sagen soll. Mir fehlen die Worte."

Wir starren in unsere Gläser, als wollten wir in Gedenken an Alexa eine Schweigeminute einlegen.

„Warum? Hast mehr Informationen, als im Radio zu erfahren war?", fragt Benedict nach einer Weile.

„Die Polizei hat mich bereits verhört, dabei erfuhr ich, dass sie zusammen mit einem gewissen Björn Pretarsson ermordet wurde und die Todesursache nicht das Strangulieren war, sondern eine Überdosis verunreinigtes Kokain."

Ich sehe förmlich, welche Gedanken meine Worte bei ihm ausgelöst haben, zudem fragt er sich nebenbei, ob ich ihn als Freund oder als Drogenhändler informieren wollte.

„Dreckiges Koks."

Benedicts Worte sind eine nüchterne Feststellung, keine Frage, keine Empörung, keine Wut, nur die Kenntnisnahme einer Tatsache. Er scheint nicht erstaunt, vielmehr vermittelt er den Eindruck, dass sich seine Befürchtungen bestätigt haben, als wäre es nur eine Frage der Zeit gewesen, bis dieses dreckige Koks ein Thema werden würde. In diesem Moment wird mir meine naive Unkenntnis noch mehr bewusst. Ich war nicht aufmerksam, eine Tatsache, die mich erneut wie eine Ohrfeige trifft. Peinlich und äußerst unprofessionell, was ich biete. Umso wichtiger ist es jetzt, keine weitere Schwäche zu zeigen.

„Hast du eine Idee, woher dieses Koks kommen könnte?"

Mit meiner Frage nimmt er meine Anwesenheit wieder wahr.

Er überlegt sich seine Antwort lange: „Ich habe eine Ahnung, mehr nicht. Es gibt immer wieder Typen, die auf den Markt drängen. Kürzlich ist Dumpingware angeboten worden, welche nicht sauber war. Das waren allerdings Typen, die sich selbst die besten Kunden waren, heruntergefixte Wracks, kaputte Ruinen, die zusammenbrechen, wenn du sie nur anschreist. Ich habe sie zwei Mal gesehen, vor etwa einer Woche und habe sie nicht als ernsthafte Konkurrenz wahrgenommen."

„Aber woher beziehen die ihre Ware?"

„Gute Frage, wenn ich das nur wüsste."

„Diese Frage wird auch die Polizei beschäftigen, also sollten wir vorbereitet sein, wenn sie den Markt auf den Kopf stellen. Bedenke, es wurde eine Sonderkommission zusammengestellt und der Druck der Öffentlichkeit wird enorm sein. Solch ein Verbrechen lässt niemanden kalt."

Benedict nickt bedächtig, und es ist ihm anzusehen, dass er immer mehr das Ausmaß der Folgen erfasst. Er fühlt sich etwa so wie ich.

„Verdammte Scheiße!", presst er genervt zwischen den Zähnen hervor, schließt die Augen, reibt sich erschöpft mit dem Daumen und dem Zeigefinger den Nasenrücken.

„Ich frage mich, wie schlimm wir in dieser verdammten Scheiße stecken", bemerke ich.

„Es wäre sicher nicht falsch, in nächster Zeit etwas kürzerzutreten. Ich habe definitiv keine Lust auf Ärger mit den Bullen."

„Ich denke, du hast recht. Aber vielleicht sollten wir nicht untätig herumsitzen und warten, bis uns diese Scheiße um die Ohren fliegt. Wir sollten doch fähig sein, die Herkunft dieses dreckigen Koks herauszufinden, dann wären wir vielleicht auch in der Lage, den Ärger von uns fern zu halten."

Benedict sieht man das hektische Denken an, sein Blick irrt suchend umher, die Lippen blutleer, an den Fingern ziehend, bis die Gelenke knacken.

„Ich habe Probleme erahnt, als du angerufen hast, aber nicht so was. Ich habe schon seit längerem ein ganz mieses Gefühl in meinen Gedärmen, kann kaum mehr anständig kacken. Frage mich nicht warum, aber schon seit Monaten spüre ich eine Veränderung. Langsam, schleichend, kaum wahrnehmbar begann ein Wandel. Ich kann dir nicht erklären an was es lag. Vielleicht lag es an vagen Andeutungen einiger Kunden, an bösen Gerüchten über meine Seriosität, an fiesen Drohungen von diesen fragwürdigen Typen oder schlichtweg am sinkenden Umsatz."

Er ist zurzeit alles andere denn ein cooler Typ, vielmehr sieht er so aus, als breche soeben seine vertraute Welt zusammen, als löse sich auch seine Existenz auf. Ein Umstand, der mich tröstet, da ich mich mit meinen Problemen nicht mehr so alleine fühle. Nicht, dass ich zu Selbstmitleid und Jammern tendiere, aber in solch einer Situation kann es nur von Vorteil sein, wenn die gemeinsamen Interessen zu gegenseitiger Unterstützung führen. Beide haben wir viel zu verlieren, beide bewegen wir uns im Off, jenem unsichtbaren Bereich der Gesellschaft, der in der Regel keinen doppelten Boden mit weichem Teppich und kein Sicherungsnetz hat. Wer hier fällt, der landet sehr hart.

„Dann sollten wir was unternehmen. Uns umhören, uns

auf die Lauer legen, wie Bullen. Dies in unserem eigenen Interesse, sonst werden wir sang- und klanglos untergehen. Kein Schwein wird uns eine Träne nachweinen. Wir müssen dringend herausfinden, was hier vor sich geht."

„Okay. Ich werde mit meinen Leuten sprechen. Das sollte ich bis morgen Mittag erledigt haben, und du könntest dich mal in der Szene etwas umsehen. Kleinste Veränderungen könnten einen Hinweis sein. Treffen wir uns morgen zum Essen im Pub, zwölf Uhr?"

Ich stimme mit der Andeutung eines Nickens zusammen mit einem Blinzeln zu. Benedict wirft einen Geldschein auf den Tisch, drückt mit seiner Pranke kurz meine Schulter, dann verlässt er grußlos das Lokal.

14

Man kann nicht sagen, dass dieser Teil des Güterbahnhofs noch aktiv bewirtschaftet und genutzt wird. Eher passiv, quasi als Abstellfläche für ausgediente Eisenbahnwagen. Ein Zugsfriedhof. Verbeulte Güterwaggons, tote Personenzüge ohne Scheiben, Lokomotiven ohne technische Innereien, einzelne Fahrgestelle und einen alten Schienenkran, dessen Ausleger sich wie ein lahmer Flügel auf dem Gleisbett abstützt. Rost ist der vorherrschende Grundfarbton, die Basis für unzählig hin gesprayte Schriften, Figuren und Fratzen, die nahtlos ineinander übergehen, teilweise abblättern, wieder neu aufgebracht wurden, vermutlich zu Übungszwecken, vielleicht auch als Zierde des Zerfalls. Ein Ort, der an die Industrieruinen des Osten mahnt, aber sich auch durch das nahegelegene Abwrack- und Verschrottungsunternehmen erklärt. Ein Unort für schweizerische Verhältnisse, dafür ein Biotop für manche lichtscheuen Individuen der randständigen Gesellschaft.

In vier uralten Viehtransportern, die ein barmherziger Bahnbeamter seit Jahren hinter einem Schuppen stehen lässt, und deren Anblick böse Erinnerungen an deren Verwendungszweck im Dritten Reich weckt, hausen einige Junkies in einer Art friedlicher Wohngemeinschaft. Längst haben sie die Wagen mit Isolationsmaterial ausgekleidet und mit Betten und Möbeln aus dem Trödellager des Roten Kreuzes eingerichtet. Ein „Schöner Wohnen" für Obdachlose, eine erstaunliche Welt, die sich offenbart, wenn man den Mut hat, eine dieser Schiebetüren zu öffnen. Kein romantisches Paradies, aber eine Möglichkeit, mit einem Mindestmaß an Selbstachtung zu überleben. Sie dürfen sogar die Toilette und die Duschen in der Garderobe im stillgelegten Betriebsgebäude benutzen. Allerdings hat dieses Idyll demnächst ein Ende, denn hochaufragende Stangen markieren bereits die Umrisse eines neuen Gebäudes, welches bald gebaut werden sollte.

Es ist vier Uhr in der Früh. Benedict stapft durch die neblige Nacht, nur wenige orange glimmende Lampen verteilen ein spärliches Licht, weshalb er sich konzentrieren muss, um nicht im Schotter zu stürzen oder seine Schuhe zu ruinieren. Er öffnet die Schiebetür des ersten Waggons mit einem lauten Rumpeln und leuchtet mit der Taschenlampe hinein, lässt den Lichtstrahl über erwachende Penner gleiten, die in Schlafsäcken liegen, von denen nur die verfilzten Haare und die schmalen Augen sichtbar sind. Ein unwirsches Gemurmel verflucht den unverschämten Eindringling, einige greifen zur Flasche, die meisten kratzen sich in den Haaren, nur Freddy, der Hüttenwart, setzt sich auf.

„Hei, mach das Licht aus und lass uns in Ruhe schlafen", knurrt Freddy, legt sich wieder hin, während er noch ein „Idiot" in den Bart murmelt.

Benedict steigt mühsam über eine wackelige Kistentreppe in den Waggon und gibt Freddy einen saftigen Tritt in die Seite. Dieser schreit heiser auf, versucht sich zu wehren, aber er ist hoffnungslos in seinem Schlafsack gefangen. Benedict stellt sich auf den wattierten Stoff, was Freddys Bewegungsfreiheit weiter einschränkt.

„Verdammt nochmal, was soll das?" schreit er hysterisch.

Dann stellt Benedict seinen Fuß auf Freddys Hals, dass nur noch ein Röcheln zu hören ist. Mittlerweile habe sich vier traurige Figuren aufgesetzt, die versuchen zu verstehen, was sich hier abspielt. Benedict hält jetzt in der linken Hand die Taschenlampe, in der rechten Hand eine chromglänzende Pistole.

„Ich gebe euch allen jetzt zwei Ratschläge. Erstens bleibt ihr schön in euren warmen Müllsäcken und zweitens erzählt ihr mir, wer euch mit Stoff versorgt, ansonsten hat morgen die Müllabfuhr hier einiges wegzuräumen."

Außer Freddys Keuchen ist nur ein betroffenes Schweigen zu hören, ihr panisches Denken ist förmlich greifbar, denn sie wissen sehr wohl, wer Benedict ist und zu was er fähig ist.

„Bitte Jungs, redet nicht alle zusammen, da kann man ja kein Wort verstehen."

Niemand lacht über seinen lockeren Spruch, der so oder so keiner war, und jeder wartet, dass ein anderer etwas sagt. Aber alle schweigen. Sie schweigen einerseits aus Angst, anderseits versuchen sie die Folgen abzuwägen. Auch wenn ihr Denkvermögen längst auf dem Niveau eines Tieres angelangt ist, wissen sie, dass, egal was sie sagen oder nicht sagen, sie am Arsch sind. Sie werden zwischen den Mühlsteinen zerrieben. Entweder wird ihr Dealer sie umbringen, weil er von ihnen verraten wurde, oder Benedict wird sie töten, wenn sie schweigen. Beide sind dazu fähig. Es hilft jetzt auch kein Gejammer, denn sie haben immer gewusst, dass irgendwann einmal das eintreten wird, weshalb sie heute Nacht so unvermittelt aus dem Schlaf gerissen wurden. Allerdings sind sie alle Wracks, menschliche Ruinen, sprichwörtlich auf dem Abstellgleis der Gesellschaft, und sie erwarten im Grunde genommen nichts mehr vom Leben, als ein erträgliches Vegetieren. Ihre Körper sind ausgezerrt, krank, eitrig, verschorft, zerstochen und ihre Psyche ist tot. Sie haben nichts mehr zu verlieren, außer ihr bisschen Leben. So ist das Sterben als solches nicht der Grund für ihre Angst, vielmehr die Art und Weise. Trotz ihren zerfressenen Gehirnen wissen sie, dass in dieser Branche das Töten immer mit Perversion als Mittel der Abschreckung einhergeht. Es wird kein netter Genickschuss sein, nein, es wird verdammt wehtun und lange dauern.

„Ich kann euch entgegenkommen", bietet Benedict an. „Ich werde euch nicht verraten und euch künftig den Stoff zu denselben Konditionen verkaufen wie euer jetziger Lieferant."

Für einen Ertrinkenden nicht das rettende Ufer, aber ein Rettungsring, an den man sich klammern kann.

„Er nennt sich Karl, hat aber einen Akzent, als käme er aus dem Osten. Mehr wissen wir nicht", krächzt es aus dem Halbdunkel.

„Und wo trifft ihr euch?"

„Drüben im Industriegebiet, alle zwei Wochen am Donnerstag, nachts zwischen zehn Uhr abends und vier Uhr morgens."

„Habt ihr eine Kontaktmöglichkeit?"

„Sehen wir aus, als könnten wir jemanden anrufen."

„An welchem Donnerstag werdet ihr ihn wieder treffen?"

„Übermorgen."

„Wo genau?"

„Beim Altstoffhändler."

Es herrscht eine drückende Stille, während Benedict überlegt, was er mit diesen Idioten machen soll. Er kommt schnell zum Schluss, dass sie ihm mehr nützen, wenn sie weiterleben wie gewohnt.

„Okay. Ihr werdet so tun, als wäre nichts geschehen. Ihr werdet übermorgen den Stoff kaufen gehen, und ich werde euch im Auge behalten. Habt ihr das verstanden?"

Ein verhaltenes, aber mehrstimmiges ‚Ja' ist zu hören.

15

Es muss erst kürzlich aufgehört haben zu regnen, denn es tropft immer noch von den Bäumen, und die letzten, tiefhängenden Wolkenfetzen werden durch den kalten Westwind das kleine Tal hoch über die Höhen der St. Chrischona gedrückt. Sternenberg ist froh über dieses Wetter, so kommt nochmals die Stimmung auf, die zu diesem Tatort so gut passt.

Er duckt sich unter dem Absperrband durch und stellt sich zu dem uniformierten Polizisten, der Wache hält.

„Guten Morgen, ich bin Kommissär Sternenberg", grüßt er und zeigt ihm seinen Ausweis. „Entschuldige meine Frage. Bist du neu im Corps?"

Er nimmt Haltung an, gleichzeitig antwortet er zackig in perfektem Hochdeutsch: „Polizeiaspirant Holger Kress, Herr Kommissär."

„Nenn mich Matthias, das macht vieles einfacher", murmelt Sternenberg und bietet ihm eine Zigarette an.

„Danke, Matthias, ich rauche nicht."

Sternenberg steckt sich eine an, zieht den Rauch tief in die Lungen, lässt ihn dann genussvoll entweichen.

„Spezielle Vorkommnisse?"

„Abgesehen von den vielen Neugierigen, war nichts los", erklärt Kress, während er überlegt. „Doch, das hätte ich beinahe vergessen. Eine Frau wollte unbedingt den Tatort sehen, wurde hysterisch, ja beinahe gewalttätig, wie ich ihr erklärte, dass dies nicht ginge. Sie hätte Anrecht, meinte sie, denn sie sei die Ehefrau des Opfers. Aber sie hatte keinen Ausweis dabei, also gewährte ich keinen Zutritt."

Sternenberg nickt, klopft ihm aufmunternd auf den Rücken und fragt: „Wann war das?"

„Gestern Abend kurz vor elf, es war längst dunkel, ich hatte soeben den Dienst hier angetreten."

Sternenberg meint mit einem Blick auf die Uhr: „Verdammt langer Dienst, jetzt ist bereits acht Uhr zwanzig."

„Mein Kollege und ich warten seit sieben Uhr auf die Ablösung, aber die Zentrale kämpft mit einem hohen Krankenstand. Sie haben uns um etwas Geduld gebeten."

„Danke Holger, du machst einen guten Job. Über Frau Pretarsson reden wir später noch. Ich gehe jetzt zum Tatort und möchte während zwei Stunden von niemandem gestört werden. Das ist wichtig. Von Niemandem!"

„Verstanden, Matthias!"

Sternenberg bewundert erstmals in Ruhe die Gestaltung des Gartens, der sich durch eine Terrassierung vom Park abgrenzt, und so einen privaten Bereich schafft. Auch wenn dieser Teil etwa der Dimension eines halben Fußballfeldes entspricht, hat man dank der Geometrie und der Bepflanzung ein sehr geborgenes Empfinden. Hier fanden Generationen von Herrschaften ihre Ruhe, konnten lustwandeln, sich entspannen und sich von den Strapazen der letzten Jahrhunderte erholen. Mit Sicherheit gehörten Glück, Liebe, Leben in dieses Haus und in diesen Garten, wie auch Schicksal, Hass und Sterben. Vielleicht passt auch der Mord in die Geschichte dieses Gartens, denkt Sternenberg, und nimmt sich vor, die Chronik dieses Anwesens und dessen Familie zu lesen.

Er schlendert längs durch die Anlage, die von bekiesten Wegen, gesäumt von kniehohen Hecken, in Rechtecke aufgeteilt wird. Klassische Marmorstatuen und Brunnen mit Tieren in Bronze zieren kleine Plätze, zurechtgestutzte Alleebäume säumen die Hauptwege am Rand. Mitten drin befindet sich ein Springbrunnen. Er ist sich nicht sicher, ob dieser Garten dem französischen oder englischen Stil entspricht, aber auch dazu wird er sich schlau machen müssen. Am Ende des Gartens erhebt sich ein alter Baumbestand, dominiert von einer mächtigen Eiche, unter der eine weiße Frauenstatue, eine reich verzierte Granitbank und zu Kugeln geschnittene Eiben ein idyllisches Bild zeichnen. Wenn da nur nicht die beiden Seile mit den Schlingen wären.

Sternenberg lässt diesen Anblick sehr lange auf sich wirken. Dann nimmt er ein Tatortfoto zur Hand, worauf die beiden Opfer am Baum hängen, durchschreitet alle Wege, schaut hinter alle Bäume, Büsche, Statuen und Mauern, auch wenn die Spurensicherung schon jedes einzelne Laubblatt mindestens zweimal umgedreht hat. Wie ein Hund versucht er eine Witterung aufzunehmen und hofft, dass ihn niemand dabei beobachtet, ansonsten derjenige an seinem Verstand zweifeln könnte. Seine Kreise werden immer grösser, bis er durch die umliegenden Straßen schleicht und sich erst zufriedengibt, nachdem er sämtliche Blickwinkel auf die Richtstätte gefunden und fotografiert hat. Er muss sich etliche Male den Zutritt zu den Gärten mit seinem Ausweis erzwingen, niemand hätte ihm freiwillig das Gartentor geöffnet. Eine äußerst verschlossene Welt, aber vielleicht auch verständlich, nach all dem Wirbel.

Nach zweieinviertel Stunden gesellt er sich zu Polizeiaspirant Holger Kress, der immer noch nicht abgelöst wurde und gönnt sich eine Zigarette.

„Du hast sicher Hunger?"

Kress schaut ihn mit einem äußerst zynischen Blick an und sagt: „Erwähne bitte nicht diesen Begriff. Ich stehe kurz vor dem Verhungern, zudem habe ich arschkalt."

„Okay, nimm deinen Kollegen und geht etwas frühstücken. Ich schiebe hier solange Wache. In einer Stunde seid ihr wieder zurück."

Kress' Augen werden groß und drücken eine gewisse Ungläubigkeit aus, als fühlte er sich verarscht.

„Im Ernst?"

„Geh schon, bevor ich es mir anders überlege."

Kress lächelt verlegen, grüßt übertrieben militärisch und eilt zu seinem Kollegen, der den anderen Eingang bewacht.

16

Der Kopfschmerz sitzt vorne hinter der Stirn, strahlt aus in die Augen, obwohl sie noch geschlossen sind. Ich weigere mich sie zu öffnen, als könnte ich damit den Tag mit seinen Unannehmlichkeiten von mir fernhalten. Ich bin mir im Klaren, dass mir leicht schwindlig sein wird, wenn ich aufstehe, ich spüre die pelzige Zunge in meinem trockenen Mund und die leichte Übelkeit, schließlich hatte ich nach dem Treffen mit Benedict noch die Flasche Whisky geleert. Es war ein Frustsaufen, nachdem ich auf dem Nachhauseweg immer mehr zur Einsicht kam, dass mein Leben in den nächsten Tagen den Bach runtergehen wird. Je länger, je mehr fand ich zur Überzeugung, dass der Markt auf dieses Drama reagieren wird. Aber ich werde mein Geschäft nicht kampflos preisgeben, das war ein Schwur, den ich mir gestern, bevor ich auf dem Sofa einschlief, leistete. Daran kann ich mich knapp erinnern.

Mist, ich habe immer noch meine Schuhe an den Füssen. Ich erhebe mich mühsam, stolpere ins Badezimmer, wo ich den Finger in den Hals stecke und ausgiebig kotze. Danach gehe ich auf wackligen Beinen in die Küche, um einen starken Espresso aus der Maschine zu lassen. Apathisch betrachte ich das Rinnsal aus schaumigem Koffein, welches nur zögerlich in die lächerlich kleine Tasse rinnt. Ich setze mich an den Tisch, verrühre den Zucker im Espresso, versuche meine Gedanken und Erinnerungen zu ordnen. Ich bin es gewohnt die Fäden zweier Geschäfte souverän in den Händen zu halten, darum empfinde ich die Ohnmacht gegenüber der Entwicklung dieser Geschichte als unerträgliche Last. Es scheint, als entgleite mir die Kontrolle, andere bestimmen plötzlich über mein Leben, Chaos entfaltet sich.

Wirtschaftlich betrachtet, herrscht nicht so schnell Not, denn ich verfüge über stille Reserven, die mir eine beruhigend lange Zeit über die Runden helfen würden, allerdings müsste ich sehr viel Geld in eine Rückkehr investieren, immer vorausgesetzt ich zöge mich eine längere Zeit aus dem Geschäft zurück. Benedict wird es wohl sehr ähnlich ergehen, was uns wohl zu Brüdern im Schicksal werden lässt.

Bei diesem Gedanken schaue auf die Uhr, sehe, es ist bereits zehn Uhr, das heißt in zwei Stunden bin ich mit Benedict verabredet und habe mich noch keinen Deut um Informationen gekümmert, die wir doch austauschen möchten. Ich werde es auf dem Weg ins Pub erledigen.

Nachdem ich den Espresso lieblos heruntergekippt habe, entkleide ich mich hektisch und stelle mich schreiend unter die kalte Dusche. Ohne Rasur, dafür mit einer oberflächlichen Körperpflege und etwas zu viel „Bleu de Chanel" versuche ich mit einer verwaschenen, beigen Chinohose, einem weißen Hemd, dunkelbraunen Budapester und einem lässigen, stahlblauen Veston den coolen Überflieger zu markieren. Jetzt nur nicht die Aura eines Verlierers ausstrahlen.

Ich mustere mich kritisch im Spiegel, ziehe den Trenchcoat über, dann verlasse ich meine Wohnung.

Es ist nicht einfach, um diese Tageszeit jemanden zu finden, der mir über Neuigkeiten und Tendenzen im Drogenmilieu berichten kann. Klar, ich werde im Laufe der Woche versuchen meine Kunden subtil auszuhorchen, nur wird dies nicht viel bringen, da sie sich nicht im klassischen Milieu bewegen. Genau aus diesem Grund sind sie meine Kunden und fühlen sich nicht gezwungen, ihr Koks bei zwielichtigen Typen in stinkenden Bahnhofstoiletten oder dubiosen Nachtclubs zu kaufen. So bleibt mir nicht viel anderes übrig, als jene Leute zu fragen, welche es gewohnt sind, zu beobachten.

Draußen ist es kalt, die Straßen sind nass, aber es hat aufgehört zu regnen. Ich brauche nicht weit zu gehen, denn das ‚Vesuvio' liegt unweit von meiner Wohnung entfernt in einer zweifelhaften Seitengasse nahe dem Rhein. Nicht, dass es hier schmutzig, und die Häuser heruntergekommen wären, im Gegenteil, alles hat sein gepflegtes Äußeres, nur die Präsenz einiger anrüchiger Lokale und der Straßenstrich macht diese Gasse zu einem moralischen Unort. Allerdings ist es hier um diese Zeit sehr ruhig. Eine einzige Nutte steht an einer Hausecke, scheint gelangweilt Überstunden zu schieben, keine einzige Leuchtschrift leuchtet, alle Fenster sind dunkel, die Gasse ist wie ausgestorben. Ich klopfe an die Eingangstür des ,Vesuvio' und warte geduldig, bis der Schlüssel gedreht wird, und Carla die Tür öffnet.

„Ciao Victor", begrüßt sie mich mit einem skeptischen Blick. „So früh auf den Beinen? Komm rein, ich mach dir einen Kaffee."

Genau das Richtige. Einen tiefschwarzen, italienischen Kaffee aus der Espressokanne, ein Gedicht, ein zuverlässiger Wachmacher. Ich folge ihr durch den verwaisten Club, dessen gewohnt intime Atmosphäre durch das Licht greller Neonröhren verloren gegangen ist. Wie bei einem Foto mit Blitzlicht. Spätestens jetzt erkenne ich den Vorteil einer schummerigen Beleuchtung, wie sonst kann man die in die Jahre gekommene Einrichtung optisch ertragen. Längst wird hier nicht mehr das große Geld gemacht.

„Etwas ist nicht gut, wenn du so früh bei mir auftauchst."

Carla hantiert in der kleinen Küche, während ich an der Bar Platz nehme. Ich beobachte sie von hinten und muss bewundernd zugestehen, dass sie für ihr Alter noch prächtig im Schuss ist. Ein schöner Arsch, trotz einer unvorteilhaften Trainingshose.

„Ja, ich habe ein Problem. Vielleicht kannst du mir weiterhelfen."

„Du kommst immer nur, wenn du ein Problem hast. Du könntest mich einmal zu einem Nachtessen einladen oder mit mir ins Kino gehen, egal was, es würde mich glücklich machen."

Genauso ein Gestänkere kann ich jetzt nicht gebrauchen, aber ich werde mich wohl von der sympathischen Seite zeigen müssen.

„Ja, du hast ja so recht. Ich bin kein netter Mensch, aber glaube mir, in letzter Zeit hatte ich viel Ärger am Hals. Die Zeiten werden nicht einfacher, vielmehr die Konkurrenz grösser und härter. Ich werde mich erkenntlich zeigen, du wirst es nicht bereuen."

„Ach, ich bin mir nicht sicher, ob ich es bereits bereue, dich überhaupt hereingelassen zu haben. Was treibt dich zu mir?"

„Ich brauche deine Einschätzung, deine Wahrnehmung, dein Wissen und deine Intuition. Hast du das Gefühl, dass sich auf dem Markt etwas verändert. Neue Gesichter, neue Ware, neue Preise, neue Gepflogenheiten, neue Gewalt?"

Carla schaut mich fragend an: „Wovon sprichst du? Von Frauen oder von Stoff?"

„Von beidem. Bewegt sich was? Auch wenn es nur eine langsame, schleichende Veränderung ist. Du bist nahe am Puls."

Sie lächelt mich an, während sie die Tasse vor mir auf die Theke stellt.

„Alles verändert sich, dauernd. Das solltest du wissen, mein Freund."

„Carla, du nervst. Ich weiß, die einzige Konstante ist die Veränderung, blablabla, ich brauche keinen Unterricht in Stammtisch-Philosophie. Ich muss wissen, ob man mich aus dem Geschäft drängen will, und dies, bevor es zu spät ist."

Ihr Lächeln ist verschwunden, sie stellt eine Schale Zucker neben meine Tasse und füllt sich ein Glas mit Milch. Alles mit bedächtigen, beinahe aufreizend langsamen Bewegungen, als bräuchte sie Zeit die passenden Worte zu finden.

„Da ist keine Revolution, mehr eine Tendenz zu spüren. Der Umsatz geht zurück, mehr knausrige Gäste, weniger Kunden, dafür neugierige Kerle in edlem Zwirn mit einem leichten Ost-Akzent. Alles nicht dramatisch, aber ein flaues Gefühl bekommt man schon im Magen. Wieso fragst du eigentlich?"

Mit dieser Gegenfrage habe ich gerechnet, zu intelligent ist Carla und zu gut kennt sie mich. Sie setzt sich auf den Barhocker neben mir und blickt mich erwartungsvoll an.

„Alexa ist tot. Sie wurde zusammen mit ihrem Kunden umgebracht. Die Todesursache war eine Überdosis verdrecktes Kokain. Die Polizei trampelt mir jetzt auf den Eiern herum und fragt, ob mich jemand einschüchtern will. Ein Krieg im Milieu. Aber ich habe keine Ahnung."

Carla ist bleich geworden, sie starrt mich entsetzt an. Ich lasse meine Worte wirken, während ich den Kaffee Schluck für Schluck austrinke. Es bildet sich wieder ein Klos im Hals, den ich nur mit Mühe hinunterwürgen kann.

„Mein Gott!", sagt sie leise. „Du redest von diesem bestialischen Mord im Wenkenpark. Man hat sie mit dreckigem Kokain vergiftet und dann zur Schau aufgehängt. Wie krank ist denn so was?"

Ich nicke nur, versuche gefasst zu wirken, schließlich will ich nicht, dass sie auf falsche Gedanken kommen könnte. In einem gewissen Sinne sind wir Konkurrenten, denn ihr Nachtclub dient in erster Linie der Prostitution, nur sprechen wir nicht das gleiche Kundensegment an. Mit Drogen hat sie allerdings nichts am Hut. Trotzdem sind wir uns sehr nahe, nicht wie Geschwister, mehr wie sehr gute Freunde, die ab und zu zusammen vögeln, freilich ohne jegliche Verpflichtung. Carla ist gleich alt, alleinstehend, freiheitsliebend, unabhängig, sieht gut aus, auch wenn die ersten Lebensspuren deutlich sichtbar werden und pflegt zu mir eine Hassliebe. Streng genommen reduziert sie mich auf meinen Schwanz und auf meine Gesellschaft, wenn sie sehr mies drauf ist oder nach Streicheleinheiten lechzt.

„Was für eine unendliche Scheiße", hadert sie weiter.

„Es wird auf jeden Fall Folgen haben", bemerke ich. „Gut möglich, dass ich raus bin."

„Sei nicht gleich so pessimistisch. Du wirst wohl kaum von allen fallengelassen."

„Ich bin Realist. Sobald die Öffentlichkeit die Hintergründe erfährt, werden jene, mit denen ich zu tun habe, hellhörig werden. Diskretion ist die Vertrauensbasis, welche nicht mehr gegeben ist, wenn ich mit den Untersuchungen zu diesem Verbrechen in Verbindung gebracht werde. Kein Freier, kein Kokser will freiwillig in polizeilichen Akten auftauchen, egal, ob ich schuldig oder unschuldig bin.“

Carla starrt mich an und widerspricht nicht. Sie kann offensichtlich meine Befürchtungen nachvollziehen. Sie bietet mir eine Zigarette an. Wir nehmen uns beide eine, rauchen gedankenversunken, bis sie aufsteht und uns zwei Gläser Whisky holt. Als wollte sie mich trösten. Wir prosten uns zu und kippen die Gläser.

„Ich treffe mich anschließend mit Benedict. Ich habe ihn ins Vertrauen gezogen, denn es wird auch ihn treffen. Er wollte sich mal umhören.“

„Und deine Mädchen?“

„Sie sind am Boden zerstört und nehmen sich erstmal eine Auszeit. Dann sehen wir weiter.“

Sie schüttelt resigniert den Kopf. Ich erhebe mich.

„Danke für alles. Ich melde mich, sobald ich etwas zu berichten habe. Ciao.“

Ich küsse sie auf den Mund.

„Ciao.“

17

„Donnerstagnacht", wiederhole ich Benedicts Worte, während ich überlege was das bedeuten könnte.

Gut möglich, dass es eine unberechenbare Begegnung mit irgendwelchen Wahnsinnigen geben könnte, dies in Gesellschaft von kaputten Junkies, und zudem in einem unübersichtlich düsteren Industriegebiet. Keine schönen Aussichten auf eine angenehme Nacht.

„Hast du einen konkreten Plan?", frage ich.

„Ehrlich gesagt, nein. Auf jeden Fall habe ich keine Lust auf einen Krieg, aber mal schauen, wer diesen Idioten Stoff verkauft, sollten wir schon."

„Wir könnten sie auch der Polizei verpfeifen."

„Ist das nicht zu früh? Das können wir immer noch tun, wenn wir feststellen, dass diese Typen für uns eine Nummer zu groß sind. Vielleicht ist alles ein Sturm im Wasserglas und wir blamieren uns bis auf die Knochen, wenn wir irgendeinen harmlosen, bekifften Vollpfosten als hypergefährlichen Psychokiller der Polizei ausliefern."

„Du meinst, wir legen uns wie zwei Indianer auf die Lauer?"

„Ja, oder hast du verdammt nochmal eine bessere Idee?"

Ich erschrecke über seine aufbrausende Reaktion, er scheint nervös zu sein. Wie eine Nähmaschine wippt er bereits die ganze Zeit mit dem Fuß. Wir starren beide nachdenklich in unsere Gläser mit Guinness, während rundum, auf beinahe unerträgliche Weise, das fröhliche Leben pulsiert. Lautes Gelächter, fröhliche Gesichter, lockeres Geplauder, es wird gegessen und getrunken. Das Pub ist gut gefüllt mit Leuten, denen unsere Probleme kaum einen Gedanken wert wären. Spaßgesellschaft! Sicherlich werden die Meisten mit Faszination die Schlagzeilen über den Doppelmord lesen, suhlen sich dabei voller Sensationsgier in den Beschreibungen der Tat, saugen lechzend die perversen Phantasien der Mutmaßungen auf, um dies alsbald wieder zu vergessen, da diese Geschichte nichts mit ihrem Dasein zu tun hat. Schicksale und Dramen sind so lange interessant, wie sie anderen Menschen zustoßen. Ist man selbst betroffen, dann wächst der Zorn auf die Gleichgültigkeit der Gesellschaft. Vermutlich ist diese drastische Schwarzweißwahrnehmung eine Grundregel, auf der die Funktion des Menschen basiert. Niemand will wirklich wissen, wie es dir geht, auch wenn er danach fragt, außer deine Befindlichkeiten liegen in seinem Interesse. Ich bin es längst gewohnt weder Verständnis, noch Mitgefühl zu erhalten, weshalb ich auch keinen Groll mehr gegen die Gesellschaft verspüre, mehr ein „Leckt mich doch am Arsch, ihr Idioten".

„Also gut, ich bin dabei", gebe ich klein bei.

„Das hoffe ich doch, schließlich liegt dies in erster Linie in deinem Interesse", sagt er in einer giftigen Tonlage und mit einem Blick, der mir relativ klar zeigt, was er von mir hält.

„Sorry!", entschuldige ich mich.

„Hast du Schiss?"

Ich zögere kurz.

„Respekt. Ich habe Respekt. Im Fall es diese Irren wären, die Alexa und Pretarsson umgebracht haben, dann sollten wir auf alles gefasst sein."

„Ich habe von der Jagd ein Gewehr mit einem Nachtsichtzielfernrohr, damit können wir aus sicherer Distanz die Szene beobachten. Wir werden sie nur beobachten, ihre Autonummern notieren und ihnen dann hinterherfahren."

„Du gehst auf die Jagd?", frage ich erstaunt, als wäre dies eine absolut unpassende Beschäftigung für Benedict.

„Ja und? Mein Vater hat mich früher oft mitgenommen, irgendwann habe ich die Prüfung gemacht, seither gehe ich während der Saison wöchentlich auf die Jagd. Komm doch mal mit."

„Ich kann keine Tiere erschießen."

„Ach hör doch auf! Wachsen deine Steaks auf den Bäumen? Wenn du ein guter Jäger bist, dann hat das Tier einen schnellen, schmerzlosen Tod. Das Fleisch ist von bester Qualität, absolut bio und du hilfst die Populationen zu regulieren."

„Ja, ja, ist ja gut. Ich habe verstanden. Du musst keine Werbung machen, ich pirsche in der Nacht bereits genug durch den Großstadtdschungel, da fehlt mir die Zeit für die Jagd. Reden wir lieber über die Nacht vom Donnerstag. Deine Junkies wissen nicht, wann die Typen kommen, also müssen wir wie sie, uns einen bequemen Platz suchen, wo wir längere Zeit warten können. Es hat, wenn ich mich nicht irre, zwei Zufahrten zu diesem Industriegebiet. Größtenteils sind es Chemieanlagen, die mit hohen Zäunen, Kameras, Alarmanlagen und Stacheldraht gesichert sind, nur wenige Areale sind unübersichtlich und heruntergekommen. Wo halten sich denn deine Junkies auf?"

„Beim Altstoffhändler, der mit den Bergen aus alten Reifen."

„Hat es da gegenüber nicht den Werkhof dieses Baugeschäfts? Vielleicht sollten wir morgen bei Tag vorbeifahren und uns umsehen."

„Die beste Idee, die du heute hattest."

18

Sternenberg sitz auf seinem Schreibtisch, in der selben Pose, wie in der Nacht zuvor, starrt wieder in das gleiche Loch, mit dem Unterschied, dass dieses Loch nicht mehr aus Dunkelheit besteht, sondern sein Blick an einem Baukran haftet, der mit stoischer Ruhe seine Lasten auf die oberste Plattform eines Rohbaus hievt. Sternenberg liebt Baustellen.

Das Telefon beginnt zu läuten und holt ihm aus seinen wirren Gedanken zurück.

„Sternenberg.“

„Hei Chef, ich denke, wir haben einen Zeugen gefunden, aber seine Angaben sind nicht sehr präzise, denn er war betrunken, als er auf dem Nachhauseweg eine Beobachtung gemacht hat“, schreit ihm Charlie ins Ohr.

„Charlie, du weißt, ich telefoniere nicht gerne. Kannst du mit diesem Zeugen nicht vorbeikommen?“

„Wir sind bereits hier. Wenn du in den Vernehmungsraum kommst, dann kann er dir gleich selbst erklären, was er gesehen hat.“

„Ich bin auf dem Weg.“

Sein Puls steigert sich nur unmerklich, aber doch um so viel, dass er eingestehen muss, sich langsam in jenem perversen Fieber zu wähnen, welches den Reiz seines Berufes ausmacht. Eine diffuse Spannung, die sich plötzlich aufbaut, obwohl der Grund nur marginal ist. Als wäre die Raumtemperatur um ein Grad gestiegen, als hätte sich eine Taube auf das Fensterbrett gesetzt, oder als hätte ein besoffener Zeuge eine rechtlich nicht verwertbare Beobachtung gemacht. Alles unbedeutende Tatsachen, aber eine davon könnte wichtig sein. Vielleicht könnte es jene feine Witterung sein, die in seine Nase dringt, nur eine Ahnung von einer Spur, die am Schluss ein Teil des Ganzen sein könnte. Ein Teil der ewigen Suche nach der Wahrheit.

Er tritt in den Vernehmungsraum, der, schmucklos, grau

und fensterlos, eine klinische Atmosphäre ausstrahlt. An dem Tisch in der Mitte des Raums sitzt ein Mann in Sternenbergs Alter, vermutlich erheblich jünger, nur wirkt er verbraucht und müde. Seine Haut ist bleich, der Körper wirkt schwammig, wie das Gesicht teigig. Glasige Augen und eine widerspenstige Frisur. Kein schöner Mensch, offensichtlich ein Säufer der routinierteren Sorte. Er erhebt sich höflich, sie schütteln sich die Hände.

„Guten Tag Herr Kommissär Sternenberg, mein Name ist Anton Klingelthaler, mit ‚th' geschrieben."

Er hat Mundgeruch.

„Guten Tag Herr Klingenthaler. Nehmen Sie doch bitte wieder Platz."

Charlie sitzt am Tisch vor ihren Schriftstücken, hätte gerne etwas gesagt, aber Klingenthaler gibt ihr keine Möglichkeit.

„Ich habe zwei schwarze Autos gesehen, mitten in der Nacht", erklärt er völlig überdreht und viel zu laut. „Die hätten mich beinahe überfahren. Das waren garantiert die Mörder."

„Das ist ja wirklich eine interessante Geschichte, die Sie da erzählen. Aber jetzt der Reihe nach. Wann geschah das genau?"

Sternenberg weist Klingenthaler an, Platz zu nehmen, dann setzt er sich auch. Mit einem kurzen Seitenblick nimmt er das laufende Tonband wahr, blickt Charlie in die Augen, die kurz nickt, alles hat seine Richtigkeit.

„Das kann ich nicht mehr so genau sagen, aber ich schätze es könnte zwei Uhr nachts gewesen sein, vielleicht auch später."

„Und wo wurden Sie beinahe überfahren?"

„Das war beim Bahnübergang an der Bettingerstraße. Ich wollte die Straße überqueren, da kamen die beiden Wagen angeschossen. Ich konnte mich im letzten Moment noch retten."

„Gottseidank waren Sie so reaktionsschnell. Haben die beiden Wagen angehalten?"

„Äh, ja, zwangsläufig, sonst hätte der vordere Wagen mich überfahren. Ich lag halbwegs auf der Motorhaube, als der Wagen zum Stehen kam."

„Konnten Sie die Insassen erkennen? Männer? Frauen?"

„Die zwei Typen im vorderen Wagen mit hässlichen Visagen, mehr konnte ich nicht erkennen."

„War sonst noch jemand im Wagen, hinten, auf den Rücksitzen?"

„Keine Ahnung."

„Was war es für ein Fahrzeug? Die Farbe war schwarz, haben Sie gesagt."

„Schwarz, ja, vielleicht auch dunkelblau oder anthrazit. Es könnte ein Mercedes oder ein BMW gewesen sein, möglich, dass es einer dieser englischen Marke gewesen ist. Es ging alles so schnell."

„Hatte das Fahrzeug ein einheimisches Nummernschild?"

„Das weiß ich nicht mehr."

„Und der zweite Wagen? Marke? Farbe? Insassen?"

„Dieser Wagen hielt hinter dem vorderen Wagen und ich konnte nichts erkennen."

„Wieso waren die Visagen so hässlich?"

„Ausländer, unrasiert!"

„Dunkelhäutig?"

„Nein."

Charlie verfällt in ein hektisches Schreiben, hackt wie wild mit ihren zehn Fingern in die Tastatur des Laptops, als wollte sie sich von dieser zweifelhaften Befragung ablenken.

„Okay Herr Klingenthaler, einige Fragen zu Ihnen persönlich. Hatten Sie getrunken an diesem Abend? Und woher kamen Sie?"

„Wieso wollen Sie das wissen? Es geht doch nicht um mich?"

„Ich möchte nur Ihre Glaubwürdigkeit einschätzen. Schauen Sie, gemäß den Unterlagen wohnen sie etwa fünfhundert Meter entfernt von diesem Ort, wo Sie die Kollision mit diesem Wagen hatten. Sämtliche Kneipen hatten seit zwei Stunden geschlossen, nur in der Stadt war noch was los. Aber es verkehrte kein öffentliches Verkehrsmittel mehr, also nahmen Sie ein Taxi, in welches Sie vermutlich gekotzt haben, worauf der Taxifahrer Sie rausschmiss, und Sie den restlichen Weg zu Fuß gehen mussten. Könnte das etwa hinhauen?"

Klingenthalers Augen erübrigen eine Antwort. Er schlägt sie beschämt nieder.

„Glauben Sie mir, ich bin der Letzte, der den Stab über Sie bricht, aber in Bezug auf Ihre Glaubwürdigkeit, muss ich leider große Einschränkungen machen. Sie habe alles so gesehen, wie sie es geschildert haben, aber als rechtskräftige Aussage taugt dies leider nicht."

Wieso gibt es Menschen, die all die Klischees bestätigen, die sie krampfhaft zu verbergen versuchen, fragt sich Sternenberg. Jeder mit etwas Lebenserfahrung erkennt in Klingenthaler einen begnadeten Säufer. Immerhin konnte ihnen dieses alkoholgetränkte Gehirn den Hinweis geben, dass es mindestens drei Täter mit einem ausländischen Aussehen in zwei dunklen Wagen waren. Besser als nichts.

„Herr Klingenthaler, wir nehmen Ihre Aussage trotzdem zu Protokoll, vielleicht kann sie eine andere Aussage stützen. Ich danke Ihnen herzlich, dass Sie sich bei uns gemeldet haben. Ich überlasse Sie jetzt Frau Vallon und wünsche Ihnen einen schönen Tag. Auf Wiedersehen."

Sternenberger gibt Klingenthaler, der es nicht schafft ihm in die Augen zu schauen, die Hand.

Zurück in seinem Büro setzt er sich auf seinen Schreibtisch, verfällt in seine gewohnte Starre, während er aus dem Fenster sieht, bewegungslos die längste Zeit, bis Charlie kommt.

19

Angewidert lege ich die Zeitung zur Seite. Ich hatte eine vage Vorstellung, was etwa geschrieben werden könnte, trotzdem übertraf es meine Befürchtungen bei weitem. Das Reißerische der Überschrift liegt beinahe auf der Hand, aber die minutiöse Beschreibung der Tat, die Perversion der Ausschmückungen und Spekulationen, die Sensationsgier, welche aus allen Zeilen triefen, zeugen von einer unbändigen Freude an diesem Drama. Über vier Seiten und dann dieses Foto. Aus großer Entfernung, schwarzweiß, leicht körnig, aber deutlich erkennbar, sieht man die beiden Körper am Baum hängen. Ein apokalyptisches Bild. Ich hätte nicht dieses Boulevardblatt kaufen sollen, besser wäre eine seriöse Zeitung gewesen mit einer objektiven Berichterstattung, nur weiß ich jetzt, was die breite Masse zu dieser Tat denken wird.

In und zwischen den Zeilen denkt man laut über die Hintergründe nach und kommt dabei der Wahrheit erstaunlich nahe. Als hätte jemand internes Wissen weitergegeben. Nicht weiter verwunderlich, schließlich leben wir im Zeitalter der digitalen Offenlegung, Diskretion ist Glückssache. Man zeigt uns Intimitäten, Erfolge, Banalitäten, Meinungen, Hässliches, wie Schönes, Mängel, Obsessionen und unendlich viel mehr, auch wenn wir es nicht sehen möchten. Alles wird breitgewalzt, bis es flach genug ist. Wir beugen uns dem öffentlichen Verlangen nach Preisgabe sämtlicher Geheimnisse, stülpen mit medialer Wirksamkeit das Innerste nach außen. Nichts ist mehr heilig, selbst das Unwesentliche wird veröffentlicht, dass selbst das Wesentlich dabei zu kurz kommt. Auch eine Form der Prostitution.

Ach, was soll dieses Gezeter? Es ist ein Gesetz der Evolution, dass sich die Entwicklung nicht mehr zurückentwickeln lässt, zudem spielt es in diesem Fall keine Rolle, wie das interne Wissen an die Öffentlichkeit kam. Kein

Mensch wird danach fragen, selbst ich möchte nicht in dieser trüben Brühe wühlen wollen.

Oder sehe ich diese Situation zu schwarz? Wächst sogar über solch ein Drama wieder Gras? Vielleicht sollte ich optimistischer in die Zukunft schauen, den Tod von Alexa als Betriebsunfall abhaken und die Kunden durch eine offensive Einstellung überzeugen. Die Leute wollen doch nur Rausch und Sex, mehr interessiert sie nicht. Ordinäre Bedürfnisse beherrschen das vernünftige Denken. Wie oft habe ich mich gewundert und gefragt, warum, verdammt nochmal, Leute sich die Birne volldröhnen oder den Verstand aus dem Kopf ficken und dafür ein Vermögen zahlen. Das allein ist schon pervers.

Wobei, ehrlich gesagt, es genügend andere Perversionen gibt, die auch sehr viel Geld kosten und genauso idiotisch sind. Statussymbole, Macht, Kinder, Schönheit seien als Beispiele genannt, die, wenn nicht angeboren, geschenkt oder mit Fleiß erarbeitet, nur mit sehr viel Geld erworben werden können. Wobei nichts von dem idiotisch wäre, wenn es nicht entgegen seiner eigenen Natur begehrt würde.

Ich muss mich jetzt nicht unnötig damit auseinandersetzen, wie Menschen funktionieren, das denke ich zu wissen, ich muss mich fragen, wie ich sie als Kunden behalten kann. Wie kann ich erreichen, dass ihr Lechzen nach Rausch und Lust über jeglichen Ängsten und Bedenken steht. Vielleicht sollte ich mich verhalten wie dieses Boulevardblatt und das Geschehene als Sensation vermarkten, nur zusätzlich mit dem verführerischen Hauch der Exklusivität. Ich sollte einen Versuch starten, am besten bei einem unwichtigen Kunden, auf den ich verzichten könnte, wenn er sich schockiert von mir abwenden würde.

Ich stelle mich ans Fenster, schaue hinunter, wo die Passanten, versteckt unter ihren Regenschirmen durch die Straßen eilen, wie Ameisen, die ein herausgebissenes Stück eines Blattes zu ihrem Bau tragen, und führe mir mein Kundenstamm vor Augen.

Heinz Brosch.

Ein mürrischer, geiziger Kunde, jedes Mal feilschend, mich für seine Sucht verantwortlich machend, mit der Welt hadernd, ein Zyniker, ein unerträgliches Arschloch, wenn er nicht mein Kunde wäre. Seine wöchentliche Lieferung steht an, heute während seiner Bahnfahrt von der Arbeit nach Hause. Die Zeit und das Abteil im Wagen stehen seit einer Stunde fest, mit einem SMS hat er mir die Daten der Übergabe bestätigt. Neunzehn Uhr fünfzig im Abteil sechs des ersten Wagens der ersten Klasse. Wie er das hinbekommt, dass wir immer ein Abteil für uns alleine haben, ist mir schleierhaft.

Ich schaue auf die Uhr. Sechzehn Uhr zwanzig. Noch genügend Zeit für ein Telefonat mit meiner Lieblingskundin, Claudia Vallecorso, die gelangweilte Ehefrau eines Industriellen, deren düsteres Dasein ich mit Kokain und einem gelegentlichen Fick aufzuhellen versuche. Wenn sie nicht besoffen ist, dann hat sie weiße Spuren unter der Nase. Eine Schande, zu sehen, wie solche eine schöne Frau vor die Hunde geht.

„Ciao Claudia. Come va?", frage ich mit einem gut gelaunten Unterton, nachdem sie endlich nach dem zehnten Rufton abgenommen hat.

„Ciao caro Victor, va bene. Ich habe etwas geschlafen, darum bin ich noch nicht ganz wach", meldet sie sich mit einer krächzenden Stimme.

„Oh, hattest du eine lange und anstrengende Nacht?"

„Ein wenig, aber sicherlich nicht so, wie du meinst. Giorgio ist auf Geschäftsreise, darum war gestern Abend meine Schwester hier. Wir haben gekocht, dann gegessen und getrunken. Sie ist erst vor einer Stunde gegangen."

„Hast du heute Abend schon etwas vor?"

„Willst du wieder einmal ficken, du lagst schon lange nicht mehr zwischen meinen Beinen?", antwortet sie mit schwerer Stimme.

Ich beiße mir auf die Zunge, denn ich hätte mir ja denken können, dass ich das zu hören bekomme, ihre Direktheit ist legendär. Aus Verlegenheit stecke ich mir eine Zigarette an.

„Wenn ich jetzt ‚Nein' sage, dann bist du beleidigt, weil ich deinen wunderbaren Körper nicht begehre, wenn ich ‚Ja' sage, dann stauchst du mich zusammen, weil ich nur anrufe, wenn ich dich ficken oder dir Stoff verkaufen will."

Ihr kehliges Lachen liebkost mich weich in meinen Gehörgängen wie in meinen Lenden.

„Mein Lieber, was sonst sollte uns zusammenführen, oder hast du ein anderes Bedürfnis?"

„Ja, ich möchte gerne deinen Rat."

Das hat sie mit Garantie nicht erwartet, auch wenn sie mir oft stundenlang ihr Leid klagte, und ich ihr dann versuchte altkluge Ratschläge zu geben, bis sie mir einen blies, nur damit ich aufhörte solch einen Stuss zu reden.

„Hast du ein Problem?", fragt sie.

„Ja, könnte man so bezeichnen."

„Bekommst du kein Koks mehr geliefert oder ist dir die Polizei auf den Fersen?"

„Quatsch. Kann ich um etwa zwanzig Uhr dreißig vorbeikommen? Dann erzähle ich dir die ganze Geschichte."

„Spannend. Na, dann komm vorbei. Ich mach eine gute Flasche auf und ziehe bereits einmal die Unterwäsche aus."

Ich verabschiede mich mit einem Grinsen und rauche die Zigarette zu Ende, während ich die Ameisen beobachte.

20

„Was meinst du, wollen wir politisch unkorrekt und rassistisch sein?", fragt Sternenberg, ohne sich umzudrehen, um zu schauen, wer in sein Büro gekommen ist.

„Wir müssen wohl, auch wenn der Beschrieb von einem Säufer kommt und äußerst unpräzise ist. Mindestens drei unrasierte Ausländer in zwei dunklen Limousinen. Da könnte es bei einigen Leuten schon klingeln", antwortet Charlie.

Erst jetzt dreht er sich um und fragt: „Wo ist eigentlich der Rest der Sonderkommission?"

„Das solltest du als Chef der Soko eigentlich am besten wissen. Die grasen immer noch die erweiterte Umgebung des Tatorts ab."

„Macht das noch Sinn?"

„Gute Frage. Bald ist Feierabend, also lass uns morgen darüber reden."

„Einverstanden. Gib noch den Hinweis an die Presse raus, dann mach Schluss für heute."

„Danke Chef. Bis morgen und einen schönen Abend."

„Das wünsche ich dir auch."

Sternenberg seufzt laut, kaum ist die Türe ins Schloss gefallen, denn er sollte noch den Staatsanwalt informieren, aber ist sich nicht im Klaren über was. Nichts, einfach nichts, wenn man von den dürftigen Erinnerungen eines besoffenen Säufers absieht. Staatsanwalt Feindrich wird mit dem üblichen Wehklagen über den Druck durch die Öffentlichkeit, die Presse, sowie durch die politische Führung kommen. Er könnte im Schlaf den genauen Wortlaut aufsagen, sieht dabei dessen leidende Miene, dessen theatralische Gestik, entlehnt aus all diesen Kriminalfilmen dieser Welt. Er möchte einen Staatsanwalt erleben, der ihnen aufmunternd zuruft, dass er ihnen vertraut, sie nur geduldig weiterarbeiten sollen und er ihnen den Rücken freihalten wird. Jedes Mal scheißt ihn dieser Gang zum Staatsanwalt an. Als ob man versagt hat, muss man sich rechtfertigen. Eine erniedrigende Situation, die ihm je länger, je mehr zu schaffen macht.

Das Telefon reißt ihn aus seinem Frust.

„Hei Scott, hast du noch keinen Feierabend?", begrüßt er ihn erwartungsvoll, denn etwas Unwichtiges hätte bis zum Morgenrapport warten können.

„Mach ich gleich, aber ich wollte dir nur berichten, dass zwei betagte Bewohner einer Alterssiedlung die Beobachtung mit den beiden dunklen Limousinen bestätigen konnten. Um zwei Uhr fünfzehn rauchten zwei fünfundachtzigjährige Knacker, die aussehen wie Waldorf und Stettler aus der Muppet-Show, ihre Zigarren auf dem Balkon und konnten die beiden Fahrzeuge beobachten, wie sie die Straße hochfuhren. Sie fuhren sehr schnell, weiter oben konnten sie dann die Bremslichter sehen. Sie hielten vermutlich auf dem Vorplatz des Haupteingangs. Dreiste Kerle, die den Haupteingang nehmen, wo jederzeit jemand vorbeifahren könnte."

„Hmm, irgendwie verwundert mich das nicht. Alles an diesem Doppelmord ist von unsäglicher Impertinenz, als wollte uns jemand demonstrativ den gestreckten Mittelfinger zeigen. Nur große Selbstsicherheit und ein ausgesprochenes Machtgefühl gibt jemandem die Zuversicht, bei solch einem Verhalten nicht erwischt zu werden. Sind diese Zeugen glaubhaft?"

„Ich denke schon, auch wenn sie nicht mehr die jüngsten sind und Brillen mit Gläsern wie Flaschenböden haben."

Sie verabschieden sich, sogar Sternenberg macht Feierabend, denn letzte Nacht hatte er nicht so gut geschlafen.

21

Ich sitze in meinen Golf, rauche eine Zigarette, es ist zwanzig Uhr achtunddreißig und ich versuche mich zu sammeln, bevor ich bei Claudia klingeln werde. Die Übergabe des Kokains an Brosch war keine schöne Sache, was mich nicht zur Ruhe kommen lässt. Passend zu meiner Stimmung regnet es weiterhin, was die Villa durch den Wasserschleier auf der Frontscheibe nur als verflossenes, undefiniertes Gebilde erscheinen lässt.

Brosch hatte mich, wie befürchtet, mit seiner destruktiven Art zur Sau gemacht. Kaum hatte ich eine beiläufige Bemerkung über den Doppelmord fallengelassen, steigerte er sich in ein Lamento über die Verrohung der Sitten, das Geschwür der Gewalt, die Mafia, das Flüchtlingsgesindel, und dass man dringendst wieder die Todesstrafe einführen sollte. Völlig kranke Äußerungen, denen ich nicht widersprach, dafür nahm ich sein Geld. Ich kam und komme mir immer noch verlogen vor. Mir wurde schnell klar, er ließe mich auf der Stelle fallen, wenn er von meiner Verwicklung in dieses Drama erführe. Ich nahm mir vor, ihn auszunützen, solange es geht.

Ich kurble das Seitenfenster nach unten, werfe den Zigarettenstummel hinaus, während ich die Villa betrachte. Sie thront im englischen Landhausstil auf einer leichten Anhöhe, umgeben von altem Baumbestand, dezent beleuchtet, das Grundstück umfasst von einem schmiedeeisernen Zaun mit goldenen Spitzen. Rechts die Einfahrt zur Tiefgarage mit Platz für zehn Fahrzeuge. Ich weiß das, denn einst habe ich Claudia von hinten genommen, da hielt sie sich am Heckspoiler eines Lamborghinis fest.

Bevor mein Finger auf die Ruftaste drücken kann, öffnet sich das Tor mit einem leisen Summen. Ich nehme immer zwei Stufen auf einmal, bis ich außer Atem oben ankomme, wo sie mich unter der Tür mit einem schiefen Grinsen empfängt.

„Ciao Victor. Deine Energie möchte ich noch haben."

Sie küsst flüchtig meinen Mund und schließt die Tür hinter mir.

„Das täuscht. Ich bin nur etwas angefressen, aber dies muss dich nicht weiter kümmern."

Eine Bemerkung, die zu sehr nach Jammern klingt, die ich sogleich bereue.

„Komm, zieh deine Jacke aus, lass dich in die Polster fallen, entspann dich, trinke ein Glas. Du wirst sehen, gleich sieht die Welt etwas anders aus."

Ich lasse mir ihre mütterliche Fürsorge gefallen, nehme einen großen Schluck aus dem übertrieben großen Bordeaux-Glas und schließe erstmal genüsslich die Augen. Wie ich sie wieder öffne, bemerke ich erst ihre aufreizende Eleganz. Ihr enganliegendes Etuikleid aus einem schwarzen, leicht glänzenden Stoff bringt ihre weibliche Figur perfekt zur Geltung. Die hohen Pumps geben ihrem Körper eine sinnliche Spannung. Mit Garantie trägt sie keine Unterwäsche, trotzdem regt sich in meiner Hose gar nichts, was bei normalen Umständen längst der Fall gewesen wäre.

„Du siehst gut aus", schmeichle ich ihr.

„Aber du siehst gar nicht gut aus. Du bist bleich, hast Ringe unter den Augen und wirkst gehetzt. Ist es das Problem, das du erwähnt hast, welches dich stresst?"

Sie setzt sich neben mich, die Knie artig aneinandergepresst, die Hände flach daraufgelegt, den Blick auf mich geheftet, bereit mir zuzuhören.

Ich blicke sie kurz an und beginne zu sprechen: „Alexa ist tot. Du kennst sie nicht, aber sie war eines meiner Mädchen. Sie wurde mit ihrem Freier zusammen ermordet, gut möglich, dass du davon in der Zeitung gelesen oder im Radio gehört hast."

Claudia zieht hörbar die Luft ein, nimmt ihre Hände vor den Mund, ihre Augen werden immer grösser, sie ist entsetzt.

„Die Polizei hat bis anhin nicht viel Konkretes. Allerdings sieht sie ein Motiv in einem sich anbahnenden Krieg im Milieu. Der Kommissär spekuliert mit dem Verdacht eines brutalen Versuchs, mich und andere einzuschüchtern, damit mein Geschäft ruiniert würde, und diese Typen mit der Zeit übernehmen könnten. Sonst bleibt nur die Hypothese von dem geisteskranken Täter mit seinen bedeutungsvollen Ritualmorden, was als unwahrscheinlich taxiert wird, da solche Irre in der Regel alleine handeln und nicht in Gruppen von drei bis vier Personen, wie in diesem Fall."

Claudia scheint wie paralysiert, versucht vermutlich ihre Gedanken zu ordnen, und fragt sich ziemlich sicher, warum ich ausgerechnet mit ihr über diese Geschichte reden will. Sucht er jemanden für die Aufarbeitung des Problems, da sonst kein Schwein zuhört, oder erwartet er Hilfe in irgendeiner Form?

„Das ist ja furchtbar! Ich war schon schockiert, als ich es in der Zeitung gelesen habe. Sowas hier bei uns. Dass du darin verstrickt bist, macht diese Abscheulichkeit noch viel schlimmer. Arme Alexa. Was hast du nun vor? Was geschieht jetzt?"

Ich seufze und mime den Grüblerischen.

„Ich versuche herauszufinden, ob im Milieu neue Typen auftauchen, ob sich das gewohnte Milieu verändert, ob neuer Stoff gehandelt wird und ob sich meine Kunden von mir abwenden, wenn es publik wird, dass Alexa mein Mädchen war."

Sie starrt mich an, runzelt ihre Stirn, denkt sichtlich angestrengt über meine Worte nach, schweigt. Ich stehe, auf gehe zur Terrassentür, öffne sie, trete unter das Vordach und stecke mir eine Zigarette an. Ich muss ihr etwas Zeit geben. Ich beobachte sie durch die Gardinen, die der Wind aufbläht wie Segel, muss ihre welkende Schönheit bewundern und staune, dass sie immer noch nüchtern ist. Ich wende mich der verregneten Dunkelheit zu, erkenne nur undeutlich das nächste Haus hinter den laublosen Sträuchern, da gesellt sie sich zu mir, hält mich um die Taille, legt ihren Kopf auf meine Schulter. Eine wohltuende Geste.

„Du hast wirklich Scheiße am Hals", sagt sie leise. „Wenn du mir nicht wichtig wärst, dann kehrte ich dir jetzt den Rücken zu. An deiner Stelle würde ich den Beruf wechseln und einen Job suchen."

„Vergiss es. Ich kann und will nicht. Mein Leben ist eine Einbahnstraße ohne Abzweigung, eine verfluchte Sackgasse. Jetzt bin ich am Ende angelangt, kann nicht wenden, kann nur noch aussteigen und zu Fuß weitergehen."

Ich drücke meinen Stummel in dem Aschenbecher auf der Brüstung aus, dabei spüre ich wie Claudia zu zittern anfängt.

„Komm wir gehen rein, du hast kalt."

„Ja, meine Schamlippen frieren ein. Ich habe gedacht wir ficken uns wund, darum habe ich nur dieses Kleidchen ohne Unterwäsche an, nun wälzen wir schreckliche Probleme in der Kälte."

Ich muss grinsen, dann geben wir uns die Kante.

„Wenn du willst, kannst du bei mir schlafen. Bei deinem Pegel würde ich nicht mehr fahren", rät sie mir mit bereits schwerer Zunge, als sie die nächste Flasche entkorkt.

„Ich könnte ja auch ein Taxi nehmen. Ich will nicht aus einem karitativem Gewissen heraus bemuttert werden."

„Bemuttern? Dann würdest du ja deine Mutter ficken. Das macht man nicht."

„Lass meine Mutter aus dem Spiel."

„Komm nicht auf den Gedanken, dass ich dich bemuttern könnte. Mich interessieren nur dein Koks und dein Schwanz, sonst gar nichts. Was kannst du mir bieten, was ich nicht schon habe."

Auch wenn wir mittlerweile ziemlich betrunken sind, beginnt dieser Abend immer mehr Spaß zu machen.

„Da hätte ich einiges anzubieten. Wie wäre es mit dem Reiz des Bösen, der Versuchung der verbotenen Lust oder ein Leben im Graubereich?"

„Ah, du denkst, ich stehe auf die bösen Jungs, die eine Knarre im Hosenbund stecken haben, mich mit Gewalt nehmen, um mich dann links liegen zu lassen. Das ist doch ein gepflegtes Klischee, gleich wie jenes der knallharten Rocker oder der mächtigen Manager. Alles ein Schauspiel, nur um den Status, der Macht und dem Sex willen. Glaube mir, ich kenne mich damit aus."

„Ja, ja. Als reiche Tussi kannst du den Mund schön voll nehmen, aber du hast ja keine Ahnung, wie mein Leben wirklich ist."

Sie liegt bereits quer auf dem Sofa, hat ihren Kopf in meinen Schoss gebettet, müht sich nur manchmal auf für einen Schluck Wein oder um mich anzusehen, wie jetzt.

„Ich beginne gleich zu weinen. Ich nehme meinen Mund nur voll, wenn ich deinen Schwanz lutsche, ansonsten lebe ich ein Scheißleben und bin von Beruf Zynikerin. Das solltest du wissen. Ich gehöre ja selbst zu diesem Schauspiel. Für meinen Mann bin ich ein Statussymbol, wie das Haus oder die Autos. Macht genießt er im Geschäft, für den Sex verkleidet er sich als Frau und lässt sich von Männern ficken."

Das erzählt sie mir das erste Mal.

„Darum verstehe ich dich nicht. Verlass ihn doch, lass dich scheiden und nimm ihn aus, wie eine Weihnachtsgans."

„Geht nicht, wir haben einen Ehevertrag. Ich könnte nichts von diesem Reichtum mitnehmen."

„Da spielst du ihm aber wunderbar in die Karten. Er kann seine Perversionen hinter einer bürgerlichen Fassade ausleben, während er von allen Heteros für seine schöne Frau beneidet wird. Strenggenommen, bist du seine Angestellte."

„Genau, aber eine sehr schlechte Angestellte, denn ich konnte ihm keine Kinder schenken."

Mit den letzten Worten beginnt sie leise zu weinen. Ihr Körper verkrampft sich, windet sich, dann schnieft sie, schließlich spüre ich, wie die Tränen durch den Stoff der Jeans sickern. Ich streichle ihr Haar und schweige. Zwei Menschen tief in der Scheiße.

22

„Scott, du kannst perfekt Englisch, also möchte ich, dass du nochmals bei Europol nachhakst, ob während den letzten zwei Jahren ähnliche Fälle in Europa aufgetreten sind. Versuche das Raster nicht nur auf diese Form der Hinrichtung zu beschränken, schau, dass auch andere bestialische Formen der Tötung berücksichtigt werden."

Scott nickt und macht sich Notizen.

Neben Scott sitzen Charlie, Thomas, Sophie und Richard am Tisch, die ganze Sonderkommission beim Frührapport. Ein gutes Team, bestehend aus Arbeitern und Denkern. Die einzige Konstellation, die zum Erfolg führen kann.

„Sophie, du nimmst dich den beiden dunklen Limousinen an. Schau, wer gleichzeitig zwei solche Fahrzeuge besitzt oder gemietet hat, dies nicht nur in der Schweiz."

Auch sie nickt und freut sich innerlich auf diese aussichtslose Fleißarbeit. Sophie steht kurz vor der Rente, was sie nicht daran hindert, eine akribische Arbeitsbiene zu sein.

„Thomas, Richard, ihr kümmert euch zuerst um die Hinweise aus der Bevölkerung. Seit heute Morgen die Zeitungen draußen sind, haben sich einige schon gemeldet."

Beide hängen lässig in ihren Stühlen und nehmen die Anweisung mit einem Handheben zur Kenntnis.

„Charlie, du machst dich über das Seil schlau. Das sind doch etwa fünfzig Meter Seil, welches man wohl kaum im Baumarkt kaufen kann. Wir treffen uns wieder nach dem Mittagessen hier zur Besprechung. Seid ihr einverstanden?"

Mit fünf Mal ‚Ja' in allen Variationen wird ihm geantwortet, dann kratzen Stühle über den Linoleumboden und zwanzig Sekunden später sind alle verschwunden, außer Charlie, die sitzt immer noch am Tisch.

„Ich werde auf jeden Fall die Spur des Seils verfolgen,

keine Frage, nur nähme mich etwas wunder. Sollten wir nicht diesem Victor Grober mehr Beachtung schenken? Oder lässt du ihn bewusst an der langen Leine?"

Sternenberg muss schmunzeln, nicht über zwei dämliche Fragen, sondern über ihre Intelligenz. Er darf Charlie nicht unterschätzen.

„Die letzte Frage ist sehr gut. Ja, ich gebe ihm bewusst eine lange Leine. Er ist sich dessen bewusst und wird uns erheblich mehr nützen, als ein Kleinkrimineller, den wir unter Druck setzen. Er ist so schon genügend unter Druck. Er verliert soeben seine Existenz. Kaum jemand wird ihm mehr Kokain abkaufen oder den Escort-Service buchen, wenn es erst einmal publik wird, und glaube mir, es wird publik. Er wird verzweifelt versuchen diese Scheiße zu regeln, sich reinzuwaschen, und ich werde ihn dabei persönlich betreuen."

„Chef, ich danke für deine Offenheit. Sollten das die anderen nicht auch wissen?"

„Ja, du hast recht."

Sternenberg fühlt sich durch ihre Direktheit etwas brüskiert, muss aber zugeben, dass sie wirklich recht hat. Sie lächelt ihm zu, bevor sie verschwindet.

Gerne hätte er diesen Trumpf alleine im Ärmel gehabt, nicht aus Misstrauen gegenüber seinen Leuten, mehr aus persönlichem, wenn nicht sogar aus egoistischem Interesse. Er würde ungeheuer weise und schlau wirken, führe diese Strategie zum Ziel. Wie ein Zauberer zöge er nicht das Kaninchen, sondern die Lösung des Falls aus dem Zylinder, was er sich erstmals abschminken kann, denn Charlie ist schlau.

23

Im Nachhinein muss sich die Sonderkommission eingestehen, vom Glück des Tüchtigen profitiert zu haben. Es
war jener Zufall, den es braucht, um Verbrechen aufzuklären, ohne den ein Drama ungesühnt bleiben würde. Kein
ermittlerisches Glanzstück, kein kluges Kombinieren,
schon gar keine polizeiliche Macht haben den wichtigen
Hinweis erwirkt, nur ein einfacher Straßenkehrer, der mit
seinem Besen den Lack einer schwarzen Mercedes-Limou-
sine verkratzt hatte, lenkte die Aufmerksamkeit der Polizei
auf diesen Wagen. Giuseppe, ein grundehrlicher Sizilianer,
meldet sein Missgeschick seinem Vorgesetzten, welcher
ihn anwies, der Polizei eine Meldung zu machen, damit der
Fahrzeughalter informiert werden konnte.

Allerdings brauchte es eine gute Stunde, bis jemand die
Zeit fand, das Kennzeichen im System einzugeben, um sogleich mit großen Augen festzustellen, dass der Wagen als
gestohlen gemeldet war. Gleichzeitig entsann sich der Beamte einer Suchmeldung nach zwei dunklen Limousinen,
was wiederum eine Meldung an eine Streife auslöste, die
umgehend zu diesem Mercedes fuhr, um ihn bis zur An-
kunft der Kriminalpolizei zu bewachen.

Das übliche Prozedere folgte mit der Benachrichtigung
des Besitzers, seinem Einverständnis für die Untersuchung
des Wagens, dem Verladen und dem Abtransport des Wagens in die Technik, wo dann mit Hilfe dem Schlüssel des
Besitzers die Büchse der Pandora geöffnet wurde.

Nichts. Absolut nichts.

Trotzdem begannen die Spurenexperten den ganzen In-
nen- und Kofferraum auf kleinste Partikel abzusaugen,
nahmen Fingerabdrücke, entfernten die Verschalungen,
legten alle Hohlräume offen, untersuchten die Profile der
Reifen, analysierten die Daten aus dem Navigationssystem
und hofften selbst im Aschenbecher noch Hinweise zu finden. Ein ungeheurer Aufwand, drei Beamte werden fast

einen ganzen Tag opfern, und die Auswertung der Proben sollte erst morgen verfügbar sein. Sternenberg nahm es mit stoischer Ruhe zur Kenntnis, wie er auch beim Nachmittagsrapport mit Gelassenheit eingestand, unzureichend über seine Strategie bezüglich Victor Grober informiert zu haben.

Das Team reagierte unaufgeregt, schließlich kennt man Sternenbergs Art der Ermittlung. Trotzdem ist man über seine dreiste Delegation der Drecksarbeit an Grober erstaunt, da dieses Vorgehen so gar nicht einer gesetzlichen Vorgabe entspricht. Wenn das nur nicht der Staatsanwalt erfährt, wobei sich Sternenberg sicher ist, dass keiner aus dieser Runde ein Wort darüber verlieren wird. Wenn jemand im Kader der Polizei über ein beinahe uneingeschränktes Reservoir an Sympathien verfügt, dann ist es Sternenberg. Er ist einer der wenigen Führungspersonen, die sich aus allen politischen und internen Querelen heraushielt, was zusammen mit seiner sanften Empathie als sehr angenehm empfunden wird.

Er ist kein Vorgesetzter, er ist ein Kollege!

Sternenberg ist sich seinem Ruf bewusst, woran er auch stetig arbeitet, damit ihm sein Team genau in solchen Momenten vertraut. Er genießt es, vor seinen Leuten zu stehen, sie zu beeindrucken, zu verwirren und von ihnen manchmal nicht verstanden zu werden. Letzteres findet meist eine Erklärung, nachdem er einen Fall gelöst hat. Während den Ermittlungen versteigt er sich oft in kryptische Hypothesen, die zu hinterfragen die meisten schon aufgegeben haben.

„Das zum Ermittlungsstand. Üben wir uns in Geduld und gehen wieder an die Arbeit, ihr habt ja genug zu tun. Ich werde mich tiefer mit der Praktik und der Symbolik des Hängens auseinandersetzen. Ich bin der Auffassung, dass uns diese Art der Hinrichtung mehr sagen will, als wir wahrhaben wollen. Ihr findet mich heute Nachmittag in der Universitätsbibliothek."

„Wäre Wikipedia nicht einfacher?"

„Für das Oberflächliche, für das, was der Allgemeinheit an Wissen genügt, für das genügt auch Wikipedia, aber wenn du den kulturellen Bezug, die Entstehung, die Entwicklung und die Bedeutung des Hängens erkunden willst, dann brauchst du einen Sachverständigen und die entsprechende Literatur. Das bekommt man nur am historischen Institut."

Alle nicken, machen ein dummes Gesicht, schleichen sich davon.

24

Wieso muss das Aufwachen immer mit Schmerzen verbunden sein? Ist es für einmal nicht der Kopf, dann ist es der Rücken. Heute schmerzt beides. Für meine wunden Stirnlappen ist eindeutig der Alkohol verantwortlich, dafür braucht es nur einen verschwommenen Blick auf den Salontisch, und für die Pein im Kreuz ist wohl die verkümmerte Schlafhaltung im Sofa zuständig.

So ein Mist, wir sind im Wohnzimmer eingeschlafen. Ich schiele in meinen Schritt, wo Claudias Hand liegt und stelle erstaunt fest, dass wir vollständig bekleidet sind. Einzig der Saum ihres Kleides ist nach oben gerutscht, sodass ich ihre blond behaarte Scham sehen kann. Ich erhebe mich mühsam, lege Claudias Hand zur Seite, die sich ächzend auf den Rücken dreht und zu schnarchen beginnt. Meine Uhr zeigt dreizehn Uhr fünf, dann krame ich mein iPhone aus der Jacke, auf dessen Display zwei Anrufe von Benedict und drei Mails, vermutlich von Kunden, angezeigt werden. Da fällt mir ein, dass Benedict mit mir den Übergabeort anschauen wollte. Ich drücke auf Rückruf.

„Hei Benedict, entschuldige, ich habe verschlafen.“

„Ciao Vic. Ist nicht so schlimm. Wann hättest du Zeit?“

Ich schaue auf die Uhr, anschließend auf Claudia, die von meinem Gerede erwachen ist und krampfhaft versucht zu verstehen, warum sie hier liegt.

„In einer Stunde, nein, sagen wir in zwei Stunden, um fünfzehn Uhr auf dem Parkplatz der Autobahnraststätte Fahrtrichtung Zürich.“

„Okay, bis bald.“

Ich schaffe es nicht mich zu verabschieden, so schnell hat er mich weggedrückt.

Unterdessen hat sich Claudia aufgesetzt, schaut mich mit einem verschlafenen Blick an, um sich mit einem Stöhnen wieder zurück in die Kissen fallen zu lassen. Welch herrlich obszöner Anblick. Dank ihren gespreizten Beinen gewährt sie mir einen großzügigen Einblick in ihre rosa glänzende Möse.

„Willst du mich verführen?", frage ich bewusst naiv.

Sie hebt den Kopf, schaut mich durch ihre zerstörte Frisur an und bemerkt erst jetzt, wie aufreizend sie daliegt.

Sie verzieht ihren Mund zu einem schiefen Lächeln, versucht etwas zu sagen, was in einem Krächzen endet, räuspert sich und meint: „Bediene dich nur, ich kann ja unterdessen noch etwas schlafen."

„Hättest du wohl gerne. Ich mach die Arbeit, während du das Vergnügen hast."

Ihr heiseres Lachen endet in einem Husten.

„Ich kann mir beim besten Willen nicht vorstellen, es als ein Vergnügen zu empfinden, jetzt von dir gefickt zu werden."

„Ich weiß, ich bin eine Pfeife im Bett, aber das könntest du etwas feinfühliger rüberbringen."

Wieder ihr heiseres Lachen, diesmal ohne Husten.

„Vorschlag zu Güte. Ich mach uns einen starken Kaffee, unterdessen räumst du hier die Schweinerei auf, wir trinken dann Kaffee und gehen anschließend duschen. Dort kannst du mich in allen Varianten ficken, und wenn ich kotzen sollte, kann man das Ganze einfach nur runterspülen. Einverstanden?"

Ihrer Robustheit zolle immer wieder großen Respekt. Viele Männer, eingeschlossen mich selbst, würden nach solch einem Besäufnis die weiße Fahne schwenken, um ja in Ruhe gelassen zu werden. Nicht Claudia, sie ist zäh, wird ihren Kater ignorieren und mir unter der Dusche ein erotisches Feuerwerk liefern, das ich auf keinen Fall verpassen möchte.

Trotz einer leichten Übelkeit, aber mit aufkeimender Lust, antworte ich: „Diesen Vorschlag finde ich außerordentlich gut."

Ich parkiere neben Benedicts Karre. Er sitzt wild gestikulierend hinter dem Steuer mit seinem alten Handy am Ohr. Ich höre einen dumpfen, unverständlichen Wortbrei durch die geschlossenen Scheiben, trotzdem ist seine Wut nicht zu überhören. Manchmal schlägt er mit der freien Hand auf das Lenkrad, dann auf das Armaturenbrett, schließlich gegen seine Stirn. Ich habe Benedict noch nie in diesem Zustand gesehen. Normalerweise gingen mich seine Probleme einen feuchten Kehricht an, aber angesichts unserer gemeinsamen Schwierigkeiten, lausche ich angestrengt nach Stichworten, die ich vielleicht trotzdem verstehen könnte. Nichts. Ich bleibe mit steinerner Miene sitzen, blicke geradeaus, bis ich höre, wie das Gespräch verstummt. Dann sehen wir uns an. Mit rotem Kopf steigt er aus seinem Chevi und setzt sich zu mir in den Wagen.

„Verdammt, du willst gar nicht wissen, was ich soeben für ein Gespräch hatte."

„Ich will es sicherlich nicht wissen, aber du wirst es mir sagen."

Er schnaubt, wie ein Stier, der jeden Moment auf diesen verdammt arroganten Torero lospreschen wird.

„Mein Lieferant. Dieses Arschloch verdoppelt ab der nächsten Lieferung den Preis. Den Rest kannst du dir selbst zusammenreimen."

Als wäre ich ein Ballon, dem die Luft entweicht, sacke ich in mir zusammen. Eine klare Kampfansage oder vielleicht die Reaktion von vorsichtigen Leuten. Beides ist äußerst schlecht fürs Geschäft.

Ich frage der Form halber: „Ich nehme an, es gab keine Begründung für diese neue Preispolitik?"

„Phh, Lieferschwierigkeiten, Konkurrenz blablabla... Alles Gelaber. Unverständlich. Seit vielen Jahren hatten wir ein funktionierendes System, hatten nie wirklich großen Ärger mit den Bullen, zahlten pünktlich und jetzt das."

Er steckt sich eine Zigarette an, sein rechtes Bein federt nervös.

„Verdammt, verdammt, verdammt!", flucht er unvermittelt laut und schlägt sich dabei auf den Oberschenkel. „Dass es so schnell gehen kann, hätte ich mir nie träumen lassen. Ich komme mir vor wie Nokia. Da bist du der König der Handys und nach Monaten hat dich das iPhone zum Bettler gemacht. Geschieht das jetzt auch mit uns? Haben wir die Entwicklung verpasst, weil wir in unserer Selbstzufriedenheit träge wurden?"

Ich sehe, er hat sich ähnliche Gedanken gemacht wie ich.

„Gut möglich."

„Gut möglich" äfft er mich übertrieben nach. „Fällt dir nichts Besseres dazu ein, wie ‚gut möglich' zu sagen?"

„Nein, ehrlich gesagt nein."

Ich stecke mir auch eine Zigarette an und öffne nach kurzer Zeit das Fenster einen Spalt, denn ich bekomme das Gefühl ersticken zu müssen. Es beginnt wieder zu regnen. Beide sitzen wir schweigend da und starren Löcher in die Frontscheibe.

„Was mir Angst macht, ist das Tempo", bemerke ich nach einer Weile. „Ich habe das Gefühl, die machen keine Gefangenen, deren Ziel ist ‚Verbrannte Erde'."

Wir rauchen unsere Zigaretten zu Ende, werfen die Stummel aus dem Fenster, dann starte ich den Motor. Ich muss nicht fragen, ob er seinen Wagen abgeschlossen hat, er schließt ihn nie ab. Wer will schon solch einen Schrotthaufen stehlen? Fünf Minuten später fahren wir durch das Industriegebiet, einmal hin, einmal zurück. Geschäftliche Betriebsamkeit, keine Junkies, keine auffälligen Fahrzeuge, nur Lastwagen, Arbeiter mit gelben Helmen und über allem eine beginnende Verwahrlosung. Es wird schon lange spekuliert, was mit diesem Gebiet geschehen soll, denn die Anlagen sind veraltet, dem Rost und Zerfall tritt man nicht mehr mit letzter Konsequenz entgegen und Spekulanten begrüßten eine Umzonung, damit Platz für eine Überbauung mit Luxuswohnungen entstehen könnte. Wir halten schräg gegenüber dem Altstoffhändler und ich wundere mich, dass es erlaubt ist, solche Berge von Altreifen neben einer Chemieanlage zu lagern.

Wir haben ganz andere Probleme, darum sehen wir uns um, suchen die besten Standorte, wägen ab, besprechen unser Vorgehen, verwerfen wider alles, diskutieren hitzig, bis wir uns einig sind, dann bringe ich ihn zu seinen Wagen zurück.

25

„Scheißwetter!", flucht Charlie, stellt den Kragen ihrer Lederjacke hoch und läuft eilig durch den Regen Richtung Innenstadt. Zur Universität ist sie zu Fuß erheblich schneller als mit dem Wagen, Fahrrad hasst sie und den öffentlichen Verkehr kann sie nicht leiden. Das Motorrad wäre die liebste Variante gewesen, nur bleibt ihre Triumph Bonneville Jahrgang 1969 durch den Winter in der Garage.

Eigentlich hätte sie schon längst Feierabend, wenn da nicht einige Erkenntnisse wären, die ihr Chef wissen sollte, der aber nicht zu erreichen ist, da er sein Handy abgestellt hat, um sich in Ruhe seinem Studium widmen zu können. Jedem anderen hätte sie gedanklich den Mittelfinger gezeigt und wäre nach Hause in ihre gemütliche Dachwohnung gegangen. Für ihn macht sie eine Ausnahme. Für ihn lässt sie sich auch verregnen, für ihn würde sie noch viele andere verrückte Dinge tun. Er könnte ihr Vater sein, trotzdem hat sie sich ein wenig in ihn verliebt. Als ob man sich nur ein wenig in jemanden verlieben könnte. Vielleicht liegt es daran, dass sie das Alte mag, so wie sie ihr altes Motorrad liebt, liebt sie auch Sternenberg. Beide reizen sie weitaus mehr als das Neue, obwohl das Alte manchmal seine sehr speziellen Eigenheiten hat. Das ist wohl der Vorbehalt, wieso man sich in das Alte nur ein wenig verliebt, manchmal sogar darüber flucht, sich ein zuverlässiges Motorrad wünscht, dessen Motor auch bei Regen läuft und sich nach einem Chef sehnt, der nicht so schrecklich kantig sein muss. Nicht, dass sie das Neue nicht geprüft hätte, überhaupt nicht, im Gegenteil, sie ist ein offener Mensch, sie ist auch schon eine fabrikneue Suzuki gefahren und hat mit Frauen geschlafen. Das ist vorbei, und doch weiß sie nicht so recht, was sie in ihrem Leben will. Arbeit, Beziehung, Vorlieben, Interessen sind im stetigen Wandel. Das mag sie, das passt zu ihr, sie will sich nicht festlegen.

Ähnlich wie man eine Katze hält, hält sie sich seit einiger

Zeit einen Freund, Pablo, einen erfolglosen Schriftsteller, den sie durchfüttert, damit sie ihren regelmäßigen Sex bekommt, auf den sie ungern verzichtet. Manchmal ist ihre Libido beinahe zu aufdringlich, nicht nur für Pablo, auch für sich selbst. Wegen ihrer Dauergeilheit schließt er sich manchmal in sein Arbeitszimmer ein, mit der Ausrede, ein Kolumne für eine Zeitschrift fertigschreiben zu müssen, oder er klagt über Kopfweh, was sie dann als einen gelungenen Witz abtut, obwohl es ja durchaus möglich sein könnte. Sie war einsichtig, weshalb sie sich eine breite Auswahl an Liebesspielzeugen beschafft hat, damit sie sich in der Not selbst helfen könnte.

So denkt sie auch in diesem Moment an Sex, nämlich an Sex mit Sternenberg. Sie stellt sich vor, wie es wäre, es mit solch einem reifen Mann zu treiben, wie seine Erfahrung die schlaffe Haut und den Bauchansatz kompensiert. Allerdings wirkt Sternenberg gut trainiert, trotzdem wird er kaum die knackige Härte von Pablos Körper haben, dafür ist sie überzeugt, dass sein Repertoire weit über Pablos drei Stellungen hinausgeht. Sie spürt, wie ihr Slip nass wird, während sie die Treppe zum Institut hochgeht, die schwere Tür aufwuchtet und sich auf der Informationstafel orientiert. 2. Stock, ganz hinten.

„Seit wann interessiert du dich für Geschichte?" fragt Sternenberg, überrascht bei ihrem Anblick. „Du bist ja vollkommen durchnässt."

„Ja, es pisst aus Kübeln, aber ich habe nur noch zwei Minuten, dann bin ich zu Hause."

Sternenberg sitzt vor einem uralten Wälzer mit vergilbten Seiten, die an den Rändern bereits leicht ausfransen. Die Schrift kann Charlie nicht lesen, trotzdem schaut sie fasziniert auf die kunstvolle Darstellung von Hinrichtungen und Texten, die vermutlich von Hand gezeichnet und geschrieben wurden.

„Sag mir nicht, dass du das lesen kannst", fragt sie in die Bilder versunken.

„Doch, vor Jahren habe ich mir dieses Wissen angeeignet, wie ich einen Mord aufzuklären hatte, welcher in einem Kloster begangen wurde. Keine schöne Geschichte, die aber derart mit der Kurie und der Liturgie verwoben war, dass ich und meine Kollegen nicht darum herumkamen, uns mit diesen Themen zu beschäftigen. Ich träume oft noch von diesem Fall. Er war sehr mysteriös und spielte in einer für mich vollkommen fremden Welt. Ich lebte zehn Tage in diesem Kloster, bis wir den Mörder überführen konnten.“

„Wow, eine sehr lange Zeit.“

„Ja, der Mörder hatte die Zeit und die Muße, alles perfekt zu planen. Wo sonst hat man so viel Zeit und Muße.“

„Die Geschichte von diesem Fall kenne ich noch nicht. Die musst du mir erzählen, wenn ich dich zum Essen einlade.“

„Oh, welche Ehre. Da freue ich mich doch. Aber du wolltest mir etwas Wichtiges berichten, sonst hättest du es mir morgen früh erzählt.“

Sie setzt sich zu ihm auf das Pult, so, wie er es gerne praktiziert.

„Ja, Alexa Covalenco lag definitiv in diesem Kofferraum und nein, das Seil stammt nicht aus der Schweiz und kann hier nicht gekauft werden. Es ist ein Produkt aus der Seefahrt, wird auf Hochleistungsseglern verwendet, also kein Strick, womit der Bauer das Vieh anbindet.“

Er seufzt und wendet sich wieder dem Buch zu.

„Alles schön und gut. Entweder vermuteten wir es schon oder es bringt uns nicht weiter. Trotzdem schön, dass du vorbeigekommen bist. Danke!“, murmelt er dann.

Es vergeht eine Kunstpause.

„Chef, ich hätte da ein persönliches Anliegen.“

„Aha, habe ich mir doch gedacht, dass du nicht hergekommen bist, um einen offensichtlichen Verdacht zu bestätigen und mir eine Erkenntnis mitzuteilen, die selbst morgen nur einen Satz wert gewesen wäre. Um was geht es?“

„Um diesen Victor Grober. Ich habe mich über ihn schlau gemacht. Ich würde mich ihm gerne intensiver widmen. Je länger ich darüber nachdenke, desto mehr teile ich deine Auffassung, dass er eine Schlüsselfigur sein könnte. Ich würde ihn gerne beobachten und schauen, wie er reagiert. Vielleicht wären wir dann näher dran. Das Gute ist, er kennt mich nicht."

Sternenberg scheint nicht zugehört zu haben, denn er blättert um, liest auf der folgenden Seite weiter, als säße Charlie nicht bei ihm und als hätte sie nichts gesagt. Sie verdreht die Augen, lehnt sich leicht zurück, abwartend, denn sie kennt niemanden, der derart lange braucht, um nachzudenken.

In Wirklichkeit braucht er nie so lange um nachzudenken, es ist nur eine Marotte, die er pflegt, die seinen Ruf als Denker unterstreicht.

„Das heißt, du möchtest ihn beschatten?"

„Nicht Tag und Nacht. Nur um zu sehen, ob er in Panik verfällt und was er so den ganzen Tag tut."

„Und wenn er am Tag nichts tut, dafür in der Nacht das Milieu umpflügt? Du weißt ganz genau, dass dies weder Fisch noch Vogel ist. Entweder eine Vierundzwanzigstunden-Überwachung oder gar nichts."

„Dann müsstest du das beantragen, sonst werden diese Überstunden nicht bezahlt."

Sternenberg seufzt, denn ihm graut es vor diesen unendlichen Diskussionen, die mit solch einem Antrag verbunden sind. Er überlegt, während er weiterblättert.

„Ich bin da etwas im Erklärungsnotstand. Ich habe Feindrich erklärt, dass Grober nicht verdächtig ist, denn ich will, dass er in Ruhe gelassen wird. Jetzt komme ich plötzlich mit einer Komplettüberwachung. Der nimmt mich doch nicht ernst."

„Verstehe", sagt sie mit einem enttäuschten Unterton.

Wieder blättert er.

„Außer, wir verzichten auf eine Überwachung und gönnen ihm unsere erhöhte Aufmerksamkeit", bemerkt er leise. „Wir zwei werfen ein scharfes Auge auf ihn, sofern es unsere Zeit zulässt, dafür werden keine Überstunden aufgeschrieben. Dies ist alles andere als eine seriöse Observation. Wir werden große Lücken haben und ihn meist aus den Augen verlieren. Aber wir können es versuchen."

Charlies Augen beginnen zu funkeln, dann folgt ein verschmitztes Lächeln.

„Du bist ein geiler Chef!", entfährt es ihr, was er mit einem irritierten Blick quittiert.

„Ach Mädchen, deine Unbekümmertheit sollte man haben. Ich hoffe, du bist dir der Gefahr bewusst, in die wir uns begeben. Zwei Menschen wurden auf eine perverse Art hingerichtet. Man sollte nicht im Wespennest stochern, wenn man nicht sehr schnell rennen kann. Sei vorsichtig. Ich bitte dich."

‚Mädchen' hat er sie genannt, was sie beinahe als Intimität empfindet, sei es als Begriff für ‚Tochter' oder als Begriff für ‚Geliebte'. So hat er sie noch nie genannt. Innerlich muss sie über ihre eigene verknorzte Denkweise schmunzeln, wo sie doch seine unbekümmerten Formulierungen kennen und nichts davon persönlich oder wörtlich nehmen sollte.

„Mach dir keine Sorgen, ich werde auf Distanz bleiben."

„Bleibe vor allem unsichtbar. Du gehst jetzt nach Hause, trocknest dich ab, nimmst ein heißes Bad und genießt den Abend. Ich melde mich später, sagen wir, ungefähr um Mitternacht. Oder schläfst du dann bereits?"

„Ich werde wach sein, kein Thema. Bis später und danke."

Er erhebt seine Hand zum Gruß, ist aber bereits wieder in den Schriften versunken.

26

„Guten Abend Herr Grober, Kommissär Sternenberg am Apparat. Haben Sie zwei Minuten Zeit für mich?"

„Oh, guten Abend Herr Sternenberg. Selbstverständlich habe ich Zeit für Sie. Womit kann ich dienen?"

„Ich möchte mit Ihnen über unsere Kooperation reden. Ich habe angedeutet, dass ich Sie in Ruhe lasse, wenn sie kooperieren. Keine Angst, ich verlange nichts Illegales und auch keine Bestechung. Ich möchte Sie nur überwachen."

Ich bin perplex. Warum in aller Welt erzählt er das mir? Ich suche nach Worten.

„Sie hören mich schweigend staunen. Wollen Sie das am Telefon besprechen, oder wäre das nicht angenehmer in ihrer Bar?"

„Sie sprechen mir aus dem Herzen. Ich bin an der Uni und könnte in einer Viertelstunde in der Bar sein."

„Wenn ich mich beeile, dann haut das hin. Bis später."

„Bis bald."

Auf dem ganzen Weg in die Bar brüte ich über Sternenbergs Absicht, mich zu überwachen. Das ‚Warum' ist nachvollziehbar, aber diesen Plan mir offenzulegen, scheint mir widersprüchlich, schlicht ein schlechter Witz. Gleichzeitig hat er auf eine Kooperation hingewiesen, die er schon einmal angetönt hat, auf die er aber bis jetzt nicht näher eingegangen ist. Ein kurioser Polizist, dessen Methoden einen seltsamen Geschmack hinterlassen.

Ich komme fünf Minuten zu spät, er sitzt mit zwei Gläsern Whisky und einem freundlichen Lächeln in der wohl bekannten Nische.

„Entweder hatten Sie einen fürchterlich schlechten Tag, oder Sie haben das zweite Glas für mich bestellt."

„Der Tag war nicht besonders erfolgreich, was in meinem Beruf mindestens fünfundsiebzig Prozent aller Tage betrifft, also bin ich auch nicht enttäuscht. Man muss damit leben lernen."

Ich setze mich, dann prosten wir uns zu und nippen an den Gläsern.

„Herr Kommissär, Sie machen mich neugierig. Die ganze Zeit habe ich versucht Ihre Andeutungen zu deuten, aber ich kam auf keinen grünen Zweig."

„Das ist gut, denn wenn Sie das selbst nicht verstehen, dann werden andere Leute nicht einmal im Ansatz auf meine Idee kommen."

Er holt tief Luft, als müsste er für eine ausschweifende Rede genügend Sauerstoff tanken.

„Es gibt verschiedene Fakten, die mich auf diese Idee gebracht haben. Erstens habe ich eine sehr intelligente Mitarbeiterin, zweitens bin ich zu alt, um mir die Nächte um die Ohren zu schlagen und drittens habe ich mit Ihnen einen Mann, der unschuldig ist, der mir aber weiterhelfen kann, allerdings nicht auf dem offiziellen Weg."

Ich verstehe weiterhin nichts und starre ihn an.

„Lassen Sie mich das erläutern. Charlotte Vallon, meine beste Mitarbeiterin, vermutet wie ich, eine feindliche Übernahme im Drogen- und Prostituiertenmilieu, weshalb sie Ihre Person als Schlüsselperson sieht. Sie will sie überwachen lassen, was ich ihr nicht abschlagen kann, ohne Misstrauen zu säen. So habe ich mit ihr zusammen eine inoffizielle Überwachung Ihrer Person vereinbart, was sie als großen Vertrauensbeweis sieht. Offiziell habe ich gegenüber dem Staatsanwalt Ihre Unschuld aus Mangel an einem Motiv und widersprüchlichen Fakten bewiesen, also kann ich nicht kommen und eine offizielle Observierung veranlassen. Ich bevorzuge den kurzen Dienstweg. Damit die Sache unter der Hand läuft, würden Charlie und ich Ihnen unsere erhöhte Aufmerksamkeit zukommen lassen. Alles andere wäre nicht bewilligungsfähig oder würde an Personalmangel scheitern. Sie sehen, wir werden Sie nur stichprobenweise unter Kontrolle haben, aber Sie sollten wissen, dass wir in der Nähe sein könnten. Ich will keine falsche Reaktion von Ihnen, sollte sich etwas Unvorhergesehenes ereignen."

Ich habe einiges verstanden, längst nicht alles.

„Ich bin mir nicht im Klaren, ob ich es als Überwachung oder als Bewachung sehen muss, zudem verstehe ich nicht ganz, warum es nicht sinnvoller wäre, trotz Widersprüchen, dieses Vorgehen offiziell in die Wege zu leiten."

„Herr Grober, Sie stellen die richtigen Fragen. Offiziell dürfte ich nicht mit einem Verdächtigen kooperieren. Das heißt, Sie zu überwachen wäre durchaus möglich und wir bekämen sicherlich mehr Personal, nur gäbe es dann keine Kooperation."

„Sie betonen diese Kooperation, als wäre sie die Lösung für diese Geschichte. Was wollen Sie denn konkret von mir?"

„Handeln Sie, wie Sie es müssen und lassen Sie uns daran teilhaben. Sehen Sie mich und auch Charlie als Komplizen im Hintergrund an. Können Sie sich das vorstellen?"

Langsam dämmert es bei mir.

„Sie sind ein schlauer Fuchs. Sie lassen mich für Sie arbeiten."

„So drastisch würde ich das nicht behaupten. Eine Kooperation ist in einem gemeinsamen Interesse, ansonsten wäre es keine Kooperation. So komme ich schneller an Informationen und für Sie bedeutet es mehr Sicherheit."

„Möglich. Es darf nur nie nach außen dringen, sonst bin ich meinen Ruf los und Sie haben den Staatsanwalt am Hals."

Sternenberg nickt mit einem wissenden Lächeln, während ich mir versuche vorzustellen, was wäre, wenn ich als Kollaborateur entlarvt würde. Aus dem Drogengeschäft könnte ich mich direkt abmelden, da bekäme ich kein Gramm mehr geliefert und als Zuhälter dürfte ich mich kaum mehr in einem einschlägigen Lokal blicken zu lassen, ohne die Fresse poliert zu bekommen. Schlechte Aussichten.

„Wissen Sie", fahre ich möglichst sachlich und emotionslos fort, „es spielt keine entscheidende Rolle, wie ich zu Grunde gehe. Meine Zeit scheint abgelaufen zu sein, egal ob ich mit Ihnen zusammenarbeite oder nicht. Ich habe vorhin drei Mails von Kunden meiner Mädchen beantwortet, die überaus nett fragten, ob dieser Mord im Wenkenpark in irgendeinem Zusammenhang mit dem Escort-Service stehen könnte. Wie Sie sehen, ist dies der Anfang vom Ende."

„Was haben Sie geantwortet?"

„Ich habe sie selbstverständlich angelogen."

„Wo sind Ihre Mädchen?"

„Die nehmen sich frei, sie sind zu Hause."

„Gut, denn ich werde sie morgen zur Einvernahme ins Präsidium bestellen. Der Form halber."

Das Gespräch versiegt mit einem Mal, vermutlich weil beide genügend zu überdenken haben. Innert kürzester Zeit wurden die Karten neu gemischt, was in erster Linie für mich ein Wertewandel bedeutet. Mein Leben lang arbeitete ich gegen die Bullen, nun plötzlich mit ihnen zusammen. Was als undenkbar galt, wird zu einer Option. Klar, ich muss nicht kooperieren, er kann mich nicht zwingen. Aber bringt mich mein Stolz und meine Sturheit weiter? Ich habe nichts zu verlieren, was nicht bereits verloren ist, außer meinem physischen Leben, freilich wurde auch das während den letzten Tagen erheblich im Wert gemindert. Zumindest steigen meine Chancen zu überleben, solange die Polizei daran Interesse hat.

Ich nehme einen großen Schluck und spreche aus, was mir nur sehr schwer von der Zunge geht: „Ich bin einverstanden."

Sterneberg nickt wieder, diesmal ohne zu lächeln, ahnend, wie schwer mir dies fällt.

Langsam füllt sich die Bar, es ist neunzehn Uhr dreißig. Die Feierabendgäste werden langsam durch die Trinker ersetzt, vornehmlich Männer.

„Wie geht es weiter?", frage ich nach einer Weile.

Er streckt mir seine Hand entgegen, ich schlage nach kurzem Zögern ein, dann sagt er: „Matthias, mein Name ist Matthias. Ich kann nicht mit jemandem zusammenarbeiten, wenn ich ihn in der Höflichkeitsform ansprechen muss"

„Victor, du kannst mich auch Vic nennen."

„Vic, du machst das, was du dir vorgenommen hast. Wir sind im Hintergrund. Wenn du mich informierst, was du gedenkst zu tun, dann wäre dies viel besser. Wir können uns besser auf die Situation einstellen."

„Damit alles klar ist. Wir, das heißt du, Charlie und sonst niemand. Habe ich das richtig verstanden?"

„Das hast du richtig verstanden. Ich werde dir Charlie bei Gelegenheit vorstellen. Hier ein Foto, im Fall, dass es vorher zu einem Aufeinandertreffen kommt."

Er streckt mir sein iPhone entgegen, mit einem Foto einer braunhaarigen Schönheit mit einer Schießscharte zwischen den Schaufeln, wie Jane Birkin. Ich bin sogleich von den Socken.

„Oh, welch interessante Frau. Und sowas arbeitet bei der Polizei?"

„Vic, diese Frau ist tabu für dich, denk nicht einmal daran, sie anzumachen, sonst bekommst du mit mir persönlich Ärger."

„Entschuldige meine Bemerkung. Deine Freundin?"

„Sehe ich aus, als würde mich solch ein junges Ding nur mit dem Arsch anschauen? Sicher nicht, aber ich schätze sie als hochintelligente, zuverlässige und kollegiale Mitarbeiterin."

Ich denke, er ist in sie verknallt, so schroff, wie er reagiert.

27

Es wird eine beschissene Nacht werden. Es regnet weiterhin, seit Tagen bereits mit nur wenigen Unterbrüchen, sodass der Rhein auf einen beängstigend hohen Pegel angeschwollen ist. Ungewöhnlich für diese Jahreszeit, zudem ist es kalt, nur acht Grad über Null. Es trommelt auf das Dach des Golfs und ich schiele bereits zum dritten Mal auf die Uhr. Es ist erst elf Uhr fünfzehn.

Ich stehe mit meinem Wagen im rechten Winkel zur Straße im Schatten eines Containers, ganz leise klagt Lana Del Reys dunkle Stimme aus dem Radio, eine altersschwache Laterne versucht einen orangen Schein auf den Asphalt zu werfen und nichts, gar nichts geschieht. Seit zwei Stunden geschieht nichts. Nicht einmal eine Ratte rennt durch mein Sichtfeld, geschweige denn ein Junkie oder ein Dealer, nichts, nur gähnende Leere in einem Industriegebiet, welches selbst bei Tage nicht von Leben pulsiert. Entsprechend bereue ich, gestern Abend nicht früher schlafen gegangen zu sein, derart hinterhältig überfällt mich seit einer halben Stunde eine bleierne Müdigkeit.

Ich denke an Benedict, der mit seiner Flinte in einem nach Gummi stinkenden Altreifenstapel liegt und den ganzen Vorplatz beobachtet. Keine Sekunde möchte ich mit ihm tauschen. Er würde sich sofort über das Handy melden, täte sich irgendwas, trotzdem finde ich es unkollegial einfach zu schlafen, während er wach bleiben muss. Also rauche ich um die Wette und versuche wiederholt das Gespräch mit Matthias nachzuvollziehen. Logisch, habe ich Benedict nichts von meiner Abmachung mit Matthias erzählt, das hätte in einem Fiasko geendet. Nicht, dass wir Freunde wären, höchstens vielleicht Geschäftspartner, Schicksalsgenossen, Verbündete im Geiste, Konkurrenten. Wir gingen nie zusammen ein Glas trinken, verbrachten keine Freizeit zusammen, gingen nie zum Fußball und hatte keinen gemeinsamen Bekanntenkreis, auch wenn die

Szene eine in sich geschlossene Welt ist. Distanz war seit jeher die angemessene Beziehungsform, nicht weil wir uns misstrauten, mehr aus der Angst heraus, eine wichtige Person zu verlieren, wenn es hart auf hart kommen sollte. Das ist wohl der Preis für ein Leben auf Messers Schneide.

Ich drücke auf die Home-Taste des iPhones, um festzustellen, dass es erst elf Uhr fünfunddreißig ist, da spazieren gemütlich drei abgerissene Kerle vor meiner Motorhaube vorbei, ohne mich zu bemerken. Das werden sie sein, die abtrünnigen Junkies auf dem Weg zum Übergabeort. Zehn Sekunden in meinem verschwommenen Blickfeld reichen, um ihre Erbärmlichkeit zu erkennen, die sie derart weit sinken lässt, dass sie bei diesem Scheißwetter für einen Schuss hierher kommen. Genau diese Art von Kunden würde ich nie wollen, sie stoßen mich ab, sie ekeln mich an, sie bedeuten nur Ärger.

Ich wähle die Nummer von Benedict, der sich sofort meldet: „Deine Kunden sind im Anmarsch."

„Okay, danke", meldet er sich leise und drückt mich gleich wieder weg.

Jetzt fehlen nur noch diese Bestien. Ein kalter Schauer läuft mir den Rücken hinunter, die Nackenhaare stellen sich auf. Mit einem Mal wird mir bewusst, wie nahe wir uns am Abgrund bewegen, Benedict und ich, und ich bin beinahe etwas froh, zu wissen, dass es Matthias und Charlie gibt. Schon oft hatte ich schwierige Situationen zu überstehen, manchmal brauchte es rohe Gewalt, meist nur eine Drohung, und das Problem war aus der Welt geschafft. Nur Mord war bis jetzt noch nie im Spiel. Verdammte Scheiße, es reicht nicht nur, dass meine Existenz den Bach runtergeht, nein, ich muss zu allem Überfluss um mein Leben fürchten. Ich bin kein Held. Vielleicht sollte ich abhauen, jetzt wäre noch Zeit. Alles hinter mir lassen, um mich irgendwo zu verkriechen, die Augen und Ohren zuhalten, Benedict verraten, Matthias und Charlie enttäuschen, egal, Hauptsache ich komme lebend aus diesem Schlamassel raus.

Ich erschrecke, warum weiß ich nicht, vermutlich über meine feigen Gedanken. Doch, ein zittriger Lichtkegel erhellt immer mehr den unebenen Asphalt. Ein Fahrzeug schleicht vorbei. Ein Fünfer-BMW, dunkel, vielleicht schwarz oder dunkelblau.

Ich drücke Benedicts Anschluss.

„In fünf Sekunden sind sie bei dir. Dunkler BMW."

„Okay, ab jetzt bleibst du dran."

Beide haben wir uns die Kopfhörer in die Ohren gedrückt und uns so verkabelt, dass die ganze Installation eine hohe Bewegungsfreiheit ermöglicht. Das Telefon steckt in der Innentasche meiner Jacke, die ich jetzt schließe.

„Sie kommen und halten an. Die drei Idioten stehen unter dem Vordach, gehen jetzt zögerlich zum Wagen. Die Seitenscheibe wird heruntergefahren. Sie sprechen miteinander. Bitte notiere folgendes Kennzeichen: ‚F CF-396-XI 68'. Ware wird ausgehändigt, Geld kassiert. Es sitzen drei Kerle im Wagen. Die Innenbeleuchtung geht an, sie zählen das Geld. Sehen aus wie Araber, aber mit der Nachtsichtoptik wirkt alles düster, auf jeden Fall sind sie dunkelhaarig und tragen kurze Bärte. Sie haben den Motor nicht abgestellt, also fahren gleich wieder weg. Mach dich bereit."

„Okay."

Ich starte den Motor und rolle langsam, ohne Licht anzuschalten, aus dem Schatten auf die Straße. Ich kann die Szene nicht sehen, da sich die Straße leicht krümmt. Ich warte.

„Sie fahren los Richtung Stadt, also vorsichtig hinterher."

„Ich hänge mich dran."

Mein Puls beginnt sich zu beschleunigen, meine Hände schwitzen, während sie sich am Lenkrad verkrallen. Ganz ruhig mein Junge, denke ich, ganz locker, aber es nützt nicht viel.

Weit vorne sehe ich die Rücklichter des BMWs, manchmal bremst er, dann glühen sie grell auf, dann rollt er in einem aufreizend gemütlichen Tempo weiter. Keine Hektik, dafür eine demonstrative Gelassenheit, als hätten sie nichts zu befürchten. Dabei ist der Wagen auf Tempo ausgelegt, denn trotz der düsteren Beleuchtung konnte ich die breiten Reifen und die geringe Bodenfreiheit erkennen. Da müsste schon der Lotus her, um nicht von ihnen abgehängt zu werden, käme es darauf an. Jetzt verlassen sie das Industriegebiet, biegen nach rechts in die Hauptstraße ein, fahren über die Brücke, dann links, weiter Richtung Stadt. Ich folge ihnen mit reichlich Distanz und schalte erst jetzt das Licht ein.

„Wir fahren auf der Hauptstraße Richtung Basel."

„Ich bin jetzt bei meinem Wagen, ich komme nach."

Der BMW befolgt brav die Tempolimiten, fährt vorbildlich blinkend durch den Kreisel, den ich einmal zusätzlich umrunde, um wieder Abstand zu bekommen, dann folge ich wieder auf etwa zweihundert Meter Entfernung. Beim Rotlicht haben wir beide eine grüne Phase, erst unten beim Stadion ist das Rotlicht wirklich rot und ich halte direkt hinter ihnen an. Hier ist die Straßenbeleuchtung hell genug, damit ich erkennen kann, wie sich die drei lebhaft unterhalten. Dann dreht sich derjenige auf dem Hintersitz um und schaut mich direkt an, mit einem höhnischen Grinsen. Eine schreckliche Visage. Adrenalin wird in mein Herz gepumpt. Mist, warum schaut der mich so an?

„Wer schaut dich an?", kommt Benedicts Stimme aus dem Nichts.

Oh, habe ich das wirklich gesagt?

„Ich stehe beim Stadion am Rotlicht direkt hinter dem BMW und der auf dem Hintersitz begafft mich. Unterdessen sind wir wieder losgefahren. Wo bist du?"

„Schau in den Rückspiegel."

Mit hoher Geschwindigkeit fährt er über die Kreuzung.

„Ich löse dich ab. Biege vorne nach links ab und warte bei der Tankstelle auf meinen Bericht."

Eine gute Idee, allerdings brauche ich nicht lange zu war-

ten, da meldet er sich: „Die haben hier oben beim Güterbahnhof auf dem Parkplatz angehalten, dort, wo die Nutten mit ihren Wohnmobilen stehen. Sie sind ausgestiegen.
Ich suche mir eine bessere Deckung. Warte."

Nicht nur der Stadtverwaltung und der politischen Moral
der Stadt ist dieser Parkplatz mit seinen Wohnmobilen ein
Dorn im Auge, auch mir. Es ist diese Fleischschau, diese
öffentliche Erniedrigung der Mädchen in lächerlich knappen Kostümen, was mich stört. Es ist nicht mein Revier,
es sind nicht meine Mädchen, darum würde ich mich nie
mit Achim über dieses Thema streiten. Es würde nicht gut
enden.

„Ist Achim auf dem Platz?", frage ich neugierig.

„Was hat er für einen Wagen?"

„Einen schwarzen Nissan mit goldenen Felgen, so ein
Sportcoupé."

„Ich denke, nein, aber ich kann nicht den ganzen Parkplatz überblicken."

„Was geschieht?"

„Sie schlendern über den Parkplatz und reden mit den
Nutten."

Gerne hätte ich diese Situation selbst beobachtet, denn
ich kann mir nicht vorstellen, dass Achim daran Freude
hätte, außer die Dreien würden das Geld der Junkies ver-
vögeln.

„Reden sie nur?"

„Ja, teils sehr lebhaft. Die Mädchen sind sichtlich einge-
schüchtert. Sie verschwinden in ihre Wohnmobile. Jetzt
wird es interessant, der Nissan kommt angefahren."

„Ich komme."

„Okay, aber fahre nicht auf den Platz, halte dich auf der
Seite zum Park."

Ich habe seine Worte nicht abgewartet und schleudere
mit quietschenden Reifen in einem unerlaubten U-Turn
über die ausgezogene Sicherheitslinie zurück zur Kreuzung, schlittere bei dunkelgelb in die Linkskurve, mit Vollgas in den Tunnel und bremse beim nächsten Rotlicht

brüsk ab, schaue, ob etwas kommt, nein, überquere langsam die Kreuzung, denn nur etwa fünfzig Meter weiter beginnt der Parkplatz. Ich stelle den Wagen in eine Seitenstraße, laufe möglichst unauffällig zum Parkplatz. Ein parkierter Lastwagen gibt mir die perfekte Möglichkeit, mich ungesehen dem Schauplatz zu nähern. Ich gehe in die Knie, äuge vorsichtig unter der Ladebrücke durch auf den Parkplatz, wo ein stummes Handgemenge stattfindet.

Ein groteskes Ballett vierer hünenhaften Männern, die im Verhältnis drei zu eins aufeinander losgehen. In der Regel ein ungleicher und unfairer Kampf, trotzdem hält sich Achim recht gut. Er ist Boxer, Schwergewicht, etwa eins fünfundneunzig groß und einhundertzwanzig Kilo schwer, durchtrainiert und sichtlich schlecht gelaunt. Ich mag ihn gar nicht. Ein Großkotz, unberechenbar, meist auf Streit aus, der dringend einen guten Psychiater bräuchte und seine Hände im Handel mit Mädchen aus dem Ostblock haben soll, was allerdings nur ein Gerücht ist. Vielleicht bekommt er jetzt mal eins richtig auf die Fresse.

Ich bewundere diesen Kampf, Achims Standfestigkeit, aber auch die geschmeidigen Bewegungen seiner Gegner. Es ist kein blindwütiges Aufeinandereinschlagen, wie es bei Kneipenschlägereien gewöhnlich der Fall ist, hier stehen sich ausgebildete Kämpfer gegenüber. Achim hat sogar einen niedergeschlagen, der wie vom Blitz getroffen zu Boden fällt und wie tot liegenbleibt. Doch da verschiebt sich plötzlich wieder der Vorteil zu den Gegnern. Messer blitzen in deren Fäusten auf, Achim ist unbewaffnet.

Jetzt wäre es an der Zeit, Achim beizustehen, aber mir fehlt der Mut und Benedict lässt sich auch nicht blicken.

Scheiße!

Achim ist äußerst konzentriert, schafft es immer wieder den Angriffen aus dem Weg zu gehen, bis sich der Dritte wieder mühsam auf die Beine hievt, etwas befiehlt und sie dann Achim erbarmungslos niederstechen. Sein Schrei will nicht enden. Sie beugen sich über ihn, stechen zu, halten ihn fest, machen sich an seinem Kopf zu schaffen, bis nur noch ein Gurgeln zu hören ist, dann wischen sie sich den Dreck von ihren Anzügen, setzen sich in den BMW und fahren davon.

28

„Charlie, bist du noch wach?"

„Logisch. Du hast ja gesagt, dass du um Mitternacht anrufen wirst. Alles im grünen Bereich?"

„Nein, gar nichts ist im grünen Bereich."

Sofort bereut er den melodramatischen Ton in seinen Worten.

„Was ist passiert?", fragte sie beunruhigt.

„Eine Messerstecherei beim Güterbahnhof. Der Zuhälter der ansässigen Prostituierten wurde niedergestochen und ihm die Zunge abgeschnitten. Er lebt, aber die Zunge haben sie nicht gefunden."

„So eine verfluchte Kacke. Was ist denn bloß in dieser Stadt los?"

„Kannst du vorbeikommen? Ich schicke dir einen Streifenwagen."

„Gut, ich muss mir nur was anziehen, ich stehe in drei Minuten unten."

Der Tatort, hell beleuchtet, mit Trassierbändern abgesperrt, von zwei Polizisten bewacht, erscheint völlig unspektakulär. Keine blauzuckenden Lichter der Einsatzfahrzeuge, keine Hektik, keine Presse, keine Gaffer, nur einige Wohnmobile, einen Lastwagen, den Nissan und etwas Blut auf dem Asphalt, sonst nichts.

„Du meinst, das hat einen Zusammenhang mit unserer Hinrichtung?

„Ja, auf jeden Fall, aber das ist eine lange Geschichte."

„Erzähl, mach es doch nicht so spannend."

„Es begann, vor sechseinhalb Stunden in der Uni, als ich, nachdem du gegangen warst, zum Handy griff. Naja, ich hatte eine Idee, eine Eingebung, also rief ich Victor Grober an und verabredete mich mit ihm in meiner Bar."

Er überlegt, wie er es ihr beibringen sollte, schaute dabei

verlegen auf seine Schuhspitzen, da wirft sie ein: „Oh Chef, du bist vielleicht ein hinterlistiger Kerl. Sag nicht, du hast ihn kurzerhand eingeweiht."

„Äh, in einem gewissen Sinne, ja. Deine Idee, ihn zu überwachen fand ich gut, schließlich war er gezwungen zu handeln, wollte er nicht sang- und klanglos untergehen. Aber weißt du, meine Charlie, ich bin zu alt für endlose Nächte auf der Lauer. Victor hatte keine andere Wahl, er war einverstanden. Und da begann erst die Geschichte."

Charlies Blick spricht Bände.

„Erst jetzt beginnt die Geschichte?"

„Ja, meine Liebe. Wäre ich auf der Lauer gelegen, vermutlich hätte ich nichts mitbekommen."

Dann erzählt er ihr die Geschichte, wie sie ihm von Victor erzählt wurde, sachlich, präzis, ohne jeglichen Pathos. Ihre Augen werden immer grösser und sie kann nicht verhindern, dass sie zum Schluss seiner Erzählung mit einem verschmitzten Lächeln der Abgebrühtheit und dem Mut ihres Chefs Bewunderung zollt und stolz ist, sein Vertrauen zu genießen, auch wenn es sie den Job kosten könnte.

„Das bedeutet, Grober ist nie hier gewesen?"

„Wenn du das so formulieren willst? Ja. Selbst die Mädchen haben niemanden gesehen, dafür lieferte er uns eine detaillierte Beschreibung der Täter und das französische Kennzeichen des Fünfer-BMWs."

„Wirklich gut, nur frage ich mich, wie diese Informationen im offiziellen Bericht erscheinen."

„Lass das meine Sorge sein."

„Und das Opfer?"

„Achim Herford, Zuhälter der unangenehmen Sorte, polizeilich kein unbeschriebenes Blatt, wird überleben, wird es aber in Zukunft ein wenig ruhiger angehen müssen."

„Ekelhafter Zyniker."

„Entschuldige, das war ein wenig geschmacklos. Obwohl diese Verstümmelung des Opfers, gleich wie das Hängen, uns eine Geschichte erzählen will. Ich spüre den Zusammenhang, das Schema passt. Ich gehe jetzt ins Büro, mal schauen, was ich über das Kennzeichen in Erfahrung bringen kann."

„Und ich?"

„Du wirst unsere Aufgabe repräsentieren und mit der Streife alle Anwohner, die noch Licht haben, befragen. Auch wenn wir alles wissen, müssen wir den Schein wahren."

„Super!", jubelt sie sarkastisch.

„Wenn du erwachsen bist, dann darfst du dir auch die schönen Arbeiten aussuchen."

„Manchmal kannst du schrecklich nett sein."

29

Ich meinte schon einiges gesehen und erlebt zu haben, lauter Dinge, die rechtschaffene Bürger als Schlagzeile oder durch das Hörensagen zur Kenntnis nehmen. Keine schönen Dinge, viele bleiben im Verborgenen, weil man dafür bestraft würde, andere werden verschwiegen, weil sie peinlich oder schädigend sind. Die dunkle Seite der Gesellschaft bietet herrlichen Stoff für unterhaltsame Geschichten, aber auf keinen Fall Inhalte, mit dem man freiwillig zu tun haben möchte. Schlicht gesagt; ich kenne alle Formen der Scheiße, in der man bis zum Hals stecken kann.

Was diese Nacht ablief, gehört zu den übelsten Dingen, die ich jemals miterleben musste. Mit dem Messer aufeinander losgehen, das könnte ich noch akzeptieren, das geschieht beinahe wöchentlich in dieser Stadt, mit seinen vielen zugewanderten Ethnien, bei denen das Messer als Kommunikationsmittel kultiviert wird. Aber seinem Gegner die Zunge abschneiden, das ist eine barbarische Tat, bestialisch, unmenschlich, einfach nicht nachvollziehbar, auch wenn Sternenberg dieses Gemetzel mit einem interessierten ‚Aha' kommentierte. Und dann der Mord an Alexa und Pretarsson, diese Hinrichtung. Man kann es nicht mehr schönreden, ein Krieg ist ausgebrochen.

Ich hatte Benedict in der Leitung, als es geschah, dann waren nur noch unsere Flüche zu hören und die Übereinkunft, möglichst schnell zu verschwinden. Ich stolperte zurück zu meinem Wagen und während ich auf Umwegen nach Hause fuhr, rief ich Sternenberg an. Er hörte nur zu, bedankte sich und drückte mich weg. Eine halbe Stunde später rief er zurück und berichtet mir, was genau geschehen war.

Nun sitze ich aufgewühlt vor einem Glas Rotwein und rauche nervös. Ich schaue auf die Uhr des iPhones, es ist kurz vor zwei Uhr. Gerne hätte ich Benedict angerufen, ihm die Neuigkeiten erzählt, damit wir uns hätten beraten können, was leider nicht möglich ist, ohne die Quelle der Information preiszugeben. Ich muss warten, bis die Nachrichten in den Medien und der Presse publik werden. So ein Mist, da verlieren wir wertvolle Zeit.

Für was verlieren wir wertvolle Zeit? Genau genommen, haben wir nichts in der Hand, was uns weiterhilft. Die Typen sind weg, vermutlich über die Grenze nach Frankreich. Wir können nur warten, bis sie wieder auftauchen. Aber was dann? Ihnen auf die Fresse hauen, dass sie wie geprügelte Hunde das Weite suchen? Lächerlich. Man müsste sie wie räudige Hunde abknallen, wie Kakerlaken zertreten oder Ratten vergiften. Offensichtlich sind es keine Amateure, und es ist wahrscheinlich, dass es von dieser Brut noch einige Exemplare mehr gibt. Wie eine Hydra oder die Pest, alles apokalyptische Boten, die man kaum aufhalten kann.

Mein iPhone beginnt vibrierend über den Tisch zu schleichen. Benedict.

„Na, schon im Bett?", fragt er mit einem wenig amüsierten Unterton.

„Scheiße, ich bin viel zu aufgekratzt, als dass ich schlafen könnte. Mensch Benedict, die verstehen keinen Spaß."

„Ja, Achim war ein Arschloch, aber das hat er nicht verdient."

„War? Du meinst, er ist tot?"

„Weiß nicht. Aber was ich gesehen habe, hat nicht gut ausgesehen. Ich glaube, am Schluss haben sie ihm die Kehle durchgeschnitten oder so."

„Dann hast du mehr gesehen als ich. Heilige Scheiße."

Es entsteht ein betretenes Schweigen, angefüllt mit Befürchtungen und Fragen.

„Was machen wir nun?", fragt Benedict erwartungsvoll, als wäre ich für die Ideen zuständig.

„Abwarten, bis im Radio oder in der Online-Zeitung etwas publiziert wird. Für die normale Zeitung hat es kaum mehr gereicht. Dann schauen wir erst, was genau geschehen ist. Sobald wir Informationen haben, rufen wir uns an."

„Das machen wir."

Wie üblich, drückt er mich weg, ohne sich zu verabschieden.

30

Müde reibt sich Sternenberg seine rotgeäderten Augen, massiert sich den Nasenrücken, sieht die Schrift trotzdem verschwommen. Das Antwortmail von der Gendarmerie in Strasbourg war wie erwartet in Französisch geschrieben, was ihn noch mehr ermüdete, auch wenn er diese Sprache recht gut sprechen kann. Aber wie in allen Bürokratien, kann man kein volksnahes Vokabular benutzen, nein, es muss möglichst umständlich und rechtlich einwandfrei formuliert werden. So braucht er eine ganze Viertelstunde, um zu begreifen, dass das Nummernschild gestohlen ist und nicht zu einem dunklen Fünfer-BMW, sondern zu einem roten Renault Clio gehört.

Sternenberg ist nicht überrascht, denn genau so hat er es erwartet. Profis!

Er blickt auf seine Armbanduhr, es ist bereits drei Uhr zehn. Die beste Zeit nach Hause ins Bett zu gehen, vorher ruft er noch schnell im Krankenhaus an, um nach Herford zu fragen.

„Ich kann Ihnen nur so viel sagen, dass er lebt, aber immer noch operiert wird."

„Vielen Dank und eine ruhige Nacht."

„Guten Nacht Herr Kommissär."

Er legt sanft den Hörer auf die Station, als könnte er jemanden wecken, räumt seine Sachen zusammen, will das Licht löschen, wie Charlie in ihrer überschwänglichen Art ins Büro stürzt.

„Du willst Feierabend machen?", fragt sie beinahe vorwurfsvoll.

„Ja, es macht keinen Sinn mehr hier zu sitzen. Das mit dem Kennzeichen hat sich erledigt, ist als gestohlen registriert, aber gehört nicht zu einem BMW. Herford lebt und wird weiterhin operiert. Ich denke das reicht für eine Nacht. Und du?"

„Nichts, so viele waren es doch nicht, die uns öffneten

und jene haben nichts bemerkt. Bei Tag müssen wir sämtliche Anwohner befragen, aber das wird uns auch nichts bringen, das kann ich dir jetzt schon sagen."

Sternenberg nickt und reibt sich von neuem die Augen.

„Lass uns Schluss machen", murmelt er.

„Ich bin zu überdreht, dass ich jetzt schlafen könnte. Ich gehe noch auf einen letzten Schluck."

„Wo gehst denn du um die Zeit noch hin?"

„Komm mit, ich zeige dir eine private Bar. Keine Angst, nicht bei mir und alles höchst legal."

„Aber nur einen letzten Schluck."

In der Innenstadt, im Dachgeschoss eines Geschäftshauses offenbart sich beim Betreten der Bar eine ungemein persönliche Atmosphäre, als käme man in eine private Wohnung. Nichts Anrüchiges, auch wenn die Beleuchtung einen intimen Charakter hat, nur ein Lokal für Nachtschwärmer, keine lichtscheuen Gestalten, denn keiner kommt Sternenberg bekannt vor.

„Ich scheine langsam den Anschluss zu verlieren. Diese Bar kenne ich nicht, ich, der sämtliche Bars zu kennen meint."

„Komm, lass uns einen Drink nehmen. Und wenn ich altklug sein darf, dann möchte ich dich mit den Worten trösten; Lass uns den Moment genießen, was interessiert uns, was morgen sein wird."

Sie lassen sich in ein ungeheuer bequemes Sofa sinken, wissen von der Gefahr, auf der Stelle einzuschlafen, trotzdem strecken sie alle Glieder von sich, schließen die Augen und Sternenberg bestellt bei der Dame, die sich zu ihnen gesellt hat: „Wenn Sie mir einen Glengoyne servieren würden, dann stünde einer Hochzeit nichts im Wege."

„Einer Hochzeit mit mir?", fragt die Dame verunsichert.

„Aber sicher, wen sonst würde ich in solch einem Moment mehr lieben als Sie. Nur würde ich, wenn ich Sie wäre, mein Geschwätz nicht allzu ernst nehmen, außer Sie möchten sich unglücklich verheiraten."

„Das habe ich hinter mir", antwortet die Dame trocken und wendet sich Charlie zu. „Was darf es denn für dich sein, meine Liebe?"

„Das Gleiche wie mein Chef. Mal schauen, was ihm eine Hochzeit wert ist."

Sternenberg sieht der Dame hinterher, kann ein Bewundern ihres Hinterteils nicht ganz verheimlichen, lässt sich wieder zurück in die Polster fallen und betrachtet Charlie von der Seite.

„Alles okay?"

„Ja", antwortet sie und blickt ihn seltsam an.

Er zögert, denn eine imaginäre Grenze scheint in Gefahr zu sein.

„Habe ich einen Pickel auf der Nase?"

„Sicher nicht, du siehst perfekt aus, trotz den Ringen unter den roten Augen."

„Ach Charlie!", bemerkt er sentimental, schlägt dabei kameradschaftlich mit der flachen Hand auf ihren Schenkel, „wenn ich jünger wäre, dann würde ich dir den Hof machen, dass sich die Balken biegen würden. Du bist, wenn ich das so erfrischend naiv sage darf, eine tolle Frau und Kollegin. Nur will sich ein alternder Kommissär nicht lächerlich machen, also vergiss, was ich soeben gesagt habe und lass uns auf eine gute Zusammenarbeit anstoßen."

Die Dame nähert sich mit zwei Gläsern, zwei Finger hoch gefüllt mit einer bernsteinfarbenen Flüssigkeit. Sie stoßen an.

„Darf ich etwas Persönliches fragen?"

„Lieber nicht", entgegnet er.

„Ach komm, sei nicht so verschlossen. Ich will doch nur wissen, ob du eine Beziehung hast."

„Nur, weil ich soeben diese Dame heiraten wollte, meinst du, ich hätte keine Beziehung."

„Quatsch. Erstens heißt diese Dame Evelyne und zweitens bin ich nur neugierig, weil niemand im Präsidium deinen Zivilstand kennt. Du bist ein Neutrum. Du könntest schwul sein oder zwei Frauen haben, niemand weiß darüber Bescheid. Gib wenigsten mir dein Geheimnis preis."

Sternenberg kann sich einem hinterhältigen Grinsen nicht erwehren.

„Herrlich, einfach herrlich diese Unwissenheit. Sollte ich dir Einblick in mein Leben gewähren, dann wäre dieses Geheimnis um meine Beziehungsfähigkeit plötzlich aus der Welt. Langweilig. Ein Kommissär ohne dunkle Geheimnisse. Undenkbar."

„Ach, hör doch auf, du selbstverliebter Narzisst. Du weidest dich in deiner Selbstzufriedenheit, genießt die Bewunderung deiner Untergebenen, deiner Vorgesetzten, suchst das Limit, willst deine junge Mitarbeiterin beeindrucken, vereinnahmst die dunkle Seite und möchtest eigentlich nur die Streicheleinheiten deiner Liebsten. Du bist ein wunderbarer Mensch, hat dir das jemals jemand gesagt?"

Sternenberg ist offensichtlich perplex. Charlies Worte lassen den Augenblick gefrieren. Worte, die er nicht erwartet hat, die ihn auf dem falschen Fuß erwischen, die ihn beinahe unangenehm berühren.

„Charlotte, du bringst mich in Verlegenheit."

„Seit wann nennst du mich Charlotte'"

„Seit du mich in Verlegenheit bringst."

Beide nehmen einen ordentlichen Schluck und lächeln sich verlegen an.

„Das war dir alles ein wenig zu persönlich. Entschuldige", bemerkt Charlie.

„Mach dir keine Gedanken, ich habe ja damit angefangen. Übrigens ist mein Zivilstand ledig, jungfräulich ledig, also nicht verwitwet oder geschieden. Und ich bin nicht schwul."

„Aha!"

„Was soll dieses ‚Aha'?"

„Naja, das waren Fakten, aber wo bleibt das Motiv?"

„Ich habe nie eine passende Frau gefunden. Ganz einfach. Die meisten fanden sich mit meinem Beruf nicht zurecht oder wir waren aus anderen Gründen nicht füreinander geschaffen. Ganz einfach, kann geschehen, auch wenn ich statistisch gesehen, einen Ausreißer darstelle."

„Such doch dein Glück bei einer Polizistin."

„Das wäre keine Ehe, das wäre Arbeit."

„Hast du es schon einmal versucht?"

„Nein, das ist nicht nötig, es gibt genügend abschreckende Beispiele. Oh, hier darf geraucht werden", ruft er freudig aus, wie er realisiert, dass es einen Aschenbecher auf dem kleinen Tischchen hat.

Sie lächelt ihn versonnen an, während er sich eine Zigarette ansteckt.

„Gib es auf."

„Was soll ich aufgeben?", fragt sie irritiert.

„Es haben schon unzählige Leute gemeint, sie müssten sich um mein Beziehungsleben kümmern. Alle haben irgendwann eingesehen, dass es gut ist, wie es ist. Und du? Verliebt, verlobt oder lesbisch? Verheiratet bist du nicht, du trägst keinen Ring."

„Das musste ja kommen. Wenn wir schon so ehrlich zueinander sind, dann kann ich zugeben, alles ausprobiert zu haben, aber dass ich mich schlussendlich doch zu Männern hingezogen fühle, zurzeit einen jungen Lover halte, aber auf einen älteren Arbeitskollegen stehe."

„Man kann nicht behaupten, dass du pervers veranlagt bist, aber viel besser scheint mir dein Beziehungsleben auch nicht zu sein. Wenn ich mir nur vorstelle, was es bedeutet, wenn du dir einen jungen Lover hältst. Käfighaltung? Freilaufgehege? Oder eventuell Batteriehaltung mit einem Dutzend anderen Lovers?"

Sternenberg kann sich ein Grinsen über seine Pointe nicht verkneifen.

„Naja, du hättest keine Freude, wenn ich jeden Morgen ungevögelt ins Büro käme und eine gehässige Schnute ziehen würde."

Sternenbergs Grinsen versiegt auf der Stelle.

„Dann hast du jeden Tag Sex?", fragt er ungläubig.

„Äh, ja. An manchen Tagen auch mehrmals."

Sternenbergs Kinnlade verliert den Halt, seine Augen werden groß, dann kippt er den Whisky mit einem Schluck und bestellt eine neue Runde. Er schüttelt ungläubig den Kopf.

„Vielleicht habe ich leicht übertrieben, denn heute Nacht gibt's wohl kaum mehr Sex."

31

Die Polizei hat das französische Kennzeichen des BMWs noch nicht notiert, schon gar nicht an die Streifen und an die Grenzwache weitergegeben, da überquert dieses Fahrzeug in beschaulichem Tempo die Grenze zum Elsass nach Frankreich. Ohne jegliche Eile, denn dank dem Schengener Abkommen mit der Europäischen Union gibt es seit längerem keine Grenzkontrolle mehr, nur noch eine imaginäre Linie, die eine Grenze darstellen sollte. Vielleicht hängen sogar an einigen Stellen Kameras, die den Verkehr aufzeichnen, oder einige fliegende Patrouillen lauern hinter Büschen, um Stichproben vorzunehmen. Ansonsten freie Fahrt für freie Bürger. Wäre es nicht Mitten in der Nacht, dann könnten diese Herren eine erholsame Fahrt durch die hügeligen Landschaften des Sundgau bis in einen grauen Vorort von Mulhouse genießen. Dort stellen sie den BMW in eine leere Werkhalle, steigen in einen weißen, vornehmlich rostigen Toyota Avensis und fahren zurück nach St. Louis, nur wenige Kilometer von der Schweizer Grenze entfernt, wo sie im zweiten Geschoss einer heruntergekommenen Mietskaserne eine Dreizimmerwohnung betreten und sich erstmals ein Bier gönnen. Zufrieden stoßen sie an, lassen nochmals die Nacht Revue passieren, dann telefoniert jener mit der geschwollenen Backe, erzählt zuerst, hört danach längere Zeit zu, quittiert zum Schluss mit einem kurzen Grunzen, ehe er den Anruf beendet.

Was er zu sagen hatte, wollte der Jüngere wissen.

Er sei zufrieden. Er will die Reaktionen abwarten, dann würde er sich wieder für weitere Instruktionen melden. Wir sollten erstmals hierbleiben, nuschelt der Ältere, dem das Sprechen hörbar Probleme macht.

Er fasst sich an den Kiefer, versucht ihn abzutasten, aber schließt schmerzverzehrt seine Augen. Alle drei wissen, dass dieser Haken mit verzweifelter Wucht durchgezogen wurde und mit Sicherheit einen Schaden hinterlassen hat. Vermutlich gebrochen.

32

Ungläubig schaue ich nach draußen. Als hätte das Wetter einen anderen Film eingelegt. Keine Spur mehr von diesem trübsinnigen Regenschleier, der seit Tagen bleischwer über der Stadt lag und eine konstant schlechte Laune verbreitete. Die Sonne lacht mir fröhlich ins Gesicht, dass ich mich angewidert abwende. Beschissenes Scheißwetter hätte erheblich besser zu meiner Laune gepasst, wie diese bescheuerte Heiterkeit, die im Winter etwa genauso unpassend ist wie Schnee im Sommer.

Ich stelle das Radio an und öffne den Laptop. Es ist neun Uhr zehn, also muss ich mich nicht groß auf das Radio konzentrieren, denn nur jede halbe, sowie volle Stunde gibt es Nachrichten, aber die Online-Zeitung könnte schon etwas auf dem Ticker haben. Ich öffne die Seite, scrolle den ganzen Mist durch. Nichts!

Was muss denn in dieser Stadt geschehen, dass es eine Schlagzeile wert ist. Ich koche vor Wut. Da wird jemand niedergestochen, und niemand findet es nötig, über diese Tat zu berichten. Über jeden Furz wird berichtet, ein Quartierverein hat getagt, eine Linde wurde gesetzt, ein Verwaltungsgebäude wurde eingeweiht, eine neue Photovoltaikanlage wurde in Betrieb genommen, dreißig Automobilisten wurden geblitzt, ein neuer Fahrradweg wurde erstellt, aber das Drama von letzter Nacht ist keine Zeile wert. Fluchend lasse ich mir einen Espresso aus der Maschine träufeln, ein Blinklicht zeigt an, dass die Leitungen verkalkt sind. Scheißmaschine.

Mit dem winzigen Schluck Koffein und einer Zigarette stelle ich mich ans Fenster, blicke über die Stadt und versuche mich zu beruhigen. Vielleicht hält die Polizei die Nachricht zurück, aus ermittlungstechnischen Gründen, wie es manchmal so schön heißt. Ich könnte ja Sternenberg anrufen, was ich sogleich wieder verwerfe, das wäre zu aufdringlich. Egal, es kackt mich mächtig an, wie diese

Tat totgeschwiegen wird. Vor ungefähr neun Stunden wurde Achim niedergestochen, verstümmelt und keine Sau spricht darüber. Genauso gut hätte diese Tat mich treffen können.

Wie ein Film, läuft die vergangene Nacht nochmals in meiner Erinnerung ab. Obwohl es nicht die Nacht war, nur eine Essenz daraus, nur vierzig Minuten, mehr nicht, von diesem Moment an, als diese drei Junkies vor meiner Motorhaube vorbeiliefen, bis ich vom Güterbahnhof flüchtete. Keine dreiviertel Stunde brauchte es für einen Ritt in die Hölle, dessen Ende nur wenige Sekunden gedauert hat. Als hätten sie zuerst nur mit Achim gespielt, ihn müde gemacht, damit sie ihn abschlachten konnten. Wäre er nicht so gut trainiert, so unerschrocken gewesen, hätte er den Anführer nicht mit diesem rechten Uppercut erwischt, dann hätten sie ihn viel schneller fertiggemacht. Er hatte keine Chance.

Ich drücke die Zigarette aus und gehe zu meinem Kleiderschrank, öffne die Türe, schiebe meine Anzugjacken zur Seite und löse an der Rückwand die Abdeckung. Der Tresor kommt zum Vorschein, ein kleines eingemauertes Modell, fünfzig Zentimeter hoch, vierzig Zentimeter breit und vierzig Zentimeter tief, mit einem Schubfach und zwei Tablaren, geräumig genug für dreihunderttausend Franken und Euros in bar, wichtige Dokumente, zudem eine Walther PPK mit zwei Schachteln Munition. Das elektronische Schloss verlangt einen doppelten Code, den ich nur mit Mühe aus dem Gedächtnis rekonstruiere, derart lang ist es her, als ich diesen Tresor das letzte Mal öffnete. Ich nehme die Pistole aus dem Schubfach, wickle sie aus dem Tuch, nehme die Munition und lege alles auf den Esstisch.

Aus dem Werkzeugkasten hole ich Waffenöl, Putzstöcke, ölige Lappen, Fett, dann beginne ich die Waffe in seine Einzelteile zu zerlegen. Das hatte ich das letzte Mal gemacht, als einige Türken einen auf dicke Hosen machen wollten. Auch Typen, die immer in einer Meute auftraten, und die ich in die Schranken weisen musste. Schusswaffen sind effektiv und furchteinflößend, außer man drückt ab, dann werden sie zu einer schweren Hypothek. Abgedrückt habe ich noch nie, außer auf dem Schießstand oder in der Kiesgrube. Akribisch putze ich die Pistole, obwohl ich sie sauber und eingeölt versorgt hatte, aber mit diesem Ritual wird sie auf eine neue Aufgabe vorbereitet. Es ist keine registrierte Waffe und kein Schuss daraus wurde je mit einem Delikt in Verbindung gebracht.

Es schaudert mich, wie ich den kalten schwarzen Stahl wieder zusammensetze, die Funktion der Sicherung teste. Mit einer Ladebewegung ziehe ich den Schlitten nach hinten, lasse ihn mit einem metallischen Schnalzen zurückschnappen, dann suche ich sanft den Druckpunkt, ziele ins Nirgendwo, überwinde den letzten feinen Widerstand, drücke ab, und der Schlagbolzen schnellt mit einem zärtlichen Klick in die Patronenkammer. Funktioniert. Ich drücke die Patronen in das Magazin, lade eine davon in die Kammer und ergänze sie im Magazin. Sieben 9mm Patronen sind jetzt in der Waffe, zudem fülle ich ein zweites Magazin. Ich lege alles vor mir auf den Tisch, darunter, fein säuberlich, ein Tuch.

Kein gutes Gefühl, auch wenn nun die Gefahr nicht mehr so groß ist, dass mir das geschehen könnte, was Achim angetan wurde. Ich werde mich wehren und bevor ich verrecke, werden einige von diesen Schweinen draufgehen. Das habe ich mir geschworen, als Sternenberg mir erzählt hat, was sie mit Achim angestellt haben. Die Linien sind überschritten worden, zuerst Alexa, jetzt Achim, wer als nächstes?

Aus dem Putzkasten hole ich, sauber eingewickelt in einem Leinensack, den Schulterholster, ein aus feinstem Kalbsleder gefertigtes Stück, welches im Internet zu kaufen war, aber noch nie von mir getragen wurde. Umständlich versuche ich zu verstehen, wie das Teil angezogen wird, stelle die Riemen ein, bis es passt. Dann stecke ich die Pistole in das Futteral, ziehe mir die Lederjacke über, betrachte mich kritisch im Spiegel und muss zugeben, dass man fast nichts sieht. Einzig die enggeschnittenen Vestons kann ich nicht schließen, ich müsste sie offen tragen. Ich ziehe alles wieder aus, hänge die Waffe mit dem Holster in den Putzkasten, denn der Geruch des frischen Waffenöls hätte meine ganze Garderobe verpestet.

Ich setze mich vor den Laptop, denn ich muss dringend eine drückende Last loswerden. Ich hatte bis jetzt den Mut nicht gefunden, Alexas Eltern und Geschwister zu schreiben. Da fällt mir ein, dass sie vielleicht schon von der Polizei benachrichtigt wurden.

Ich rufe Sternenberg an, der sich nach dem fünften Rufton mit verschlafener Stimme meldet: „Ja?"

„Victor hier."

„Oh, schon wach?"

„Ja, im Gegensatz zu dir."

Ich höre, wie er sich ächzend streckt.

„Wurde noch spät, aber gut hast du mich geweckt, ich sollte schon längst im Präsidium sein."

„Nur kurz eine Frage, die mich persönlich beschäftigt. Hat man die Eltern und Geschwister von Alexa Covalenco informiert?"

„Äh, ja. Richard musste über die Moldowanische Botschaft in Genf, wer sonst beherrscht diese Sprache. Die Moldowanische Polizei in Chişinău überbrachte die schreckliche Botschaft den Eltern. Ich weiß, das ist nicht die feine Art, aber es blieb nicht viel anderes übrig."

„Habt ihr ihnen erklärt, wie sie umgekommen ist?"

„Wir waren verpflichtet die Wahrheit zu sagen. Wir werden den Leichnam in einem Zinksarg nach Hause schicken müssen, denn es sind russisch-orthodoxe Katholiken oder so. Sie wollen eine anständige Beerdigung in der Heimat."

„Danke, das wollte ich wissen. Ciao."

„Ciao."

Ich entschließe mich, einen Brief zu schreiben, darin will ich das Schicksal ihrer Tochter beklagen und von der wunderbaren Zeit schwärmen. Ich werde ausschweifend über unser gemeinsames Glück berichten und das Ende als eine unendliche Tragödie bezeichnen, welche wir nie ganz verstehen werden. Ich werde in Deutsch schreiben, sie sollen selbst schauen, wer ihnen das übersetzen kann, und ich habe die Konto-Verbindung zu ihren Eltern, da ich die Überweisungen für Alexa ausführte, also sende ich zehntausend Dollar hinterher, quasi als Trost.

Für diesen Brief sitze ich geschlagene zwei Stunden vor einem vergilbten Block Schreibpapier, den ich ganz unten in meinem Schreibtisch gefunden habe. Mindestens zehn Mal musste ich wieder von vorne beginnen, weil dieses Scheißpapier keine Löschtaste hat, und mein Schreibstil eine Katastrophe ist. Aber ich habe keine andere Wahl, denn ihre Eltern haben keinen Internetanschluss. Nicht genug, ich finde keinen Briefumschlag in dieser Wohnung, also laufe ich zur Post, kaufe Briefumschläge, kraxle die Adresse und den Absender drauf, schiebe den Brief hinein, verschließe ihn und gebe ihm am Schalter auf. Die Dame hinter dem Glas musste nachschauen, was ein Brief nach Moldawien kostet.

Zurück in der Wohnung überweise ich das Geld, was geschätzte zwei Minuten dauert, dann meldet sich mein Telefon.

„Speiser", tönt es humorlos aus dem Lautsprecher.

„Guten Tag Herr Speiser, wie geht es denn Ihnen?", begrüße ich gutgelaunt einen treuen Kunden von Rita.

„Herr Grober, die Nachrichten im Radio beunruhigen mich. Sie wissen, in meiner Position kann man sich keine Skandale leisten, darum vertraue ich mich für sehr viel Geld Ihrem Escort-Service an. Was ich nun vernehme, lässt mich schaudern. Krieg im Milieu. Gehängte und Verstümmelte. Betrifft das auch Sie?"

Aha, wie es sich anhört, wurde die Nachricht samt seinen unappetitlichen Details veröffentlicht.

„Selbstverständlich betrifft es mich. In dem Moment, in dem Sie sich Sorgen machen, hat mein Escort-Service ein Problem. Vertrauensverlust. In der Wirtschaft, und da muss ich Ihnen keinen Vortrag halten, kann ein Gerücht ganze Aktien zu Fall bringen, Firmen in den Bankrott treiben."

„Ja, kommen Sie mir nicht mit Ihrem Geschwätz. Ich will Fakten."

Ich zögere kurz.

„Herr Speiser, ja, ein Mädchen von mir kam ums Leben."

„Oh, mein Gott. Das tut mir leid."

„Ja, mir auch. Unendlich leid."

„Ich danke Ihnen für Ihre Offenheit und wünsche Ihnen viel Kraft. Auf Wiedersehen, Herr Grober."

„Auf Wiedersehen, Herr Speiser."

Wie erstarrt, bleibe ich mit dem Telefon am Ohr sitzen, denn ich frage mich, warum ich das gesagt habe. Speiser, ein verwitweter Geschäftsführer einer Privatbank mit einem schier unendlichen Netzwerk wird sich kaum mehr an Rita wenden. Warum habe ich nicht gelogen und alles schöngeredet? Was ist bloß in mich gefahren? Sind es die sentimentalen Stunden, die ich mit dem Brief an Alexas Eltern erlebte? Oder habe ich bereits kapituliert?

„Du verfluchte Welt! Warum?", schreie ich laut hinaus und beginne zu weinen.

Wie lange ich reglos am Tisch gesessen habe, kann ich nicht sagen, aber es beginnt zu dämmern, wie ich mich aufraffe und mir ein Glas mit Whisky fülle. In der klassischen Dean Martin Haltung stehe ich wieder einmal am Fenster und schau hinab auf die Ameisen, die wohl bereits die ersten Weihnachtseinkäufe tätigen, auch wenn die offizielle Weihnachtsbeleuchtung noch nicht eingeschaltet wurde. Die Zeit der Illusionen bricht an.

Dann reiße ich mich zusammen, raffe mich auf, schaue in alle Medien, höre die lokalen Nachrichten im Radio und muss feststellen, dass die Polizei sehr offen kommuniziert, denn sie haben keine vernünftigen Spuren und sind auf sachdienliche Hinweise aus der Bevölkerung angewiesen. Es werden keine Namen genannt, aber jene, die die Szene und das Milieu kennen, werden sich einiges zusammenreimen können.

Dann öffne ich das Mailprogramm und erschrecke.

33

„Mensch Matthias, da haben wir ja eine gewaltige Lawine losgetreten!", ruft Feindrich aus, bevor er sich vollständig in das Büro geschoben hat. „Bei mir läuft das Telefon heiß. Jeder, der in der Verwaltung, der Presse und der Gesellschaft seinen Namen fehlerfrei schreiben kann, ruft mich entsetzt an und will wissen, ob dies wirklich in unserer Stadt möglich ist. Das haben wir ja toll gemacht!"

Sternenberg ist sich über Feindrichs Begeisterung nicht so ganz im Klaren. Zusammen haben sie vor drei Stunden entschieden, mit allen Fakten an die Öffentlichkeit zu treten, auch mit den Details aus dem Wenkenpark-Mord, denn die Lage ist ungeheuer brisant und es fehlen wichtige Hinweise. Feindrich hat auch von der Polizeileitung und dem Departementsvorsitzenden grünes Licht erhalten.

Staatsanwalt Feindrich ist kein übler Bursche, nicht so wie die meisten Staatsanwälte. Eingeklemmt zwischen der Rechtsprechung, der Politik, der Polizei und der Öffentlichkeit, versucht er kein allzu großes Arschloch zu sein. Er kann es selten allen recht machen. Darum fragt sich Sternenberg, ob sich die Schweißperlen auf Feindrichs Stirn und Oberlippe aus lauter Begeisterung oder aus purem Stress aus den Poren gedrückt haben.

„Konstantin, wir sind nicht verantwortlich für diese Apokalypse, vergiss das nicht."

„Jaja, das ist mir schon klar. Nur habe ich das Gefühl, in eine neue Dimension gestolpert zu sein. Wie in ‚Star Wars', wenn sie mit dem Falken in Lichtgeschwindigkeit wechseln und Sekunden später in einer neuen Welt abbremsen, so kommt es mir vor. Und um bei diesem Film zu bleiben, erscheint plötzlich Darth Vader und gibt uns eine Kostprobe der dunklen Seite der Macht."

„Woher kennst du denn Star Wars?", fragt Sternenberg, überrascht, dass er sich mit solch profanen Filmen auskennt.

„Mein Sohn."

„Soso..."

„Unwichtig. Wir stocken die Sonderkommission um weitere zwei Fahnder auf, ich habe dies soeben mit Brechbühl besprochen, aber das wird er dir noch selbst mitteilen. Ich möchte morgen, auch das ist mit deinem Chef abgesprochen, eine Pressekonferenz einberufen, bei der du dabei sein wirst, denn sonst wachsen die Mutmaßungen ins Kraut. Die Boulevardpresse dreht fast durch. Vierzehn Uhr. Ich hoffe, bis dann einen Knochen gefunden zu haben, den wir den Hunden vorwerfen können."

Ohne eine Reaktion abzuwarten, hat er bereits wieder das Büro verlassen, nur seine hysterischen Worte hallen nach.

Bei Sternenberg stellen sich von neuem die Kopfschmerzen ein, die er vor einer Stunde glaubte losgeworden zu sein. Aber er ist stolz, denn während dem kurzen Moment, in dem er heute Charlie zu Gesicht bekam, konnte er befriedigt feststellen, dass sie auch nicht gut aussieht. Wo ist sie eigentlich?

„Hei Charlie, wo bist du?", nuschelt er ins Telefon.

„Oh Chef, du wirst langsam alt. Du persönlich hast mich doch zum Güterbahnhof geschickt. Befragung der Anwohner und in einer halben Stunde komme ich ins Präsidium, damit wir die Aussagen der Prostituierten nochmals durchgehen können. Richard und Thomas haben einige interessanten Aussagen."

„Schön, dann komm aber bitte zuerst bei mir vorbei, bevor du dich diesen Damen widmest."

„Nur, wenn du mir eine Kopfschmerztablette offerierst."

„Ich schmeiß eine Runde."

Weg ist sie.

Er stemmt sich aus dem Sessel und stellt sich vor das Whiteboard. Eine neuzeitliche Erscheinung, die das veraltete Notizbüchlein ersetzen und alle Erkenntnisse der Gemeinschaft zugänglich machen sollte, außer bei Sternenberg, da versteht niemand, was er auf diese weiße Fläche gekritzelt hat. Seine Gewohnheit, in erster Linie zu zeichnen und nur wenig zu schreiben, hat alle dazu gebracht, diese Kunstwerke in erster Linie aus ästhetischer Sicht zu betrachten, was ihm nicht ganz ungelegen kommt. Er mag nur bedingt die gemeinschaftlichen Diskussionen über die Hintergründe der Fälle, welche meist in wüsten Orgien voll kreativen Orgasmen enden, die viel Unterhaltung bieten, viel Zeit verschwenden, aber wenig Erkenntnisse bringen. Er denkt lieber alleine, er braucht keinen Diskurs.

Hängen, Zunge abschneiden, zwei mittelalterliche Arten der Bestrafung, die allerdings nie ganz aus der Zeitgeschichte verschwunden sind, respektive durch den Humanismus verdrängt wurden. Im Gegenteil. Nachdem die heilige Inquisition, im Namen Gottes, die Perfektion der Folter neu erfunden hatte, dienten diese Praktiken bis in die Neuzeit, damit Kulturen ihre hehren Ideologien durchsetzen und schützen konnten. Unser Desinteresse und unsere Ohnmacht legitimieren die Folterknechte, weshalb die Welt lieber die Augen davor verschließt. Und es finden sich immer wieder genügend Menschen, die andere Menschen auf unerträgliche Weise quälen und zu Hause ihre Kinder vergöttern. Mengele lässt grüßen.

Sternenberg hat das Gefühl, noch stundenlang über exzessive Gewalt nachdenken zu können, ohne eine neue Einsicht zu erhalten. Er muss die Zusammenhänge erkennen, weshalb in diesen Fällen solch eine symbolträchtige Gewalt demonstriert wird. Prinzipiell passt dies nicht hierher. Die Schweiz, ein Land der netten Mitte, des Kompromisses, der Unaufgeregtheit, der Freundlichkeit, der Harmlosigkeit, des Respekts, der Mäßigung, des Fleißes, und nun diese öffentliche Darstellung von Barbarei.

Eine Strategie, die in Kriegen gegenüber der Zivilbevölkerung angewendet wurde und wird. Sogleich ein Exempel statuieren, dann wird das Volk gefügig. Hier geht es weniger um das Volk, mehr um die Szene und das Milieu. Für

Sternenberg erweist sich diese Strategie in den beiden Fällen als höchstwahrscheinlich, aber er gedenkt, erst die heutigen Resultate abzuwarten, bis er sich ein endgültiges Bild machen will.

Er wählt meine Nummer, ich nehme sofort ab: „Matthias?“

„Ciao Victor, gibt es Neuigkeiten bei dir?“

„Unter normalen Umständen wäre es ein gutes Gefühl, wenn mich die Polizei nach Neuigkeiten fragen würde. Nein, keine Neuigkeiten, auf jeden Fall direkt nicht, aber indirekt. Hier findet ein digitaler Amoklauf meiner Kundschaft statt.“

„Haben alle die Nachrichten gehört oder gelesen, und machen sich Sorgen um ihr eigenes Wohlergehen, weniger um deins. Stimmt's?“

„War wohl zu erwarten.“

„Tut mir leid, wir mussten in die Offensive und werden die Polizeipräsenz in der Stadt erhöhen. Wir reden hier offen über organisiertes Verbrechen.“

„Da liegt ihr sicher nicht falsch, fragt sich nur, woher diese Typen kommen. Ich schätze aus dem Balkan. Ich sehe die Fresse vor mir, welche mich am Rotlicht während einigen Sekunden angestarrt hat. Ich sage bewusst ‚Fresse‘, denn Gesicht wäre zu nett für diesen kantigen Schädel mit zwei schwarz glänzenden Löchern, einer zerschlagenen Nase und einem höhnisch grinsenden Gefräß. Unrasiert, langes, gegeltes Haar, das ihm leicht in die Stirn hängt. Dieser Anblick hat sich bei mir eingebrannt.“

„Wir fertigen Phantombilder mit den Frauen aus den Wohnmobilen an, vielleicht könntest du auch einen Blick darauf werfen.“

„Okay.“

„Hast du in den Mails irgendwelche Hinweise oder Andeutungen, die dir verdächtig vorkommen?“

„Äh, wenn du mich so fragst, muss ich passen. Ich könnte sie nochmals durchlesen und wenn ich etwas finde, dann könnte ich dir das Mail zustellen. Gib mir deine

Mailadresse."

Sternenberg gibt sie mir, bedankt sich, verspricht sich zu melden, sobald sich etwas ereignet, und verabschiedet sich.

Der Balkan.

Streng betrachtet, eine gebirgige Halbinsel im Südosten von Europa, links Italien, rechts die Türkei, oben Österreich, Ungarn und Teile der alten Sowjetunion, untenrum nur Meer, versetzt mit einigen kleinen Inseln.

Unzählige, in einander verschachtelte Völker, Stämme, Sippen, Familien, Religionen leben seit Ewigkeiten in diesem wilden Gebiet und versuchen sich verzweifelt voneinander abzugrenzen. Wie ein großer Topf, in dem es seit Jahrhunderten kocht und brodelt. Alle Formen der Zwietracht wurden hier praktiziert, aber kaum in Eintracht gelebt. Oft waren es Unterdrücker, Despoten und größenwahnsinnige Diktatoren, die diese Halbinsel terrorisierten, aber auch ihr eigener Charakter, stolz, impulsiv, unbeugsam, zäh, verschlossen, waren kein ideales Fundament für die umfassende Verbrüderung dieser heterogenen Gesellschaft. Eine wunderbare Brutstätte für radikale Verbrecher, die sich auf die Gewalt berufen, die ihnen während vielen Jahren angetan wurde. Was in den Neunzigerjahren vom Westen geduldet wurde, brennt immer noch tief in den Seelen vieler.

Sternenberg gönnte sich einmal Urlaub in Kroatien, war begeistert, aber schaffte es nicht, dieses Land aus einer anderen Perspektive, als aus jener eines Touristen zu sehen. Das moderne Dubrovnik ist nicht Srebrenica während den Kriegsjahren. Er will keine Vorurteile ins Spiel bringen, aber vieles würde den Balkan als Wurzel des Übels nicht ausschließen, nur bewegt man sich mit solchen Spekulationen sehr schnell auf sehr dünnem Eis, solange man keine Beweise hat. Und diese fehlen noch.

Es wäre höchste Zeit für eine Zigarette, welche im Büro zu rauchen leider untersagt ist, also greift er sich seine

Utensilien, will sich soeben unauffällig verdrücken, wie Charlie ihn auf der Schwelle erwischt.

„Du gehst rauchen?"

„Ja."

„Ich komme mit."

„Du rauchst gar nicht."

„Ich schaue dir gerne zu, wie du rauchst."

„Glaubst du ja selbst nicht. Bei diesen Temperaturen geht niemand freiwillig jemandem beim Rauchen zusehen."

„Richtig, aber vielleicht können wir uns beim Rauchen ungehemmter unterhalten, wie im Büro."

„Oh, dann lass uns rauchen gehen."

34

Alle Mails haben im Grunde genommen den selben Inhalt. Manche sind anklagend, andere entschuldigend, andere wiederum geschäftlich neutral formuliert, schlussendlich wollen sie mir alle die gleiche Botschaft mitteilen; Uns ist das zu gefährlich, mach ohne uns weiter. Viel Glück!

Diese Absagen umfassen etwa zwanzig Prozent meiner Kunden, noch nicht ein existenzbedrohlicher Kundenanteil, betrachtet man aber den Umsatz, der mit diesen zwanzig Prozent verbunden ist, dann reden wir bereits von vierzig Prozent. Innert einem Tag bricht beinahe der halbe Verdienst weg, sei es beim Koks oder bei den Mädchen. Ein Scheißverlust, bedeutsam, egal in welcher Branche, und ich denke, das dies noch nicht das Ende der Fahnenstange sein wird.

Ich bin keiner, der schnell aufgibt und den Schwanz einzieht, bin es gewohnt zu kämpfen, schließlich gibt es niemanden, der meine Interessen vertritt, kein Verband, keine Gewerkschaft, keine staatliche Förderung, keine Versicherung, kein Amt, keine politische Lobby, keine Selbsthilfegruppe, keine Genossenschaft, keine Polizei, keine Verbrecher und keinen einzigen Kunden, die zu mir stehen, wenn es hart auf hart gehen sollte. Keine neue Erkenntnis, ich wiederhole mich, trotzdem immer wieder eine erstaunliche Tatsache. Die Leute brauchen mich, aber wollen mich nicht.

Ich werde mich mit meinem Absturz abfinden müssen. Punkt, Schluss, keine Illusionen! Ich erhalte keine Möglichkeit zu einer Charmeoffensive oder einem Dementi in der Presse, im Gegenteil, man wird sich auf dieses unmoralische Pack einschießen, welches diese unsägliche Tragödie regelrecht provoziert hat, welches ausgemerzt gilt und welches der Stadt schon immer ein Dorn im Auge war. Ich bin eine ‚Persona non grata'.

Trotzdem will ich wissen, ob wirklich jeder meiner Kunden mir den Rücken zuwendet, also hacke ich wütend eine Nummer ins Telefon.

„Isabelle?"

„Victor?"

„Isabelle, bist du sehr beschäftigt, oder hättest du zwei Minuten für mich?"

„Aber sicher habe ich zwei Minuten für dich. Nur einen Moment", sie deckt das Mikrofon nur nachlässig ab, sodass ich alles in einem dumpfen Ton mithören kann. „Wenn du nicht bis zum Feierabend ein sauberes Layout hinbekommst, dann bist du gefeuert, du unfähige Pfeife!", sie nimmt die Hand vom Mikrofon. „Victor, mein süßer Kerl, wie kann ich dir behilflich sein?"

„Isabelle, hast du noch nicht mitbekommen, dass meine Welt einzustürzen droht?"

Drei Sekunden herrscht Ruhe am anderen Ende der Leitung.

„Du willst mir nicht weiß machen, dass diese schrecklichen Geschichten einen Zusammenhang mit dir haben?"

„Doch, es sieht schwer danach aus."

„Halleluja, welch ein Desaster!"

„Ich möchte von dir nur eins wissen. Lässt du mich jetzt fallen wie eine heiße Kartoffel?"

„Warum sollte ich?"

„Riskanter Kontakt, Krieg der Unterwelt, unmoralisches Geschäft, illegale Machenschaften, Sodom und Gomorrha, oder sonst welche Bedenken gegen mich. Keine Ahnung, nur eins ist klar, ich erlebe zurzeit mein persönliches Waterloo."

„Welch verlogene Gesellschaft. Eigentlich sollte ich schwer beleidigt sein, dass du mich mit diesen opportunistischen Spießern in einen Topf wirfst. Klar, wenn es um Leben und Sterben geht, dann werde ich mich raushalten, aber wenn es nur einen schlechten Ruf betrifft, dann kannst du auf mich zählen. Was mache ich ohne mein Koks?"

169

„Danke, du hast was zu gut bei mir. Wir treffen uns wie abgemacht. Okay?"

„Aber sicher. Ciao Victor. Kopf hoch!"

„Ciao, Isabelle."

Es war ein nichtssagendes Gespräch, nette Worte und Versprechungen, die schnell vergessen sind, aber bei Isabelle habe ich eine Hoffnung, dass es mehr als nur leere Worte sind. Es wäre wichtig, einen oder eine Vertraute zu haben, damit ich im Notfall unterkommen könnte, wenn ich verschwinden müsste. Ich denke in Isabelle eine Person zu kennen, der ich vertrauen würde, sicher auch Carla, Claudia tendenziell weniger, aber dann finde ich niemanden mehr, auf den ich zählen könnte, der nicht selbst im Dreck steckt. Eigenartigerweise sind es alles Frauen und einzig mit Isabelle habe ich nicht geschlafen. Warum nur Frauen? Weil wir nichts voneinander erwarten, weil sie in mir einen Scheißkerl sehen, der ganz nett sein kann, aber auf keinen Fall ein Mann für eine Beziehung ist. Welche Frau will schon mit einem Zuhälter und Dealer liiert sein?

Ich schrecke aus meinen Gedanken hoch, wie die Ankündigung eines Mails auf dem Bildschirm aufpoppt. Noch nicht genug der Demütigung, vermutlich der Nächste, der mir seine übergeordneten Interessen darlegen will und aus diesen Gründen auf eine weiterführende Geschäftsbeziehung verzichten muss. Ich solle ihn umgehend aus dem Kundenverzeichnis löschen, wie es auch alle anderen ausdrücklich gewünscht haben.

Am liebsten würde ich dieses Mail ungelesen löschen, aber eine leise Hoffnung besteht ja immer. Ich öffne das Mail und mir stockt der Atem.

Ein Foto von Alexa, wie sie am Baum hängt, angestrahlt von einer schwachen Lampe, rundum Dunkelheit, da und dort einige Schemen von Bäumen und Sträucher, sonst nur sie.

Mir wird schlecht.

Darunter steht geschrieben:

‚Verschwinde aus der Stadt oder du endest wie sie! '

Das ist alles, mehr steht nicht geschrieben.

35

„Die Balkan-These wird von den Zeuginnen, den Mädchen vom Güterbahnhof erhärtet. Die Männer hätten danach ausgesehen und auch mit einem entsprechenden Akzent gesprochen."

„Was wurde denn gesprochen?", fragt Sternenberg und bläst den Rauch nach oben.

„Die haben nach ihrem Chef gefragt, wo er sei und wann er käme. Die Mädchen hatten sich unwissend gezeigt und sind dann in ihre Wohnmobile verschwunden. Ihnen war sogleich klar, dass es Ärger geben würde."

„Und sonst?"

„Nichts. Niemand hat etwas gesehen und es gibt keine Spuren am Tatort, außer Achims eigenes Blut."

„Hmm."

„Was soll das heißen?"

„Dass soll heißen, dass wir uns die drei Junkies aus dem Industriegebiet holen, die vor der Tat Stoff bei denen gekauft haben. Die haben wir ganz vergessen. Irgendwie müssen die doch an diese Typen gekommen sein."

„Und wo find ich diese Prachtkerle?"

„Das weiß Victor. Ich rufe ihn an, dann kann er dich dahinführen. Wenn ihr sie gefunden habt, dann soll er verschwinden und du kannst die Kavallerie anfordern."

„Und du?"

„Ich gehe schlafen, letzte Nacht war nichts für einen alten Mann."

In diesem Moment surrt sein Handy. Er wirft den Stummel weg und schaut auf das Display.

„Ja?"

Er hört zu, nicht lange, dann sagt er: „Victor beruhige dich, sende mir das Mail weiter und komme zum Parkplatz des Zoos. Charlie wird da auf dich warten, dann führst du sie zu den drei Junkies im Industriegebiet, setzt sie da ab, dann pflücken wir sie uns. Ich will wissen, wie sie an diese

Typen gerieten."

Er hört wieder konzentriert zu.

„Ich kümmere mich darum. Ciao."

Er drückt die Verbindung weg und steckt das iPhone wieder in seine Hosentasche, zieht aus der anderen Hosentasche die Zigarettenpackung und steckt sich gleich nochmals eine an.

„Er kommt dich in einer halben Stunde abholen, wo, hast du ja mitbekommen. Er hat ein Mail erhalten mit einem Foto und einer Drohung. Das Foto muss schrecklich sein, er ist ziemlich außer sich."

„Es kommt Tempo in die Geschichte. Oder meine ich das nur?"

„Die wollen das Eisen schmieden, solange es glüht. Damit habe ich beinahe gerechnet. Komm, wir gehen uns das Mail anschauen."

Er wirft die halbangerauchte Zigarette in den Rinnstein und öffnet Charlie galant die Tür.

Charlie käme sich völlig deplatziert vor, auf einem Parkplatz zu warten, wie eine Nutte, also läuft sie geschäftig umher, beugt kalten Füssen vor und beobachtet dabei unauffällig den Verkehr. Sie hat nicht nach seinem Wagen gefragt, aber ein Zuhälter und Dealer wird wohl kaum mit einem Golf aufkreuzen. Er wird garantiert zu erkennen sein. Sie ist neugierig, weniger auf die Karre, mehr auf den Menschen. Sternenberg sprach noch nie abschätzig über Grober, im Gegenteil, Charlie meint zwischen den Zeilen verstanden zu haben, dass er besser, als sein Ruf sei. Was das auch heißen mag.

Mein uralter, weißer Golf hält neben ihr, wie in grauer Vorzeit kurble ich von Hand das Seitenfenster hinunter und frage: „Charlie?"

„Äh, ja. Victor?"

„Ja, komm, steig ein."

„Verzeih mir mein Schmunzeln, ich habe genau diesen

Wagen nicht erwartet.", bemerkt sie, nachdem sie Platz genommen hat.

„Siehst du, genau aus diesem Grund fahre ich ihn, aber keine Sorge, zum Vergnügen habe ich noch eine andere Karre im Stall, welche mehr dem Klischee entspricht."

Charlie mustert mich von der Seite, und ich vermute, dass sie sich soeben fragt, ob ich das sein kann, was ich tatsächlich bin. Ein eher kleiner, kantiger Typ mit braunen kurzen Haaren, angezogen wie ein Architekt oder Lehrer, mit hellbraunen Chinos, einem weißen Hemd, darüber eine dunkelblaue Strickjacke und eine schwarze Lederjacke. Harte, kräftige Hände. Kein schönes Gesicht, aber auch kein hässliches, einige Narben, eine leicht schräge Nase, aber ein sinnlicher Mund, der sich zu einem Schmunzeln verzieht.

„Schaust du jeden Mann derart taxierend an, oder suchst du den Verbrecher in mir?"

„Alle Männer interessieren mich, du speziell aus beruflichen Gründen, schließlich werden wir in einer gewissen Art und Weise zusammenarbeiten, da ist es von Vorteil, einander zu kennen."

„Zusammenarbeit? Ich dachte wir reden von Kooperation, das heißt für mich, wir verfolgen ein gemeinsames Interesse. Ich kann mir nicht vorstellen, dass du mit mir zusammenarbeiten willst. Ich möchte nicht mit der Polizei und du möchtest nicht mit mir gesehen werden. Was wir jetzt tun, soll eine Ausnahme bleiben."

Charlie verzieht imponiert den Mund und muss mir wohl eine gute Portion Selbstbewusstsein zugestehen. Manch einer in meiner Situation wäre zurückhaltender gegenüber der helfenden Hand gewesen, aber vielleicht sieht sie das vollkommen falsch. Sie schaut wieder nach vorne, überlegt, wie sie mich von meinem hohen Ross herunterholen kann, da frage ich: „Heißt du wirklich Charlie?"

„Mein Name ist Charlotte, Charlie nennen sie mich nur bei der Polizei."

„Charlotte ist viel schöner. Ich liebe diese französisch

174

klingenden Namen. Wie ein zartes Macaron, das auf der Zunge vergeht."

Charlie ist sichtlich irritiert, zuerst der harte Macker, dann der Liebhaber der zarten Namensgebung.

„Ich habe mich mit Charlie abgefunden. Die Polizei ist eine Männerwelt, da tönt mein richtiger Name beinahe schwul."

„Und du fühlst dich da wohl?"

„Ja, auf jeden Fall. Ich bin lieber um Männer als um Frauen."

„Behandeln sie dich wie eine Frau oder wie ein Mann?"

„Selbstverständlich wie ein Mann."

„Du bist eine seltsame Frau."

„Was soll denn das bedeuten?"

Charlie sucht in meinem Gesicht nach Spuren von Schalk, findet nur ernsthafte Verwunderung.

„Dich interessieren alle Männer, arbeitest in einer Männerwelt, wirst behandelt wie ein Mann, man gibt dir einen Männernamen, aber du selbst bist eine sehr weibliche Frau. Das finde ich seltsam."

„Woran siehst du, dass ich keine Lesbe bin, die sich wie ein Mann fühlen möchte?"

„Das sagt mir mein Bauchgefühl. Ich bin ein primitiver Halunke, viele nennen mich deshalb auch Scheißkerl, aber ich verstehe etwas von Frauen, denn das ist ein wichtiger Teil meines Geschäftes. Du bist sehr weiblich, auch wenn du einen auf dicke Hose machst."

Charlie muss laut lachen, was gekünstelt klingt.

„Woran taxierst du meine Weiblichkeit? Kannst du mir das sagen?"

Ich blicke einen kurzen Moment in ihre Augen.

„Da gibt es etliche Zeichen. Du trägst dein Haar offen, deine Fingernägel sind lackiert, du trägst ein sehr dezentes Makeup, deine Kleidung ist körperbetont, auch wenn sie funktionell ist, der Ausschnitt deiner Bluse zeigt den Ansatz deiner Brüste ohne vulgär zu wirken und damit ich das alles sehen kann, trägst du deinen Parka trotz Kälte offen.

Soll ich detaillierter werden?"

Charlie, die nie um eine Antwort verlegen scheint, bleibt der Mund offen. Das hat vermutlich noch kein Mann zu ihr gesagt und wir kennen uns erst seit etwa vier Minuten. Das kann ja heiter werden.

„Verdammt, du bist nicht schlecht, das muss ich offen und ehrlich zugeben", gesteht sie mit einem anerkennenden Nicken.

„Charlotte, es ist mir ein Vergnügen, dich kennengelernt zu haben. Somit möchte ich allerdings das Gesülze beenden, sonst bin ich nicht mehr glaubhaft. Erzähl mir lieber einige Fakten, die nicht in der Zeitung stehen."

Charlie ist leicht enttäuscht über den Stilbruch und muss sich zuerst sammeln. Während wir beim Güterbahnhof auf die Autobahn einbiegen, muss ich verblüfft feststellen, dass nichts mehr auf dem Parkplatz neben der Straße auf das Geschehen der letzten Nacht hinweist. Keine Absperrungen, keine Polizeipräsenz, gähnende Leere, keine Wohnmobile, nur zwei russische Sattelschlepper, die parken.

„Nichts. Den ganzen Tag haben wir Zeugen und Spuren gesucht. Einfach nichts. Einzig wurde der Eindruck, es handle sich um Leuten aus dem Balkan, bestätigt. Die Mädchen wurden in solch einem Slang angesprochen."

„Was wollten die von ihnen?"

„Sie erkundigten sich nach ihrem Chef und wann er kommen würde. Sonst nichts. Und das französische Kennzeichen ist gestohlen, gehört aber nicht zu diesem BMW, sondern zu einem roten Renault Clio."

„Ihr habt also nichts."

„Leider ja. Diese Typen kommen, schlagen zu und verschwinden wieder. Spuren, die sie hinterlassen haben, sind nicht aussagekräftig. Irgendwann werden sie einen Fehler machen."

„Ich frage mich, was alles noch geschehen muss, bis sie einen Fehler machen. Zudem ist mir das Motiv unklar."

„Glaubst du nicht an die Balkan-Mafia, die den Markt

übernehmen will?"

„Einerseits schon, aber mir kommt es vor, als würde mit Kanonen auf Spatzen geschossen. Ich denke, es geht um eine größere Geschichte. Wieso brechen sie uns nicht einfach die Beine oder zerschießen uns die Kniescheiben. Das hätte gereicht, wir hätten uns wie räudige Hunde verkrochen. Abgesehen davon haben die Albaner seit Jahren die Hände im Drogenhandel."

„Du meinst, es könnte ein Krieg zwischen den Balkan-Sippen selbst sein?"

„Warum nicht? Mich erstaunt, dass ihr nicht mit euren Drogenfachleuten gesprochen habt, oder habt ihr keine Übersicht über die Szene?"

„Zugegeben, jeder kocht sein eigenes Süppchen. Vermutlich kooperieren wir zwei besser wie die Dezernate. Partikularinteressen nennt man das."

Ich beginne mich aufzuregen. Professionalität sieht anders aus. Ich habe keine große Lust mehr auf Konversation, also schweige ich erstmals, warte auf ihre Worte und konzentriere mich auf den Feierabendverkehr, der geprägt von Ungeduld viel Geduld erfordert. Glücklicherweise kann ich bei der nächsten Ausfahrt die Autobahn verlassen, denn es sind nur noch Bremslichter zu sehen. Ich stelle den Wagen wieder neben den Container, wie in der Nacht zuvor, wir steigen aus, ich schließe ihn ab, dann versuchen wir möglichst unauffällig zu den Abstellgeleisen zu gelangen. Es ist Feierabend, sodass wir zwei von vielen sind, die sich müde auf den Weg nach Hause machen. Die Meisten haben keinen Blick für uns, sie haben sich die Stöpsel in die Ohren gesteckt und auf Autopilot geschalten.

Kurz vor dem Bahnhof zupfe ich Charlotte am Ärmel, damit sie nicht weiterläuft, während ich zwischen zwei gedrungenen Lagergebäuden verschwinde.

Benedict hat mir den Weg beschrieben, denn ich konnte ihn überzeugen, dass ich mir die Idioten vorknöpfen möchte. Er machte den Eindruck, als wäre die Welt bereits

177

untergegangen, vor allem, seit ich ihm von dem Mail erzählt hatte. Wie er es dann gesehen hatte, war der Ofen endgültig aus.

„Aus, Schluss aus, ich verschwinde", jammerte er plötzlich los. „Ich möchte noch einige Jahre leben und ich sage dir, das nächste Mail werde ich erhalten. Verdammt, verdammt, verdammt!"

Ich versuchte ihn zu beruhigen, aber er ließ nicht mehr mit sich reden. Wo er denn hinginge, fragte ich, aber er faselte nur etwas vom Tessin und seiner Schwester und unterbrach dann unvermittelt das Gespräch. Lange schaute ich verwundert auf das Telefon und fragte mich, ob es das gewesen war mit Benedict. Werde ich ihn je wieder einmal sehen?

Die Ratten verlassen das sinkende Schiff.

Wir erreichen die Abstellgeleise, aber es stehen keine alten Güterwagen mehr da, wo sie stehen sollten. Ich frage mich noch kurz, ob ich die Wegbeschreibung falsch verstanden habe, schiebe meine Zweifel schnell zur Seite, denn es gibt hier nur diese Abstellgeleise. Alle Geleise sind leer, keine alten Viehtransporter, die den Randständigen als Unterkunft dienen könnten, nichts, nur langweilige, gerade Geleise mit einigen Weichen, leicht angerostet, voller Unrat und mit Unkraut überwuchert, außer die beiden hintersten, die wurden bereits gereinigt und von sämtlichem Grünzeug befreit.

Die eidgenössische Ordentlichkeit schlägt unbarmherzig zu und befreit diese Gleisanlagen nicht nur von Dreck und Unkraut, auch von menschlichem Abschaum. Mist, ausgerechnet jetzt werden diese unnützen Geleise gewartet. Und wo sind diese Kerle nun? Wo schlafen die? Auch wenn solche Junkies extrem leidensfähige und zähe Gestalten sind, würden sie so nasse und kalte Nächte nicht lange überleben. Eine Erkältung, dann eine Lungenentzündung und sie bräuchten keinen goldenen Schuss mehr, also werden sie alle Hebel in Bewegung gesetzt haben, um einen geschützten Schlafplatz zu finden.

„Vielleicht hat man die alten Waggons samt den Bewohnern an einen anderen Ort gebracht?", überlege ich laut.

„Möglich", bestätigt Charlotte und hat bereits ihr Handy am Ohr. „Richi, kannst du bei der Bundesbahn abklären, wo die alten Güterwagen hingestellt wurden, welche seit Jahren hier im Industriegebiet von Pratteln standen. Äh wo? Na hier…, ja genau. Danke, ich warte."

Sie drückt ihren Kollegen mit einer lässigen Geste weg und wendet sich mir zu.

„Das wird wohl einige Minuten dauern, komm, setzen wir uns hier unter das Vordach auf die Kisten", schlägt sie vor.

Eigentlich habe ich wenig Lust auf ein sinnloses Herumsitzen, genauso gut könnten wir bis zur Antwort in meinem windgeschützten Wagen warten, leise etwas Musik hören und nicht hier im trostlosen Nirgendwo vor uns hin frieren.

Sie sieht mir wohl meine Unlust an und sagt mit einem verführerischen Augenaufschlag: „Komm sei nicht so und leiste mir etwas Gesellschaft, bis wir diese Junkies gefunden haben."

„Wenn du mich so nett bittest…", sülze ich zurück.

Sie lacht und zeigt ihre verführerischen Grübchen, die sie offensichtlich gerne als Mittel zum Zweck benutzt.

„Du bist eine sehr schöne Frau, was mich bei einer Polizistin zu denken gibt. Entweder hast du dich erfolgreich hochgeschlafen oder du bist wirklich gut."

Ihr Lächeln verliert an Glanz, weniger aus Wut über meine Provokation, mehr aus der Verwunderung heraus, von mir nicht mit Samthandschuhen angefasst zu werden. Sie ist es gewohnt, bewundert zu werden, sie sonnt sich in der ungewöhnlichen Konstellation, feminin, schön, verführerisch, aber gleichzeitig respektiert und gefürchtet zu sein. Sie entspricht nicht der gängigen Vorstellung einer Polizistin, derb, hart, ruppig und männlich. Sie kokettiert mit diesem Widerspruch.

„Du hast wirklich das Talent zum Scheißkerl", entgegnet

sie mit einem schiefen Lächeln.

Passend zum Thema weht eine Brise aus ätzendstinkenden Chemie-Duftstoffen durch die Nasen.

„Danke, ich nehme das als Kompliment, zudem schätze ich Direktheit."

Es entsteht ein Schweigen, während wir uns gegenseitig mustern, argwöhnisch, neugierig. Einerseits wäre sie sicherlich ein Jahrhundertfick, andererseits kann man sich an ihr nur die Finger verbrennen. Sie ist ehrgeizig, sie ist eigensinnig, sie ist gnadenlos, sie ist hart, sie ist unkonventionell, sie liebt ihre Arbeit und würde nie Kompromisse machen, außer sie dienen ihrem Ego. Sicherlich eine hervorragende Polizistin, vielleicht sogar eine wunderbare Geliebte, aber nichts für eine vernünftige Beziehung.

„Hast du eine Idee, wie es mit dir weitergeht?"

Ich suche zur Zeit nichts Anderes als Antworten zu dieser Frage.

„Ich bin mir nicht sicher, ob es für mich von Vorteil ist, wenn die Polizei über meine Pläne Bescheid weiß."

„Ich habe nicht erwartet, die Wahrheit zu hören. Mehr eine grundsätzliche Tendenz. Gibst du dein Geschäft auf, suchst du dir eine Arbeit, oder verschwindest du nach Südfrankreich oder machst du es dir hier gemütlich. So was in der Art."

„Eigentlich solltest du dir diese Frage selbst beantworten können. Für mich gibt es nur zwei Möglichkeiten, wie ich von der Bühne gehe. Gehe ich vorne raus durchs Publikum oder hinten raus durch den Lieferanteneingang, wo mich keine Sau sieht."

Sie nickt.

„Der eine Weg riecht nach Konfrontation, der andere nach Kapitulation."

„Schön formuliert."

„Und wie ich dich einschätze, geht es dir gegen den Strich, den Lieferanteneingang zu nehmen."

„Siehst du, du hast dir deine Frage soeben selbst beantwortet."

„Das endet in der Regel nicht gut."

„Für wen?"

Sie zieht fragend die Schultern nach oben und wartet mit antworten, bis ein überlanger Güterzug an uns vorbeigerumpelt ist: „Für dich. Du hast gesehen, wie es Achim erging. Die machen keine Gefangenen."

„Ja, es sind gnadenlose und abartige Schweine, aber für mich ist es ein Heimspiel. Und ich habe nichts zu verlieren. Keine Frau, keine Kinder, kein Geschäft mehr, keine Freunde, keine gesellschaftliche Wertschätzung, vielleicht ein wenig Besitz, aber der bedeutet mir nicht viel."

„Deine Worte hören sich nach Trotz an, aber auch nach High Noon. Ein Duell auf Leben und Tod. Das finde ich, ehrlich gesagt, sehr bescheuert. Du bist zu jung, um dich in einem Bandenkrieg aufzureiben. Leeres Geschwätz von einem toten Helden. Jaja, wird man sagen, er hat sich aufgelehnt, er hat tapfer gekämpft, er hatte keine Angst, schade um ihn. Und niemand wird dir eine Blume aufs Grab legen."

Als bräuchte es zur Verdeutlichung ihrer Worte ein Zeichen, beginnen eisige Böen an unseren Kleidern und Haaren zu zerren. Schwarze Wolken im Westen künden erneutes Regenwetter an, kurz war die Hoffnung auf einen trockenen Spätherbst.

„Ich spüre, du liebst das Melodramatische und wünschst dir ein romantisches Ende, du liest sicherlich Bücher von Rosamunde Pilcher. Ich sehe das weit nüchterner. Ich kann nur das, habe nur das und in dieser Gesellschaft existiere ich nur, so lange ich mein Geschäft führen kann. Also werde ich versuchen zu retten, was zu retten ist."

Sie verdreht die Augen, zieht ihren Parka enger an sich, es wird kälter und langsam setzt die Dämmerung ein. Sie ist dankbar, dass ihr Telefon summt. Einige ja und okay später steckt sie ihr Handy in die Brusttasche des Parkas zurück und informiert mich: „Weit sind die nicht gefahren. Ich führe uns hin. Komm."

„Wurden diese Typen samt ihren Waggons verschoben?"

„Ja, die Bahnverwaltung hatte ein Einsehen. Nun stehen sie in Muttenz, keine vier Kilometer von hier."

Wir eilen zum Wagen und fahren nach Muttenz, in ein Gewerbegebiet mit Bahnanschluss. Wir brauchen nicht einmal auszusteigen, die elenden Viehtransporter stehen aufgereiht auf Geleise eins des Rangierbahnhofs, gleich beim Betriebsgebäude neben der Hauptstrecke. Wie Antiquitäten, die in einer modernen Wohnung stehen.

„Sind diese Arschlöcher drin? Nicht, dass wir leere Waggons bewachen."

„Ich geh mal nachschauen", sagt Charlotte.

„Nein, ich komme mit. Diese Typen sind derart von der Rolle, die sind nicht ungefährlich."

„Nein, bleibe hier. Ich will nicht, dass sie dich mit mir zusammen sehen."

Kein falsches Argument, also bleibe ich brav sitzen. Ich beobachte sie, wie sie zu den Waggons geht, die verrostet Verriegelung aufhebelt, hineinschaut, dies bei allen vier Waggons. Niemand zu Hause.

„Ausgeflogen."

„Hast du gedacht, die warten auf dich. Das Einzige, was die noch haben, ist einen ausgeprägten Überlebensinstinkt. Die sind wie Kellerasseln, Urviecher, die nur überlebt haben, weil sie keine Ansprüche und einen primitiven Instinkt haben. Wenn jemand so tief gesunken ist, kann sie nichts mehr überraschen."

Sie blickt mich an, als gehörte ich mit diesem Gesocks in denselben Topf. Das kann ich ihr nicht verdenken, wenn ich ehrlich bin, denn es sind nur Nuancen, die ihre Illegalität von meiner trennt. Handel und Konsum, beides ist nicht erlaubt, egal in welcher Intensität und Ausprägung. Darum schweige ich.

„Hast du eine Idee, wo die sich aufhalten könnten?", fragt sie mich genervt.

„Phh, keine Ahnung. Ich würde die erstmals vergessen.

Wenn die mitbekommen haben, was läuft, dann wirst du die nicht so schnell finden. Gut möglich, dass die die Stadt gewechselt haben, nur weil hier kein Stoff mehr zu bekommen ist."

„Mist!"

„Reg dich nicht auf, die hätten dir sowieso nicht viel genützt."

„Du meinst, die hätten geschwiegen?"

„Im Gegenteil, die hätten dir ihre Großmutter verkauft, sofern du ihnen Stoff besorgt hättest. Hoffnungslose Fälle."

„Du wirst wohl deine Kunden kennen:"

„Meine Kunden?", frage ich verärgert. „Das sind nicht meine Kunden. Ich verkaufe nur Kokain an solvente und seriöse Kunden, keine Junkies, keine Minderjährigen, keine Sozialfälle. Das ist ein entscheidender Unterschied."

„Macht das dein Geschäft weniger illegal?"

„Oh, der erhobene Zeigefinger. Nein, es macht es nicht besser, aber erträglicher. Ich hoffe, du willst jetzt nicht über die moralischen und gesetzlichen Schwächen meiner geschäftlichen Tätigkeit diskutieren. Grundsätzlich ist alles schlecht, was ich mache. Mich nähme es wunder, wie es weitergeht."

Offensichtlich ist sie sich dessen unsicher, aber sie ist der Typ, der das niemals zugeben würde. Taffes Mädchen! Ich lasse sie überlegen, stecke mir eine Zigarette an, drehe das Fenster einen Spalt nach unten und biete ihr auch eine an. Sie schüttelt den Kopf und kramt das Handy aus der Jacke.

„Hei Chef, ich komme zurück, die Vögel sind ausgeflogen."

Vermutlich besteht seine Antwort aus nicht mehr, als aus drei Worten, auf jeden Fall ist sie sehr kurz und ohne jegliche Verabschiedung.

„Schlecht gelaunt?", möchte ich wissen.

„Nein, das ist seine Art. Mein Chef ist nie schlecht gelaunt."

„Dann bringe ich dich zurück zum Zoo?"

Sie nickt gedankenversunken und registriert nicht den feinsinnigen Scherz, der damit verbunden war.

36

Erstmals habe ich keine Ahnung, wie es weitergehen soll. Das Mail sitzt mir immer noch tief in den Knochen, selbst der Ausflug mit Charlotte konnte mich nicht auf andere Gedanken bringen. Wie sollte ich wissen, wie es weitergehen sollte, wenn es nicht einmal die Polizei weiß. Die Ratlosigkeit war bei Charlotte förmlich zu spüren.

Ich blicke auf die Uhr, sie zeigt neunzehn Uhr, es ist erst acht Minuten her, als ich das letzte Mal darauf geschaut habe. Ich bin ruhelos, wandere durch meine Wohnung, richte Bücher im Regal, wasche Gläser ab, fülle die Waschmaschine mit schmutziger Wäsche, gehe in den Keller Wein holen, leere gleichzeitig den Briefkasten, schauen in den Kühlschrank, was ich mir kochen könnte, finde nichts auf was ich Lust hätte, rauche, aber fasse den Laptop nicht an. Wie eine entsicherte Landmine liegt er auf dem Esstisch, aufgeklappt, mit schwarzem Bildschirm. Nichts, aber auch gar nichts Positives kam während den letzten Tagen aus diesem Gerät. Das Beste waren die Spams.

Es macht keinen Sinn mit der digitalen Kommunikation zu hadern, lange Zeit habe ich damit einen erfolgreichen Escort-Service geführt, saß oft viele Stunden am Tag vor dem Bildschirm, habe mich dem Online-Business verschrieben, als andere Zuhälter noch auf der Straße standen und ihre Herde bewachten. Damit habe ich gutes Geld verdient, wie auch meine Mädchen, zudem mussten sie nie frieren.

Und jetzt schlägt das Imperium zurück. Ich werde mit den eigenen Waffen geschlagen. Im Posteingang, wo sich die Wünsche und Zusagen der Kunden stapelten, liegen Absagen, Ausflüchte, Ausreden, Abmeldungen, Stornierungen und ein entsetzliches Foto mit einer Drohung. Alles toxischer Sondermüll. Was wäre, wenn er die Website löschen würde? Was würde das bedeuten?

Ich rufe Rita an.

„Hei Rita, wie geht es dir?"

„Frag nicht. Ich bin dabei, mich zu besaufen."

„Wenn ich Chloé erreiche und überzeugen kann, dann könnten wir uns gemeinsam bei mir besaufen. Ich möchte etwas mit euch besprechen."

„Dann musst du keinen zweiten Anruf machen, Chloé ist bei mir. Komm vorbei, aber bring was zu essen mit, Pizza oder so", sagt sie mit bereits leicht unsicherer Stimme.

Saufen die sich ins Elend?

„Ich bin bereits auf dem Weg. Bis bald."

So möchte ich Rita gar nicht sehen. Im Morgenmantel, ungeschminkt geht ja noch, aber mit verheulten Augen und Haaren, als hätte sie eine Steckdose geküsst.

„Komm rein."

Ich balanciere die Pizzaschachteln, wie ein Kellner, an ihr vorbei in das Wohnzimmer, wo sich Chloé in einer schrillen Sendung im Fernsehen verloren hat. Auf dem gläsernen Salontisch stehen zwei lippenstiftverschmierte Gläser, ein Kühler mit Champagner und ein überquellender Aschenbecher.

„Da scheine ich ja rechtzeitig mit einer Ladung Fett und Kohlenhydraten gekommen zu sein. Esst, solange es noch warm ist, sonst stürzt ihr mir noch komplett ab."

Chloé braucht einen Moment, bis sie mich wahrnimmt, zaubert dann aber ein herzerwärmendes Lächeln auf ihre Lippen, wobei ich mir nicht sicher bin, ob es an mir oder den Pizzen liegt.

„Oh, Victor, schön gibt es dich", ruft sie einen Tick zu laut.

Erst jetzt sehe ich die beiden leeren Flaschen unter dem Tisch, stelle die Schachteln auf dem Esstisch ab und öffne sie.

Rita kommt mit drei Tellern, aber meint: „Ach, lass uns doch aus den Kartons essen, so richtig dekadent."

Was wir dann auch machen. Wir essen wie die Schweine, zerreißen die Pizzen, stopfen sie in uns hinein, dass uns das Fett zum Kinn hinunterläuft, schmatzen, rülpsen, saufen den Champagner aus der Flasche, als gäbe es kein Morgen mehr. Wir fressen uns regelrecht durch die Fladen, wie Raupen, die junges Laub zu Blattskeletten zernagen. Wir sind alle drei keine großen Esser, eher zurückhaltende Genießer, bedacht auf das Kulinarische, weniger auf das Magenfüllende. Nicht, dass wir unser Vergnügen daran hätten, dieses eine Mal auszurasten, keineswegs, es ist ein außer Kontrolle geratenes Frustessen, und mit Sicherheit wird jemand von uns kotzen gehen. Schrecklich. Übrig bleiben nur einige wenige Teigränder in den fettfleckigen Schachteln und unzählige Krümel auf dem Tisch und auf dem Parkett. Die Spuren einer traurigen Orgie. Schweratmend liegen wir in den Polstern oder hängen erschöpft an der Tischkante und wie wir uns betrachten, so bleibt uns nur ein mattes Lächeln. Es ist uns leicht peinlich, derart die Kontrolle verloren zu haben, dass wir kommentarlos beginnen die Schweinerei aufzuräumen. Ich zerlege die Schachtel, quetsche sie in den Kehricht, Rita holt den Staubsauger, Chloé wischt mit einem Lappen den Tisch sauber und wäscht die Gläser noch ab. Eine kurze Aktion, fünf Minuten, alles ist wieder in Ordnung und die beiden Mädchen scheinen wieder nüchtern zu sein.

„Du wolltest was mit uns besprechen?", fragt Rita.

Ich räuspere mich, muss kurz husten, denn ich habe während den letzten Tagen zu viel geraucht, aber kann das Kratzen im Hals lösen.

„Ich möchte euch einen Vorschlag machen. Ich werde die Website des Escort-Services löschen und eine neue eröffnen, aber in einer anderen Stadt. Ich mache großzügig Werbung in Zeitschriften und im Internet. Wir fangen wieder von vorne an. Was haltet ihr davon?"

Sie blicken sich kurz an, so wie man sich anblickt, wenn man nicht sicher ist, wer zuerst etwas sagen soll. Sie zieren sich mit einer Antwort, nicht weil sie keine Meinung dazu haben, mehr, weil diese Meinung mir nicht gefallen könnte. Ich spüre es, bevor sie damit beginnen.

„Wir haben uns auch Gedanken gemacht, denn mit dem Tod von Alexa hat dies alles einen schrecklichen Nachgeschmack. Es wäre pietätslos, einfach nach einer angemessenen Pause dort weiterzumachen, wo wir innehielten. Wir schaffen das nicht."

Es ist noch nicht alles ausgesprochen, warum sonst windet sie sich und sucht nach Worten.

„Ihr wollt aufhören. Ist es das, was ihr mir sagen wollt?"

„Ja und nein."

„Ja was jetzt? Kommt Mädels, ich war immer fair zu euch und ich würde weiterhin gerne mit euch zusammenarbeiten. Wenn ihr nicht wollt, dann sagt es einfach."

Rita zögert noch immer, Chloé schaut verlegen zum Fenster hinaus.

„Du wirst wütend sein, aber betrachte es bitte aus unserer Perspektive. Wir haben ein Angebot aus Zürich. Ein Luxus-Callgirl-Ring mit ähnlichen Bedingungen wie bei dir, nur wären wir zehn Mädchen und hätten zwei Sicherheitsjungs. Eine Chance für uns, hier dürfte unser Markt für längere Zeit ausgetrocknet sein und du selbst denkst über eine andere Stadt nach. Nur hast du dich gefragt, wie lange es dauern wird, bis wir wo anders wieder Fuß gefasst hätten? Vielleicht Jahre. Wir sind in den besten Jahren und möchten jetzt Geld verdienen. In fünf Jahren kann ich mir nur noch an einer Straßenecke die Füße platt stehen."

Sie wurde immer lauter, war aufgestanden, gestikulierte wild, während sie umherlief. Ich kenne ihre Impulsivität, ich kenne auch ihre Intelligenz, wie auch jene von Chloé. Zwei Frauen, die es sich nicht einfach gemacht haben, über ihre Zukunft nachzudenken, die mich auf ihre eigene Art schätzen gelernt haben, aber den Stecker ziehen wollen, weil die Zeit dafür reif ist. Ich kann es ihnen nicht verdenken, nur die Eile macht mich stutzig, als hätte dieser Plan schon länger bestanden. Egal, ich werde ihnen nicht im

Weg stehen, nur aus dem Hintergrund ein Auge darauf haben.

„Okay, ich werde euch morgen euer restliches Guthaben, überweisen, ihr müsst mir dann nur die Rentenversicherung des neuen Arbeitsgebers besorgen, damit ich diese Gelder dorthin überweisen kann."

„Da ändert sich was. Wir sind nicht in einem Angestelltenverhältnis, sondern selbstständig erwerbend. Sobald ich die Papiere erledigt habe, werde ich dir das Konto mitteilen."

Alles klar! Das geschäftliche Risiko liegt bei den Mädchen.

„Ich gehe davon aus, dass ihr euch das gründlich überlegt habt."

„Ja, wir wissen, was wir wert sind und was wir können. Du hast uns viel beigebracht. Mach dir keine Sorgen."

Ich nicke bedächtig, wohlwissend, dass ich möglichst umgehend aus dieser Wohnung verschwinden muss, weg von den Mädchen. Ich stehe auf, stopfe mein Hemd, welches hinten aus der Hose hängt zurück und ziehe meine Jacke an. Dann küsse ich die Mädchen, drücke sie kurz an mich und verschwinde, ohne ein Wort des Abschieds. Ich hätte kein Wort über die Lippen gebracht, ich hätte weinen müssen und das kann ich auch zu Hause erledigen.

Zorn ist ein höchst energiegeladener Antrieb, den es zur richtigen Zeit braucht, damit man wieder zu seiner Ruhe finden kann. Oft in meinem Leben hat mir mein Zorn Schwierigkeiten eingebracht, aber auch die richtigen Lösungen finden lassen. Zorn ist ein Werkzeug.

Jetzt bin ich sehr zornig, mehr, ich bin enttäuscht, stinksauer, frustriert und ganz unten angekommen. Viel weiter geht es nicht mehr runter, außer ich käme ins Gefängnis.

Innert drei Tagen hat sich meine Existenz in Luft aufgelöst. Kein Lieferant, keine Kunden und keine Mädchen mehr. Dass sich die Mädchen von mir abwenden, kann ich beinahe verstehen, aber es tut fürchterlich weh und es war das Zünglein an der Waage, dass mich dieser bösartige Zorn ergriff. Der Zorn, der tief drin in den Eingeweiden mit Messern spielt, der die Vernunft verdrängt, der die Angst vergessen lässt und das Gefühl schenkt, dass man nichts mehr zu verlieren hat.

Tränen verschleiern meinen Blick, oder ist es der Regen der kalt herniederprasst, egal, ich stapfe durch die nächtlichen Straßen, beachte nicht die letzten Ameisen, die nach Hause gehen.

In der Wohnung stelle ich mich ans Fenster und rauche eine Zigarette, keinen Alkohol, denn ich will nüchtern bleiben. Ich weiß genau, dass ich das Maß verlöre, wenn ich mit saufen begänne, zudem muss ich gründlich nachdenken.

Eins ist klar, die haben mich kaputt gemacht, also mache ich sie auch kaputt. Das wird eine richtig hässliche Dirty Harry-Nummer geben, was mich zum Schmunzeln bringt, denn ich liebe seine Filme, aber ich werde ihn nicht kopieren, nur seine gnadenlose Konsequenz werde ich mir zum Vorbild nehmen.

Ich gebe mir einen Ruck, schnalle das Holster mit der

Pistole um, lasse zwei Munitionstreifen und das Springmesser in die Jackentasche gleiten, hole ein Bündel Bargeld aus dem Tresor und verlasse die Wohnung, gut möglich, dass ich nicht so schnell wieder zurück sein werde.

In der Tiefgarage wähle ich den Lotus, er passt besser zu meiner Laune, starte ihn, spiele mit dem Gaspedal, lasse den Motor aufröhren, spüre die Vibrationen, die Kraft, wie der Wagen ruckt, wenn die Kolben explosionsartig beschleunigen. Auch er ist zornig und er wird die nötige Aufmerksamkeit provozieren, wenn ich durch die Stadt fahre. Man soll mich nur wahrnehmen. Diejenigen, die mich kennen, sollen nur sehen, wie ich suchend durch die Straßen streife, geduckt, lauernd, zornig, bereit.

Zu allererst fahre ich zum 'Vesuvio' und parkiere vor dem Lokal prominent im Parkverbot. Ich habe nicht vor den ganzen Abend zu bleiben, nur ein kurzes Gespräch mit Carla, damit sie Bescheid weiß. Die wenigen Gäste hängen alle an der Bar, stieren in ihre abgestandenen Biere oder auf Carlas Arsch, und wenden sich nur kurz mir zu, um sogleich wieder in ihre Starre zu verfallen, drei Mädchen langweilen sich in einer Sitznische. Es ist noch zu früh für Erotik, mit Ausnahme von Carlas Arsch in engen Jeans, der kostenlos zum Apéro mitgereicht wird, erst nach zehn werden jene Kerle auftauchen, die ein dringendes Bedürfnis haben. Die Gäste, die um diese Zeit hier ihr Bier trinken, sind keine Freier, es sind Feierabendtrinker, die sich in Ermangelung anständiger Kneipen mit dem düsteren 'Vesuvio' zufriedengeben, was nicht so schlecht ist, denn Carla hat nicht nur einen guten Arsch, sie ist auch eine humorvolle Gastgeberin.

Ich gehe hinter die Theke, wo wir uns mit freundschaftlichen Küssen begrüßen, was bei den Biertrinkern missmutige Blicke provoziert. Ein Eindringling, eine Spezies, die ein sensibles Ökosystem aus dem Gleichgewicht bringen könnte.

„Was machst denn du hier um diese Zeit?", fragt Carla mit gerunzelter Stirn, während sie ein Bier zapft.

„Dich kurz sprechen, ungestört, wenn es möglich ist."

Sie serviert das Bier und fordert mich mit einer Geste auf, ihr in die Küche zu folgen, wo sie sich an den Spültrog lehnt, sich eine Zigarette ansteckt, tief inhaliert und dann fragt: „Ist es schlimm?"

Ihre Frage zeugt von ihrem feinen Gespür. Sie wusste in dem Moment, als ich das Lokal betrat, dass mein Problem eskaliert war. Wohl kaum würde ich um diese Zeit hierherkommen, wäre ich mit meinem florierenden Geschäft beschäftigt.

„Ich habe die Stühle auf die Tische gestellt, die Rollläden sind heruntergelassen, jetzt muss ich noch aufräumen, bevor ich endgültig abschließe. Dann werfe ich den Schlüssel in den Gully."

„Mach keine blöden Witze, das ist nicht lustig", fährt sie mich an, obwohl sie genau spürt, dass ich keine Witze mache.

„Ich wäre froh, ich hätte so viel Humor."

„Ach komm, das kriegst du wieder hin. Du bist schlau und zäh. Was hat dich denn plötzlich aus der Bahn geworfen?"

„Diese Bestien haben allen den Schneid abgekauft. Benedict hat sich vom Acker gemacht, wie auch meine Mädchen und meine Kunden. Ich bin vollkommen auf dem Trockenen. Zudem haben sie mir ein Mail geschickt mit einem Foto. Du willst nicht wissen, was auf diesem Foto ist. Darunter haben sie mir gedroht. Entweder verlasse ich die Stadt oder es geht mir wie Alexa."

Carla wird bleich.

„Oh Gott, welch Drama! Ich verstehe, dass du jetzt Angst hast."

„Angst? Ich habe keine Angst, ich bin nur ziemlich angefressen."

Sie schaut mich mit schmalen Augen an, misstrauisch, meine Worte abwägend, nimmt einen langen Zug von der Zigarette.

„Ich hoffe, du markierst jetzt nicht den wilden Mann.

Überlass das gefälligst der Polizei. Mach keinen Scheiß!"

„Wie würdest du reagieren, wenn so Typen hier hereinkämen, dich auf die Straße stellen und kurzerhand dein Lokal übernehmen würden. Wir reden dabei gar nicht über die beiden Toten und den Schwerverletzten, die es nebenbei gab. Was würdest du machen? Der Polizei anrufen, logisch. Aber was ist, wenn dich die Polizei ratlos anschaut?"

„Du wirst wohl kaum deren ihre Aufgaben übernehmen können. Halte dich da raus, sonst gibt es noch mehr Tote. Ich will nicht, dass dir etwas passiert. Bitte."

„Clara, mir ist klar, das riecht nach bockiger Sturheit und dummem Revierverhalten. Jeder intelligente Mensch würde der Katastrophe aus dem Weg gehen, nur habe ich keine Ahnung wohin und was ich dort tun soll. Abgesehen davon, will ich mir das nicht gefallen lassen."

„So eine verfluchte Scheiße!", flucht sie mit finsterer Miene, blickt wütend um sich, als stände an einer der Küchenwände die Lösung des Problems. „Was hast du vor?"

„Die haben eine perfide Strategie. Die wohnen irgendwo außerhalb, vermutlich in Frankreich, denn sie hatten ein französisches Kennzeichen am BMW, was allerdings nichts zu bedeuten hat, kommen in die Stadt, schlagen zu und verschwinden wieder. Nadelstiche. Die sind nur einige Stunden hier, haben sich dafür gut vorbereitet. Die kennen die Stadt besser, wie wir vermuten. Die haben hier Kontaktleute, die ihnen zumindest zu Beginn halfen. Die Szene und das Milieu sind in keinem offiziellen Branchenverzeichnis aufgelistet."

„Wie kann ich dir helfen?"

„Ganz einfach. Halt die Augen und Ohren offen. Gib mir Bescheid, wenn du nur das kleinste Gerücht vernimmst. Ich werde auch andere sensibilisieren."

Sie nickt nur schwach, überhaupt nicht von meiner Idee überzeugt.

„Carla, mein Schatz, bitte ein Bier", ruft ein Biertrinker aus dem Lokal, dem unsere intime Unterhaltung wohl zu lange dauert.

Sie nimmt meinen Kopf zwischen ihre Hände, zieht mich zu sich, küsst mich auf den Mund, intensiver wie gewohnt, umarmt mich und sagt: „Hau ab du Idiot, und sei verdammt nochmal vorsichtig."

Ich drehe mich um und gehe, denn ich kann ihr nicht länger in die Augen schauen, wenn sie meine Träne nicht sehen soll.

An meinem Lotus steckt bereits ein Strafzettel unter dem Scheibenwischer. Weit vorne erblicke ich den Polizisten. Ich zerreiße den Strafzettel in kleine Fetzen, steige ein, fahre der Gasse lang, öffne das Fenster und werfe die Schnipsel neben dem Polizisten in den Nachthimmel, dass sie hinter mir wie Konfetti gemächlich zu Boden schaukeln. Der Polizist schaut mir reglos nach, bis ich laut röhrend um die Ecke biege.

Das nächste Ziel ist ein Nachtclub bei der Messe. Nicht einer der offiziellen Sorte, nein, ein Privatclub, der all jene Dienstleistungen und Infrastrukturen anbietet, die nicht der moralischen Norm und der Legalität entsprechen. Nichts Krankes, nichts mit Minderjährigen oder Tieren, nur eine Plattform für Rollenspiele, Züchtigungen, Erniedrigungen, diesem ganzen SM-Quatsch, Gruppensex oder für Leute, die mit einem Glas vorzüglichen Champagner in der Hand dem ganzen Treiben nur zuschauen möchten.

Ich klingle unter Müller und schaue zur Kamera hoch.

„Victor? Was machst denn du hier um diese Zeit?", tönt es blechern und überrascht aus dem Lautsprecher.

„Ciao Peter, ich möchte kurz mit dir sprechen. Wäre das möglich?"

„Na klar, komm rein."

Summend wird die Tür freigegeben. Ich durchquere das Erdgeschoss wie den Hinterhof, steige eine Außentreppe hinunter zu einer Stahltür mit einem Guckloch. Die Tür öffnet sich.

„Komm herein", bittet Peter, eine schlaksige, ausgemergelte Bohnenstange mit Hakennase und Vollglatze, weit entfernt von Schönheit und Erotik. Er ist nicht für die Animation zuständig, seine Aufgabe ist, dem Laden die Existenz zu ermöglichen und für einen ungestörten Betrieb zu sorgen. Dafür braucht es einiges an Fingerspitzengefühl und noch viel mehr Diskretion, schließlich gibt es kaum einen Gast, der nicht etwas zu verlieren hätte, würden ihre kleinen Sauereien publik werden. Peter macht das clever, er schaut nur, dass nichts außer Kontrolle gerät, sonst lässt er den Leuten ihre ungehemmte Freude, führt zusammen, was zusammenpasst und weiß generell von nichts.

Ich setzte mich an die Bar. Leise Musik wabert durch den dunklen Raum, eine einzig Dame sitzt auf einem Barhocker, sonst ist der Raum leer. Was in den anderen Räumen läuft will ich nicht wissen.

„Hallo", grüßt mich die Dame mit einem verführerischen Lächeln auf den Lippen und einem vibrierenden Timbre in der Stimme. „Bist du neu hier?"

Ich betrachte sie näher, hätte auf eine Hausfrau getippt, die sich nach dem Einkauf einen kleinen Apéro gönnt.

„Manuela, vergiss es, er ist der zuständige Inspektor vom Hygieneamt und muss hier seine Aufgabe erfüllen. Du kannst ihn ja einmal privat einladen, aber jetzt geht es um Hygiene."

Ich lächle sie bedauernd an, denn so hässlich wäre sie nicht gewesen.

„Hygieneinspektor, das ich nicht lache", prustet sie los. „Um diese Zeit!"

Wir verschwinden durch die Türe hinter der Bar in sein Büro, welches genau genommen ein kleines Lager ist. Er gönnt sich persönlich nicht viel Platz, hat zwischen Kühlmöbeln, aufgestapelten Kartons und Kisten, nur eine Schreibecke und ein Feldbett, das er aus alten Militärbeständen erworben hat. Es riecht muffig, was bei dem kleinen, gekippten Fenster zum Kellerschacht nicht weiter verwunderlich ist.

„Also stimmt es", konstatiert er trocken, nachdem er sich auf das Feldbett gesetzt hat und müde mit den Handballen die Augen reibt.

„Es sieht ganz danach aus."

Ich lasse meine Worte im Raum stehen, ich wüsste nicht, was es zu erklären gäbe. Peter hat seine Informanten, hat, gleich wie Carla, eine empfindsame Sensorik, die ihnen das Überleben im Graubereich der Gesellschaft überhaupt ermöglicht. Ich bin überzeugt, dass er sich Gedanken gemacht hat, was in erster Linie der Grund ist, weshalb ich in diese Gruft gekommen bin.

„Was hast du vor?", fragt er.

„Sag du es mir."

„Du bist nicht der Typ, der sich das gefallen lässt, was nicht schlecht ist, wenn da nicht diese erbarmungslose Brutalität wäre. Es birgt ein Risiko, mit den Haien schwimmen zu gehen. Vielleicht kannst du sie mit einem verlockenden Köder in seichtes Wasser locken, wo du besser mit ihnen fertig wirst."

„Peter, du sprichst wie immer in Rätseln. Obwohl ich dein Gleichnis verstehe, wüsste ich nicht, wie ich es in die Tat umsetzten könnte."

„Ja, du hast recht, ich rede Mist, aber es hat sich gut angehört. Trotzdem hast du das Heimspiel und solltest dir überlegen, wie du das zu deinem Vorteil machen kannst."

„Okay, ich denke darüber nach. Dafür hältst du die Augen und Ohren offen. Neue Typen, Drohungen, zu viele Fragen und so weiter."

„Mach ich."

„Danke."

Ich fasse ihn mit einer Hand an der Schulter, drücke sie kurz, dann verlasse ich diese Katakomben.

38

„Ich dachte, du wolltest heute früher ins Bett? Jetzt ist es acht Uhr und du sitzt hier rum."

Er sieht tatsächlich aus, als könnte er Schlaf ertragen, auch wenn in seinen Augen nicht die Müdigkeit überwiegt, sondern deutliche Zeichen von Frust zu erkennen sind.

„Das Aufflackern einer Spur hat mich in den Bann gezogen, bis mir vor einigen Minuten mitgeteilt wurde, dass die Spur vermutlich erkaltet ist."

„Kannst du mir vielleicht endlich erzählen, von was für einer Spur du da faselst?", meckert Charlie, immer noch angesäuert von dem ergebnislosen Nachmittag mit Victor.

„Entschuldige meine gedankliche Verödung, ich brauche wohl wirklich Schlaf. In Mulhouse hat man den schwarzen BMW gefunden, das heißt, zwei wollüstige Jugendliche ohne gemeinsamen Wohnsitz hatten in einem Ford Transit in einer Seitenstraße eines Gewerbegebiets ein romantisches Stelldichein, wie sie um drei Uhr in der Früh von Scheinwerfern irritiert wurden, schließlich gilt dieses Gebiet als tot während der Nacht. Sie konnten beobachten, wie drei Typen in eine leere Werkhalle fuhren und zehn Minuten später mit einem hellen Toyota-Kombi oder mit irgend sonst so einer asiatischen Kutsche, die sehen ja alle gleich aus, wieder die Halle verließen. Und jetzt der Knüller! Die zwei gingen zur Gendarmerie und meldeten das, denn sie haben im Radio von den Schweinereien in Basel gehört. Ich bin begeistert von diesen Jungen, Die haben sich noch nicht alle Hirnzellen aus der Birne gefickt! Dafür gibt es vermutlich Ärger mit den Eltern."

„Und wieso soll diese Spur erkaltet sein?"

„Naja, die schickten die kleine Kavallerie, leise, unauffällig, drangen in die Werkhalle ein und fanden tatsächlich das Fahrzeug. Aber den werden sie sicherlich nicht mehr gebrauchen, also werden sie auch nicht mehr in diese Halle zurückkommen."

„Warum?"

„Die haben den Wagen mit Säure bearbeitet. Innen wie außen. Ein nutzloses Wrack."

„So eine Kacke! Wäre zu schön gewesen, aber zumindest wissen wir, dass sie sich wirklich im Elsass befinden und einen hellen Kombi fahren. Ich frage mich nur, wie lange das Bestand haben wird."

„Genau. Die werden, wie beim Schachspiel, rochieren. Das ist grundsätzlich ihre Taktik. Auftauchen, agieren, verschwinden. Bewährte Guerillataktik."

„Super, bringt uns keinen Millimeter weiter."

„Richtig, also gehe ich jetzt schlafen."

Sternenberg räumt das Wenige, was er auf dem Schreibtisch liegen hat in die oberste Schublade, nimmt seinen Mantel und quält sich aus dem Sessel.

„Nein, wir werden keine lauschige Bar mehr besuchen, liebe Charlie. Gute Nacht."

Charlie blickt ihm enttäuscht nach, wie er ohne zurückzublicken aus dem Büro wankt und verschwindet. Sie verzieht das Gesicht und geht in ihr Büro, wo auch Scott den Anschein erweckt, Feierabend zu machen.

„Du gehst?"

„Ja, im Moment gibt es leider nicht viel zu tun. Ich warte auf den Bescheid von Europol. Ich habe mir zudem mit halb Europa den Mund wund geredet, denn dieses Europol-Konstrukt funktioniert auch nicht so perfekt wie angedacht. Bis anhin konnte ich einige Fälle herausfiltern, die mit sehr viel Phantasie den unsrigen ähnlich sein könnten. Ich erzähle morgen beim Rapport davon. Ich will nur noch nach Hause."

„Kein Feierabend-Bier?"

„Nein, das ist nett, dass du fragst, aber meine Freundin hat gekocht."

Sie winken sich zum Abschied zu, Charlie bleibt alleine vor ihrem Schreibtisch stehen, im Unklaren, ob sie auch Feierabend machen oder sich betrinken gehen soll. In einer Kneipe gibt es immer einen Kollegen, der nicht nach

Hause will. Dann entscheidet sie sich wohl für die dümmste Variante und ruft mich an.

„Hallo Victor, ich wollte soeben Feierabend machen und vorher bei dir kurz nachfragen, ob alles in Ordnung ist."

„Was sollte schon in Ordnung sein?", antworte ich ranzig.

Sie zögert, denn sie merkt, dass es keine gute Idee war anzurufen.

„Entschuldige, das war wohl die falsche Frage."

„Vergiss es. Ich bin mies drauf, was nicht deine Schuld ist. Trotzdem nett von dir nachzufragen. Ich sitze im Wagen und beobachte das Quartier. Mehr mache ich nicht."

„Soll ich dir Gesellschaft leisten?"

„Warum solltest du mir Gesellschaft leisten?"

„Weil ich keine Lust habe nach Hause zu gehen, während diese Typen wieder auftauchen könnten. Ich bin unter Strom."

„Ich weiß nicht, ob dies eine gute Idee ist, aber wenn du willst, dann komm zur Messe. Du wirst meinen Wagen nicht auf den ersten Blick erkennen, er duckt sich zwischen den anderen."

Zwanzig Minuten später klopft es an die Seitenscheibe, es ist Charlotte. Sie zwängt sich umständlich in den Beifahrersitz, versucht sich einzurichten und begutachtet erstmals das spartanische Cockpit.

„Das ist ein Auto?"

„Nein, das ist ein Lotus Exige Sport 350."

„Aha. Interessant."

Bleiernes Schweigen, als hätten wir keinen Gesprächsstoff, dabei muss ich mir eingestehen, über ihre Gesellschaft sehr froh zu sein, denn irgendwie kann ich sie recht gut leiden.

„Man hat den BMW gefunden und man hat erfahren, dass sie jetzt einen hellen Toyota-Kombi fahren, was sich aber schnell wieder ändern kann. Nur zur Info."

Ich nicke, denn ich habe nicht erwartet, dass diese Typen mit demselben Wagen hier wieder auftauchen würden.

„Das könnte eine lange Nacht werden", bemerke ich.

„Spielt keine Rolle. Wenn ich einschlafe, dann kannst du mich schubsen."

Wieder schweigen wir, ich schaue auf die Uhr, es ist neun Uhr zehn, quasi mitten am Nachmittag.

„Warum stehen wir hier?"

„Gute Frage. Es gibt keinen Haupteingang in diese Stadt. Leute die sich in der Szene oder im Milieu umschauen wollen, kommen unter anderem in diese Ecke. Gut möglich, dass wir Pech haben und sie heute Abend von der anderen Seite kommen. Wie habt ihr eure Streifen instruiert?"

„Es patrouillieren zwei zusätzliche Wagen, mehr liegt nicht drin."

„Ich bin begeistert."

Sie muss über meine trockene Art schmunzeln, aber hält unvermindert Ausschau. Nach was ist ihr unklar, eventuell nach einem hellen Toyota-Kombi, mit dessen Auftauchen allerdings kaum zu rechnen ist. Immer wieder fahren Autos im Schritttempo vorbei. Freier auf Beuteschau, egal, ob in Basel der Ausnahmezustand herrscht oder nicht. Es ist dieser feste Anteil an Menschen, die ungeachtet den Gefahren, der konsequenten Befriedigung ihrer Bedürfnisse nachgehen. AIDS, Vogelgrippe, Tripper, Syphilis oder einen schlechten Ruf lassen sie nicht davon abbringen, lechzend durch die Straßen zu tigern, um ein Weibchen zu finden, in die man nach etwas Gefummel das überschüssige Sperma pumpen kann. Ein Akt, der mit Entkleiden, Vorbereiten, Erledigung, Ankleiden, Aufräumen und Zahlen etwa zwölf Minuten dauert. Das älteste Gewerbe, welches im Grunde genommen eine Dienstleistung ist und sich im Kern nie verändert hat, trotz Evolution, Humanisierung, Industrialisierung und Digitalisierung. Nicht einmal die perversen Spielarten unterliegen einer Entwicklung, bereits älteste Kulturen schoben sich alle möglichen Arten von Gegenständen in die Körperöffnungen oder verlustierten sich sogar öffentlich mit den Geschlechtsgenossen. Lust bleibt Lust, Ficken bleibt Ficken, nur das schmückende Beiwerk passt sich den Zeiten an.

Einzig meine gediegenen Kunden, die sich in den Grundbedürfnissen nicht von diesen Freiern hier auf der Straße unterscheiden, ziehen sich in ihre Villen zurück, wo sie geschützt von Skandal und Lebensgefahr notfalls immer noch ihre Ehefrauen beglücken können. Ich wünsche meiner feigen Kundschaft nichts Böses, aber sie sollen dabei zumindest unglücklich und unbefriedigt bleiben.

Ich öffne das Fenster einen Spalt und stecke mir eine Zigarette an.

„Hast du mir auch eine?", fragt Charlotte.

„Ich denke, du rauchst nicht."

„Ich bin Gelegenheitsraucher und jetzt habe ich große Lust, auch wenn es nicht sehr professionell ist."

Ich schüttle ihr eine aus der Packung und gebe ihr Feuer.

„Du meinst, dass bei dem Qualm und der Glut jeder sehen kann, dass hier drin zwei sitzen."

„Genau, aber ich könnte mir vorstellen, dass du dies willst."

„Nein, ich möchte lieber unsichtbar sein, aber kann im Moment nicht auf Zigaretten verzichten. Es ist wie auf der Jagd. Da gibt es zwei Möglichkeiten. Man inszeniert eine Treibjagd, mit vielen Treibern die schreiend durch das Unterholz stapfen, mit Knüppeln auf die Büsche schlagen, damit dir das Wild in Panik vor die Flinte läuft oder man sitzt ruhig auf einem Ansitz und wartet bis das Wild sich blicken lässt, um es dann in aller Ruhe zu erschießen, ohne, dass das Tier es merkt."

„Ich habe verstanden, nur möchte ich aus beruflicher Plicht darauf hinweisen, dass die Stadt kein Jagdrevier ist und generell nur die Polizei das Recht hat, Waffengewalt auszuüben."

„Geschätzte Charlotte, davon bin ich selbstverständlich ausgegangen. Dieser Vergleich mit der Jagd bezog sich auf die mögliche Taktik der Polizei. Mein Anteil ist einzig das Beobachten, den Abschuss überlasse ich euch."

Auch wenn ich sie nicht anschaue, ich spüre förmlich ihren misstrauischen Blick aus den zu schmalen Schlitzen verengten Augen. Wie Sternenberg betont hat, Charlotte ist intelligent, darum wird sie meine Worte sehr gut verstanden haben, aber ich gehe davon aus, dass sie nichts gegen mich unternehmen wird, sonst käme ja unsere Kooperation in Gefahr.

„Sei vorsichtig", rät sie mir, worauf ich sie anlächle. „Ich weiß, das ist ein dämlicher Ratschlag", ergänzt sie dann.

„Trotzdem danke ich dir für deine Anteilnahme, die mich ehrlich gesagt, leicht irritiert. Deine Arbeit bedingt doch Abgrenzung und Distanz zu den Fällen, den Opfern und Tätern. Du aber sitzt hier in meinem Wagen, statt Feierabend zu machen und mit deinem Freund, oder was es ist, einen netten Abend zu genießen. Bist du ein Adrenalinjunkie?"

„Nein, sonst würde ich mich mit einem Fallschirm von Felsen stürzen oder ungesichert klettern gehen. Das hier ist Faszination. Bitte versteh mich nicht falsch, ich ergötze mich nicht am Schicksal anderer Menschen, im Gegenteil, ich leide oft mit. Aber hier, genau hier findet das Leben statt, nicht vor dem Fernseher oder in der Zeitung, auch nicht in der biederen Bürgerlichkeit oder in unserer digitalisierten Kunstwelt. Genau hier im Randbereich der Gesellschaft, wo Menschen aus dem Rahmen fallen, wo Menschen nicht der Regel entsprechen, wo Typen wie du ihre eigene Welt aufbauen, wo es kein Seil und doppelten Boden gibt. Wo die Grenze zwischen richtig und falsch, gut und schlecht nicht so genau gezogen werden kann. Wenn ich nicht Polizistin geworden wäre, dann säße ich vielleicht hinter dem Steuer dieses Wagens. Verstehst du, was ich meine?"

Ich bin ein wenig sprachlos, zumindest brauche ich einen Moment, bis ich ihr Bekenntnis verarbeitet und auf Ehrlichkeit hinterfragt habe. Ich komme zum Schluss, dass sie etwas dick aufträgt, aber mir nichts vorspielt. Ich nehme ihr den Balanceakt zwischen den beiden Welten ab.

„Ich verstehe, was du mir sagen willst. Nur muss ich dir raten, vorsichtig zu sein. Genau mit solchen Typen wie mich, solltest du dich nicht blicken lassen. Das würde deiner Karriere nicht förderlich sein."

„Ich habe keine Ambitionen."

„Das kann ich mir fast nicht vorstellen."

„Wenn ich sehe, was die Hierarchiestufen über mir für ein wenig mehr Geld zu leisten haben, dann verzichte ich gerne darauf. Zudem sind heute in Führungspositionen Akademiker gefragt, womit ich nicht dienen kann."

„Bei deinem Aussehen müsstest du doch nur die Beine breitmachen", bemerke ich mit einem dreckigen Grinsen.

„So verzweifelt kann man nicht sein, auch wenn es bei uns Kerle gibt, von denen ich mich gerne vögeln ließe, die nur leider meiner Karriere keinen Vorteil brächten."

Wir grinsen uns beide an, als würden wir es genießen, unbeschwert zu lästern, vielleicht sind wir doch aus einem ähnlichen Holz geschnitzt.

39

Die Schmerzen waren nicht mehr auszuhalten, also waren sie gezwungen in ein Hospital zu fahren. Das wiederum war nicht so einfach, weil sie in Frankreich offiziell nicht gemeldet waren und über keine Kranken- oder Unfallversicherung verfügten, was Misstrauen auslösen könnte und man diesen Unfall, als solchen wird ein Kieferbruch eingestuft, eventuell der Polizei melden würde. Voraus gingen zwei Telefonate mit ihrem großen Boss, dessen Anweisungen sie befolgten.

Sie fuhren bis Strasbourg, über eine Stunde entfernt von Basel, wo sie jemanden trafen, der mit ihnen in ein privates Klinikum ging, wo derjenige alles regelte und der leidtragende Goran gleich am kommenden Morgen operiert werden sollte.

Plötzlich waren Dejan und Porin auf sich allein gestellt, ohne ihren Kopf, der nicht nur für sie das Denken übernahm, der auch einen sehr persönlichen Draht nach ganz oben hat. Aber Dejan hat mit dem großen Boss gesprochen, Goran bekam vor lauter Schmerz den Mund nicht mehr auf.

Ihr müsst den Druck aufrechterhalten, hatte der große Boss ihn angewiesen, geht zurück und macht weiter wie besprochen. Ruft mich morgen wieder an. Okay, das war doch ein klarer Befehl. Sie setzten sich in den TGV Richtung Basel und ließen den weißen Toyota Avensis in einem Parkhaus stehen.

Keine Grenzkontrolle, selbst hier nicht in diesem Hochgeschwindigkeitszug. Kurz sind zwei Beamte zu sehen, aber die könnten genauso gut für die Sicherheit zuständig sein und nicht für illegal Einreisende. Abgesehen davon, haben sie gefälschte EU-Papiere, gemäß denen sie unbescholtene Bürger sind, also müssten sie nichts zu befürchten haben, trotzdem bleibt eine kleine Basisnervosität, denn bei einer Kontrolle wären ihre Koffer das Problem. Obschon die Koffer raffinierte Konstruktionen sind, könnten erfahrene Grenzbeamte auf die Spur der versteckten Waffen kommen. Wären sie mit dem Flugzeug eingereist, dann hätten sie bei der Gepäckkontrolle keine Chance gehabt, während sie hier nicht einmal beachtet werden und gemütlich durch den Bahnhof ins nahegelegene Hotel spazieren. Alles sehr locker, sehr lässig.

Sie checken im Hotel Terminus ein, wo sie bereits vor zwei Wochen für drei Tage gebucht hatten, als Aufenthaltsgrund gaben sie den Ärztekongress an, der während diesen Tagen im Messezentrum stattfindet. Ihre Papiere weisen sie als zwei kroatische Hals-, Nasen- und Ohrenärzte aus, ob man dies ihnen abnimmt, bleibt im Moment eine offene Frage. Das dritte, reservierte Zimmer zahlen sie ebenso, da ihr Kollege unverhofft erkrankt ist, aber vielleicht noch nachreisen wird. Die Dame an der Rezeption wundert sich einen kurzen Moment lang über das grobschlächtige Aussehen dieser Ärzte, aber muss schlussendlich über ihr vorgefasstes Bild eines Arztes lächeln und bedient die beiden Herren mit noch mehr Höflichkeit, wie sie es gewohnt ist, quasi als Kompensation für ihre schlechten Gedanken.

Sie beziehen ihre Zimmer, packen ihre Kleider und die persönlichen Habseligkeiten aus, treffen sich dann kurz später bei Dejan, wo sie die beiden Koffer in ihre Einzelteile zerlegen. Es sind teure Aluminium-Koffer, die mit einer doppelten Schale versehen wurden, dass je Kofferhälfte ein Hohlraum von etwa drei Zentimeter zur Verfügung stand, worin in Schaugummi eingepasst, zwei Pistolen mit Munition und sechs Päckchen Kokain und Heroin ihren Platz fanden. Professionell und ohne Worte laden sie die Pistolen, stecken sie sich am Rücken in den Hosenbund und die zusätzlichen Ladestreifen in die Innentaschen der Vestons ihrer Armani-Anzüge, das Rauschgift lassen sie vorerst in den Koffern, weil es erst morgen gebraucht wird. Sie verabreden sich für zwanzig Uhr in der Hotelbar, dann habe beide noch etwas Zeit, um nach Hause zu telefonieren, sich nach den Kindern zu erkundigen und der Frau ewige Liebe zu versprechen.

In der Bar bestellen sie sich zuerst zwei Gin Tonic, später zwei Bacardi Cola, um locker zu werden, denn so ganz frei von Nervosität sind sie nicht, schließlich fehlt ihnen Goran.

40

„Wollen wir den Standort wechseln, sonst wird es gar langweilig."

„Gute Idee."

Ich starte den Motor, was Charlotte erschreckt, denn sie hat nicht gerechnet, dass der Sechszylinder im Genick und nicht wie gewohnt vorne unter der Fronthaube losbrüllen wird.

„Wow, was ist denn das? Eine verdammte Rennmaschine?"

Ich stelle den Blinker, schere schön brav aus, lasse ihn nur brummeln, achte, nicht über zweitausend Touren zu drehen, sonst wird er laut, fahre großväterlich in die zweite Seitenstraße, wo ich den Lotus in eine andere Parklücke stelle. Selten hat es hier so viele Parkplätze. Warum wohl?

Charlotte betrachtet immer noch ungläubig das Innere des Wagens, schaut verstohlen auf den Tacho, staunt und grinst mich an.

„Klein, aber giftig! Verdammt, damit hängst du vermutlich jeden Polizeiwagen ab. Wie schnell ist der auf hundert?"

„Drei Komma neun."

„Drei Komma neun Sekunden?"

„Hast du Minuten gedacht?"

Sie muss laut lachen.

„Scheißblöde Frage, Sorry. Ich bin so platt, dass ich mein Gehirn ausgeschaltet ließ. Wahnsinn. Er sieht so klein und unscheinbar aus, dass man gar nicht auf die Idee kommen könnte, dass diese Flunder solch eine Rakete ist."

„Das ist der Sinn. Zudem würde ich mich lächerlich machen, wenn ich mit meiner Größe in einem amerikanischen Schlitten herumfahren würde, auch wenn ich es gerne täte."

„Ich habe immer gedacht, dass die Größe des Wagens im umgekehrten Verhältnis zur Schwanzgröße steht. Somit wärst du ein bescheidener Kerl mit einem Riesenschwanz.“

Sie grölt los, klopft sich auf die Schenkel, als hätte sie eine Brüllerpointe gelandet, die ich leider schon zum tausendsten Mal gehört habe, was sie sehr schnell realisiert und sogleich ihr Lachen abwürgt.

„Nicht lustig?“

„Nein, ich habe leider keinen Riesenschwanz, also wäre dies eine hinterhältige Vortäuschung falscher Tatsachen. Ich wollte dir das nur sagen, damit du nicht enttäuscht bist, wenn wir heute Abend in der Kiste landen.“

Sichtlich irritiert, begutachtet sie mich von der Seite, eine Reaktion abwartend, die das Gesagte als mein Ernst oder als ein lauer Scherz deklariert. Ich blicke zu ihr rüber und wir beginnen beide wie die Blöden zu lachen, bis uns Tränen über die Wangen laufen und die Scheiben von innen beschlagen.

„Idiot!“, bekommt sie nach einer Weile mit Mühe über die Lippen, muss allerdings immer noch nach Luft schnappen.

Ein herrlicher Moment, ich habe seit Ewigkeiten nicht mehr so gelacht.

Wie ein Welle, die langsam am Strand versickert, versandet unser Lachen in der Ruhe der Nacht. Einige blinkende Neonschriften werfen ein unruhiges Licht auf unsere Gesichter, ansonsten herrscht Ereignislosigkeit. Dann wechselt die Stimmung in wenigen Sekunden in professionellen Ernst. Beiden wird bewusst, dass dies kein Schäferstündchen ist. Irgendwelche kranke Irren laufen durch die Nacht und wir wissen nicht, wie sie aussehen.

Es ist bereits zehn Uhr fünfzehn und es regnet für einmal nicht. Ich trockne die Frontscheibe mit einem Tuch, damit wir wieder etwas erkennen können, aber ein feuchter Film taucht die Straße in einen unwirklichen Nebel. Licht bricht sich in den Pfützen zerfällt wie durch ein Prisma in sein Spektrum, lässt Menschen nur als Schemen erscheinen.

„Mist, da könnte der Teufel persönlich vorbeilaufen und

wir würden ihn bei dieser miesen Sicht nicht mal erkennen. Komm lass uns einige Schritte gehen", schlage ich vor. „Zudem habe ich Hunger."

„Ich sitze nicht mehr in diese kleine Kiste, wenn du ein Kebab oder sonst so ein würziges Türkengericht isst", droht sie.

„Keine Panik, ich würde nie das Innere meines Lotus mit Essensgerüchen verseuchen, mögen sie noch so verführerisch sein. Was hältst du von einer guten thailändischen Nudelsuppe oder einer italienischen Piadina mit Parmaschinken im Stehen?"

„Bei diesem Wetter würde ich eine Nudelsuppe vorziehen."

„Sehr gut, komm, ich lade dich ein."

Ich führe sie zu Elena, die in ihrer kleinen Bar immer einen Topf voll scharfer Nudelsuppe mit Rindfleisch und Gemüse am Kochen hat.

„Ein Glas Rotwein?", frage ich.

„Okay, ich bin ja offiziell nicht im Dienst", willigt sie nach einem kurzen Zögern ein. „Aber nur ein kleines Gläschen."

Ich gebe Elena zu verstehen, dass sie uns zwei kleine Gläschen Rotwein einschenken soll, was sie mit einem thailändischen Lächeln auch tut.

„Wir stehen am Fenster, löffeln unsere Suppe und schauen auf die Straße. Wir machen dasselbe wie vorher, nur unter angenehmeren Umständen und aus einer anderen Perspektive", bemerke ich, ohne etwas Bedeutendes damit sagen zu wollen.

„Wenn diese ganze Scheiße vorbei ist, könnten wir ja einmal zusammen essen gehen. So quasi als Hauptgang zu dieser Vorspeise."

Sogleich beginnt bei mir das rote Alarmlicht zu drehen, die Sirene schrillt noch nicht, aber eine bedrohliche Anomalie deutet sich in den Tiefen des Andromeda-Nebels an. Nicht gut! Bis jetzt war es bereits nahe an der Kuschelgrenze, Kitsch war spürbar, aber ich konnte es auf unsere

Nervenanspannung zurückführen, nur mit dieser Bemerkung überschritt eindeutig sie die Demarkationslinie. Höchste Zeit, Schützengräben zu schaufeln.

„Ich kann mir nicht vorstellen, dass das eine gute Idee ist. Unsere Welten sind nicht füreinander geschaffen, auch wenn wir aus ähnlichem Holz geschnitzt sind."

„Ich wusste, dass du das sagen wirst."

„Das ist gut, dann bist du nicht enttäuscht."

„Ich finde deine Meinung trotzdem eine gequirlte Scheiße. Nur Klischee, nur Vorurteil, kein Mumm, keine Lust auf das Ungewöhnliche."

Sie gefällt mir, keine Frage, eine Frau, die ihren Weg geht und dabei einigen Kollateralschaden hinterlässt, das ist sicher. Sie ist eine Mischung aus Isabelle, Claudia und Carla, alles Frauen, die auf ihre eigene Weise aus dem Rahmen fallen. Aber sie ist Polizistin, bis vor wenigen Tagen eine erklärte Feindin, jetzt der weibliche Teil einer reinen Zweckgemeinschaft.

„Lass uns zuerst diese Geschichte zu Ende bringen. Vielleicht erübrigt sich bis dann ein gemeinsamer Abend."

„Du hast einen Hang zum Melodramatischen. Weniger Pathos käme dir gut."

„Mag sein, ich sehe mich zudem als romantischer Zyniker. Ich sehe mich als einsamer Cowboy, der auf seinem Pferd hinaus in die Wüste reitet, dem Sonnenuntergang entgegen", dabei deute ich mit der ausgestreckten linken Hand den unendlichen Horizont an. „Nur sind diese Bilder vollkommen aus der Mode, sogar der Marlboro-Mann ist tot."

„Du meinst, es gibt diese harten Männer nicht mehr, die sogar beim Vögeln eine Zigarette im Mund haben und dabei die Stiefel mit den Sporen anbehalten."

„Etwa so. In modernen Wohnungen darf nicht mehr geraucht werden, geschweige denn in Schlafzimmern und vor der Tür kann man nirgends mehr das Pferd anbinden."

Sie lacht ein raues Lachen, als hätte ihr die Zigarette den Hals verkratzt. Wieder verebbt unser Gespräch, und das

Thema mit dem gemeinsamen Nachtessen scheint als heikles Thema vorerst mal tabu. Wir beobachten weiterhin die Straße, auch wenn nur aus einem ungünstigen Winkel und mit wenig Übersicht, aber für diese Viertelstunde müssen wir uns damit zufriedengeben. Dann zahle ich und wir schlendern zurück auf Umwegen Richtung Wagen.

„Zigarette?", frage ich.

„Nein, danke, das reicht für heute."

Ich stecke mir eine an, und wie mich mein Feuerzeug nicht mehr blendet, meinte ich unsere Junkies gesehen zu haben, wie sie in eine Gasse verschwanden, die zu den Notschlafstellen führt.

„Komm, ich glaube, unsere drei Idioten gesehen zu haben", zische ich und werfe die Zigarette gleich wieder weg. Wir rennen los.

„He ihr drei, stehen bleiben, Polizei!", schreit Charlotte, als wir in die Gasse Einsicht haben, was die drei sogleich in Panik versetzt und ihr drogenverfressenes Spatzengehirn nur Flucht als Lösung sieht, obwohl ihre abszessübersääten Beine sie kaum noch tragen können.

Wir beschleunigen, ich rutsche einmal kurz auf dem nassen Pflaster aus, fange mich sogleich wieder. Ich mag mühelos mithalten, auch wenn Charlotte sehr schnell ist. Ich bin gut in Form, trotzdem ich während den letzten Tagen nicht mehr laufen war und kein Training mehr besuchte. Sie hatten gute hundert Meter Vorsprung, die zügig schmelzen, auf jeden Fall für den einen, der hinkt, dem ich nur einen Haken zu stelle brauche, dass es ihn zweimal überschlägt und er stöhnend liegenbleibt. Der wird vorerst keinen Ärger machen, aber die beiden anderen verfügen über einen erstaunlichen Restbestand an Energie, vielleicht ist es das Adrenalin, welches sie nochmals zu Höchstleistung peitscht, auf jeden Fall braucht es weitere zweihundert Meter bis wir sie eingeholt haben, Charlotte sie mit Kabelbinder verschnürt und ihnen die Rechte erklärt hat.

Sie ruft in der Zentrale an, bestellt einen Streifenwagen

und zur Sicherheit einen Krankenwagen. Wir laufen zurück, wo der Dritte weiterhin vor sich hin stöhnt, uns zum Teufel wünscht.

„Dann mache ich mich mal vom Acker", flüstere ich ihr zu.

Sie nickt und sagt: „Danke."

Die Blaulichter kommen mir entgegen, ohne Sirene und recht gemächlich. Es sind ja keine wichtigen Menschen, die sich verletzt haben und festgenommen wurden. Der übliche Abschaum, die mit ihrem bestialischen Körperduft die Zellen, die Vernehmungsräume oder die Behandlungsräume verpesten werden. Niemand mag diesen kaputten Bodensatz der Drogenwelt. Man kann ihnen nicht mehr helfen, ja, sie wollen sich gar nicht helfen lassen, sie wollen nur den nächsten Schuss und ihre Ruhe.

Zum Glück gibt es Gummihandschuhe, Mundschutz und Desinfektionsmittel.

Ich habe längst aufgehört, mir über diese Zustände Gedanken zu machen, Mitleid zu empfinden oder mich für solch einen abgestürzten Versager einzusetzen. Ich denke, die Natur wird es regeln. Egal, welchem Rauschmittel sie verfallen sind, sie sind selbst für den Mist verantwortlich, den sie sich eingebrockt haben. Ich hoffe nur, dass sie wenigstens als Zeugen zu gebrauchen sind. Wenn die Polizei nicht zum Ziel kommt, dann werde ich Matthias schon zu verstehen geben, dass er sie ruhig freilassen kann, ich würde das übernehmen. Allerdings reden diese Typen spätestens, wenn der Entzug unerträglich wird.

Ich bin froh, wieder bei meinem Wagen zu sein, denn der Regen setzt ein, getrieben von böigen Winden. Ich werde den Wagen in eine andere Gasse stellen, nicht, dass er jemandem auffällt, auch wenn er vielen Leuten nicht unbekannt ist. Ich parkiere ihn diskret im Schatten eines Lieferwagens, wo ich absolut keinen Überblick habe, mich aber auch niemand sehen kann. Nur wenn jemand direkt am

Wagen vorbeiläuft, kann ich ihn bis auf Hüfthöhe wahrnehmen. Ein sehr eingeschränktes Sichtfeld, aber mein Bauchgefühl sagt, dass es mehr nicht braucht, um festzustellen, ob diese Person von Interesse ist.

Nur sehr zäh verrinnt die Zeit. Ich verfalle langsam in einen apathischen Zustand, dämmere vor mich hin, kämpfe gegen den Schlaf, möchte nicht verpassen, wenn dieser Augenblick kommt, den ich erwarte, auch wenn ich nicht weiß, wie dieser Augenblick zu erkennen ist. Ich blicke auf die Uhr, es ist kurz vor Mitternacht. Kaum noch Autos fahren durch die Gasse, Leute werden es immer weniger. Ich frage mich erstmals, wie lange ich durchhalten soll, wann es keinen Sinn mehr macht, hier herumzusitzen. Ich stecke mir eine Zigarette an und schwöre, es wird die letzte sein für diese Nacht, wie zwei Typen in gepflegten Anzügen an meinem Wagen vorbeilaufen.

Das ist genau dieses Zeichen auf welches ich gewartet habe. Um diese Zeit laufen keine Maßanzüge mehr in dieser Gegend herum. Leise steige ich aus, schließe ab und versuche um den Lieferwagen herum einen Blick zu erhaschen, wohin diese Typen gehen. Sie verschwinden in jener Gasse, in welcher vor einer Stunde die drei Idioten vor uns flüchten wollten. Es ist eine lange Gasse, darum muss ich warten, bis sie aus dem Sichtfeld verschwunden sind, damit ich unauffällig folgen kann. Ich eile in einem gemäßigten Tempo hinterher. Wie ich die Ecke erreiche, sind sie weg, wie vom Erdboden verschluckt. In alle Richtungen nur leere Straßen und Gassen. Das kann nicht sein. Wenn sie nicht in einem dieser privaten Eingänge verschwunden sind, dann müssten sie Flügel haben. Fieberhaft versuche ich die richtige Entscheidung zu treffen, aber komme auf kein Ergebnis. Ich merke mir die sieben Eingänge, die in Frage kommen und schlendere zurück zu meinem Wagen.

41

„Bist du dir sicher?", fragt Matthias skeptisch.

„Nein, aber dies sind die einzigen Eingänge, in welche sie gegangen sein könnten, hätten sie nicht Flügel gehabt."

„Sehr speziell!"

„Was willst du mir damit sagen?"

„Es sind entweder Eingänge zu Behörden, zu einem Altersheim oder zum Haus eines der renommiertesten Politiker dieser Stadt. Verstehst du, was ich andeuten will?"

„Ja, ich verstehe dich vollkommen."

Ich bin mir plötzlich nicht mehr sicher, ob es wirklich diese sieben Eingänge waren, in die sie verschwunden sein konnten. Vielleicht wartete ein Wagen auf sie, in den sie eingestiegen und mit dem sie fortfuhren, bevor ich ums Ecke schauen konnte. Eher unwahrscheinlich.

„Was machen wir nun?", frage ich bewusst dämlich.

Es herrscht Ruhe am anderen Ende der Leitung. Sternenberg versucht seine Gedanken zu ordnen, was bekanntlich seine Zeit dauern kann.

„Du bist der Einzige, den ich auf diese sieben Eingänge ansetzen kann, ohne, dass irgendjemand fragt, warum wir diese sieben Eingänge beobachten. Kannst du das übernehmen?"

„Wenn es sein muss."

„Sogenanntes Ausschlusskriterium. Wenn du feststellst, dass dies zwei nachtaktive Altersheimbewohner waren, dann müssen wir diese Spur nicht länger verfolgen und niemand fühlt sich unberechtigt verdächtigt, auch nicht unser Politiker."

„Okay, ich habe verstanden."

„Danke. Übrigens frage ich mich, was du mit Charlie gemacht hast."

„Was soll ich schon mit ihr gemacht haben?"

„Naja, sie ist von dir begeistert. Das macht mir Sorgen."

Ich schmeiße das iPhone in die weichen Daunen meiner Decke, drehe mich weg von dem viel zu hellen Tageslicht, welches gar nicht so hell ist, denn graue Wolkengebilde beherrschen den Novemberhimmel. Der November hält, was er verspricht und genauso fühle ich mich.

Ich bin nach einigen Stunden unruhigem Schlaf immer noch müde, fühle mich wie in einem luftleeren Raum, weiß nicht, was oben und unten, noch gut und schlecht ist, möchte am liebsten auf und davon. Dann dieses eigenartige Telefonat mit Sternenberg. Auf was für eine Scheiße habe ich mich da eingelassen. Eine Kooperation mit den Bullen! Wie am Morgen nach dem großen Suff kommt die Ernüchterung. Was hast du da gemacht? Dich mit der Polizei verbündet! Du hast deine Seele verkauft. Kaum weht dir der Wind etwas rau entgegen, suchst du den erstbesten Schutz. Angenehm fühlt es sich an, eine Rückendeckung zu haben, kein Thema, gut zu wissen, dass da die Staatsmacht dir den Rücken stärkt. Aber hält sie ihn dir wirklich frei, wenn es hart auf hart kommen sollte? Ich muss mir eingestehen, dass dies wohl kaum der Fall sein wird.

Die grünen Zahlen des Weckers zeigen elf Uhr zwanzig und es herrscht weiterhin Vakuum. Ich könnte kotzen, so verflucht beschissen fühle ich mich. Zum ersten Mal in meinem Leben fühle ich mich einsam. Ein eigenartiges, neues Gefühl, mit einem verflucht bitteren Nachgeschmack.

Ich schnelle aus dem Bett, als hätte mich eine Tarantel gestochen, aber es war nur die schreckliche Einsicht, von Selbstmitleid zerfressen zu werden, wenn ich mich nicht sofort bewegen würde. Ich stelle mich unter die Dusche, lass das Wasser mal heiß, mal kalt über mich herunterprasseln, seife mich ein, schrubbe mich, als hafte das Unglück an mir und wäre einzig auf diese Weise loszuwerden. Sich in dieser schwierigen Zeit gehen zu lassen, hätte fatale Folgen, nicht nur als Signal nach außen, auch als eine Kapitulation gegenüber sich selbst, darum lege ich noch mehr Wert auf Körperpflege und anständige Bekleidung. Kein übertrieben geckenhaftes Auftreten, nur ein selbstbewusstes Äußeres, damit niemand den Eindruck gewinnen könnte, mir gehe es schlecht. Fassade wahren. Ich wähle eine klassische Levis, ein hellblaues Hemd ohne Krawatte und ein dunkelbrauner Manchester-Veston, dazu schwarze Budapester. Bevor ich das Haus verlasse, ziehe ich mir den anthrazitfarbenen Wollmantel über, knote mir den schwarzen Schal um den Hals und setze mir die graue Schiebermütze auf. Ich betrachte mich im Spiegel und muss eingestehen, dass Verlierer in der Regel nicht so aussehen.

Ich schlendere durchs Quartier, überlege, ob ich Lust auf ein deftiges Frühstück oder ein leichtes Mittagessen habe. Die Nudelsuppe von letzter Nacht war längst verdaut und vergessen. Wie ich vor der Fischerstube stehe, entscheide ich mich für ein deftiges Mittagessen. Rindfleischeintopf mit Nudeln, ein Bier, zum Nachtisch ein Stück Schokoladenkuchen und ein Espresso. Erstaunlich, wie die Welt und man sich selbst gleich besser anfühlt, wenn man wohl genährt ist. Ich zahle und trete vor die Tür, um eine Zigarette anzustecken, da meldet sich mein Telefon.

„Ja?"

„Speichere meine Nummer, dann könntest du mich wenigstens mit ‚Hallo Charlotte' begrüßen."

„Hallo Charlotte."

„Hallo Victor. Liegst du noch im Bett?"

„Ich habe soeben in der Fischerstube zu Mittag gegessen und wollte in Ruhe einige Zigaretten rauchen, während ich dem Rhein entlang spaziere, um nachzudenken."

„Darf ich mich dazugesellen? Bei uns beginnt die Pressekonferenz und alle, außer meinem Chef, drehen im roten Bereich. Ich hätte eine Idee, die ich gerne mit dir besprechen würde."

„Mmh, hier in der Öffentlichkeit? Lass mich überlegen. Äh, wie wäre es in einer halben Stunde im Kunstmuseum im ersten Stock bei den Impressionisten?"

„Machst du jetzt einen Scherz?"

„Traurig, dass du mir kein Kunstinteresse zutraust. Zuhälter und Drogenhändler haben primitiv zu sein, also treffen wir uns doch im Sexkino beim Bahnhof. Okay?"

Sie lacht heiser.

„Oh Mann, Victor. Was für ein seltsamer Mensch du bist. Du hast wirklich einige Facetten, die man nicht so einfach in ein etikettiertes Fach stecken kann. Wir können uns problemlos einen Monet oder einen Porno betrachten, ich scheue mich vor beidem nicht."

„Kunstmuseum."

„Eine wunderschöne Landschaft von Renoir", flüstere ich.

Charlotte ist in ‚Landschaft bei Essoyes' vertieft, wie ich leise hinter sie trete.

„Sehr schönes Licht und eine sinnliche Atmosphäre", meint sie.

„Ja, das liebe ich am Impressionismus. So friedlich und ästhetisch. Keine harten Schatten, kein Dunkel, keine miese Stimmung. Ein Licht, das es wohl nur im Süden Frankreichs gibt. Wenn diese Scheiße vorbei ist, werde ich dieses Licht suchen gehen."

„Romantiker."

„Romantischer Zyniker, das ist die präzise Bezeichnung meines Wesens. Oder hast du das Gefühl, dass ich diesen romantisch angehauchten Impressionismus ohne Zynismus ertragen könnte. So wunderbar diese Werke sind, so wenig entsprechen sie der Wirklichkeit. Sie lassen uns träumen, schenken uns entrückte Momente, zaubern wunderbare Gefühle herbei und geben uns die Möglichkeit zu vergessen. Aber wendest du dich ab, steigst die Treppe hinunter, gehst du hinaus in die Realität, dann wirst sehr schnell feststellen, dass diese Bilder wenig mit jener Scheiße zu tun haben, mit welcher wir uns beschäftigen müssen. Das nenn ich romantischer Zynismus."

„Wow! Ich muss eingestehen, solche Worte von dir nicht

erwartet zu haben.“

„Unwichtig. Was wolltest du mit mir besprechen?“

Sie hat sichtlich Mühe den Faden zu finden. Ihr fragender Blick schweift einen Augenblick ruhelos umher, bis sie mich anblickt und mir leise zuraunt: „Was wäre, wenn du mich in das Milieu einführen würdest. Als deine Freundin, dein Mädchen, damit wir gemeinsam die Nächte nutzen könnten, ohne uns verstecken zu müssen. Ich bin kein bekanntes Gesicht in diesen Kreisen. Ich habe mit Matthias gesprochen, und er war zuerst gar nicht einverstanden, aber nach längerer Diskussion musste er eingestehen, dass ich die einzig plausible Kontaktperson sein könnte. Niemand sonst, nur ein leichtes Mädchen, könnte sich in deiner Nähe erklären.“

Ich kann mir ein Lächeln nicht verkneifen. Ein zynisches Lächeln.

„Charlotte, die kleine, süße Nutte. Welch köstliche Vorstellung“, spotte ich provozierend, in der Hoffnung, ihr diesen Gedanken zu verleiden. „Erfolg hättest du mit deinem herrlichen Körper und deinem losen Mundwerk, keine Frage. Aber willst du das? Willst du dir in dieser Stadt diesen Ruf schaffen. Wie ein Ekzem wird es an dir haften bleiben, auch wenn deine wirkliche Identität später einmal bekannt werden sollte.“

„Berufsrisiko.“

Eine weibliche Aufsichtsperson, leicht drall und mit einem zu engen Deux-Pièces unvorteilhaft angezogen, kommt in den Raum geschlurft, begutachtet uns mit professionellem Misstrauen, versucht uns einzuordnen, blickt dann an eine Wand und fällt in Trance. Wir sind die einzigen Besucher, entsprechend ruhig ist es in den Räumen, dass selbst ein Flüstern verstanden würde. Ich gebe Charlotte mit einem Blick und einem seitlichen Kopfnicken zu verstehen, dass wir hier nicht bleiben können. Sie hakt sich bei mir ein, während wir in den nächsten Raum schlendern, wie ein Liebespaar in kultureller Verzückung.

„Ginge so was unter verdeckter Ermittlung?“, will ich

wissen.

„Nein, nicht so richtig. Ich muss mir keine neue Identität aufbauen und muss mich nicht über Monate in eine Organisation einschleusen. Das wäre reine Improvisation. Wir haben keine Zeit für lange Vorbereitungen. Gestern Nacht hatte ich das Gefühl mit dir mehr von der Stadt erlebt zu haben, als wenn ich normalen Polizeidienst schiebe. Du kennst alle Leute, bringst mich an Orte, die mir niemals zugänglich wären, du fällst nicht auf, wenn du dich in der Nacht herumtreibst."

„Du beschreibst mich, als wäre ich ein lichtscheues Nachtwesen, welches in Katakomben und unterirdischen Kloaken zu Hause ist."

Wieder dieses heisere Lachen, das genauso gut von Zarah Leander stammen könnte und passenderweise etwas Anrüchiges an sich hat.

„Nachtwesen ist beinahe ein poetischer Ausdruck."

„Mag sein, ein Nachtwesen kann aber auch das Böse darstellen."

„Sind wir wieder einmal bei der Melodramatik angelangt?

„Komm, ich zeig dir ein Bild."

Ich führe sie durch einige Räume und bleibe vor Arnold Böcklins Gemälde ‚Die Toteninsel' stehen. Ein bedrückendes, dunkles Bild einer düsteren Insel mit Zypressen und gruftähnlichen Häusern, ein Fährboot mit einem Ruderer in einem grauen Umhang, der einen stehenden, weiß gewandeten Passagier und einen in ein weißes Tuch gehüllten Toten überführt.

„Seit dem Mord an Alexa und Pretarsson muss ich laufend an dieses Bild denken. Der inszenierte Tod mit seiner düsteren Stimmung in diesem Park machte einen ähnlichen Eindruck auf mich, wie ‚Die Toteninsel'. Diese beiden Figuren sind vermutlich auch Nachtwesen. Ich bin mir nicht sicher, ob im positiven oder negativen Sinn."

Charlotte stiert fasziniert, mit in Falten gelegter Stirn, auf das Gemälde, klammert sich an mich, als bräuchte sie den Halt, aber sagt nichts.

„Eigentlich wollte ich dir das gar nicht zeigen", entschuldige ich mich, „aber das Nachtwesen führte wohl dazu. Viel zu viel Symbolik, viel zu wenig Poesie, zudem sind wir vom Thema abgekommen."

Ich führe sie wieder in die Welt der Farben und des Lichts.

„Mensch, du solltest dich mit Matthias kurzschließen", meint sie auf einmal, als hätte sie eine Eingebung, „der hat ungefähr den gleichen Sinn für das Mystische, das Poetische und das Ästhetische wie du. Er redet andauernd von der Symbolik dieser Fälle. Rituale, Zeichen und deren Bedeutungen, lauter kulturelle und spirituelle Bezüge zu längst vergangenen Zeiten. Er hat eine sehr eigene Denkweise, die wir manchmal nicht verstehen, aber er ist ein sehr erfolgreicher Kriminalbeamter."

„Querdenker."

„Ja, so könnte man ihn titulieren. Er passt in kein Schema. So wie du. Ich habe mich über dich schlau gemacht, und das Bild, das ich von dir erhielt, war nicht schmeichelhaft. Bis ich dich kennengelernt habe, sah ich nur den Scheißkerl in dir, jetzt muss ich mein Bild etwas korrigieren. Hat dich das Leben und vor allem dieser Rückschlag weicher werden lassen?"

„Was willst du denn für einen Scheiß wissen? Soll ich die Hosen runterlassen und dir vor die Füße wichsen? He? Hast du so etwas von mir erwartet?", schreie ich aggressiv.

Sie erschrickt maßlos, denn ich war eine Note zu laut und zu heftig.

Darum kommt die Aufsicht angerauscht und tadelt mich mit großen Augen: „Darf ich bitten! Könnten sie sich etwas mäßigen?"

„Entschuldigen Sie, ich wollte meiner Begleiterin nur einen primitiven Zuhälter vorspielen. Es war zu laut geraten. Kommt nicht mehr vor."

Sie schaut möglichst böse und trollt sich davon.

Kaum ist sie aus dem Blickfeld, erhalte ich einen ordentlichen Faustschlag in die Rippen.

„Idiot."

„Du kannst beruhigt sein, diesen Scheißkerl gibt es, ansonsten hätte ich mich in diesem Gewerbe kaum so lange gehalten. Ich war auch clever. Wie die Akten dir bestätigt haben, gab es viele Anzeigen gegen mich, die ehrlich gesagt absolut korrekt waren, aber nie zu einer unbedingten Verurteilung führten. Das erreicht man nicht durch Nettigkeit, Freundschaft und Kulanz. Ich kann nicht zählen, wie viele Finger, Nasen, Rippen ich gebrochen, Zähne eingeschlagen und Frauen schlecht behandelt habe. Ich bin mir auch bewusst, dass ich einmal dafür bezahlen werde, vielleicht habe ich bereits die Rechnung für die erste Rate erhalten."

Ich winke freundlich der Aufsicht zu, wie wir die Treppe hinabsteigen, erhalte dafür nicht einmal die Andeutung eines Lächelns.

„Siehst du, die findet mich auch einen Scheißkerl."

„Kein Wunder, bei deinem Benehmen und ihrer sexuellen Unzufriedenheit."

Wir treten hinaus in den Innenhof des Kunstmuseums, schließen sogleich unsere Kragen, so nasskalt weht uns das Wetter ins Gesicht, blicken konsterniert in die tiefhängenden Wolken, dann uns an. Ich bin ihr eine Antwort schuldig.

„Wir können es versuchen. Zieh dir etwas Passendes an und komm um zwanzig Uhr ins ‚Vesuvio'. Gebe dich auf keinen Fall als Polizistin zu erkennen, egal mit wem wir es zu tun bekommen und egal, wie die Situation sich entwickelt. Am besten redest du nicht viel."

„Was heißt passend?"

„Nett, aber nicht zu billig und zu nuttig. Einen stilvollen Rock mit hohen Stiefeln. Hast du so etwas?"

„Nein."

„Was hast du denn?"

„Jeans, Turnschuhe, T-Shirts und Pullover."

Mein Gesicht gefriert ein

„Die gängige Polizistentracht. Damit wirst du nach zwei Sekunden vom Platz gestellt."

„Ich könnte mir was kaufen gehen."

Ich blicke auf meine Armbanduhr, überlege kurz und sage: „Ich will lieber nicht wissen in welche Läden du gehen würdest, also komm mit mir, wir besuchen die Boutique, wo ich meine Mädchen einkleiden ließ."

„Aber...?"

„Ruhe, oder du kannst dir eine Zusammenarbeit abschminken. Ich will mir doch nicht von einem abgerissenen Clown meinen schlechten Ruf zerstören lassen."

42

„Und wo willst du die Waffe tragen?"

„Hier in der Handtasche."

Sternenbergs Blick wechselt von ungläubig zu höchst amüsiert, macht nochmals einen Schritt zurück, begutachtet seine Beamtin von neuem und muss eingestehen, dass sie verdammt gut aussieht.

Ein tailliertes, silbergraues Wollkleid mit mutigem Ausschnitt, der Saum endet knapp über dem Knie, dazu schwarze, glänzende Stiefel mit niedrigen Absätzen bis knapp zu den Knien, dass nur ganz wenig Bein zu sehen ist, eine lässige schwarze Motorradjacke, kurz und eng, schlussendlich eine knallrote Handtasche. Mit dem Haar hat sie auch etwas gemacht.

Er schüttelt den Kopf, murmelt etwas Unverständliches vor sich hin, kratzt am Hinterkopf, sieht irgendwie unglücklich aus und meint: „Mir gefällt das nicht, das habe ich dir bereits zu verstehen gegeben, darum sollten wir schauen, dass wir mehr Sicherheit einbauen. Ich möchte euch niemanden hinterherschicken, aber ich muss permanent wissen, wo du steckst, damit wir uns unauffällig in der Nähe aufhalten können."

Er setzt sich an seinen Schreibtisch, um sinnlos Papier zu ordnen und hin und her zu schieben. Ein Zeichen von Nervosität. Er fühlt sich offensichtlich nicht mehr so wohl in seiner Haut, wie er auch nicht mehr so überzeugt ist von der Idee mit Victor zu kooperieren. Schlecht einzuschätzende Risiken sind ihm ein Gräuel.

„Wer sind wir?"

„Nur die halbe Sonderkommission."

„Damit wird Victor trotzdem nicht einverstanden sein."

„Das ist mir scheißegal."

„Wenn er das spitzkriegt, dann ist diese Kooperation sehr schnell Geschichte."

„Dann ist es halt so. Du bist mir zu wertvoll, dass ich

dich ohne eine Rückendeckung gehen lasse. Du wirst den Sender mitnehmen und bei jeder Möglichkeit Kurznachrichten absetzen. Das ist nicht zu viel verlangt."

Charlie ist sich im Klaren, dass es nichts mehr zu diskutieren gibt, also kann sie genauso gut Feierabend machen und etwas Kleines essen gehen. Es ist bereits achtzehn Uhr dreißig.

Ich will den Bogen nicht überspannen, darum parke ich den Lotus auf einem legalen Parkfeld, welches in der Regel nie frei ist, heute aber mir zu Liebe eine Ausnahme macht. Ein gutes Omen? Das zweite gute Omen ist, dass es nicht regnet. Ich bin einige Minuten zu früh, überprüfe die Gasse auf Auffälligkeiten, stelle nur fest, dass diese Stadt allmählich verödet. Nicht mehr diese Lebendigkeit, kein Kommen und Gehen in der Zeit zwischen Abend und Nacht, wenn die Feierabendtrinker nach Hause gehen und die Nachtvögel aufkreuzen, nur befriedete Schläfrigkeit, verordnet von der Obrigkeit. Das Quartier hat sich verändert, wurde längst von rechtschaffenen Bürgern beschlagnahmt und kaum jemand findet den Übermut zur Ausgelassenheit, wenn er sich nicht mit der Polizei verscherzen möchte. Früher war Basel eine Hafenstadt, auch wenn es nur ein kleiner Binnenhafen war, die den Matrosen die Gelegenheit bot, sich zu besaufen und mit Weibern zu vergnügen. Der Hafen wurde mit den Jahren unbedeutend und Schiffe benötigen kaum mehr Personal. Sie waren nicht die einfachsten Gäste, diese Matrosen, oft maßlos betrunken, primitiv, zum Streiten aufgelegt, laut und unverschämt, aber sie brachten Leben in dieses Quartier, wovon leider nichts mehr übriggeblieben ist. Nur Erinnerungen und gähnende Langeweile.

Ich schäle mich aus dem Lotus, schließe in ab und will das ,*Vesuvio*' betreten, wie ich sie die Gasse entlang auf mich zukommen sehe. Charlotte. Es ist ein rustikales

Schreiten, wie eine Maschine, keine katzengleiche, fließende Bewegung aus der Hüfte mit einer erotisch wirkenden Körperspannung. Ich warte, bis sie mit einem Lächeln vor mir stehen bleibt.

„Ciao Victor", flötet sie.

„Baby, das war ein ganz mieser Auftritt. Jemand, der dich soeben gesehen hat, weiß spätestens jetzt, dass du nur Turnschuhe gewohnt bist. Du bist gelaufen wie Bauer. Einfach schrecklich."

„Oh?"

„Du gehst nochmals zurück und kommst den gleichen Weg gelaufen, aber diesmal will ich einen gewaltigen Ständer haben, wenn du hier angekommen bist. Klar?"

Sie ist sich nicht im Klaren, ob sie mich ernst nehmen soll, oder ich einfach nur den Scheißkerl markieren will, entschließt sich trotzdem, diese Erniedrigung zu erdulden und geht wieder zurück. Es erfolgt die wundersame Verwandlung von einer Magd in eine Kurtisane. Auch wenn es noch eleganter und noch leichter ginge, hat sie extrem schnell begriffen, dass sie sich auf einem Laufsteg befindet.

„Besser so?"

„Ich habe zwar keinen Ständer, aber er ist zumindest leicht angeschwollen."

„Das ist gut so. Das Blut hast du heute Abend von Vorteil in der Birne und nicht in den Lenden."

Ihr loses Mundwerk wird schwierig zu zähmen sein, denke ich mir und öffne die Türe zum ‚Vesuvio'. Carla steht hinter der Bar, wie jeden Tag, wie alleweil, seit ewigen Zeiten, solange ich denken kann. Das ist natürlich übertrieben, aber man hat das Gefühl, dass es so ist. Sie zeigt ein erfreutes Lächeln und sagt zur Begrüßung: „Ciao Caro, du siehst heute so lässig elegant aus, das gefällt mir. Und wer hast du da mitgebracht?"

Ihre Aufmerksamkeit wendet sich mit der professionellen Lässigkeit einer Expertin Charlotte zu. Kein Mustern von Kopf bis Fuß wie auf einer Viehschau, ein Blick in die Augen genügt.

225

„Carla, Charlotte. Charlotte, Carla", stelle ich die beiden sich gegenseitig vor und gebe Carla drei Küsse auf die Wangen.

„Ciao, Charlotte, freut mich."

„Hei Carla, die Freude ist ganz meinerseits."

Dann geben auch sie sich die drei Begrüßungsküsse, ein Ritual, dem oft etwas Heuchlerisches anhaftet, aber in diesem Fall ein ehrliches Willkommen von Seiten Carla und eine dankbare Erleichterung für Charlotte bedeutet.

„Charlotte, du musst Victors Freundin sein. Noch nie brachte er eine Frau hierhin."

„Liebe Carla", fahre ich dazwischen. „Du weißt, dass du die einzige wahre Liebe in meinem Leben bist, also würde ich kaum den Mut haben, eine Konkurrentin hier anzuschleppen."

„Schmieriger Heuchler", entgegnet sie abschätzig, lächelt dabei Charlotte an. „Darf ich dir ein Glas Champagner anbieten? Wenn dein Freund wieder normal ist, kann er auch eins haben."

Charlotte will dankend ablehnen, da mische ich mich ein: „Carla, deine Einladung nehmen wir gerne an, möchten dafür etwas Aufmerksamkeit von dir. Da wäre was zu besprechen."

Mein Blick gibt Carla zu verstehen, dass ich jetzt keine Lust auf nettes Geplauder habe.

„Nehmt da drüben in der Nische Platz, ich komme gleich mit den Gläsern", sagt Carla in einem Ton, der ihr Feingefühl bestätigt.

Wir nehmen Platz, sehen uns um und nehmen die schummerige Stimmung in uns auf. Die Nacht hat hier noch nicht begonnen, zwei Mädchen sitzen auf den Barhockern, kein einziger Gast und Edith Piaf singt leise aus dem dunklen Hintergrund. Auch wenn das Lokal seine besten Jahre hinter sich hat, die Polster leicht abgewetzt sind, die Jahre seine Spuren ins Parkett geschrammt haben, das Interieur insgesamt nicht mehr dem letzten Trend entspricht und die schwülstigen Wandbehänge aus Samt den

Anschein erwecken, seit längerem nicht mehr abgestaubt worden zu sein, hat es seinen Charme. Eine kleine, leicht erhöhte Bühne, gesäumt von einem Rand mit lauter muschelförmigen Schalen für die Beleuchtung und mit weiteren Scheinwerfern an der Decke, schließt den Raum nach hinten ab. Die Zeit scheint in diesem Raum stehen geblieben zu sein. Es gibt nicht mehr viele dieser Etablissements, die für viele einsame und falsch verstandene Männer eine diskrete Geborgenheit bieten, wie ein Biotop in einem Naturschutzgebiet.

Carla kommt mit drei Gläsern auf einem Tablett, stellt sie elegant auf den Tisch, setzt sich zu uns und schaut uns erwartungsvoll an.

„Wir kommen mit einer Bitte", beginne ich, „und um was es sich dreht, kannst du dir ja zusammenreimen. Charlotte wird mir helfen, Licht in die Sache zu bringen. Wir möchten als erstes versuchen herauszufinden, wer hinter dieser Sache steckt. Du hast Typen erwähnt, die hier aufkreuzten, neugierige Kerle in edlem Zwirn und mit einem leichten Ost-Akzent, die uns in diesem Zusammenhang interessieren würden. Kommen die immer noch?"

„Nicht jeden Abend, vielleicht zweimal die Woche."

„Verhalten sie sich immer noch neugierig?"

„Neugierig ist der falsche Begriff, sie beginnen sich immer mehr wie Feudalherrscher aufzuführen. Ich sollte nicht klagen, sie lassen an solchen Abenden oft mehrere tausend Franken hier liegen. Champagner und Mädchen. Ich halte vorläufig noch die Schnauze, wie lange, werde ich sehen, denn sie werden immer unverschämter."

„Würde es dich stören, wenn an solch einem Abend Charlotte hier wäre und sich den Herren annehmen würde?"

Carla ist eine harte Nummer, das pralle Leben in allen Schattierungen gewohnt, kann aber nicht verhindern, dass sich ihre Augen vor Erstaunen leicht weiten. Dahinter steckt vermutlich der ganze Denkprozess zur Frage: Wer ist diese Charlotte, dass sie den Mut hat, sich dieser Schlangenbrut anzunehmen?

Ich weiß, was sie denkt. Auf jeden Fall denkt sie, dass sie keine normale Nutte sein kann, was ihr vermutlich beim ersten Blick schon klar war. Welche Qualifikation kann eine Frau sonst haben, fragt sie sich dann, wenn nicht die einer Polizistin, bei diesem Risiko, welchem sie sich aussetzt. Das würde bedeuten, ich, Victor, arbeite mit der Polizei zusammen, was wiederum dieses erstaunte Weiten der Augen zur Folge hat.

„Aha!", bemerkt sie spitz.

Charlotte legt ihre Hand auf Carlas Unterarm und wendet ein: „Ich bitte dich kein vorschnelles Urteil zu bilden. Du kennst Victor, er wird nichts zulassen, was nicht in eurem Sinne ist. Leider haben wir wenige Anhaltspunkte, darum klammern wir uns an die kleinsten Hinweise und deine Typen passen sehr gut in das Bild, welches wir bis jetzt erkennen können."

„Charlotte", entgegnet Carla mit eisiger Stimme. „Alles wunderbar, was du mir erklären willst, aber es ist für mich undenkbar, die Polizei in meinem Lokal zu dulden. Wenn das jemand erfährt, bin ich so geliefert wie Victor. Das hier ist eine polizeifreie Zone."

Innert Sekunden kippte die Stimmung in offene Ablehnung. Ich spüre, wie Carla sich in eine Panik steigert, angetrieben von meinem Schicksal und vermutlich aus Angst vor diesen Typen, die, im Fall sie hinter Charlottes Doppelspiel kommen sollten, sich an ihr rächen könnten. Das Böse ist in der Regel ein wuchernder Krebs, der nicht zu bekämpfen ist, wenn man nur eine einzige Krebszelle herausschneidet. Die Metastasen würden unweigerlich nachwachsen, sich sogar vermehren und das gesunde Gewebe befallen, bis der Körper abstirbt. Diese Typen sind wie schlafende Hunde, die vor ihrer Tür liegen und die sie auf keinen Fall wecken möchte.

„Ich kann dir nichts garantieren, aber ich kann dir versichern, dass du keine Bedenken haben musst, dass wir mit

Sicherheitsnetz und doppelten Boden arbeiten, dass wir dich auf keinen Fall im Stich lassen, dass niemand etwas erfahren wird. Wir brauchen dringend diesen Kontakt, sonst dauert es zu lange, bis wir etwas bewirken können. Zeit ist unser kritischer Faktor", plädiert Charlotte mit einem verzweifelten Unterton, allerdings ohne sichtbaren Erfolg in Carlas Mimik.

„Verdammt Carla", versuche ich nachzuhaken, „es ist in unserem gemeinsamen Interesse. Je länger die wüten, desto schlimmer werden die Folgen für uns alle sein. Die wollen die Macht und den Markt, ohne Rücksicht und Erbarmen."

Das verunsicherte Flackern in Carlas Augen zeigt zumindest eine minimale Wirkung unserer Worte. Vermutlich anerkennt sie die Notwendigkeit und die Dringlichkeit des Handelns, aber nicht die Präsenz der Polizei. Auch wenn Carla nicht zur illegale Szene dieser Stadt gehört, schön brav alle Auflagen und Gesetze befolgt, leidet sie oft unter den Razzien, Repressionen und Willkürlichkeiten der Polizei oder der Behörden. Es ist eine tiefe Abneigung gegen die Obrigkeit mit deren verlogenen Moral. Sie hasst diese Politiker und diese Beamten, die sich schamlos mit ausgelassenen Gesellschaften in ihrem Etablissement amüsieren, aber wenn Wahlen anstehen, mit dem ausgestreckten Finger auf diese verruchte Szene zeigen und eine tiefgreifende Katharsis fordern. Sie hat sich geschworen, dem herrschenden Klüngel nur das zu geben, was notwendig ist und keinen Hauch mehr. Sie kann durchaus die Brisanz der Situation einschätzen, spürt beinahe körperlich den Würgegriff, der ihnen allen droht die Luft zu nehmen und trotzdem hat sie die Angst, die letzte Spur von Selbstachtung zu verlieren, die sie noch hat. Als würde sie sich selbst mit gespreizten Beinen vor die Obrigkeit legen und sie auffordern, sie mit spöttischen Lächeln zu missbrauchen. Carla ist eine stolze Frau, eine wahre Italienerin, die ehrliche Wertvorstellungen und die familiäre Solidarität sehr hoch einstuft, nur hat sie leider keine Familie, außer der

Welt des *‚Vesuvio'* und solch dubiose Gestalten wie mich.

Das ist vermutlich der Punkt, der sie ins Wanken bringen lässt. Meine Worte, nicht sonderlich sorgfältig gewählt und auch nur mäßig emotional vorgetragen, werden plötzlich zu Stolpersteinen ihrer Prinzipien. Es ist schlussendlich eine Frage des Herzens und des Verstandes, und keine der Grundsätze, wie sie nasse Augen bekommt, dann zögerlich zu nicken beginnt. Ein hart errungenes Einverständnis mit sich selbst.

„Danke", sage ich nur, dann herrscht Schweigen, außer die Piaf, die passend dazu, sich ihren Weltschmerz in einem warmen Vibrato von der Seele singt.

43

Für das gemeine Volk ist die Drogenszene eine unappe-
titliche Welt aus kaputten, heruntergekommenen Menschen, die vor den behördlichen Anlaufstellen herumlun-
gern, und auf Kosten der Allgemeinheit vor der erlösenden
Überdosis bewahrt werden. Längst löst diese Szene keine
öffentliche Empörung mehr aus, längst empfindet man
nur noch Ekel. Die Drogenwelt ist aus einer einst aner-
kannte Bedrohung der Gesellschaft zu einem simplen Hy-
gieneproblem geschrumpft, wie eine Kakerlake im Kü-
chenschrank ein Grausen, aber keine Weltuntergangsstim-
mung auslöst. So forderte man bereits vor geraumer Zeit
und hinter vorgehaltener Hand die Behörden dazu auf,
diesen Dreck wegzumachen, als handle es sich um Hunde-
scheiße in der Fußgängerzone, die die neuen, rahmenge-
nähten Lederschuhe ruinieren könnten. Die Behörden re-
agierten mit sozialer Kompetenz und politischer Weitsicht,
das heißt, sie verschleppten und verwässerten das Problem, bis man allgemein überzeugt war, dass es genauso sein
sollte, wie es ist.

Nur für wenige ist die Drogenszene kein Ärgernis, sondern ein Geschäft, ein gutes Geschäft. Eine lukrative Frage
von Angebot und Nachfrage. Irgendjemand muss diese
Junkies züchten, schauen, dass der Gesellschaft ihr fauliger
Sumpf erhalten bleibt, über den man die Nase rümpfen
kann. Wie Aasgeier sitzen diese Drogenhändler im Geäst
und warten bis ein schwaches Exemplar aus der Gesellschaft ausschärt und sich als Opfer anbietet, dann stürzen
sie sich herab und beliefern es mit Glückseligkeit gegen
Bares. Unglaublich, was solch ein Junkie in seinen Tod in-
vestiert. So hat sich ein veritables Vertriebsnetz für Drogen aller Sorten gebildet, in einem Prozess, der ökonomisch gesehen der freien Marktwirtschaft entspricht, aber
mit Mitteln erwirkt wird, die man als rustikal bezeichnen

könnte. Gewalt, Drohungen, Repressionen und Erpressung führten zu einer in der Öffentlichkeit kaum wahrgenommenen, aber machtvoll geführten Vorherrschaft der albanischen Clans. Sie haben eine marktbestimmende, wenn nicht sogar monopolistische Stellung, was in der Szene stillschweigend akzeptiert wird, und nur wenige wie Benedict und ich, bilden eine kleine Ausnahme. Aber auch unseren Stoff beziehen wir von den Albanern, was mir Benedict nie offen zugeben wollte, aber was ich seit Längerem zu wissen meine. So genau wollte ich es nie wissen. Ich werde mir jetzt für meine verbliebene Kundschaft einen neuen Lieferanten suchen müssen, denn lange wird meine eiserne Reserve, die ich an einem absolut sicheren Platz bebunkert habe, nicht reichen. Einige Ideen hätte ich, alles Bezugskanäle, die allerdings einen Gang ins Ausland bedingen würden, was mich im Moment zaudern lässt.

Keine Frage, ich gehöre in den Dunstkreis dieser Drogenszene, auch wenn meine Kundschaft nie vor der staatlichen Anlaufstelle auftauchen und für Unterstützung oder Methadon betteln würden. Wenn sie es übertreiben, dann verschwinden sie für einige Wochen in einer Entzugsklinik und prahlen danach mit ihrem Urlaub auf den Seychellen. Deshalb fühle ich mich weniger als ein Menschenvergifter, mehr als ein Glücksvermittler, was keinen Deut an der rechtlichen Tatsache ändert, als nichts anderes als ein Drogenhändler zu gelten.

Meine losen Gedanken mäandern ziellos durch meine Welt, während ich im Lotus sitze und den Eingang dieser ominösen Gasse beobachte, welche gestern die Junkies aufsuchten, und später in der Nacht die beiden Typen verschluckte. Behörden, Altersheim und die Wohnung eines angesehenen Politikers wären die einzigen Eingänge, wo sie verschwunden sein konnten. Alles Nutzungen, die in der Regel keinen Kontakt zur Unterwelt pflegen, aber entgegen dieser vorgefassten Meinung, besteht immer die

Möglichkeit, dass genau solche Fassaden zur Tarnung bestens geeignet sind. Nichts ist unmöglich. Die Sonderkommission beschäftigt sich zurzeit mit diesen Gebäuden und jenen Menschen, die darin hausen oder arbeiten. Eine heikle Arbeit, die auf keinen Fall publik werden darf, ansonsten ein Sturm der Entrüstung losbrechen würde. Ich beschränke mich zusammen mit Charlotte in erster Linie auf diese Anzugstypen, welche nicht zwingend diese Mörder und Messerstecher aus dem Elsass sein müssen. Diese feudalen Arschlöcher treiben, wie es scheint, und wie es Carla uns erklärt hat, schon länger in der Stadt ihr Unwesen. Ich schaue zum gefühlten tausendsten Mal auf die Uhr, dreiundzwanzig Uhr zehn, also noch nicht richtig tief in der Nacht, aber ich kämpfe bereits mit meiner Müdigkeit, was mich alt fühlen lässt, denn bis vor kurzem kannte ich den Wunsch nach Schlaf nur während den Tagstunden, nie nachts. Vielleicht ist es die mentale Belastung der letzten Tage, die mich in eine Erschöpfung treibt, wie bei einem überforderten Manager, der sich bis zum Zusammenbruch immer schneller im Kreis dreht, dann einem Burnout erliegt und als beruflicher Schrott in einem Sanatorium entsorgt wird. Mit etwas Glück kann man solche Leute wieder für niedere Arbeiten gebrauchen. Ich wüsste nicht, welche niederen Arbeiten für mich in Frage kämen. Vielleicht könnte ich den Abwasch in Carlas Club erledigen?

Ich schmunzle über meine entgleisten Gedanken und will mir eine Zigarette anstecken, wie ich die zwei Anzugstypen aus der Gassen kommen und Richtung Innerstadt schlendern sehe. Ihr Gang demonstriert eine derart provokative Lässigkeit, dass ich kotzen könnte. Ich verstehe Carlas Wut, denn wenn sie sich so benehmen, wie sie sich arrogant bewegen, dann muss einem gezwungenermaßen die Galle hochkommen. In jeder Bewegung liegt die Selbstsicherheit eines Siegers, eines Kriegers, eines Helden, ja beinahe einer Gottheit. So muss Achilles dahingeschritten sein, göttlich, edel, stark, kriegerisch und unverwundbar, außer an jener kleinen, blöden Stelle an seiner Ferse. Ich schwöre mir, genau diese Stelle zu finden und genau diese Stelle zu treffen.

Kaum sind sie aus meinem Sichtfeld, steige ich aus, verschließe den Wagen und schlendere hinterher. Bald beginne ich zu ahnen, wo ihr Ziel sein könnte, und nach knapp zehn Minuten beobachte ich zufrieden, wie sie das ‚Vesuvio' betreten. Ich bin selbst überrascht, wie einfach sich meine Ahnung verwirklicht. Ich werde noch eine Viertelstunde warten, dann geh ich mal rein und schaue zum Rechten. Ich stecke mir eine Zigarette an.

Charlotte sitzt aufreizend in ihrer Nische, als hätte sie nie etwas anderes getan, als sich Männern anzubieten. Lässig zurückgelehnt, das Kleid leicht hochgeschoben, die Beine so weit gespreizt, dass man den Slip erahnen kann, wenn sie überhaupt einen trägt, und das Champagnerglas spielerisch in der rechten Hand, während sie auf dem linken Ellbogen aufgestützt ist. Sie hat noch kurz einige Ratschläge von Carla erhalten, über die Typen, aber auch über das Benehmen, um nicht sogleich als blutige Anfängerin erkannt zu werden. Sie hat vor zehn Sekunden eine Statusmeldung abgesetzt, da geht die Eingangstüre auf und zwei Anzugsträger kommen herein, die genau dem Bild entsprechen, welches sie sich von diesen Typen gemacht hat. Erstaunlich, wie sich zwielichtige Typen immer mit jenen prahlerischen Zeichen des Reichtums oder der Potenz zieren, die in ihrer übertriebenen Symbolik beinahe lachhaft wirken. Dicke, goldene Ketten, goldene Rolex, goldene Feueranzünder, glänzende Armani-Anzüge, gelackte Schuhe und ein Porsche-Autoschlüssel. Wenn man sich solche Kerle als Gesamtkunstwerk studiert, dann kommt man schnell zur Einsicht, dass sie mit ihrer Grobschlächtigkeit gar nicht in solch eine Kostümierung passen, dafür erfüllen sie sämtliche fiesen Klischees, die man sich nur vorstellen kann. Trotzdem darf man sich nicht von diesen Äußerlichkeiten blenden oder täuschen lassen. Es sind giftige

Schlangen in teuren Anzügen. Ihre selbstsichere Arroganz gründet in erster Linie auf dem Bewusstsein ihrer Stärke. Gut ausgebildete Profis, kalt, skrupellos, belastungsfähig und ohne jegliche Angst vor der Gefahr.

Charlotte stellen sich die Haare im Nacken und auf den Unterarmen, aber sie hat keine Angst, denn sie vertraut auf ihre Ausbildung, auf ihren Mut und ihre große Klappe. Wie zwei Viehhändler mustern sie die Mädchen, scheuchen sie davon, wenn sie nicht ihren Vorstellungen entsprechen und greifen jenen, die ihnen gefallen umgehend an die Brüste oder an den Arsch.

Höhnisches Lachen begleitet ihr Treiben, dann der Befehl zur Bar: „Ein Flasche Champagner, wie immer und vier Gläser!“

Sie greifen sich die beiden Mädchen, die ihnen zuzusagen scheinen und leiten sie, mit je eine Hand deren Arschbacken umfassend, zur hintersten Nische, was sie unweigerlich an Charlotte vorbeiführt. Da bleibt einer abrupt stehen, wie er sie wahrnimmt, wendet sich Charlotte zu und verliert augenblicklich das Interesse an seiner Begleitung.

„He, Admir, was ist denn das!“, ruft er erfreut aus. „Frischfleisch. Die habe ich noch nie gesehen. Komm, lass dich anschauen. Schön, du mir gefällst. Komm mit, ich dir zahlen Champagner“, ruft er in einem harten, slawischen Tonfall.

Charlotte reagiert kaum, verharrt in ihrer anzüglichen Pose, nippt an ihrem Glas und würdigt ihn nur eines kurzen, abschätzenden Blickes.

„Nur Champagner?“, fragt sie provokant.

„Oh, gute Schlampe, das gefällt mir. Du willst ficken. Okay, dann musst du mich zuerst viel Freude machen. Komm!“

Charlotte verdreht die Augen, als hätte sie gar keine Lust ihm viel Freude zu bereiten, bewegt sich dann trotzdem sehr zögerlich und folgt ihm schließlich in die dunkelste aller Nischen. Susanne, das andere Mädchen ist instruiert, lehnt sich zurück in Admirs Arme und lächelt scheu und

235

harrt neugierig der Dinge, die sich jetzt entwickeln werden.

Charlotte setzt sich neben den Typen und fragt: „Wie heißt du?"

„Tarek. Und du?"

„Charlotte."

„Oh, das ist aber ein passender Name für eine Nutte. Sehr schön."

„Ja, Tarek passt auch gut zu einem Freier. Bist du Albaner?"

Susanne bekommt einen Hustenanfall, während Tareks Augen sich einen Moment lang zu schmalen Schlitzen verengen.

„Du willst zu viel wissen Charlotte, aber du mir gefällst."

Carla kommt mit einem Kühler, gefüllt mit Eis und einer Flasche Dom Perignon, dazu vier Gläser auf einem silbernen Tablett. Mit beeindruckender Eleganz stellt sie alles ab, entfernt mit Schwung die Manschette und das Drahtkörbchen, dreht den Korken, bis er mit einem dezenten Seufzen den Druck freigibt und schenkt allen ein. Dabei hält sie die Flasche mit dem Daumen in der Einbuchtung im Boden und keine einzige Schaumkrone klettert über den schräggestellten Glasrand. Gebannt beobachten alle die perfekte Feinmotorik ihre Hände, aber kaum wendet sie sich ab, zieht Tarek Charlotte zu sich, legt seinen Arm um ihre Schultern und umfasst mit der Hand ihre Brust. Eine besitzergreifende Geste, die keine Frage offenlässt.

„He, Tarek", bemerkt Charlotte trocken. „Du bist ein ungestümer Mann."

„Ja, du solltest dich auf einen wilden Fick freuen. Lass uns erst anstoßen."

Sie prosten sich mit einem verhaltenen Lächeln zu, ohne dass Tarek seine Hand von Charlottes Brust löst. Auch Admir kann seine Hand nicht von Susanne lassen, er wühlt zwischen ihren Beinen, als gelte es, möglichst schnell ans Ziel zu kommen. Charlotte hat keine zärtlichen Streicheleinheiten erwartet, muss aber feststellen, dass die Primitivität dieser Typen selbst ihre kühnsten Vorstellungen von

Freiern in den Schatten stellt. Sie will sich gar nicht vorstellen, was sich in der Folge auf dem Zimmer abspielen würde. Sie, die kaum ein sexuelles Tabu kennt, überkommt ein kaltes Grausen bei dem Gedanken, sich diesem Rohling hingeben zu müssen. Ekelhaft!

„He, Charlotte, bist du neu hier?", fragt Tarek mit einem schmatzenden Geräusch, nachdem er den Champagner gekostet hat.

„Ja, mein schöner Tarek, ich habe bis letzte Woche in Frankfurt gearbeitet. Jetzt bin ich für drei Monate in Basel."

„Du gefällst mir, du bist geile Frau."

„Dann werden wir drei schöne Monate haben. Kommst du viel in dieses Lokal?"

„Ja, weil ich suchen immer gute Nutten."

„Aha, dann bist du Zuhälter?"

„Du willst zu viel wissen, du bist ein neugieriges Weib, aber du hast Klasse."

Als ob er beurteilen könnte, was Klasse bedeutet, denkt sich Charlotte.

In diesem Augenblick öffnet sich die Eingangstür und ich betrete den Raum. Sofort wird von allen Anwesenden der Neuankömmling begutachtet. Ich schenke keinem der Gäste Beachtung und auch keinem Mädchen, ich stelle mich an die Bar und bestelle bei Carla einen Bloody Mary. Die Blicke der Typen in meinem Rücken sind förmlich spürbar, wie Stiche, die mich sondieren, um festzustellen, ob ich ein simpler Gast bin oder eine Bedrohung darstellen könnte. Man kennt mich nicht.

Carla mixt mir mein Getränk, wir tauschen vielsagende Blicke und einige Nettigkeiten, sie serviert mir ein Kunstwerk von einem Drink, ich nehme einen großen Schluck und beginne mich dann demonstrativ umzuschauen. Genau in diesem Moment verdunkelt sich der Raum, die Musik wird lauter. Es ist Grace Jones, die mit ihrer dunklen Stimme ein Hauch von Erotik versprüht. Die Scheinwerfer beginnen zu glimmen, gelbes und rotes Licht erhellt die kleine Bühne, wo ein Mädchen erscheint und im Kostüm einer Fledermaus zu tanzen beginnt. Durchaus ästhetisch, rhythmisch perfekt, die beherrschten Bewegungen geben den Eindruck einer klassischen Ausbildung. Plötzlich bin ich fixiert auf ihren perfekten Körper, der sich geschmeidig windet. Sie wirft sich in einem perfekten Spagat aufs Parkett, dreht sich über den Rücken, das Bein bis zum Zehenspitz in eine Gerade gestreckt, biegt sich durch, dass man Angst bekommt, sie könnte brechen, verleiht den Armen bis zu den Fingerspitzen Ausdruck, springt mit einer federnden Leichtigkeit auf und zerfließt sogleich wieder am Boden. Ich bin fasziniert und kann meinen Blick kaum abwenden, obwohl die beiden Typen sich einen Scheiß darum kümmern und die ganze Zeit laut reden und dazu höhnisch lachen. Dass sie sich dabei auszog und sie zum Schluss nur noch einen lächerlichen Slip trägt, habe ich beinahe nicht wahrgenommen. Ich applaudiere, wie auch etwa zehn andere Gäste, außer die zwei Idioten, die mit ihren Frauen beschäftigt zu sein scheinen.

Ich habe im Augenwinkel wahrgenommen, dass Charlotte es geschafft hat, in die Nähe dieser Typen zu kommen und sich mit einem dieser Arschlöcher abmüht. Er umarmt sie, dabei hat er seine dreckige Pfote auf ihrem Busen und mit der anderen Hand bemüht er sich um Zugang zu ihrer Muschi. Sie ziert sich, kann sich offensichtlich nur mit Mühe wehren, was ihn anzuspornen scheint. Dann passiert das, was einer Professionellen kaum in den Sinn kommen würde; Charlotte haut dem Kerl eine voll in die Fresse.

Was sich in der Folge ereignet, ist großes Kino.

Er ist nur kurz irritiert, dann übermannt ihn die Schmach von einer widerspenstigen Frau geschlagen worden zu sein und haut mit voller Wucht zurück. Für jede Frau hätte diese Ohrfeige eine ausgedehnte Bewusstlosigkeit bedeutet, aber nicht bei Charlotte. Sie kontert den Schlag mit einer sauberen Abwehr mit dem Unterarm, punktiert seine Niere in der Gegenbewegung und lässt einen schwungvollen Uppercut folgen, der ihm ins Land der Träume schickt.

Wie ein Luftballon, dem die Luft entweicht, sinkt er ins Polster, bleibt reglos liegen. Ich denke, das ging derart schnell und lautlos vor sich, dass die wenigsten der Gäste es mitbekommen haben. Einzig der andere Typ, der reagiert wie eine Tarantel unter Strom. Er springt auf, ein Messer glänzt in seiner Hand und will sich auf Charlotte stürzen, die sich in einer ungünstigen Haltung befindet, um sich gegen diesen Angriff zu wehren.

Da rufe ich laut: „Vergiss das, Arschloch, oder du bist tot."

Er zögert, blickt dann zu mir. Er atmet heftig, Adrenalin muss ihn gedopt haben, seine Augen sind unnatürlich groß und Geifer läuft ihm aus den Mundecken. Wie ein wildes Tier. Aber er sieht meine Pistole, die auf ihn zielt und kann die Folgen einschätzen, soviel Profi ist er.

Die Zeit scheint still zu stehen. Jetzt haben sämtliche Gäste und auch Carla etwas mitbekommen. Es herrscht Stille, außer Charles Aznavours aus den Lautsprechern, der vor Liebe sterben will.

Ich bewege mich langsam auf die Nische zu und befehle in einem ruhigen Ton: „Lass das Messer fallen und Hände hoch."

Seine Begleiterin, Susanne verdrückt sich in Panik, während Charlotte in der Handtasche kramt und einige Kabelbinder hervorzaubert.

„Hände auf den Rücken!", herrscht sie ihn an.

Dann haut es bei diesem Idioten eine Sicherung heraus. Mit einer blitzschnellen Bewegung aus dem Handgelenk wirft er das Messer in meine Richtung, verfehlt mich um ein Haar, aber nutz die Schrecksekunde für einen Gegenangriff. Der Typ ist gut. Wie eine Katze wirft er sich mir entgegen, schlägt mir die Pistole aus der Hand, rammt mir die Faust in den Bauch, dass mir kurz die Luft wegbleibt, stürmt zur Tür, reißt sie auf und verschwindet. Ich greife die Pistole, die weich auf einem Sofa gelandet ist und folge ihm.

Seine Schritte hallen laut in der Gasse. Ich grinse und beginne zu laufen. Locker, aber schnell, mit Reserve, damit ich noch zulegen kann, wenn es nötig würde. Ich finde schnell den Rhythmus. So könnte ich sehr lange durchhalten. Er rennt hinunter zum Rhein, wo kein Widerhall der Schritte mehr zu hören ist, dafür sehe ich seinen Schatten etwa fünfzig Meter vor mir. Ich erhöhe die Kadenz, nähere mich ihm bis auf zwanzig Meter, dann lasse ich den Abstand bestehen. Er rennt flussabwärts Richtung Deutschland, die Grenze ist allerdings noch gute zwei Kilometer entfernt. Ich stelle mir vor, wie es am Tag wäre, wenn die Rheinpromenade voller Passanten wäre, aber jetzt sind wir alleine. Wir durchfliegen wie Motten die Lichtinseln der Straßenlaternen.

Er mag sein Tempo halten, nur sein Tritt wird schwerfälliger, während ich langsam den Schwebezustand erreiche. Ich freue mich auf den Augenblick, wenn er aufgibt. Manchmal versucht er zurückzublicken, was mich jedes Mal etwas näherkommen lässt, aber er ist zäh.

Keine zehn Meter trennen uns, dann rufe ich: „Hei, wir können noch zwei Stunden rennen, kein Problem, ich werde nicht müde. Zudem habe ich eine Pistole. Also lass uns anhalten und wie Männer reden."

Keine Reaktion, nur stures Weiterrennen. Weit in der Ferne höre ich Polizeisirenen, also entscheide ich mich für die Notbremse, hebe die Pistole, bleibe stehen, ziele und schieße ihm in die Beine. Er knickt ein, fällt zu Boden wie ein nasser Sack, bleibt winselnd liegen.

Ich trete an ihn heran, schaue auf ihn nieder.

„Du wolltest es nicht anders, du Idiot. Jetzt wird sich die Polizei um dich kümmern. Wir hätten ganz normal miteinander reden können."

„Wer bist du?", presst er zwischen seinen schmerzverzehrten Lippen hervor.

„Ich bin dein lebender Albtraum. Du und deine beschissenen Freunde werden noch von mir hören. Ciao Arschloch."

Ich drehe mich um und verschwinde im Quartier, bevor die Einsatzfahrzeuge eintreffen.

44

Dejan zuckt zurück, als wäre er gegen eine Wand gelaufen, reißt seinen Arm in die Höhe und blockiert Porin, bevor dieser an ihm vorbeilaufen kann. Einen Wimpernschlag später wären sie von zwei Typen über den Haufen gerannt worden, die aus diesem Club stürzen, in den sie wollten, und wie Berserker die Gassen entlang sprinten. Offensichtlich verfolgt einer den anderen. Eine panikartige Flucht und ein entschlossenes Nachsetzen. Ihre Stakkato-Schritte hallen in der leeren Gasse wie ein Trommelwirbel. Eine Szene, die nur wenige Sekunde dauert und kaum sind sie aus dem Sichtfeld verschwunden, herrscht wieder unnatürlich schnell eine nächtliche Stille, als wäre nichts gewesen. Was war denn das?

Dejan weist Porin an, im Schatten zu bleiben, vielleicht war dies nicht das Ende der Auseinandersetzung, vielleicht kommt da noch was, und tatsächlich dauert es keine zwei Minuten und eine ferne Sirene ist zu vernehmen. Erst leise, schwierig zu sagen aus welcher Richtung sie ertönt, dann schwillt sie an und bevor die Streife in die Gasse einbiegt, pulsiert das blaue Blinklicht den Fassaden entlang, wie Blitze eines Gewitters. Die zwei ducken sich hinter den parkierten Autos, warten bis die Polizei vorbeigerast ist und spähen danach vorsichtig zum ,*Vesuvio'*. Der Wagen steht quer in der Gasse, drei Polizisten stürmen in den Club, während der vierte draußen absichert. Sekunden später erscheinen zwei Zivilpersonen, die den vierten Beamten kurz grüßen und anschließend auch den Club betreten.

Dejan wischt sich eine imaginäre Schweißperle von der Stirn, denn sie hatten Glück. Wären sie eine halbe Minute früher aufgetaucht, wären sie in eine Situation geraten, die sie auf jeden Fall hätten vermeiden wollen. Seit sie in der Stadt sind, konnten sie sich diskret ein Bild über die Szene machen, mit ihrem Kontakt sprechen und ihre Vorgehen planen. Punkt eins ihrer Planung wurde soeben durch einen Streit zweier Gäste auf später verschoben.

45

„Das ist nicht gut", murmelt Sternenberg, was bedeutet, dass er für seine Verhältnisse sehr aufgebracht ist. Vermutlich ist er mit einem erheblichen Teil seines Intellekts noch im Schlaf, woraus er mitten in der Nacht durch das aufdringliche Surren und Vibrieren des Telefons gerissen wurde. Er kratzt sich zuerst in den Haaren, dann an den Eiern und versucht jene kluge Entscheidung zu treffen, die von ihm erwartet wird.

„Buchtet den einen ein und bewacht den anderen im Krankenhaus. Ich bin am Montag um sieben im Büro, dann sehen wir weiter. Lass mich jetzt schlafen, sonst werde ich unausstehlich, das solltest du wissen."

Er drückt den Anruf weg, dreht sich im Bett und wäre sofort wieder eingeschlafen, hätte er nicht nochmals die Fakten, die ihm das verschlafene Gehör nur mit Verzögerung an den Verstand weiterleitete, realisiert. Er dreht sich wieder auf den Rücken, starrt an die Decke, die das unruhige Licht der Stadt reflektiert und überlegt. Ein Seitenblick auf den Wecker bestätigt Charlies Angabe, es ist fünfundzwanzig nach eins. Er setzt sich auf, macht Licht und greift zum Telefon. Es lässt ihm keine Ruhe.

„Charlie, nochmals langsam für jemanden im Tiefschlaf. Victor verfolgte diesen einen Typen, der später angeschossen aufgefunden wurde, zudem ist Victor verschwunden. Hast du ihn versucht anzurufen?"

„Aber sicher. Sein Handy ist ausgeschaltet."

„Und warst du bei ihm zuhause?"

„Nein, dazu fand ich bis jetzt die Zeit nicht."

„Dann wirst du das machen, sobald du die Zeit findest und fragst ihn, ob er geschossen hat. Und wenn er ja sagt, dann möchte ich ihn umgehend um elf Uhr in der Bar sehen, er weiß in welcher. Heute ist ja Samstag. Gib mir einfach mit einer SMS Bescheid. Ich kann es nicht dulden, dass in der Stadt herumgeballert wird. Gute Nacht Charlie und herzlichen Dank für deinen Einsatz."

„Schlaf gut, Chef."

Die restliche Nacht war nur ein unruhiges Dösen, mit kurzen wirren Träumen über unbeholfenen Sex mit Charlie. Seit er sie in diesem Kleid und den Stiefeln gesehen hat, will dieses Bild nicht mehr aus seinem Schädel. Ein Vorzeigebeispiel, wie die Kleidung einen Menschen verändern kann. Die burschikose Charlie zog sich immer sehr sportlich und genderneutral an, sicherlich aus praktischen Gründen trug sie Jeans oder Cargo-Hosen, manchmal figurbetonende T-Shirts, dafür lottrige Sweatshirts, immer Turnschuhe und meist große Parkas. Nur sehr dezent drangen ihre schlanke Figur, die wohlgeformten Brüste und der perfekte Arsch durch diese formlose Bekleidung. Und jetzt diese hocherotische Zurschaustellung all jener erahnten Vorzüge, dass Sternenberg nach den wirren Träumen der Nacht eine schmerzhaft harte Erektion plagt. Er hofft inständig, dass sie am Montag wieder in ihren asexuellen Kleidern zur Arbeit erscheint, ansonsten er um sich und seine Kollegen fürchten muss.

Er stellt sich unter die Dusche und befriedigt sich mit Charlies Bild vor Augen, ejakuliert aufs Heftigste und schämt sich anschließend, eine hochgeschätzte Kollegin als Wichsvorlage missbraucht zu haben. Er liebt die Samstage für ihre Zeitlosigkeit. Er verliert sich jedes Mal in alltäglichen Unwichtigkeiten, vertrödelt unnötig viel Zeit bei der Körperpflege, verändelt sich beim Studieren von Weinetiketten während dem Einkauf, putzt Fenster, obwohl anderes viel schmutziger wäre, poliert Silberbesteck, welches er nie braucht oder liest sämtliche Todesanzeigen in der Zeitung. Er hat schon darüber nachgedacht, sich ein Auto anzuschaffen, damit er am Samstag dieses Auto waschen könnte. Genau solche Sinnlosigkeiten schenken ihm die größtmögliche Erholung, auch wenn er sich manchmal fragt, ob es nicht sinnvoller wäre die Freizeit sinnerfüllt zu nutzen. Zum Beispiel mit...äh..., und da will ihm nichts einfallen, außer Sport, aber das ist ein anderes Thema.

Er stellt sich auf die Waage und nimmt befriedigt zur Kenntnis, über sehr gute Gene verfügen zu müssen, wenn er trotz seinem ungesunden Ess- und Trinkverhalten, seinem unregelmäßigen Lebenswandel und dem äußerst kleinen Wenig an Sport im Polizei-Turnverein immer noch über einen perfekten BMI verfügt. So pflegt er sich überbordend mit Mani- und Pedicure, rasiert sich penibel genau, cremt seinen ganzen Körper ein, zupft sich die Wimpern, sucht die längste Zeit nach verdächtigen Veränderungen in der Haut, nach neuen Falten und neuen grauen Haaren. Zu guter Letzt parfümiert er sich und kleidet sich sportlich-elegant an. Jeans, feinkariertes, hellblaues Hemd, grauer Tweed-Veston mit ledernen Ellenbogenschonern und hellbraunen Schnürstiefel.

Ein Blick auf sein Handy zeigt eine SMS von Charlie, welches er öffnet und liest, dass er um elf von Victor in der Bar erwartet wird. Victor habe geschossen. Darauf folgen unzählige Ausrufezeichen.

Das hat er vermutet, besser gesagt, befürchtet. Also macht er sich auf den Weg zu Fuß durch die Stadt, bleibt an der Auslage eines Buchladens hängen und will bereits eintreten, wie er sich zum Weitergehen zwingt, damit er pünktlich in der Bar erscheinen wird. Ich sitze bereits in einer Nische, vor mir ein Espressotässchen und ein Glas Wasser.

„Guten Morgen, Matthias."

„Guten Morgen, Victor. Ausgeschlafen?"

„Du wirst es nicht glauben, aber ich habe vorzüglich geschlafen, vielleicht war die Nacht etwas kurz, aber sie war erholsam. Und du?"

„Naja, sie war unruhig, geprägt von dienstlichen Telefonaten, trotzdem bin ich zufrieden, abgesehen von der Tatsache, dass du es nicht lassen konntest, diesem Arschloch ins Bein zu schießen. War das wirklich nötig?"

Ich kann Sternenbergs stoische Ruhe noch nicht einschätzen, dafür kenne ich ihn nicht gut genug, darum zögere ich mit einer zynischen Antwort einen Moment.

„Ja, es war nötig. Abgesehen, dass der sich wie ein arrogantes Schwein benommen hat, ist er gefährlich, wie eine Giftschlange. Wie hätte ich ihn sonst aufhalten sollen? So ein kleiner Steckschuss in der Wade wird ihn nicht umbringen."

Sternenberg nickt anerkennend und bestellt beim Wirt, der soeben an den Tisch tritt, ein Guinness.

„Ich wusste nichts von einer Waffe in deinem Besitz."

„Die ist auch nicht registriert und erscheint nicht in eurem Register. Erst jetzt gibt es ballistische Informationen dazu, welche sich allerdings nicht zuordnen lassen."

Sternenberg denkt nach und sagt dann: „Gut, betrachten wir diesen Schuss als einen einmaligen Ausdruck deines Zorns gegenüber diesen Typen. Ich weiß von nichts. Sollte allerdings ein zweites Projektil aus deiner Waffe auftauchen, egal in welchem Gewebeteil eines verachtungswürdigen Menschen, werde ich dich zur Verantwortung ziehen. Du bist nicht die Polizei, du hast kein Recht zu richten, vergiss das nicht. Das ist ein Rechtsgrundsatz. Selbst wir dürfen nicht richten, wir dürfen nur in einem klar definierten Notfall von der Waffe Gebrauch machen. Ist das klar?"

Ich kann mein zynisches Grinsen nicht ganz unterbinden und wäre es nicht Matthias, der mir gegenübersitzt, so wäre ich jetzt einfach wortlos davongelaufen.

„Das war mir schon immer klar, nur interessiert es mich nicht. Matthias, ihr wolltet diese Kooperation, also müsst ihr auch damit leben, dass ihr mit einem Verbrecher zusammenarbeitet. Wenn man sich einen Hund zutut, dann besteht immer die Gefahr, dass er einmal in die Wohnung scheißt."

„Schöner Vergleich, muss schon sagen. Du bist schlau, du weißt, meine persönlichen Sympathien sind bei dir, wogegen meine Pflicht an einem ganz anderen Ort angesiedelt ist. Strenggenommen, müsste ich dich verhaften, ob dies gerecht wäre oder nicht, aber du kannst dich auf mich verlassen, ich werde den Mund halten. In einem gewissen Sinne mache ich mich strafbar, also missbrauche mein Vertrauen nicht."

Ich bewundere Sternenberg, der mit meiner Person ungemein viel riskiert, trotzdem seelenruhig hier sitzt, dabei genüsslich sein Guinness schlürft. Beinahe bedaure ich es, ihn enttäuscht zu haben und weiterhin enttäuschen zu müssen. Klar sind auch meine persönlichen Sympathien bei ihm und auch bei Charlie, nur ist es für mich eine Abwägung der Interessen, die mich meinen eigenen Weg gehen lassen.

„Du kanntest von Beginn unserer Kooperation weg meinen Zorn und meinen Schmerz. Ich habe alles verloren, nicht du, ich kämpfe um meine Existenz, nicht du, ich sinne auch Rache, weil meine Alexa auf schreckliche Weise ermordet wurde, nicht du. Du hast all diese Aspekte außer Acht gelassen, wenn du behauptest, ich würde dein Vertrauen missbrauchen."

Wie ich den Namen ‚Alexa' ausspreche, durchströmt mich bittere Galle.

„Wahre Worte, denen ich nichts entgegen zu setzen habe", gibt er zu und wischt sich den rahmigen Schaum von der Oberlippe. „Was mich allerdings nicht von meiner Pflicht entbindet. Ich denke, du solltest uns zutrauen, den Fall zu lösen."

„Damit willst du mir sagen, ihr braucht einzig einen netten, teamfähigen Mitarbeiter, der auf den Busch klopft, bis das Ungeziefer aus dem Geäst fällt, damit ihr es aufsammeln könnt."

„Wieso nicht? Deine Belohnung ist die Gerechtigkeit. Das garantiere ich dir."

„Ach, komm hör doch auf mit deinen leeren Worthülsen, du bist doch kein Politiker. Es gibt keine Garantie. Nie und nimmer. Ihre habt immer noch keine Gewissheit, was hier abgeht, vielleicht eine Ahnung, aber auf jeden Fall bekommt man den Eindruck, als wäre diese Geschichte eine Nummer zu groß für diese kleine Stadt."

„Komm, beruhige dich. Auch wenn du es nicht glaubst, ich kann deine Argumente sehr wohl nachvollziehen, aber wir leben nun mal in einem Rechtsstaat, der für solch ein Denken und Handeln keinen Raum lässt. Ich decke dir den Rücken, außer du tickst komplett aus."

Ich versuche in seinem Gesicht zu lesen, was mir nicht gelingt, derart gelangweilt sitzt er vor seinem Bier und starrt in das mittlerweile leere Glas. Was habe ich auch von diesem Treffen erwartet? Kaum eine freudiges Schulterklopfen und ein ‚Hei, dem hast es aber gegeben!'. Trotz allem hat er Eier in der Hose, getraut sich das Risiko mit mir einzugehen, sich nach dieser Nacht mit mir an den Tisch zu setzten und über das Gut und das Schlecht zu reden. Respekt!

Es bleibt nicht mehr viel zu sagen, darum unser Schweigen.

„Dann mach ich mich vom Acker", sage ich und schiebe eine Note unter das Wasserglas. „Meldet euch bei mir, wenn ich behilflich sein kann. Ciao Matthias."

Ich stehe auf, ziehe meinen Mantel an.

„Danke, Victor. Einen schönen Tag noch. Ciao."

46

Er flucht leise vor sich hin, pendelt durch das Hotelzimmer, als wäre er ein eingesperrter Bär, dem seine engbemessene Welt viel zu klein ist. Kaum übernimmt er die Verantwortung, wird ihr Plan zur Makulatur. Ihr Kontakt hat ihnen genau diese zwei Idioten zum Ziel gegeben, welche ausgerechnet letzte Nacht verhaftet, respektive angeschossen wurden. Und jetzt? Er ist verzweifelt, denn es wird den großen Boss kaum interessieren, warum sie ihr Ziel nicht erreicht haben. Einzig Resultate sind gefragt.

Porins Blicke haben sich längst von Dejan abgewendet, können dessen rastloses Hin und Her nicht mehr länger ertragen. Selbst wenn er nur ein Handlanger am unteren Ende der Hierarchie ist, nur gewohnt ist, Befehle auszuführen, sieht er keineswegs ein Scheitern ihrer Mission, aber er wird sich hüten, Ratschläge oder Trost zu äußern. Demütig blättert er in einer Broschüre für Touristen, wundert sich über Sehenswürdigkeiten, die ihm die Reise nicht wert wären, hofft, dass sich Dejan endlich beruhigt, damit sie endlich etwas essen gehen könnten. Er hat einen grässlichen Hunger.

Nach anfänglichen Erfolgen, ja, von dem Clan euphorisch bejubelten Taten, sollten sie nicht in ein Jammern verfallen, sondern geduldig auf ihre nächste Gelegenheit warten. Da werden sehr schnell neue Krieger in die Bresche dieser Versager springen, nicht weniger gefährlich, dafür umso aufmerksamer. Er ist sich sicher, dass bereits die nächste Nacht die Möglichkeit eröffnet, ihre Aufgabe zu erledigen. Sie müssen nur von ihrem Kontakt die richtigen Informationen erhalten. Also Geduld, Zuversicht und vor allem Ruhe bewahren.

Dejans Handy summt leise, er nimmt den Anruf entgegen und hört erst lange konzentriert zu, nickt dabei, als wäre er mit allem einverstanden, verzieht manchmal den

Mund zu einem schmerzverzerrten Gesicht, beginnt wieder das Zimmer zu vermessen und wiederholt zum Schluss die Anweisungen, um zu zeigen, dass er alles verstanden hat. Er verabschiedet sich überhöflich, beinahe devot, drückt erst nach weiteren Dankeshymnen und Grüßen die Verbindung weg.

Porin konnte bei der Wiederholung der Anweisungen alles mitverfolgen, darum stelle er keine Fragen, sondern ist sich bewusst, was zu tun ist. Ihm soll es recht sein, wenn sie heute Abend ihren Auftrag erledigen können, ihm gefällt dieses Leben, eingeschlossen in einem Hotelzimmer, gar nicht. Wie eine Gefängniszelle mit Fernsehprogrammen, die er nicht versteht, Zeitungen, die er nicht lesen kann, selbst wenn er lesen könnte, einfach nichts, was ihn ablenken und aufheitern könnte, mit Ausnahme von Tetris auf dem Handy.

Dejan scheint vertieft in die Planung der Nacht zu sein, warum sonst sollte er sich Notizen und Skizzen machen, statt mit ihm essen zu gehen. Porin hat Geduld, ist ein dankbarer Komplize, einer, der seit seiner jüngsten Kindheit alles Schreckliche erlebt hat, was ein Mensch erleben kann. Er überlebt als einziger seiner Familie die Rache der Muslime, die wiederum Opfer des Massakers von Srebrenica wurden. Ein sinnloses, gegenseitiges Abschlachten mit barbarischen Ritualen, denn seiner Familie wurde ausnahmslos das Herz aus dem Leib geschnitten und verbrannt. Er musste als Achtjähriger helfen seine Familie zu begraben, dann gaben sie ihm ein Messer und eine Pistole, im Fall ihm Muslime über den Weg laufen sollten. Seither ist es seine heilige Pflicht im Namen seiner Familie, aber auch im Namen des Clans den heiligen Kampf gegen die Albaner zu führen. Es ist seine Berufung, denn er hat nie die Schule besucht, kann nicht lesen, schreiben und rechnen, aber er kann töten. Er betrachtet seine Aufgabe als ehrenhaft und notwendig, hat dabei keinerlei Skrupel, Bedenken oder Erbarmen, es macht für ihn keinen Unterschied, eine Fliege an der Wand zu zerklatschen oder einem Menschen ins Gesicht zu schießen. Man nennt ihn ‚die Katze‘, nicht weil er lautlos und geschmeidig wäre, nein, weil er mindestens fünf der sieben Leben schon aufgebraucht hat.

Endlich macht Dejan den Anschein, als hätte er sich genügend mit der Planung beschäftigt, räumt sein Notizbuch und das Schreibzeug zur Seite und meint, dass es an der Zeit wäre, etwas Kleines essen zu gehen. Porin macht sein nichtssagendes Gesicht mit den toten Augen, das heißt, er ist begeistert.

47

Beim Erwachen, am späten Morgen, fühlt sie immer noch das Adrenalin in ihren Adern, als wäre sie gedopt. Die Nacht war lang, erst um sechs Uhr in der Früh fiel sie schwerfällig ins Bett, was Pablo nur mit einem kurzen Grunzen zur Kenntnis nahm, sie brauchte allerdings eine gefühlte Ewigkeit um einschlafen zu können. Jetzt ist es Viertel vor zwölf und Pablo, das faule Stück, liegt immer noch schlafend neben ihr. Sie dreht sich zu ihm, greift zwischen seine Beine und fühlt einen halbharten Schwanz, den sie gerne in ihrer Möse hätte. Er räkelt sich, dehnt sich, während sie sorgfältig die Vorhaut zurückzieht und die Eichel zu streicheln beginnt. Er mag den sanften Morgensex, der zärtlich und unaufgeregt dem frischen Tag eine erotische Note verleiht, ohne in ein wildes Kopulieren verfallen zu müssen. Er wälzt sich nach einer längeren Aufwärmphase schwerfällig zwischen ihre gespreizten Beine, saugt kurz an ihren Brustwarzen, die schnell hart werden und stößt dann in ihre Spalte, die ihn nass und gierig hineingleiten lässt. Es ist eine kurze, aber intensive Lust, die sich nach wenigen Minuten in einem dezent gestöhnten Orgasmus befreit. So bleiben sie liegen, bis sich ihr Atem wieder auf die normale Frequenz eingependelt hat, dann gehen sie duschen und versuchen beim Frühstück ein gemeinsames Programm für den Samstag zu finden. Das ist nicht einfach, vor allem, wenn sie die Idee hat, sich in der Stadt neue Kleider zu kaufen. Ein fürchterlich banaler Akt, dem ein Intellektueller wie Pablo nichts abgewinnen kann. Sie möchte sich umsehen, ob es Alternativen zu Jeans und Pullover gäbe. Pablo, meist entrückt in seiner eigenen Welt, kommt es nicht einmal in den Sinn, zu fragen, warum sie letzte Nacht so aufreizend weiblich auftreten musste. Ihm reicht es, wenn er sie einige Male die Woche nackt im Bett sieht, dazu benötigt er an ihr nicht einmal sinnliche

Unterwäsche. Erotik stellt er auf dieselbe Ebene wie Ficken, da braucht es keine zusätzlichen Reize, weder Spitzen, Strapsen, Leder, noch einen vielversprechenden Einblick, weder die Betonung der Hüften oder der Brüste, noch das Versprechen eines kurzen Saums, schon gar nicht irgendwelche Spielzeuge und spezielle Praktiken. Rein und raus, das ist das altbewährte Rezept, was Charlottes quantitatives Bedürfnis knapp decken mag, aber nie die überschäumende Freude aufkommen lässt. Besser viel Mittelmaß als gar nichts, sagt sie sich nach jedem Orgasmus.

Er findet eine laue Ausrede, um bei ihrem Kaufrausch nicht dabei sein zu müssen, was sie unaufgeregt und ohne jegliche Verwunderung zur Kenntnis nimmt. Nach dem Frühstück versuchen sie sich eine Stunde dem Haushalt zu widmen, damit sie über die Unordnung nicht die Kontrolle verlieren, dann verabschiedet sie sich von ihm mit einem zärtlichen Kuss bis zum Nachtessen, zu welchem sie sich um neunzehn Uhr in einem kleinen Restaurant an der Rheinpromenade treffen werden.

Am liebsten wäre sie wieder in die Boutique gegangen, in welcher sie Victor eingekleidet hat, nur würde dies ihr Bankkonto nicht zulassen. Zu diesem Thema schwelt ein schlechtes Gewissen in ihr, denn entgegen sämtlicher Vorschriften ließ sie sich diese Garderobe von Victor bezahlen, was sie allerdings keinesfalls zulassen wollte und dezidiert versprach, später den Betrag zurückzuzahlen, was er wiederum mit einer großzügigen Geste wegwischte. Es waren immerhin viertausenzweihundert Franken. Das ginge schlichtweg als Korruption durch, auch wenn sie diese Sachen zur Arbeit getragen hat. Gäbe sie ihm alles zurück, dann wäre es nur ein simples Ausleihen gewesen. Gute Idee!

Sie kramt das Handy aus der Hosentasche und drückt Victors Kurzwahl.

„Hei Victor, Charlotte hier.", begrüßt sie mich fröhlich. Gut geschlafen?"

„Ciao Charlotte, ganz ordentlich, vielleicht etwas kurz.

Und du?"

„Ich bin mir lange Nächte und kurze Tage gewohnt."

„Du, darf ich dir diese Kleider, die du mir für gestern Nacht gekauft hast, zurückbringen? Wärst du heute Nachmittag zu Hause?"

Ich benötige einen Anlauf, bis ich den Sinn ihrer Worte begreife, denn ich hatte diese Klamotten bereits wieder vergessen. Dass sie mir in der Aufregung versprach, den Kaufbetrag später zurückzuerstatten, war für mich gar kein Thema, im Gegenteil. Ich empfände es als einen Affront, wenn man derart kleinlich auf die Saldierung einer Schuld aus wäre, wenn es in dessen Zusammenhang um weit wichtigere Dinge geht, als um einige tausend Franken. Ich habe längst nicht mehr an diesen Betrag gedacht, aber bei der Frage, warum sie mir diese Kleider zurückgeben will, fällt es mir wie Schuppen von den Augen. Das darf sie nicht annehmen, sie ist eine Beamtin.

„Ich werde zu Hause sein. Sagen wir in einer Stunde?"

„Perfekt. Ich werde da sein."

„Charlotte, darf ich dir einen Vorschlag zur Güte machen? Ich bin mir bewusst, was solche Geschenke für Beamte bedeuten. Machen wir doch aus einem Geschenk einen Gelegenheitskauf. Zu zahlst mir zweihundert Franken für ein gebrauchtes Ensemble und es gehört dir. Ich stelle dir eine Quittung über diesen Betrag aus und beziehe mich im Text auf gebrauchte Kleider. Da kann uns niemand an den Karren fahren. He?"

„Schlauer Scheißkerl!"

Sie lacht leise vor sich hin und schüttelt ungläubig den Kopf, während sie mich wegdrückt.

Wie ich sie in die Wohnung bitte, in ihrer altgewohnten Unscheinbarkeit, bin ich dessen sehr dankbar, würde mich doch die verführerisch gekleidete Variante dieser Frau nur unnötig reizen. Es genügte dieser halbe Nachmittag in der Boutique von Sophie, wo ich in beratender Funktion ihre

Metamorphose quasi hautnah miterleben durfte. Aus einer Polizistin wurde eine Frau, das nicht despektierlich gemeint, schließlich war sie von Grund auf eine Frau, aber ihre Erscheinung gewann während diesen zwei Stunden die verdiente Weiblichkeit. Was mich damals am meisten imponierte, war ihre natürliche Schönheit und ihre lockere Wandlungsfähigkeit. Sie wirkte keinen Moment verkleidet, trug die Eleganz mit einer wunderbaren Selbstverständlichkeit und betonte dabei ihre Sexualität ohne aufgesetzt zu wirken. Solch ein Mädchen hätte er vom Fleck weg eingestellt, überzeugt von ihrem durchschlagenden Erfolg bei Männern. Aber sie ist nicht mein Mädchen, darum bin ich erleichtert über ihre saloppe Bekleidung.

„Ein Glas Champagner?", frage ich.

„Oh, welch verführerisches Angebot. Doch, ich nehme gerne ein Glas."

Ich bitte sie Platz zu nehmen, reiche eilig eine Flasche aus dem Kühlschrank und entkorke sie fachgerecht.

„Auf dem Tisch liegt die Quittung. Ich würde dich am liebsten bitten diese zweihundert Franken zu behalten und damit schöne Unterwäsche zu kaufen, aber ich könnte mir vorstellen, dass du dich empört dagegen auflehnen wirst."

„Ich merke, du bist es gewohnt mit Geld die Frauen zu kaufen oder zu verkaufen. Danke für das Angebot, aber ich werde mir diese Unterwäsche von jenem Geld kaufen, welches ich bei diesem Schnäppchen eingespart habe. Trage ich dann diesen spitzenverzierten Büstenhalter oder den seidenen String, werde ich dafür an dich denken."

Ich stelle zwei gefüllte Gläser auf den Salontisch und setze mich ans andere Ende des Sofas. Ich versuche ein möglichst desinteressiertes Gesicht zu machen, während wir anstoßen.

„Charlotte, du flirtest mit einem Scheißkerl. Pass auf!"

Ihr Blick zeigt eine kurze Unsicherheit, aber trotzig stellt sie sich mir entgegen. Sie kann nicht anderes, sie ist eine neugierige und provokative Frau, weshalb sie auch Polizistin geworden ist. Sie liebt ein gewisses Risiko, das Unbekannte, die Gefahr, die Herausforderung und die Auseinandersetzung mit dem Bösen, auch wenn dies allzu sehr nach verklärter Abenteuerlust und pubertärer Pfadfinder-Romantik schreit. Sternenberg hat ihre Unbekümmertheit seit jeher bewundert, auch dann, wen sie beinahe leichtsinnig schien und zu große Risiken einging. Bei einem Mann fällt dies weniger auf, als bei einer Frau.

„Victor, das ist gut möglich. Dummerweise stehe ich auf Scheißkerle, aber in Anbetracht unserer Kooperation werde ich mich zusammenreißen und nicht mit dir vögeln."

„Oh, du bist selbstbewusst und gehst von meinem Verlangen nach deinem Körper aus."

„Ja, seit ich gesehen habe, wie deine Blick mich bei der Anprobe in der Boutique verschlungen haben, bin ich durchaus überzeugt, dass du mich liebend gerne vögeln möchtest."

„Wunderbar. Ich liebe solche Frauen wie dich. Wären wir zwischen den Geschlechtern doch immer so ehrlich zueinander, dann gäbe es wohl das Genderproblem gar nicht. Natürlich wünschte ich mir, dir die Kleider vom Leib zu reißen, um mit dir den Rausch der Lust zu erleben, um von Sinnen über dich herzufallen, bis wir ermattet und kurzatmig liegen bleiben, wie Tiere. Aber das kommt nicht in Frage. Du bist Polizistin und ich bin ein Verbrecher. So einfach ist die Sachlage."

Ihr Blick flackert nicht mehr vor Unsicherheit, vielmehr vor Verlangen. Sie nimmt einen beherrschten Schluck aus ihrem Glas, stellt es wieder auf den Tisch und versucht sich zu beruhigen, wie auch ich mich versuche zu beruhigen.

„Du solltest nicht so mit mir reden. Du spielst mit mir. Das ist nicht fair."

„Ja, das ist nicht fair, da hast du recht. Ich habe ein verflucht beschissenes Liebesleben, eigentlich keines, wenn man es genau nimmt und dann kommst du. Kannst du dir vorstellen, was du bei einem Mann auslöst? Ich bin der ultimative Fachmann, was Liebe und Sex anbelangt, aber selbst habe ich ein einziges Trümmerfeld in meinem Beziehungsleben. Das ist eine etwas traurige Tatsache. Punkt. Schluss."

Sie schaut mich entgeistert an, als hätte ich ihr soeben meine homosexuelle Beziehung zum Papst gebeichtet.

„Komm, lass uns diesen Nachmittag unbeschwert genießen und vergessen wir unsere verkorkste Situation. Hast du noch etwas vor, oder wollen wir uns gepflegt betrinken?"

Sie löst sich langsam aus ihrer Starre und beginnt zu lachen, immer lauter, bis auch ich mich dessen nicht verwehren kann.

„Oh Victor, was für ein sehr spezieller Mensch du bist", sagt sie und trocknet sich eine Träne aus dem Augenwinkel. „Du könntest mich jetzt haben, aber verzichtest darauf, weil ich das Gute bin und du das Böse bist. Wie edel. Entschuldige, du darfst das nicht falsch auffassen, es ist für mich eine bewundernswerte Konsequenz, die ich bis jetzt noch nie erfahren habe. Ich habe großen Respekt. Ich würde mich gerne deinem Vorschlag anschließen und freue mich auf ein gepflegtes Besäufnis."

48

Was sich während den letzten Tagen in dieser Stadt entwickelte, ist am besten mit einem Schwelbrand zu vergleichen. Es tobt kein offenes Feuer, nirgends lodern Flammen, die gnadenlos alles zu Asche verwandeln, was sich in der Windrichtung als brennbar erweist. Tief unter den mächtigen Schichten der moralisch gesunden Gesellschaft hat sich eine Glut entzündet, deren Hitze an der Oberfläche gut zu spüren ist, aber deren Ausdehnung und Ursache man nur erahnen kann. Nichts ist schwieriger zu löschen, denn ein unterirdischer Schwelbrand, fragen sie einen Feuerwehrmann. Man könnte Unmengen von Wasser in den Boden pumpen, mit dem Risiko, den Untergrund auszuspülen und neue Schäden zu provozieren. Man könnte auch die Sauerstoffzufuhr unterbinden. Aber niemand kennt die verschlungenen Wege, die den Sauerstoff in den Boden bringen. Warum nicht den Boden öffnen, damit der Schwelbrand zum kommunen Brand wird, der sich in der Folge konventionell löschen lässt. Aber welche Schäden würde das Öffnen des Bodens mit sich bringen? Vielleicht wäre es das Beste, gar nichts zu unternehmen, das Problem würde sich mit der Zeit von selbst erledigen, spätestens dann, wenn der Schwelbrand keine Nahrung mehr fände.

Treffender Vergleich, ich muss sagen. Selbst ich, der sich in den unteren Schichten der Gesellschaft auszukennen meint, ahnt eine mögliche Brandursache, bin mir aber dessen ganz und gar nicht sicher. Jetzt, wo es zu spät ist, würde ich viel dafür geben, zu wissen, was für eine Scheiße hier abläuft. Aber vielleicht ist diese Stadt nur ein Rädchen in einem riesigen Getriebe der Drogen- und Prostitutionsmaschinerie. Vielleicht bin ich nur eine kleine Unterlagscheibe unter einer Schraube in einem Flansch zu einem kleinen Nebengetriebe, angedockt am diesen mächtigen Hauptgetriebe. In meiner Funktion unbedeutend, aber ein Sicherheitsrisiko, da ich unvermittelt brechen könnte, durch die permanente Belastung, durch die dauernden Vibrationen und Temperaturschwankungen. Ich war eine mechanische Komponente, welche man austauschen wollte, bevor sie bricht. Ganz einfach, so zumindest reime ich mir meine aktuelle Situation in dieser Stadt zusammen.

Mein Zorn und meine Trauer wollen sich dieser Einsicht nicht ergeben. Sie nagen unentwegt an meinen Eingeweiden, lassen mich nicht zur Ruhe kommen, nähren dauernd meinen Vergeltungsdrang und schwächen fortschreitend meine Vernunft.

Hätte ich doch Charlotte an diesem Samstagnachmittag die Kleider vom Leib gerissen, hätte ich sie doch mit allen Sinnen und voller Lust geliebt, hätte ich sie dann doch zum Abschied liebevoll geküsst und hätte ich zum Schluss doch einen Abgang durch den Lieferanteneingang gemacht. Mit meinem Geld hätte ich mir in Südfrankreich ein problemfreies Leben einrichten können. Vielleicht habe ich an diesem Nachmittag den Absprung verpasst. Gut möglich, denn im Nachhinein ist man immer gescheiter.

So habe ich an diesen Nachmittag nicht mit Charlotte geschlafen, habe mit ihr dafür zwei Flaschen Bollinger geleert und wir sind im Anschluss für sie Kleider kaufen gegangen. Sie hat alles selbst bezahlt, hat mir nebenbei die zweihundert Franken zugesteckt und ich muss zugeben, es war einer der besten Samstagnachmittage in meinem Leben. Ich habe sie dann um neunzehn Uhr ihrem verblüfften Pablo übergeben, dem ich viel Vergnügen mit seiner besoffenen Freundin wünschte, bevor ich davontorkelte und zu Hause, ohne mich auszuziehen, einem komatösen Schlaf verfiel.

Warum ich um Mitternacht aus dem Schlaf hochschrecke, kann ich nicht sagen. Ist es mein verschobener Lebensrhythmus, der sich weigert, mich vor Mitternacht schlafen zu lassen? Verflucht, ich hatte schon wieder zu viel getrunken. Trotz der Eintrübung meiner Sinne, erinnere ich mich sofort an den Nachmittag mit Charlotte, der in meinem Lebensbuch eine ganze Seite einnehmen wird. Es war ja nicht bei diesen beiden Flasche Champagner geblieben, aber darüber will ich jetzt nicht nachdenken.

Samstag Mitternacht, und ich liege angezogen im Bett. Toll! Ich quäle mich ins Badezimmer, lasse kaltes Wasser über meinen Schädel laufen, minutenlang, bis es ganz kalt kommt, bis ich ganz langsam wieder zu mir komme. Ich mache mich frisch, ziehe eine graue Jeans und ein weißes Hemd an, dazu eine schmale, schwarze Krawatte, den Holster mit der PPK, ein schwarzes Veston, darüber den Mantel mit Schal, zuletzt die Schiebermütze.

Ich verlasse das Haus ohne Lotus, ohne Ziel, ohne Idee, lasse mich von meinem Instinkt leiten, gebe mich auf die Suche nach dem Schwelbrand. Ich schlendere durch alle Gassen, die ich kenne, in denen vielleicht mit etwas Glück ein Hinweis auf ein unterirdisches Glutnest zu finden wäre. Ich begegne unzähligen Menschen, die ich kenne, die mich freundschaftlich grüßen, die ein unbedeutender Teil meines Lebens sind, ungefähr so wie ich, eine kleine Unterlagscheibe im kleinen Nebengetriebe, die aber kaum für den Schwelbrand verantwortlich sein können. Provinzielle Harmlosigkeit, einzig einige ernste Blicke geben zu verstehen, dass sie von meinem Desaster wissen und ein klein wenig mehr Kenntnisse haben wie andere.

Wie ich zum ‚Vesuvio’ komme, stelle ich erstaunt fest, dass es geöffnet und nicht versiegelt ist, nachdem doch hier vor etwa vierundzwanzig Stunden erst ein Verbrechen stattgefunden hat. Ich schmunzle über meine kindlichen Überlegungen und trete ein.

Ich habe das leise Gefühl nicht willkommen zu sein, warum sonst sollte mich Carla entgeistert anstarren, wie ich an der Bar einen Espresso bestelle.

„Scheiße, Vic, muss ich mir Sorgen machen?“, raunt sie mir zu.

„Wieso? Weil ich um diese Zeit einen Espresso bestelle?“

„Idiot! Weil du diesem Arschloch ins Bein geschossen hast und die Polizei offiziell den Schützen sucht. Verdammt nochmal!", flucht sie mir leise ins Ohr und lächelt dabei einem Gast zu.

„Woher weißt du, dass ich diesem Typen eine Kugel verpasst habe?"

Sie löst sich von mir, damit sie ein Bier zapfen kann, welches ein Gast an der Bar bestellt hat, kommt aber sogleich wieder zurück.

„Ich kann eins und eins zusammenzählen. Der rennt hier raus, du wie der Blitz hinterher, dann dieses Theater hier drin und heute in den Nachrichten der Bericht über einen angeschossenen Albaner. Ich bin doch nicht doof."

„Logisch. Entschuldige, ich habe bereits etwas über den Durst getrunken und mein Gehirn bringt zurzeit nicht seine volle Leistung."

„Übrigens, schau nicht gleich hin, aber in derselben Nische, in der ihr gestern gesessen habt, lümmelt sich ein neuer Anzugsträger herum. Er ist allein, sitzt götzengleich da, nippt an seinem Tonicwater und beobachtet, was so geschieht. Ich denke sein Blick brennt dir bald ein Loch in den Rücken."

Carla hat keine Zeit für Geschwätz, ein Mädchen hat einen älteren Gast zu einer Flasche Champagner überredet, der sofort und mit ihrer so bewundernswerten Eleganz serviert werden muss. Immer ein kleines Schauspiel.

Unterdessen frage ich mich, weshalb die Albaner so eine aufdringliche Präsenz markieren müssen und dies vermutlich nicht nur in diesem Lokal. Es kommt mir vor, als würden sie Wache schieben. Jahrelang hatten sie sich im Hintergrund gehalten, obwohl sie die ganze Zeit die Zügel in Händen hielten und höchst selten eingreifen mussten. Es ist ein Zeichen von Unruhe und Angst. Kein Wunder, die Signale waren deutlich und drastisch. Ich bin immer mehr von einem Krieg zweier Clans überzeugt. Serben und Albaner, da braucht nur ein Funken zu fliegen und der

Sprengstoff explodiert sogleich. Ein Fall wie die Palästinenser und die Israeli oder die Hutu und die Tutsi. Es gibt Völker, die können sich gegenseitig nicht ertragen und werden nie friedlich zusammenleben können. Nur schlecht, wenn sie ihre Konflikte in die Welt hinaustragen, wo sie Unschuldige tangieren, die mit diesem mittelalterlichem Reviergehabe nichts am Hut haben.

Ich hieve mich von meinem Barhocker und geselle mich zu dem Anzugsträger in die Nische. Er schaut mich abschätzig an, wie Ungeziefer, das sich in die Nähe wagt und er überlegt, ob er es aus Ekel zertreten soll.

„Gestattet?", frage ich äußerst freundlich mit einem schleimigen Lächeln auf den Lippen.

„Nein, ist besetzt!", bellt er unhöflich zurück.

Ich setze mich trotzdem und kann dabei im Augenwinkel beobachten, wie Carla nervös zu uns schaut.

„Hast du Scheiße in Ohren?", fragt er mich.

„Nein, aber ich möchte mit dir reden."

„Aber ich nicht mit dir."

„Ich bin überzeugt, du wirst mir sehr interessiert zuhören, wenn ich dir erzähle, wie ich gestern deinen Freund über den Haufen geschossen habe."

Er lässt die Hand in seine Jackentasche gleiten und ich öffne mein Veston, dass er den Holster sieht.

„Ganz ruhig, dann wird nichts passieren und wir beide werden später dieses Lokal verlassen und froh sein, miteinander gesprochen zu haben. Eine Frage. Kennst du mich?"

„Ja, du bist Victor Grober, kleiner Dealer und Zuhälter, ein unbedeutender Wurm."

„Sehr gut, treffend beschrieben, obwohl die Begriffe Dealer und Zuhälter nicht mehr ganz aktuell sind. Eines meiner Mädchen wurde ermordet, die anderen Mädchen sind weg und mein Kokainlieferant ist abgehauen. Verstehst du?"

Ihm ist diese Situation sichtlich unangenehm. Er versucht unbeteiligt zu wirken, sucht im Polster eine bequemere Stellung und sein Hemdkragen ist ihm zu eng. Er ist jung, athletisch, keine dreißig Jahre alt, mit einem kahlgeschorenen Vierkantschädel, breitem Kiefer, ausufernden Augenbrauen und einem schmallippigen, harten Mund. Eine seelenlose Kriegsmaschine, mit kalten Augen, die unangenehm berührt meinem Blick ausweichen. Er schweigt.

„Ich erzähle dir das, weil ihr wissen solltet, dass ich die Grundlage meiner Existenz verloren habe und dass ich nichts mehr zu verlieren habe. Und ich erzähle dir das, damit ihr wisst, dass ich sehr wütend bin."

Ich lasse meine Worte im Raum stehen, erhebe mich und gehe wieder zurück an die Bar.

„Victor", ermahnt mich Carla. „Mach keinen Mist. Die Typen haben keinen Humor."

„Keine Angst, meine Liebe. Ich habe ihm nur erklärt wer ich bin und zu was ich fähig wäre. Ich denke, er hat es verstanden und wird es an die richtige Stelle weitermelden. So, und jetzt hätte ich gerne einen Whisky."

49

Die Stadt haucht langsam sein Nachtleben aus. Es wird stiller in den Straßen, nur noch wenige Einzelne oder kleine Gruppen, zumeist besoffene, lichtscheue Gestalten wenden sich dem Heimweg zu, selten ruhig, meist laut diskutierend, streitend oder singend. Es ist kurz vor vier Uhr, selbst Taxis lassen sich kaum mehr blicken, also gehe ich zu Fuß nach Hause. Diese zehn Minuten werde ich schaffen und geben mir Zeit die letzten Stunden Revue passieren zu lassen. Denn ich werde den bitteren Nachgeschmack nicht los, der nach der kurzen Unterhaltung mit diesem Albaner zurückgeblieben ist. Ein mieses Gefühl liegt mir drückend im Magen, eine böse Ahnung, dass sich was Bedrohliches zusammenbrauen wird. Wie das Hochspannungsflimmern in einem elektrischen Umspannwerk, kann ich das Oszillieren der puren Energie fühlen, welches die Leute unter Strom setzt.

Nachdem ich das ‚Vesuvio‘ verlassen hatte, versuchte ich mich in heruntergekommenen Spelunken abzulenken, suchte nach jenen Figuren des Milieus, die ich als harmlos und unterhaltsam kenne, damit wenigstens der Ausklang des Abends etwas Unbeschwertes erhielte. Weit gefehlt. Selbst in den klassischen Säuferkneipen sprach man leise über Gerüchte und verfiel sofort in ein tiefes Schweigen, wie ich mich zu ihnen setzte. Gedrückte Stimmung wohin ich ging. Eine deprimierende Entwicklung, aber vielleicht auch eine logische. Solange man Erfolg und Macht hat, schadet das schlechteste Benehmen, der beschissenste Charakter und das dämlichste Geschwafel nicht. Das Blatt scheint sich gewendet zu haben.

Was soll's, denke ich und entschließe mich für den Umweg dem Rhein entlang. Die Gassen sind hier mittelalterlich schmal, die Häuser scheinen sich gegenseitig zu stützen, die Wände sind schief und das Licht bricht sich auf den nassen Steinen des Belags.

Es dauert einen Augenblick, bis ich die Szene erfasse, die sich im Halbschatten einer Nische abspielt. Ein Mann kniet am Boden, sein Blick geht demütig zu Boden und ich wäre der Überzeugung, er würde beten, wenn da nicht ein anderer Mann hinter ihm stehe und ihm eine Pistole an den Hinterkopf hielte.

Schon wieder ein Kriegsbild. Eisige Kälte beschleicht meinen Körper. Ein weiteres Bild, welches nicht in unsere Stadt, nicht in unsere Gesellschaft, nicht in unsere Zeit und so gar nicht in mein Leben passt. Eine Exekution. Erinnerungen flackern auf an die Bücher über den zweiten Weltkrieg, die bei meiner Großmutter im Regal standen, mit all diesen körnigen Schwarzweiß-Fotografien über die Gräueltaten der Nazis, welche genau solche Szenen zeigten, die zum Glück weit in der Vergangenheit lagen. Aber plötzlich sind diese Bilder Realität und Gegenwart, auch wenn diese Szene etwas Surreales hat, wie ein Schauspiel, nicht ernst gemeint, nur zum Spaß, als wollte man mich erschrecken. Warum ergibt sich dieser Mann so wehrlos seinem Schicksal? Worauf wartet der andere Mann? Die Szene scheint wie eingefroren. Vielleicht warten sie auf mich?

„Hei!", brülle ich laut, während meine rechte Hand umständlich den Weg zum Holster sucht. So hallt meine Stimme dröhnend durch die Gasse und reißt den Mörder aus seiner Konzentration. Er richtet in aller Ruhe seine Waffe gegen mich, aber ich bin schneller. Bevor er abdrücken kann, trifft ihn mein Schuss, wirft ihn zurück, er prallt gegen die Wand, an der entlang er zu Boden sinkt und reglos liegenbleibt. Auf dem weißen Putz zeigt eine hässliche Blutspur seinen Weg in den nassen Straßendreck. In dieser Sekunde löst sich ein Schatten aus dem Schatten und läuft davon.

Die Explosion dröhnt schmerzhaft in meinen Ohren, mein Denken ist ein einziger Brei aus Nichts, mein Körper besteht nur noch aus Adrenalin, weshalb ich wie angewurzelt stehen bleibe und einige Sekunden benötige, um wieder zu Sinnen zu kommen. Jetzt hat auch der Todgeweihte begriffen, dass nicht er von einem Schuss getroffen wurde, sondern sein Henker, erhebt sich mühsam auf die Füße, die ihn panisch davonstraucheln lassen. Dann verstehe ich als Letzter, was sich ereignet hat, gleichzeitig erkenne ich die Konsequenzen, darum renne auch ich davon. Ich renne wie verrückt, bremse, nachdem ich einige Male abgebogen bin, ab und versuche den restlichen Weg möglichst unauffällig nach Hause zu schlendern. Es dauert erstaunlich lange, bis ich die ersten Sirenen höre. Vielleicht bewege ich mich auch in Zeitlupe.

Gut habe ich vorgesorgt. Die Wahrscheinlichkeit, irgendeinmal möglichst schnell von der Bildfläche verschwinden zu müssen, hat mich mein erwachsenes Leben lang beschäftigt. Mir war immer bewusst, dass dies einen radikalen Schnitt zur Folge haben würde. Flüchten bedeutet, nur das Nötigste mitzunehmen, allen Besitz und allen Ballast zurückzulassen, um mit leichtem Gepäck beweglich zu bleiben. Unweigerlich denkt man an Syrien, Krieg und Elend, an ausgemergelte Gestalten, die sich aus Furcht vor dem Tod über tausende von Kilometer dahinschleppen, um nirgends willkommen zu sein. Solche Szenarien habe ich für mich nicht vorgesehen.

Mein leichtes Gepäck steht jederzeit bereit, nur einige Kleider und mein Laptop muss ich zusammen mit dem Inhalt des Wandtresors in den Weekender stopfen, was zwei Minuten dauert, dann verlasse ich bereits wieder das Haus, öffne zwei Blocks weiter in einem Hinterhof eine Garage und fahre mit einem silbernen Opel Astra Kombi aus der Stadt.

Was für eine Scheißkarre, dafür extrem unauffällig.

Ich wähle die Strecke in den Jura, wo ich an einem gottverlassenen Ort die Grenze nach Frankreich passiere, um nach zwanzig Kilometer in ein Waldstück abzubiegen, wo ich den Wagen vor einem kleinen Wochenendhaus abstelle und erstmals versuche zur Ruhe zu kommen. Ich schaue auf die Uhr. Genau vor hundert Minuten habe ich einen Menschen erschossen und seither bin ich in einer anderen Welt. Mein ganzes Eigentum hat auf dem Beifahrersitz Platz, mein Handy liegt ausgeschaltet in der städtischen Kanalisation, mein Name ist Wolfgang Schmid und bin zum Angeln an den Doubs gefahren.

Das kann nur eine temporäre Lösung sein, dessen bin ich mir bewusst. Damit kann ich mir nur etwas Zeit verschaffen, bis eine dünne Grasnarbe über die Sache gewachsen ist, dann muss ich schauen, wie es weitergehen soll. Kein Mensch kann in dieser Zivilisation so einfach verschwinden ohne Spuren zu hinterlassen. Irgendjemand wird sich eines Tages fragen, wer dieser Typ ist, der die ganzen Jahre in diesem kleinen Wochenendhaus lebt, abgesehen davon, dass ich für diese Einsamkeit nicht geschaffen bin. Vor langem hatte ich das Häuschen einem Mann günstig abgekauft, der bei mir tief in der Kreide stand, mit dem Hintergedanken, im Notfall einen Zufluchtsort zu haben. Andere schätzen solche Refugien der Ruhe für die Erholung vom hektischen Alltag, ich könnte nach zwei Tagen kotzen.

Aber jetzt herrscht jener Ausnahmezustand, der mich damals dazu bewogen hat, diese Hütte zu kaufen. Meine Hände zittern immer noch leicht und mein Magen revoltiert heftig. Mir ist übel. Ich steige aus, möchte kotzen, aber es kommt nur bittere Galle, spucke, atme tief durch, fühle mich gleich besser, dann gehe ich mit meiner Tasche zur Hütte. Beim Öffnen der Tür schlägt mir ein muffiger Geruch entgegen, was mich nachdenken lässt, wann ich das letzte Mal hier war. Es muss im Sommer gewesen sein, ein Ausflug an einem Sonntag mit den Mädchen. Wir grillierten Würste, tranken Champagner und badeten im Fluss.

Eine schmerzhafte Erinnerung.

Es dauert über eine Stunde, bis die Hütte wohnlich aufgeheizt und eingerichtet ist. Eine dankbare Ablenkung von dem eigentlichen Grund der Anwesenheit. Ich mache mir einen Kaffee, finde eine Packung Kekse, öffne dazu eine Dose Leberkäse und setze mich zum Frühstück an den

Tisch. Endlich bekommt mein Magen etwas zum kotzen. Schade für die Esswaren, aber danach ist mir endlich wohl. Dann lege ich mich hin und versuche zu schlafen, während von mir unbemerkt, die Dämmerung einsetzt.

50

Es herrscht heller Aufruhr. Im Präsidium, am Funk, am Tatort, überall versuchen die Verantwortlichen der Polizei und der Staatsanwaltschaft ruhig und gelassen zu wirken, was dummerweise genau das Gegenteil zur Folge hat. Man ist sich in dieser Stadt eine derartige Eruption an Gewalt nicht gewohnt, dass gezwungenermaßen jede Form einer gespielten Abgeklärtheit zu Panik führen muss. Zwei Tote, zwei Schwerverletzte und ein Leichtverletzter innerhalb einer Woche ist ein schwierig erklärbarer Ausreißer in der städtischen Kriminalstatistik. Wehe dem, der das der Öffentlichkeit erklären muss, wenn bereits eine Wochenendschlägerei eine fette Schlagzeile in der Zeitung wert ist.

Einzig Sternenberg steht in sich gekehrt am Tatort, ganz alleine, gehüllt in einen weißen Wegwerf-Overall, beleuchtet von Scheinwerfern, das Blut am Boden und an der Wand betrachtend. Der Verletzte ist längst abtransportiert und wäre nicht dieses Blut, dann würde kaum etwas auf ein Verbrechen hinweisen. Markiert mit Nummern liegt nur eine Pistole mit einem klobigen Schalldämpfer und eine lächerlich kleine Patronenhülse am Boden. Man könnte meinen, es würde ein Film gedreht. Die ganze Sonderkommission steht abseits, leise diskutierend und wartet bis der Chef den Tatort freigibt. Endlich, nach zehn Minuten winkt er seine Leute herbei.

„Der Krieg findet seine Fortsetzung."

„Ein Serbe?", fragt Richard.

„Ich könnte mir vorstellen, dass es ein Serbe ist, aber ihr werdet keine Ausweise oder sonstige Hinweise auf seine Identität finden, denn er ist ein Profi."

Alle nicken beindruckt, keiner hat den Mut zu einer Bemerkung.

„Meine Lieben, ich gehe davon aus, das ist ein Krieg zwischen zwei Clans, zwei Ethnien, die sich vermutlich seit Jahrhunderten bekämpfen. Ihr Kampf führen sie nicht mehr regional, nicht mehr national, sie führen ihn international."

Man schaut sich betreten an.

„Ich habe bewusst den Begriff Krieg gewählt, weil sämtliche Attribute darauf hinweisen. Das ehemalige Jugoslawien wurde leider nie endgültig befriedet, wird es auch nie werden, zu unterschiedlich sind die Völker des Balkans. Erstaunlicherweise ist es keine Frage der Religion, es ist eine Frage der Nationalität, mit einem damit verbundenen, tiefen Stolz und einer krankhaften Tradition der Blutrache", erklärt er, überlegt was es noch zu sagen gibt, belässt es aber fürs erste. „Dann könnt ihr loslegen. Wir treffen uns zur Besprechung im Präsidium um dreizehn Uhr."

Er wartet einen Augenblick, bis alle beschäftigt sind oder sich verzogen haben, dann geht er zu Charlie und nimmt sie zur Seite.

„Hast du bereits versucht mit Victor Kontakt aufzunehmen?"

„Ja, aber sein Handy ist vom Netz."

Sternenberg denkt nach, legt seine Stirn in skeptische Falten und bemerkt: „Das ist nicht gut. Wenn die Kugel in der Brust des Serben nur nicht aus seiner Waffen stammt. Du bist hier entbehrlich, also gehe zu seiner Wohnung und schaue, ob er zuhause ist."

„Okay."

Und weg ist sie, dafür wirbelt Staatsanwalt Feindrich in das Scheinwerferlicht. Frisch aus dem Bett, ungekämmt, nachlässig bekleidet, ohne Krawatte mit offenem Hemdkragen, wie er in der Regel nie in der Öffentlichkeit aufzutreten pflegt.

„Matthias?", ruft er, geblendet, die Augen mit einer Hand abdeckend.

„Hier."

„Ach, gut treffe ich dich", brüllt er hektisch und atemlos. „Bitte erkläre mir, was sich hier abgespielt hat. Es herrscht ja das reine Chaos, niemand weiß genau Bescheid."

„Ich habe den Tatort soeben freigegeben, darum kann

ich dir nur meinen ersten Eindruck vermitteln. Ein Schwerverletzter mit einem Schuss in die Brust, knapp am Herz vorbei. Der Täter ist flüchtig, allerdings war das Opfer auch bewaffnet. Eine Pistole mit Schalldämpfer, also ein Profi. Ich denke, es handelt sich um einen Bandenkrieg zwischen Serben und Albaner, aber Details kann ich dir erst im Laufe des Tages liefern."

„Herrgott! Das darf doch nicht wahr sein!", flucht er leise und wird bleicher, als er schon ist. „Wenn das die Presse erfährt, zerreißen die uns in der Luft, abgesehen von den Politikern, die unsere Inkompetenz seit jeher anprangern."

Er schüttelt verzweifelt den Kopf.

„Konstantin, du solltest erfahren genug sein, dass du es weder Presse noch den Politikern, geschweige dem Volk recht machen kannst. Wir sind uns solche Eskalationen nur nicht gewohnt, in anderen Städten gehören sie zum Alltag. Ich will damit keineswegs die Lage schönreden, aber wir haben nicht den angemessenen Polizeiapparat, um solchen Auswüchsen entgegentreten zu können. Das hier ist ein Krieg und das hat nichts mit Falschparken zu tun."

Feindrich lässt sich Sternenbergs Worte nochmals durch den Kopf gehen, findet darin tatsächlich Stichworte, die in irgendeiner Form in die Pressemeldung eingeflochten werden könnten. Nein, keine Pressemeldung, eine Pressekonferenz, die bessere Möglichkeiten der Stellungnahme ergibt, als ein simples Versenden von Fakten. Er muss die Gelegenheit ergreifen und in die Offensive gehen. Budgetreduktionen, Personaleinsparungen, Schließungen von Polizeiposten, Einschränkungen der Kompetenzen, neue Arbeitszeitmodelle und lauter solche politischen Ränkespiele ließen die Polizei zu einem harmlosen Haufen schrumpfen, der nicht fähig ist, in solchen Zeiten eine angemessene Präsenz zu zeigen. Man brauchte geschlagene acht Minuten, bis nach dem Eintreffen der Meldung auf der Alarmzentrale ein Einsatzwagen am Tatort eintraf.

Luftlinie: einen Kilometer. Die Ambulanz war in drei Minuten Vorort. Dummerweise musste man zu dieser Zeit ausgangs der Stadt Alkoholkontrollen bei Automobilisten durchführen. Doch, er wird einige geharnischte Worte finden.

„Wann kann ich mit Informationen rechnen?"

„Um dreizehn Uhr haben wir eine Besprechung im Präsidium. Ich bitte dich daran teilzunehmen, dann kannst du anschließend, sagen wir um vierzehn Uhr dreißig, vor die Presse treten", Sternenberg denkt kurz nach. „Ah, und da wäre noch zu erwähnen, dass zwei Spuren, die wir verfolgt hatten, im Nichts endeten. Drei Junkies, deren Aussagen sich als unbrauchbar erwiesen und verdächtige Adressen, die schlussendlich doch nicht mehr verdächtig sind. Alles tote Spuren."

Feindrich schaut bekümmert, atmet tief ein, lässt die Luft geräuschvoll entweichen und meint: „Mist! Lass uns dies abhaken, und gebe mir einen ersten Einblick in diese Tat."

Sternenberg nickt und führt ihn an den Tatort heran, erklärt ihm den Sachverhalt in knappen Worten und überlässt ihn sich selbst, da er von einem Beamten gerufen wird. Feindrich bleibt wie versteinert stehen, beobachtet das ruhige, professionelle Arbeiten der in weiße Wegwerf-Overalls vermummte Gestalten, erschrickt, wenn ein Blitzlicht ihn blendet, grüßt, wenn er gegrüßt wird, versucht nicht auf die Blutlache zu starren, fühlt sich schlussendlich schlecht, überflüssig. Er schleicht sich davon, deprimiert und mit einer dumpfen Sorge vor dem anbrechenden Tag.

51

Es ist kalt, nur wenige Grade über Null, aber die Sonne scheint, kaum eine Wolke ist am Himmel zu sehen. Der Fluss, der sanft dahinfließt, das Licht, das sich in seiner Oberfläche spiegelt, die Ruhe, die durch das monotone Rauschen untermalt wird, die langen Schatten, die die Tannen werfen, der modrige Geruch, der aus dem Waldboden strömt, die friedliche Stimmung, all dies nehme ich kaum wahr. Es ist für mich irrelevant, ich kann jetzt keine Idylle gebrauchen.

Ich stehe vor der Hütte, lass die Kälte in mich eindringen, beobachten meinen Atem, der kondensiert, als würde ich rauchen und versuche wach zu werden. Es ist zwölf Uhr. Ich wundere mich, fünf Stunden geschlafen zu haben. Vermutlich lag es weniger an meiner Kaltschnäuzigkeit, denn an meiner Erschöpfung und an dem allmählichen Versiegen des Adrenalins.

Jetzt fühle ich mich vollkommen leer, frage mich, wo die vielen Gedanken geblieben sind, die mich bis in den Schlaf beschäftigt haben. Wirre Überlegungen, sprunghafte Ideen, bruchstückhafte Erinnerungen, dann wieder Angst, Zweifel und Sekunden später Hoffnung und Zuversicht, Bilder, der Schuss, die Flucht, lauter konfuse Signale in meinem Kopf, wie die verchromte Stahlkugel, die pausenlos kreuz und quer durch den Flipperkasten geschossen wird, begleitet von peitschenden Geräuschen. Vielleicht habe ich vor lauter gedanklichem Überlast einen Kurzschluss ausgelöst. Möglich, denn es pocht ein stechender Schmerz hinter der Stirn, was für einmal nicht dem Alkohol angelastet werden kann. Mein Gehirn fühlt sich an wie Matsch.

Ich fange an vor Kälte zu schlottern, also gehe ich hinein, um mir einen Kaffee zu machen. Ich setze mich an den Tisch, rühre Zucker in die schwarze Brühe und widerstehe dem Impuls, das Radio einzuschalten. Ich will keine verdrehten Wahrheiten hören, schon gar nicht will ich hören, dass man mich sucht. Ich will erstmals meine Ruhe und wenn mein Gehirn kein Matsch mehr ist, werde ich überlegen, wann ich das Gespräch mit Matthias suchen werde. Dann öffne ich eine Flasche Cognac, vielleicht hilft das gegen die Kopfschmerzen. Mit dem ersten Schluck auf den nüchternen Magen wird es mir schwindlig, also stecke ich mir eine Zigarette an, um zu schauen, was ich zu ertragen mag und prompt muss ich kotzen gehen. Aber so schnell gebe ich nicht auf, wiederhole die Prozedur noch zweimal, bis ich den Schnaps behalten kann. Dafür habe ich jetzt einen vollkommen übersäuerten Magen, den ich mit den restlichen Keksen beruhigen kann. Ich werde nicht nur von Keksen leben wollen, also werde ich mir Lebensmittel, Gemüse, Früchte, Wein, Milch, Butter, Brot und so Zeugs kaufen müssen. Ich finde einen Notizblock und beginne mir eine Einkaufsliste zusammenzustellen. Ich kann ganz ordentlich kochen, so wie jemand, der sich gezwungenermaßen das Kochen angeeignet hat, um nicht nur von Fastfood und Restaurantessen abhängig zu sein.

Ich lege mich ins Bett, denn in meinem Zustand dürfte ich kaum Auto fahren und döse in den Tag.

52

Die Pressekonferenz war die erwartete Schlacht. Es war ein wogendes Hin und Her zwischen den Interessen. Feindrich schlug sich wacker, berichtete äußerst sachlich über die Tat, brachte erste Vermutungen über einen Bandenkrieg ins Spiel, ohne wertend zu wirken, verteidigte das Wirken der Polizei, brachte die prekäre Personalsituation der Polizei zur Sprache und vergaß nicht darauf hinzuweisen, dass diese Stadt für derartige Gewaltausbrüche so oder so nicht gewappnet ist. Fremde Konflikte würden ohne Skrupel und mit ungewohnter Brutalität in ein friedliches Land getragen, was jede zivilisierte Stadt in Schwierigkeiten brächte.

Schön und gut, antwortete die Presse und wollte im Gegenzug wissen, wie man gedenke, diesem Desaster entgegenzuwirken.

Feindrich wies auf eine fachlich kompetente Sonderkommission hin, unter der Leitung von Hauptkommissär Sternenberg, die in internationaler Kooperation eine rasche Aufklärung der Gewalttaten anstrebt. Leider kann er aus ermittlungstaktischen Gründen nicht näher auf den Stand der Ermittlungen eingehen.

Sogleich wurden hundert Fragen gleichzeitig gestellt, während er sich höflich verabschiedete und den Raum verließ. Jedem im Raum war klar, dass die Untersuchungsbehörde in diesem Stadium der Ermittlung keine relevanten Details veröffentlichen kann und darf, und trotzdem schreien immer alle Reporter lauthals nach Informationen. Nur langsam verebbte das Geschrei im Presseraum, wich dann einer gespielten Verärgerung über die dürftige Informationspolitik des Staatsanwalts und verkümmerte am Ende zu einer angeregten Diskussion unter den Reportern. Man war sich einig, dass dieses Drama eine Nummer zu groß für die hiesige Polizei ist, und man dringend auf nationale Spezialkräfte oder ausländische Spezialisten zurückgreifen sollte. Der Disput dauert noch eine geschlagene Stunde, bis sich diese illustre Runde langsam auflöste.

Sternenberg steht an seinem gewohnten Platz am Fenster, beobachtet die Pressemeute, die sich zögerlich in alle Winde zerstreut und meint: „Es hätte schlimmer kommen können."

„Wir werden es heute in den Internetmedien und im Fernsehen, sowie morgen in den Zeitungen vernehmen", bemerkt Feindrich. „Aber ich denke, sie haben zu wenig Stoff, den sie uns um die Ohren hauen können. Man wird sich empören über diese kranke Gewalt, man wird die außerordentliche Situation anerkennen, man wird nach mehr Sicherheit schreien, man wird uns vorwerfen, dass wir das Milieu und die Szene nicht im Griff haben, schließlich hätte man diese Entwicklung vorhersehen müssen, man wird eine schnelle Aufklärung und ein resolutes Einschreiten fordern, und so weiter, etcetera, blablabla..."

Sternenberg wüsste nicht, was es zu ergänzen gäbe. Er nickt verständnisvoll. Ein öffentlicher Mechanismus, der während seiner beruflichen Laufbahn immer wieder einmal bei Fällen des allgemeinen Interesses zum Laufen kam. Die öffentliche Wahrnehmung ist sehr kurzlebig und wird von den Verantwortlichen in der Regel ausgesessen. Es braucht nur etwas Geduld und einen breiten Rücken. Allerdings redet man hier von einer anderen Dimension, kein banales Vergehen, nein, man redet von Krieg, von einem Völkerkonflikt, der sich in eine fremde Kultur zwängt, als würden sich Kurden und Türken auf dem Marktplatz gegenseitig zu Tode prügeln. Ein Streit, der gefälligst in heimatlichen Gefilden ausgetragen werden sollte und nicht in einer friedlichen Provinzstadt am Rande der Schweiz. So fehlt Sternenberg von Grund auf jegliches Verständnis für den Mechanismus der öffentlichen Empörung. Ob Hunde auf den Bürgersteig kacken, Autofahrer die Straßenregeln nicht einhalten, ja schlimm genug, dass sie eins besitzen, ob jemand sich anmaßt Fleisch zu essen, ein Politiker rechts denkt, die Straßenbahn zwei Minuten Verspätung hat, die Flüchtlinge verwöhnt werden, Donald Trump regiert oder irgendwo Menschen getötet werden, man ist darüber empört, aber eigenartigerweise schrumpft diese Aufregung nach kurzer Zeit bereits zur gelangweilten Lustlosigkeit, weil neue Empörungen die alten überlagern. So entsteht die Evolution der Empörung. Schichten für Schichten alter Empörungen begraben sich gegenseitig, bilden ein ideales Fundament für neuen Empörungen und wiederholt sich eine alte Empörung, dann hört man altkluge Bemerkungen wie: Das habe man schon damals gesagt, niemand wollte es wahrhaben, darum haben wir jetzt das Geschenk!

Sternenberg sieht auch keinen Grund, diese ewige Leier der Empörung und die schnellen Forderungen nach Konsequenzen ernst zu nehmen. Jeder macht hier unter schwierigen Bedingungen eine professionelle Arbeit und solange das so ist, werden hier keine Konsequenzen ein Thema sein, egal, was die Presse schreibt. Er ist die Ruhe selbst, je giftiger der Ton der Öffentlichkeit wird, desto weniger nimmt er davon wahr. Er schottet sich ab. Soweit ist es noch nicht, er liest die Zeitung, meidet das Boulevardblatt und schaut manchmal ins Internet. Einen Fernseher hat er zuhause keinen, einzig in einigen Büros hat es welche.

Er denkt nicht an die Öffentlichkeit, er denkt vielmehr an Victor und an Charlie, die bis jetzt nichts von sich hören ließen. Es kann doch nicht so lange dauern, bis man festgestellt hat, ob jemand zuhause ist.

Sophie kommt ins Büro gestürmt und legt sogleich los: „Der Angeschossene ist Serbischer Staatsangehöriger, neunundzwanzig Jahre alt, sein Name ist Porin Vasic, gesucht wegen zwei Tötungsdelikten in Deutschland und Österreich. Dies wäre nur ein Kurzabriss, ich werde dir die ausführliche Akte in einer Stunde auf den Tisch legen."

„Sophie, du bist phantastisch und ungeheuer schnell. Danke."

Sie wird leicht rot und verlässt das Büro mit einem verschämten: „Bitte, gern geschehen."

Der Türgriff wird von Thomas übernommen, der nichts in der Hand hält, aber etwas zu sagen hat: „Der ballistische Bericht liegt noch nicht vor, aber Fabian hat angerufen und mir mitgeteilt, dass die beiden Kugeln aus dem Beinschuss von vorgestern und dem Brustschuss von heute Morgen identisch sind. Ich habe mir gedacht, das könnte dich interessieren."

„Vielen Dank Thomas, das interessiert mich sehr. Super Arbeit. Bis wann habe ich die vollständigen Berichte?"

„Ich denke bis heute Abend."

„Perfekt."

Sie nicken sich zu, dann ist Thomas auch schon wieder verschwunden. Ein Hauch von Hektik macht sich breit. Sternenberg greift zum Telefon und wählt Charlies Nummer.

„Hei Charlie, hast du ihn gefunden?", fragt er, bevor sie zu Wort kommt.

„Nein, er ist definitiv ausgeflogen. Ich bin in seiner Wohnung, da weist einiges darauf hin, dass er sich das Nötigste gekrallt hat und abgehauen ist."

„Wie kommst du in seine Wohnung?"

„Damit ich ins Treppenhaus kam, klingelte ich mit einer faulen Ausrede bei dem Mieter im Erdgeschoss und die Wohnungstür war nicht abgeschlossen."

„Hast du was angerührt?"

„Trage Handschuhe."

„Wunderbar. Es wäre gut, du würdest die Wohnungstür verriegeln, schau, dass du einen Schlüssel findest, ansonsten zieh die Türe zu und komm ins Präsidium."

„Okay, bis bald."

Alles ist klar, denkt sich Sternenberg, aber alles ist auch unklar. Wer wen erschossen hat, welche Kräfte wirkten, wer zwischen die Fronten geriet, all dies scheint sich mittlerweile geklärt zu haben, nur haben wir abgesehen von den Leichen und Verletzten keine konkreten Resultate, außer die Täterschaft von Victor, die wiederum nicht publik werden darf, weil er ein inoffizielles Mitglied der Sonderkommission ist. Hätte Sternenberg diese Entwicklung geahnt, dann hätte er die Finger von Victor gelassen, aber das ist nun zu spät. Er muss ihn erreichen. Aber wie? Er ist ein Profi, also wird er sein Handy entsorgt haben, wie alles, was digitale Spuren hinterlassen könnte, wie Kreditkarten und eventuell sogar Ausweise. Trotzdem hat Sternenberg nicht das Gefühl, dass Victor sich in die Ferne abgesetzt hat, um in Brasilien oder Thailand am Strand zu liegen, dafür ist er zu sehr mit der Scholle verbunden. Er wird sich tief ins Schilf ducken und warten, bis Gras über die Sache gewachsen ist. Er wird auf uns zählen, auf unsere Deckung, denn es liegt ja nicht in unserem Interesse, kund zu tun, dass die Polizei mit einem Verbrecher zusammengearbeitet hat. Victor ist schlau, aber auch schwer getroffen, und wird soeben vom Ringrichter angezählt.

Das Telefon läutet, es ist Richard: „Du Chef, da muss sich noch ein weiterer Mann am Tatort aufgehalten haben. Nur drei Meter neben den Toten, unter einem Vordach haben wir frische Zigarettenasche und zwei Stummel gefunden, die nicht älter sind, wie die Tat."

„Bist du noch Vorort?"

„Ja, allerdings räumen wir langsam auf."

„Sehr gut. Komm möglichst bald zurück. Wenn alle hier sind, müssen wir uns dringend absprechen."

53

Für mich ein seltenes Erlebnis, das Einkaufen in einem kleinen Supermarkt und das folgende Zubereiten des Nachtessens. Ich hatte bis in den späten Nachmittag weniger geschlafen, mehr gedöst, raffte mich trotzdem mühselig auf, um den weiten Weg in die nächst größere Ortschaft auf mich zu nehmen, damit ich meine Einkaufsliste abarbeiten konnte.

Die Dunkelheit bricht herein, wie ich mich zum Essen an den Tisch setze, was mir das Gefühl gibt, als hätte der Tag gar nicht existiert. Alles zwischen Sonnenaufgang und Sonnenuntergang war wie eine Fata Morgana. Unwirklich. Ich habe mir eine Omelette mit Kartoffeln und Ziegenkäse gemacht, dazu einen grünen Salat. Köstlich und irgendwie unpassend zur jetzigen Situation. Brot und Wasser hätten gereicht. Nein, ich habe mir sogar einen hervorragenden Châteauneuf-du-Pape Jahrgang 2005 entkorkt, als wäre ein Feiertag. Zum Trotz!

Ich esse und trinke bewusst gemächlich, um den Genuss des einfachen Mahls und des hervorragenden Weins in die Länge zu ziehen, aber auch um die Stille, nur durchzogen von dem zarten Rauschen des Baches, in mich aufzunehmen. Ich komme mir vor wie in einem luftleeren Raum, wie der Fötus im Mutterleib. Mit dem Schließen der Tür blieb alles außen vor, der Lärm, die Zivilisation, der Ärger, die Angst, die Bedrohung. Eine Illusion, das ist mir klar, trotzdem ist diese kurze Zeit sehr erholsam. Nachvollziehbar, dass gestresste Menschen in derartiger Abgeschiedenheit wieder zu sich selbst finden und Kraft tanken können. Ich sollte einmal Isabelle hierhin mitnehmen.

Selbst das anschließende Aufräumen und der Abwasch wirkt entspannend, dann setze ich mich an den Tisch, fülle das Glas mit Rotwein auf und nehme mir vor, die Pistole zu reinigen. Ich erschrecke, denn die Fensterläden stehen noch offen und jeder könnte hineinschauen, also ziehe ich erst die Läden zu, verriegle alles, bevor ich die Pistole auf den Tisch lege. Ich habe mir lange überlegt, die Pistole zu entsorgen, denn sie ist nirgends registriert, dafür zweimal in ein Verbrechen verwickelt. Fände man sie nicht bei mir, dann wäre es sehr schwierig, mir etwas zu beweisen. Aber ich habe nur diese Waffe, was sich jetzt als kleiner Makel herausstellt. Wieso habe ich mir nicht den Luxus gegönnt und eine zweite Waffe gekauft, für den Notfall. Klar, diese PPK war sehr teuer, da ich sie illegal kaufen musste, aber was bedeuten viertausend Franken im Bezug zum Nutzen, den sie brächte. Ich werde nicht unbewaffnet in die Stadt zurückgehen, das ist sicher, denn ich habe den Vollstrecker erschossen, und ein Schatten hat mich dabei beobachtet. Ich bin überzeugt, dass es ein Komplize oder der Anführer persönlich war, ein Serbe. Die Blutrache zwingt sie dazu, mich zu töten, und glücklicherweise habe ich keine Familie, sonst würde die Rache weitergetragen, sofern sie mich nicht töten könnten. Aber die werden mich finden. Weshalb weniger die Polizei mein Problem ist, vielmehr sind es die Serben, und mit den Albanern habe ich mich auch überworfen, seit ich einen ihrer Laufburschen über den Haufen geschossen habe. Zwei Schüsse und mein Leben ist keinen Pfifferling mehr wert. Mein sorgloses Leben, welches vor gut einer Woche sein Ende gefunden hatte, erlebte einen fulminanten Niedergang. Innert acht Tagen vom nicht sehr beliebten, aber erfolgreichen Geschäftsmann in der Drogen- und Erotikbranche, zum erwerbslosen, polizeilich gesuchten, gescheiterten Todeskandidaten der Balkanmafia. Tolle Leistung!

Ich ziehe Gummihandschuhe über, zerlege die Waffe, reinige sie, öle sie ein, baue sie wieder zusammen. Während dieser akribischen, beinahe meditativen Arbeit, fasse ich den Plan, nach Belfort zu fahren, wo ich mir bei einem Kontakt eine neue Waffe besorgen werde. Ich wickle die Walther PPK in einen Lappen, stecke sie mit der Munition in einen Plastikbeutel mit einem luftdichten Verschluss und hole im kleinen Anbau einen Spaten.

Nach zwanzig Schritten in einer geraden Linie, in der Verlängerung der Hausfront und in der Dunkelheit des Waldes ramme ich den Spaten in den Boden und stoße auf massiven Widerstand. Ein dichtes Geflecht von Wurzeln der nahen Fichte und Gesteinsbrocken verurteilen meinen Spaten zum falschen Werkzeug. Ich gehe im rechten Winkel zwei Schritte nach links, weg von der Fichte und finde nach einigem Stochern, doch eine Stelle, die ein Loch von einem halben Meter Tiefe ermöglicht. Ich vergrabe die Pistole, ebne den Boden ein, dekoriere ihn mit Laub, aber werde am Morgen nochmals nachschauen gehen, ob die Tarnung zufriedenstellend ist. Sollte sie gefunden werden, hat es zumindest keine Fingerabdrücke darauf. Ich fühle mich ein wenig besser, wie vor Beginn dieser Aktion, allerdings muss ich ein wenig über meine Schatzgräberei schmunzeln. Es ist nur eine Notlösung, rede ich mir ein, sobald ich eine Ersatzwaffe habe, werde ich die PPK endgültig entsorgen.

Was vom Abend übrigbleibt, widme ich dem neuen Handy, ein billiges Prepaid-Modell mit einem kleinen Display und richtigen Tasten. Ich lege die SIM-Karte ein und mache mich mit der Funktionsweise vertraut. Dann breite ich meinen übriggebliebenen Besitz auf dem Tisch aus. Ein lachhafter Haufen, dessen Volumen in erster Linie aus einigen wenigen Kleidungsstücken besteht, die ich sogleich in den Schrank räume. Übrig bleiben einige gefälschte, sowie echte Dokumente, der Laptop mit dem Ladekabel, die Ledertasche mit meinem Barvermögen, Zigaretten, das silberne Feuerzeug, sonst nichts.

Ein deprimierend bescheidener Besitz, der knapp so lange reichen wird, bis ich mich das erste Mal den modernen Regeln der Digitalisierung und dem Geldtransfer unterwerfen muss. Irgendeinmal muss ich eine Kreditkarte oder einen Ausweis mit biometrischen Daten vorweisen, sonst kann ich kein Bankkonto eröffnen, keinen Flug reservieren, nicht ausreisen und kein neues Leben gründen. Es macht keinen großen Sinn, länger als nötig von der

Bildfläche verschwunden zu bleiben, was auch gar nicht mein Plan ist. Mit etwas Glück hat die Polizei in ein paar Tagen die Lage entschärft und die nötigen Verhaftungen vorgenommen, dass sich meine Überlebenschancen deutlich verbessern könnten. Ich werde zuerst nach Belfort fahren, um mir eine Waffe zu besorgen, dann werde ich die alte Pistole verschwinden lassen und später Matthias anrufen. So könnte es funktionieren.

54

Er sitzt auf der Bettkante, die Ellbogen auf den Knien aufgestützt, das Gesicht in den Händen vergraben und versucht zu begreifen, was sich letzte Nacht ereignet hat. Unzählige Male hatte er die Szene von Neuem durchlebt. Alles hatte so perfekt begonnen. Sie erhielten die richtigen Informationen von ihrem Kontakt, sie lauerten diesem Albaner auf, überwältigten ihn, nur ein kurzer, heftiger Kampf, dann ergab er sich seinem Schicksal, Porin wollte ihm den Rest geben, dann dieser Schrei, ein Schuss und alles war nicht mehr so, wie es hätte sein sollen. Aus dem Nichts tauchte der Mörder auf und es dauerte einen Wimpernschlag, dann war es vorbei.

Er schüttelt den Kopf, verkrallt seine Finger in dem schütteren Haar und würgt an einem Kloss im Hals. Porin ist tot. Was war da geschehen? Wurden sie verraten? Was hatten sie falsch gemacht? Eine quälende Ungewissheit, dazu eine bedrückende Scham vor sich selbst. Warum ist er geflohen und hat sich nicht dem Mörder gestellt? Er hätte kämpfen müssen, er hatte ja eine Waffe. Oder hatte er Angst? Angst, alleine zu kämpfen, ohne Porin und Goran. Welche Schande, sollte sein Clan dies je erfahren. Er muss anrufen und irgendeine Geschichte erzählen, die glaubhaft wirkt. Er braucht Unterstützung, denn alleine wird er das gesteckte Ziel nicht erreichen. Unmöglich.

Die längste Zeit hadert er mit sich selbst, tigert durch das triste Hotelzimmer, überlegt fieberhaft, was er zu berichten gedenkt, hackt schlussendlich mit nervösen Fingern eine lange Nummer in die Tastatur seines Handys. Der sonore Bass des Obersten meldet sich, dann beginnt Dejan hastig zu erzählen, viel zu hastig, verhaspelt sich, verliert sich in Details, wiederholt sich teilweise, widerspricht sich dabei und will kein Ende finden. Als er endlich zum Schluss kommt, der Schweiß ihm die Kleider am Körper kleben lässt und er unter unerträglicher Anspannung auf eine Antwort wartet, herrscht nur Stille am anderen Ende der Leitung. Er will schon nachfragen, da sagt der Oberste, er solle warten, er würde sehr schnell neue Anweisungen erhalten, dann wird die Verbindung grußlos abgebrochen. Sie werden sich nun beraten und ihm mindestens jemanden zur Seite stellen. Der ursprüngliche Plan war, mit drei Kämpfern das Gebiet zu zermürben, damit die Organisation nachgezogen werden kann. Kein kompliziertes Unterfangen, welches jetzt im ersten Anlauf nicht gänzlich gescheitert ist, aber kurz davorsteht. Sie hatten Schrecken verbreitet, Druck auf die Szenen aufgebaut, bräuchten jetzt nur noch den Albanern und anderen Konkurrenten den Todesstoß zu geben, dann wäre das Feld gepflügt und vorbereitet für die Saat.

Sein Handy surrt in der Hand, er meldet sich. Der Oberste kommt sofort zur Sache, erklärt ihm, dass Branko sehr bald kommen werde. Er soll unterdessen den Mörder von Porin ausfindig machen und liquidieren. Dann trennt er wieder grußlos die Verbindung, keine ermutigenden Worte, nichts.

Ihn beschleicht eine böse Ahnung, weniger wegen der schroffen Art des Obersten, mehr wegen Branko. Dieser gilt als gnadenloser Vollstrecker, als eine eiskalte Maschine, ohne jegliche Gefühle, die ihm während dem Krieg völlig abhandenkamen. Seine Anwesenheit sorgt selbst in den eigenen Kreisen für Beklemmung, denn er ist nicht nur der Mann für das Grobe, er kümmert sich auch um die interne Regulierung von Problemen mit renitenten Clanmitgliedern. Niemand will wissen, was mit jenen geschah und wo sie geblieben sind. Bei der Vorstellung, mit diesem Monster zusammenarbeiten zu müssen, wird ihm übel, abgesehen der vagen Möglichkeit, selbst für sein Versagen liquidiert zu werden. Branko umgibt eine Aura des Todes, da ist alles möglich.

Dejan zieht den Mantel an, flüchtet aus dem Hotel an die kalte Luft, die ihn wie eine Ohrfeige trifft, was ihn ein wenig aus seiner Lethargie holt. Er atmet einige Male tief durch, ihm wird sogleich schwindlig, dass er sich an einer Hausecke mit der Hand abstützen muss. Aber seine Übelkeit bessert sich merklich, denn plötzlich spürt er einen wachsenden Hunger, kein Wunder, wenn man seit über vierundzwanzig Stunden nichts mehr gegessen hat. Er läuft Richtung Innerstadt, bis er an einen Schnellimbiss kommt, dessen verblasstes Plakat Abbildungen aller Spezialitäten der türkischen Küche zeigt. Er überlegt nicht lange und bestellt sich einen scharfen Kebab, einige Falafel, dazu eine Dose Bier. Dann stellt er sich an einen wackeligen Stehtisch, betrachtet kurz sein üppiges Mahl, denkt kurz nach, ob es nicht zu viel ist, stopft schließlich das fetttriefende Gericht gierig in sich hinein.

55

Erwartungsvolle Blicke ruhen auf ihm, während er gemächlich seinen Kaffee schlürft. Er hasst kalten Kaffee, darum müssen sich alle gedulden, bis er seine Tasse leergetrunken hat. Man hat sich längst an seine Marotten gewöhnt.

„Meine Lieben", beginnt er mit dem Tonfall eines Pfarrers, „lasst uns über Fakten und Hypothesen reden. Fakt ist, wir kennen den Verletzten, ein Serbe, sowie den Schützen, ein Schweizer. Zwei Sachen fehlen, der Schweizer und seine Waffe. Offiziell kennen wir den flüchtigen Täter nicht, inoffiziell, das heißt innerhalb dieses Raumes, ist dessen Identität bekannt, aber seine Schuld ist nicht beweisbar, solange wir keine Waffe mit seinen Fingerabdrücken haben. Die werden wir nie finden, also gilt gegenüber diesem Schweizer die Unschuldsvermutung. Dass er abgetaucht ist, will nichts bedeuten, er könnte dies auch aus Selbstschutz gegen die Bedrohung durch diese Balkanclans gemacht haben. Zu diesen Schlüssen seid ihr sicherlich auch gekommen, also vergessen wir diesen Schweizer und wenden uns den Hypothesen zu. Gerne höre ich eure Meinungen dazu."

Alle haben sich auf einen längeren Monolog mit den verrücktesten Szenarien und Theorien eingestellt, weshalb sie in Erwartung von so viel gemeinschaftlichem Debattieren redlich überrascht sind. Sehr ungewohnt. Nicht, dass er seine Leute in diktatorischer Manier zum Schweigen verurteilt, gar nicht, er versteigt sich nur oft, ohne es zu realisieren, in seine ausschweifenden Gedankengebilde, dass manchem die Argumente ausgehen oder plötzlich unbedeutend erscheinen. Also schaut man sich zuerst ungläubig an, dann wollen alle gleichzeitig zu reden beginnen.

Scott kann sich durchsetzen: „Wir sind in Europa nicht die einzige Stadt, die sich mit solchen Konflikten im Milieu und der Szene auseinanderzusetzen haben. In Deutschland, Dänemark und Österreich gibt es ähnliche Fälle von brutalster Gewalt. Dabei hat man beobachtet, wie in einem ersten Schritt Angst und Schrecken verbreitet wird, bis die Albaner sich verziehen, dann wird erst die wirkliche Organisation nachgezogen. Ich will damit nur sagen, dass es noch nicht vorbei ist."

„Man käme in Versuchung, sie sich selbst zu überlassen", meint Thomas provozierend.

„Du meinst, sie sollen sich ruhig selbst dezimieren und am Schluss pflücken wir uns jene, die übriggeblieben sind", ergänzt Sophie.

Ein verhaltenes Grinsen geht durch die Reihen.

„Reizender Gedanke, also lassen wir unseren externen Mitarbeiter weiterhin in Ruhe arbeiten", bemerkt Charlie sarkastisch. „Bis jetzt hat er eine Abschussquote von der wir nur träumen können. Zwei Schüsse, eine Festnahme und einen international Gesuchten im Krankenhaus. Sehr effizient."

Das Grinsen verschwindet aus den Gesichtern, indes einige irritierte und fragende Blicke gewechselt werden.

„Ich denke, wir schweifen leicht ab", wendet Sternenberg ein, „aber es zeigt auch, wie sensibel eine Zusammenarbeit mit Informanten sein kann. Victor Grober einbezogen zu haben war so lange kein Fehler, bis er außer Kontrolle geriet. Es war mein Fehler. Ich hätte wissen müssen, dass ein Mensch, der nichts mehr zu verlieren hat, zu blinder Wut und großem Risiko neigt. Wir können jetzt nichts mehr rückgängig machen, aber die Frage ist wohl, was er bei den Serben ausgelöst hat."

„Blutrache, sofern die Serben wissen, wer geschossen hat. Ansonsten lassen sie ihre Wut an den Albanern aus", spekuliert Thomas.

„Die Spirale der Gewalt wird sich weiterdrehen, nur schneller und brutaler. Da müssten sich doch Gelegenheiten ergeben, um einzugreifen. Je wütender, desto unvorsichtiger werden sie sich verhalten", sagt Richard.

„Bei ihrer Strategie der Nadelstiche müssten wir aber sehr wachsam und präsent sein, damit wir nichts verpassen. Ich frage mich, woher sie ihre Informationen haben. Irgendjemand muss ihnen sagen, wann und wo sie zuschlagen können. Es muss jemand sein, der den Hades dieser Stadt kennt. Eine Person, die auch Victor kennt, wie sonst wäre er in diese Geschichte gezogen worden. Wenn wir diese Person kennen würden, dann fänden wir auch schnell den Zugang zu den Balkanclans. Oder wollt ihr nächtelang in den dunklen Gassen herumstehen?", fragt Sternenberg.

„Was ist der Hades?", fragt Scott.

„Der Gott der Unterwelt, gleichzeitig auch der Begriff für die Hölle. Griechische Mythologie."

Alle nicken wissend, während sich Sophie mit einem gurgelnden Geräusch einen Espresso aus der Maschine lässt.

„Ich würde mich gerne darum kümmern", wirft Charlie ein.

„Hast du einen Verdacht?", fragt wiederum Sternenberg.

„Nein, aber ich habe Carla kennengelernt, eine gute Freundin von Victor, die mir sicherlich helfen könnte."

„Ist sie zuverlässig?"

„Victor vertraut ihr."

„Einverstanden, versuche dein Glück, aber nicht alleine. Scott soll dich begleiten. Er war bis jetzt noch nie in dem Club, Außer er wäre dort ein privater Stammgast."

Gekicher und Gemurmel.

„Äh Chef, dir ist bewusst, dass dann jeder weiß, dass wir Polizisten sind."

„Ja, das ist mir schon klar, aber es gibt keine Alleingänge. Das wäre unprofessionell."

„Dann gehen wir getrennt hinein."

„Über das kann man sprechen. Er als Freier und du als Nutte."

„So drastisch wollte ich es nicht ausdrücken, aber so ungefähr wäre es angedacht."

Scott, in seiner erfrischenden Naivität, hat Mühe dem

Dialog zu folgen, weshalb alle schmunzeln, nur er selbst nicht.

„Das ist ein Weg, meine Lieben, nur sollten wir die gute alte Weise der Ermittlung nicht außer Acht lassen und weiterhin mit viel Fleiß Informationen sammeln. Alle Hotels, Flugbuchungen, Autovermietungen abfragen, Aufnahmen aller Überwachungskameras in dem Quartier kontrollieren, Taxifahrer fragen und so weiter. Ich werde mich zuerst für zusätzliche Polizei-Patrouillen einsetzen, dann auf die Suche nach Victor begeben. Alles klar?"

Sternenbergs Diskurs gibt Aufschluss über das ‚was', über das ‚wie' wird sich die Sonderkommission selbst finden müssen, das interessiert ihn nur mäßig. So beginnt eine kurze Diskussion über die Verteilung der Aufgaben, dann verschwinden alle in ihren Büros, nur Charlie nicht, die geduldig wartet, bis Sternenberg seinen Blick vom Whiteboard löst und sich ihr zuwendet.

„Was meinst du", fragt er in Gedanken bei den Fotos an der Wand, „wo könnte Victor sich aufhalten. Du kennst ihn besser wie wir alle."

„Ihr habt wohl alle das Gefühl, ich hätte ein Verhältnis mit Victor. Woher soll ich wissen, wo er sich versteckt."

„Du kennst ihn am besten und warst ihm am nächsten. Mehr nicht. Vielleicht hat er einmal eine Bemerkung gemacht oder du hast in der Wohnung einen Hinweis gefunden."

„Nein, er ist kein Schwätzer, er ist eher zurückhaltend. In der Tiefgarage stehen seine beiden Autos, ich habe nachgeprüft, er hat kein drittes Fahrzeug eingelöst, also muss er zu Fuß, auf einem Fahrrad oder mit den öffentlichen Verkehrsmitteln unterwegs sein. Ich vermute, er hat sich ein Auto besorgt und ist aus der Stadt gefahren, irgendwohin, wo er seine Ruhe hat. Wie ich ihn einschätze, hat er für solch einen Fall einen Plan B."

„Das denke ich auch. Er ist ein gut organisierter, durchwegs strukturierter Mensch. Er wird nicht kopflos durch die Gegend rennen, er hat garantiert für solche Fälle eine sichere Wohnung. Wir bräuchten ihn dringend, denn ich bin der Meinung, dass er der Schlüssel sein könnte. Geh bitte nochmals in seine Wohnung, nimm dir Zeit und versuche einen Hinweis auf seinen Verbleib zu finden."

„Mach ich."

Sie federt aus ihrem bequemen Sitz, energiegeladen, voller Tatendrang, froh eine Aufgabe zu haben.

„Ich muss nicht erwähnen, dass du dich im rechtlichen Graubereich bewegst. Also pass gut auf."

Sie nickt nur und lässt einen grübelnden Sternenberg zurück, in einer Pose, die er so wunderbar auszufüllen mag.

56

Mit dem Betreten der Wohnung erhöht sich ihr Puls. Er könnte ja wieder zu Hause sein, aber sie hat einige Male auf die Klingel gedrückt, bevor sie den Schlüssel ins Schloss führte. Das Durchsuchen einer Wohnung ist immer ein Eindringen in eine Intimsphäre, verbunden mit einem Gefühl der Spannung, Neugier, aber vornehmlich beherrscht von professioneller Nüchternheit. Der erhöhte Puls hat wohl mehr mit der Tatsache zu tun, dass es Victors Wohnung ist, den sie unklugerweise etwas liebgewonnen hat. Jemanden liebgewinnen, heißt nicht jemanden lieben, da gibt es noch einige markante Stufen dazwischen, aber es bedeutet, dass einem dieser Scheißkerl nicht vollkommen egal ist. Und jetzt soll sie in seinen Intimitäten wühlen, kann an seiner schmutzigen Unterwäsche riechen, alte Fotoalben anschauen, Rückschlüsse auf seinen Charakter ziehen, wenn sie die Korrespondenz, den Kleiderschrank, den Kühlschrank, den Müll, die Bücher- und Musiksammlung näher begutachtet. Sein Leben wird sich vor ihr ausbreiten und sie wird ihn spüren, als hätten sie Sex miteinander.

Systematisch beginnt sie mit dem großen Einbauschrank, der nebst Mäntel, Jacken, Schuhen, auch die notwendigen Alltäglichkeiten enthält, wie man sie in jedem bürgerlichen Haushalt findet. Alles fein säuberlich an seinem Ort, beinahe zu perfekt für einen Mann, der alleine lebt, gut möglich, dass eine Putzhilfe zum rechten sieht. Die ganze Wohnung verströmt den Charme einer Ausstellung, alles sorgfältig arrangiert, teuer, aber kaum bewohnt. Erst beim Sideboard gelangt sie an persönliche Unterlagen. Sie setzt sich auf den Boden und räumt Ordner für Ordner aus dem Möbel. Seine Geschäftsunterlagen und wenige persönliche Dokumente geben nur einen minimalen Einblick in sein seltsames Firmenkonstrukt, in sein Vermögen, in seine Versicherungen, in seine familiären Wurzeln, in seine Korrespondenz. Dies ist vermutlich nur der offizielle Teil, denn die Harmlosigkeit dieser Papiere ist augenfällig, wenn man sein wirkliches Wirken in Betracht zieht.

Charlie beginnt zu begreifen, dass sie vermutlich nichts finden wird, denn diese Wohnung wurde mit viel Sorgfalt auf einen solchen Moment vorbereitet. Eine Musterwohnung. Vielleicht lebt er inoffiziell in einer schrecklichen Höhle, wo sich der Unrat seines zweifelhaften Lebens stapelt und die Wahrheit aus jeder Ritze quillt. Trotzdem macht sie weiter, vielleicht nur um diesem Mann ein klein wenig näher zu kommen. Sie legt den Wust an Papieren einmal zur Seite, widmet sich dem Schlafzimmer. Ein riesiges Bett mit glänzend schwarzer Wäsche, passend zu einem Zuhälter, und mit erregender Wirkung, dass sie sich sofort nackt darin wälzen möchte, um sinnlich geliebt zu werden. Die perfekte Liebeswiese. Die Decke ist verspiegelt, am Bettgestell hat es abgewetzte Ösen für Ketten mit Handschellen und öffnet sie die oberste Schublade der Kommode, dann findet sie ein eindrückliches Assortiment von Spielzeugen für sämtliche Ansprüche, die man sich vorstellen kann. Ein herrlich versauter Scheißkerl. Sie lächelt versonnen und greift sich zwischen die Beine, wo die Nässe ihrer Geilheit bereits durch den Stoff der Jeans zu spüren ist.

Sie reißt sich von ihren erotischen Träumen los, durchsucht das Schlafzimmer gründlich, wie auch das Badezimmer und die Küche, um immer mehr in ihrem Eindruck bestärkt zu werden, dass dies hier eine einzig große Show ist. Sie schaut auf die Uhr, stellt fest, dass sie bereits über zwei Stunden hier herumstöbert und keinen Hinweis auf irgendetwas gefunden hat, darum nimmt sie sich vor, die Papierstapel nochmals in aller Ruhe durchzugehen. Blatt für Blatt überfliegt sie, versucht sich nur auf Hinweise zu konzentrieren, die nicht in sein Schema passen könnte und es dauert eine ganze Stunde, bis sie auf einer Zusammenstellung von Banküberweisungen eine Zahlung nach

Frankreich findet mit dem Vermerk ‚Mobiliarversicherung'. Sie stutzt. Sie sucht den Beleg zu dieser Zahlung an die Crédit Lyonnais mit der AXA als Begünstigte über einen Betrag von zweihundertzweiunddreissig Euro und dem Text ‚Assurance Habitation / Obj. Fessevillers', dazu eine unendliche Referenznummer.

Jetzt habe ich dich, jubelt sie innerlich. Dieser schlaue Fuchs besitzt ein Haus in Frankreich, aber sein Hang zur Ordentlichkeit wird ihm zum Verhängnis. Sie blättert weiter, weiß jetzt besser, auf was zu achten ist, aber es dämmert bereits, wie sie die letzten Papiere zur Seite legt und ihr Glück kaum fassen kann, dass sie den einzigen kleinen Hinweis auf sein Versteck nicht übersehen hat. Sie steckt den Beleg ein, versucht wieder einigermaßen eine annehmbare Ordnung herzustellen, verlässt die Wohnung, schließt die Tür ab und steigt die Treppe hinunter. An der Haustür kreuzt sie einen Mann, der soeben das Haus betritt, man schaut sich kurz an und grüßt sich höflich.

„Fessevillers, ein kleines Dorf im französischen Jura, etwa eineinhalb Fahrstunden von Basel entfernt", erklärt Sophie an dem großen Bildschirm. „Einhundertsechzig Einwohner. Offiziell gibt es auf dem Gemeindegebiet keinen Immobilienbesitzer mit dem Namen Victor Grober, allerdings gibt es einige Wochenendhäuschen am Doubs, die in Besitz von Erben-Gemeinschaften sind, oder Firmen gehören, die sie vermieten." Der harte Kern der Sonderkommission hängt tief in den Stühlen des Sitzungsraumes, indes Sternenberg unbeteiligt aus dem Fenster blickt.

„Mist", murmelt er.

„Warum Mist?", fragt Charlie, sich aufrichtend.

„Wir müssten den offiziellen Weg einschlagen, aber würden gleichzeitig unseren Informanten preisgeben, was ich auf keinen Fall möchte."

„Dann machen wir doch einen privaten Ausflug in den

wunderschönen französischen Jura", meint Richard. „Gehen wir fischen am Doubs. Da gibt es die besten Forellen."

„Daran habe ich auch schon gedacht, aber ich kann nicht fischen. Kannst du fischen Richi?"

„Können wäre übertrieben, denn es ist sicherlich zwanzig Jahre her, als ich das letzte Mal einen Fisch gefangen habe."

„Sonst jemand?", hakt Sternenberg nach und schaut in die Runde.

„Ich nicht, aber mein Bruder ist passionierter Fischer und könnte uns die Ausrüstung ausleihen."

Es ist Sophie, die plötzlich die Stimme erhebt: „Das könnt ihr alles vergessen, da das Fischen im November gar nicht erlaubt ist. Zumindest auf der Schweizer Seite, was vermutlich auch für die französische Seite gilt, zudem bräuchte es ein Patent."

Sie hat in aller Stille das Fischerei-Reglement des Kantons Jura gegoogelt.

„Kacke!", flucht Richard leise, dessen lustiger Angelausflug sich soeben in Luft auflöste.

„Und wenn wir wandern gingen?" wirft Thomas ein.

„Bei dieser Jahreszeit und diesem Wetter kannst du genauso gut ein blaues Drehlicht auf dem Kopf montieren. Kein Schwein geht jetzt wandern, außer Polizisten, die jemanden suchen", entgegnet Sophie.

„Wieso klappern wir nicht einfach alle Wochenendhäuser entlang dem Doubs ab. Sollte jemand fragen, dann sind wir auf der Suche nach dem ultimativen Ort für unsere nächsten Ferien. Ein gestresstes Ehepaar auf der Suche nach einem ruhigen und erholsamen Ort. Wenn wir auf Victor treffen, dann ist so oder so jede Erklärung überflüssig", sagt Charlie voller Enthusiasmus.

„Einverstanden. Ich werde dich begleiten, nicht des Ausflugs willen, aber er kennt mich und alle anderen in dieser Runde nicht", erklärt Sternenberg. „Wir fahren morgen um Mittag, denn ihr werdet noch eine lange Nacht haben, darum schlage ich vor, dass wir um zwölf Uhr hier losfahren. Könnt ihr damit leben? Fragen?"

Allgemeines Gemurmel, nickende Köpfe, niemand mit Fragen, Aufbruch, da stürzt Harald in den Raum und wedelt mit Papier. Harald, ein technischer Ermittler vom Format eines Wandschranks, in der Sonderkommission als Unterstützung, hat sich wie ein Terrier in die Spuren der missratenen Blutrache verbissen.

„Ich habe den zweiten Serben identifiziert", ruft er stolz mit einem breiten Grinsen. „Dejan Antic, international gesucht, ein Mann für das Grobe. Hier der Steckbrief."

„Wie hast du denn das herausgefunden?", wundert sich Richard.

„Er hat in der Nische vor der Tür gestanden. Da hat er geraucht und einen Stummel liegen lassen, was an sich nicht die Spur war, sondern der Abdruck seiner Hand an der Tür, nachdem er sich daran abgestützt oder abgestoßen hat. Es hatte achtundzwanzig verschiedene Abdrücke auf der Türe und auf der Klinke, aber die Arbeit hat sich gelohnt."

Er verteilt die Kopien der Daten mit dem Foto des Gesuchten.

„Scheiße!", ruft Charlie aus. „Dieser Typ kam mir entgegen, als ich Victors Haus verließ."

Man schaut sich erstaunt an, dann verfallen alle in fieberhaftes Denken.

„Interessant", sinniert Sternenberg. „Woher weiß dieser Dejan Antic, wo Victor wohnt? Es muss einen Verräter geben, jemand, der den Serben die Informationen zukommen lässt und Victor kennen muss, ihn gut kennen muss, denn ich behaupte, nur wenige wissen, wo er wohnt. Das Ziel ist klar, also machen wir hier Schluss."

Diese verfluchte Türe gab ihm keine Chance. Ihm fehlte das passende Werkzeug, sonst hätte ihn diese Sicherheitstür nicht aufhalten können, aber so musste er nach wenigen Minuten aufgeben, um nicht mit seinem Lärm unnötige Aufmerksamkeit zu erregen und verließ das Haus.

Er steht jetzt schräg gegenüber dem Haus in einer Durchfahrt zu einem Hinterhof und ist sich nicht im Klaren, was zu tun ist. Hier stehen bleiben und warten bis er kommt? Er hat noch genügend Zeit, also könnte er vorerst hier ausharren, um später, wenn das Nachtleben erwacht, in das Rotlichtviertel zu gehen und dort weiterzusuchen. Er wird ihn auf jeden Fall finden, sofern er die Stadt nicht verlassen hat, schließlich kennt er seine Wohnung, sein Umfeld, zudem versprach der Kontakt sich zu melden, sobald er irgendwo auftaucht. Er ist mental vorbereitet und das Gewicht der Waffe in seiner Manteltasche gibt ihm ein beruhigendes Gefühl der Stärke. Er wird seinen Fehler korrigieren, nein, nicht Fehler, seine Schwäche. Es war nur eine vorübergehende Schwäche, aber dies braucht niemand so genau zu wissen und sie wird endgültig kein Thema mehr sein, ist dieser Scheißkerl erstmal tot.

Düstere Gedanken quälen ihn, während er wie eingefroren im Dunkeln steht und auf einen Eingang starrt, den niemand benutzt.

Wieso immer dieses ‚*Vesuvio*'? Gibt es keine anderen
Nachtclubs in dieser Stadt? Wieso legen sie ihr Augenmerk
nicht auch auf andere Clubs und Bars? Charlie stellt sich
zu Recht diese Fragen, als sie das schummrige Lokal betritt
und nimmt sich vor, dies bei der nächsten Besprechung
zur Sprache zu bringen. Auch wenn Basel keine große
Stadt ist, vielleicht grösser und wichtiger scheinen möchte,
ist sie sehr überschaubar und kann nicht wachsen, da sie
rundum an ihre nationalen und internationalen Grenzen
stößt. So verhält es sich auch mit dem Nachtleben und
dem damit verbundenen Milieu. Überschaubar, begrenzt,
geprägt von der Grenznähe. Nur knapp ein Dutzend Lokale kann dem verruchten Nachtleben zugeordnet werden,
Orte für käuflichen Sex und Drogen, der Rest spielt sich
auf der Straße ab. Das ‚*Vesuvio*' sticht nicht durch einen
ausgesprochen schlechten Ruf oder durch seine kriminel-
len Gäste heraus, im Gegenteil, es ist ein eher biederer
Club im mittleren Preissegment für eine durchschnittliche
Kundschaft, nichts Exotisches oder Exklusives.

Charlotte gesellt sich zu den Mädchen und zu Carla an
der Bar, grüßt sie alle freundschaftlich mit drei Küssen, als
wären sie langjährige Kolleginnen. Es hat noch keine
Gäste. Bewusst locker entspannt verwickelt sie sich in ein
oberflächliches Geplauder über klassische Fraueninteres-
sen, über ihre neue Freude an schönen Kleidern, über Typen und über Erfahrungen mit Typen. Sie muss feststellen,
dass die Mädchen, trotz ihrem Beruf ganz normale Probleme und Interessen haben wie eine Sekretärin, eine Bank-
angestellte, eine Kassiererin im Supermarkt, eine Manage-
rin oder eine Mutter mit Haushalt. Klamotten, Ärger mit
Männern, die Figur, Kosmetik, aber kein Wort über Sex.
Clara serviert allen einen Kaffee mit einem Stück Kuchen,
und meint, damit sie nicht einschlafen und Kraft für die
Nacht hätten. Frauen beim Kaffeekränzchen im Sexclub

in hauchdünner Lingerie und Lackstiefeln bis zu den Knien. Einzig Charlotte fällt etwas aus dem Rahmen, in ihrem braunen Wildledermini, in den braunen Wildlederstiefeln und in einem hautengen, schwarzen Rollkragenpullover, unter dem sie keinen Büstenhalter trägt, weshalb sich ihre Brüste und Brustwarzen neckisch abzeichnen.

Wie der erste Gast den Raum betritt, löst sich ihre gesellige Runde auf und man drapiert sich mit aufreizender Pose in die Polster, möglichst dekorativ wie Ware im Schaufenster.

Charlotte bleibt an der Bar sitzen und bemerkt nebenbei gegenüber Clara: „Victor ist verschwunden."

„Das kann ich mir gut vorstellen, für ihn ist es im Moment nicht sehr gemütlich."

„Hast du eine Idee, wo er sich aufhalten könnte?"

Claras Blick verfinstert sich merklich und beginnt das Kaffeegeschirr wegzuräumen.

„Willst du das als Polizistin oder als seine Freundin wissen?"

In diesem Moment kommt Scott durch die Tür, setzt sich an die Bar, beschäftigt sich mit seinem Smartphone, ohne Charlotte zu beachten, aber lächelt Clara zuckersüß zu, wie sie ihn nach seinem Wunsch fragt.

„Ein Bier, bitte."

„Aber gerne", flötet sie lieblich und zapft ein Glas.

„Wie kommst du auf die Idee, dass ich seine Freundin wäre?", raunt Charlotte ihr zu.

„Nur so ein Gefühl."

Sie serviert Scott das Bier.

„Zum Wohl. Ich sehe Sie das erste Mal hier oder liege ich da falsch?", fragt sie Scott mit einem zuckersüßen Lächeln.

„Nein, das haben Sie völlig richtig erkannt."

„Oh, dann hoffe ich, dass es nicht das einzige Mal sein wird."

„Das wird sich zeigen, nur fürchte ich, nicht Ihren Vorstellungen eines Gastes zu entsprechen, denn mich treibt mein Beruf hierher. Gestatten Sie, Scott Litchfield, Reporter der Deutschen Presseagentur. Mich interessiert die aktuelle Eskalation des Kosovo-Konfliktes in dieser Stadt, sowie in anderen Ländern Europas. Ein seit ewig schwelender Krieg zweier Ethnien, der selbst außerhalb des Kosovo geführt wird."

„Ach so", meint Clara reserviert und beginnt nervös Gläser zu rücken und die Theke abzuwischen.

„Mir wurde berichtet, dass auch in Ihrem Etablissement eine Auseinandersetzung stattfand. Wären Sie bereit mir über die Entwicklung der Gewalt in dieser Stadt ein Interview zu geben?"

Clara ist es anzusehen, wie unangenehm ihr das Anliegen dieses Gastes ist. Die Presse ist bei ihr etwa so beliebt wie die Polizei, denn in der Vergangenheit wurde das Milieu in den Medien oft genug verzerrt dargestellt. In erster Linie die Boulevardpresse fand immer genügend miese Geschichten, welche mit moralischer Empörung breitgetreten werden konnten und wenn man keine fand, dann erfand man welche.

„Nein, das möchte ich nicht. Ich scheiße nicht in das eigene Nest. Verzeihen Sie diese Worte, aber ich kenne Sie nicht, und meine Erfahrungen mit der Presse sind nicht sehr gut."

„Das tut mir leid, aber ich respektiere Ihre Meinung. Ich werde zu meinen Informationen kommen, da gibt es genügend Leute, die redselig sind."

Carla nickt und gesellt sich wieder zu Charlotte, die das Gespräch leider nicht verstehen konnte."

„Was ist, du schaust so ernst?", fragt Charlotte neugierig, nachdem sie von weitem nur das Mienenspiel der beiden verfolgen konnte.

„Ein Reporter von der Presse, der mich zu den Geschehnissen befragen wollte. Ich habe ihn abgewimmelt. Ich kenne diese Typen, sie kotzen mich an. Zuerst sind sie freundlich, dann schreiben sie einen verlogenen Mist in die Zeit, die man so nie gesagt hat."

Charlotte staunt über Scott, der mit keinem Wort erwähnt hat, dass er hier den Reporter spielen will. Sie muss innerlich über seine schräge Idee schmunzeln.

„Solche Geschichten zieht die Presse an wie das Licht die Motten. Ich könnte dir auch einiges zu diesem Thema erzählen. Ich finde es gut, hast du ihn abblitzen lassen. Es werden schon zu viele gefährliche Informationen verbreitet. Hast du mir ein Glas Champagner, bitte. Keine Angst, ich zahle ihn."

„Wie meinst du das?", fragt Carla interessiert, ohne auf die Bestellung einzugehen.

„Wir sind der Überzeugung, dass ein Eingeweihter die Serben mit Informationen versorgt. Jemand der alle Beteiligten kennt."

„Interessante Vermutung."

„Das ist keine Vermutung, das ist eine Tatsache. Wir haben leider noch nicht herausgefunden, wer es ist."

Carla starrt Charlotte an, erwacht plötzlich aus ihrer gedanklichen Abwesenheit, nimmt eine Flasche Champagner aus dem Eis, öffnet den Verschluss und füllt ein Glas.

„Entschuldige, ich habe über deine Worte nachgedacht."

„Hast du keine Idee, wer der Verräter sein könnte. Du kennst doch das Milieu."

„Vielleicht das Rotlichtmilieu, allerdings nicht die Drogenszene. Ich würde in diesen Kreisen suchen, schließlich geht es dort um erheblich mehr Geld."

„Da pflichte ich dir bei, nur hatte dein Lokal zweimal in Verbindung mit den Vorfällen gestanden, was nichts heißen muss, aber etwas bedeuten könnte. Dieser Krieg ist noch nicht vorbei, darum brauchen wir dringend Hinweise, um weiteres Blutvergießen zu verhindern."

„Sorry, ich habe keine Ahnung", entgegnet Carla schnell, zu schnell, um über Charlottes Worte wirklich nachgedacht zu haben. Sie ist froh einen neuen Gast bedienen zu können und eilt davon.

Charlotte weiß sehr wohl Bescheid, was man in diesen Kreisen von Kollaborateuren hält, darum kann sie Carlas ablehnende Haltung nachvollziehen.

Trotzdem will sie nicht aufgeben und hakt nach, wie sie wieder am Zapfhahn steht: „Ich hoffe, du findest einen Hinweis in deiner Erinnerung, denn Victor ist in höchster Gefahr."

„Victor ist die Gefahr gewohnt, er wird sich zu helfen wissen."

„Diesmal hat er aber richtig Scheiße am Hals. Diese serbischen Banditen wollen sich an ihm rächen, weil er einer der ihrigen schwer verletzt hat. Die verstehen keinen Spaß."

Im Augenwinkel nehme ich wahr, wie Scott von einem Mädchen angebaggert wird und er sie in ein Gespräch verwickelt.

„War es tatsächlich Victor, der geschossen hat?"

„Der Schuss kam aus seiner Waffe, aber er handelte vermutlich in Notwehr, denn beim Opfer, ein gesuchter Profi, fanden wir eine gezogene Pistole. Es war noch ein Komplize des Opfers am Tatort, auch ein gesuchter Verbrecher der gefährlichen Sorte, der fliehen konnte. Dieser Mann wurde bereits am Wohnort von Victor gesehen, also versäumen die keine Zeit, um sich zu rächen. Darum müssen wir Informationen haben."

Carla läuft davon, serviert das Bier und begrüßt einen neuen Gast, den sie näher zu kennen scheint, denn sie tauschen die drei üblichen Wangenküsse aus.

„Wie bereits gesagt, ich habe keine Ahnung, wer der Informant sein könnte", sagt Clara, sichtlich froh, diesen neuen Gast bedienen zu können.

Charlotte fühlt sich durch Carlas Distanziertheit irritiert, zumindest eine minimale Verbundenheit und Solidarität zu Victor wäre zu erwarten gewesen, hatte sie doch den Eindruck, dass die beiden sich nahestehen. Charlotte kommt ins Grübeln, hätte jetzt gerne jemand zur Seite gehabt, um sich auszutauschen, aber Scott amüsiert sich bestens mit dem Mädchen, zudem kennt man sich ja nicht. Sie überlegt bereits Matthias anzurufen, da setzt sich der neue Gast mit seinem Bier auf den Barhocker zur rechten Seite und lächelt sie an.

„Hallo schöne Frau, so einsam?"

Oh, ist das ein schlechter Einstieg. Bei solch einer dämlichen Anmache fallen ihr hundert Antworten ein, die diesem Flachwichser das dämliche Grinsen aus dem Gesicht treiben würden, die sie entgegen ihrem innerlichen Drang mühsam hinunterschluckt, denn sie möchte nicht bereits so früh am Abend aus ihrer Rolle fallen.

„Einsam? Ich habe doch nur auf dich gewartet. Hallo, mein Süßer, wie heißt du denn?"

„Erwin. Und wie ist dein Name?"

„Charlotte", haucht sie mit einem übertrieben erotischen Timbre, klimpert mit den Augenlidern und ist gespannt, wie Erwins Anmache weitergehen wird.

„Dieser Name passt wunderbar zu einer schönen Frau. Wenn ich deinen Dialekt höre, dann stammst du aus dieser Stadt. Ist das möglich?"

„Das hast du sehr gut erkannt. Ich frage mich nur, wieso das nicht möglich sein sollte?"

„Naja, bis jetzt traf ich hier nur Mädchen aus dem Ausland, du bist die erste, die von hier stammt."

„Ach so, dich irritiert, dass auch einheimische Frauen professionell ficken. Tut mir leid, wenn ich nicht dem Klischee einer gängigen Nutte entspreche."

Erwin muss schmunzeln und kontert: „Mich irritiert, dass du nicht in diesen Laden passt. Du bist geschmackvoll gekleidet, dein Makeup ist dezent, deine Haltung ist selbstbewusst, nicht unterwürfig, deine Worte sind ironisch. Ich denke, du machst das hier nicht nur aus rein monetären Überlegungen."

Charlotte legt ihren Kopf leicht schräg, lässt ihren Blick provokativ über Erwin schweifen, begutachtet ihn, als würde sie erst jetzt ihr Interesse an ihm finden. Er ist auf den zweiten Blick kein so schmieriger Lüstling, der sich gezwungen sieht, die Liebe zu kaufen, sofern er nicht in einem Zölibat leben will. Erwin ist etwa fünfunddreißig

Jahre alt, groß, schlank, hat braunes Haar, verträumte, graue Augen, einige Pockennarben im Gesicht und einen sinnlichen Mund. Kein hässlicher Typ.

Dann entgegnet sie: „Wenn ich keine Nutte bin, dann bist du kein Freier. Vermutlich bist du Soziologe und zu Studienzwecken hier. Der Titel deiner Doktorarbeit lautet: ‚Der soziale Auftrag einer Nutte in ihrem Wirkungsfeld und warum Schweizer Frauen nicht mehr die Beine breitmachen' oder ‚Die Typologie der Unterwürfigkeit von Nutten in Bezug auf ihre Nationalität'."

Erwin muss laut lachen, dass Clara erschreckt aufblickt. Sie ist intimes Getuschel mehr gewohnt, denn lautes Gelächter.

„Deine spontane Einschätzung liegt gar nicht so falsch, nur mache ich meine Studien für mich persönlich und von Beruf bin ich ganz einfacher Beamter."

„Lass mich raten. Du bist ein kleiner Steuerbeamter und versucht zu verstehen, wohin die überrissenen Spesen der Politiker und Chefbeamten fließen."

„Du kommst der Sache immer näher."

„Dann willst du gar nichts von mir, sondern schlürfst an deinem Bier und staunst über Sodom und Gomorrha."

„Ich hätte schon gerne etwas mit dir, aber mit meinem bescheidenen Beamtenlohn kann ich mir dich nicht leisten. Oder muss ich auch für das Gespräch bezahlen?"

Erstmals wird aus Charlottes zynischen Grinsen ein warmherziges Lächeln.

„Nein, das ist gratis, betrachte es als Werbegeschenk."

„Danke, das ist sehr großzügig. Ich würde gerne bezahlen, weniger für Sex, mehr für Informationen. Da könntest du mir sicher helfen."

Schlagartig verschwindet das Lächeln aus Charlottes Gesicht.

„Ach, schau an, die Presse! Jetzt, wo du mir langsam sympathisch wurdest, kommst du mit diesem Stimmungskiller. Ich denke, du verpisst dich am besten."

Charlotte wendet sich demonstrativ ab, nur gibt Erwin

nicht so schnell auf.

„Nein, ich bin nicht von der Presse, ich bin wirklich ein Beamter."

„Und was für ein Beamter?"

„Das kann ich dir so direkt nicht sagen, aber ich arbeite bei einer Bundesbehörde", flüstert ihr Erwin ins Ohr.

„Bundespolizei?", spekuliert Charlotte in verschwörerischer Lautstärke.

„Du hast eine blühende Phantasie, aber gegen einige Informationen könnte ich dir einen Hinweis geben."

„Ha, ein denkbar schlechtes Geschäft. Dafür gebe ich dir im Gegenzug einen unentgeltlichen Hinweis. In diesem Moment störst du hier nur die polizeilichen Ermittlungen."

Erwins Haltung verändert sich unmerklich, er strafft leicht die Schultern, lässt die Augen, ohne sich umzudrehen, kurz durch den Raum schweifen, sein Mund wird zu einem schmalen Strich. Er nickt anerkennend, als würde er jetzt alles verstehen und für gut befinden.

Dann lehnt er sich zurück und sagt: „Respekt, du hast mich überzeugend verwirrt. Hätte ich das gewusst, wäre ich nie hier aufgetaucht. Charlotte, es war mir ein Vergnügen, dich kennengelernt zu haben."

Er reicht ihr die Hand, förmlich, wie bei einem offiziellen Akt, neigt kurz sein Haupt und macht einen eleganten Abgang.

59

Verfügt man über die richtigen Kontakte, dann ist es sehr einfach, an eine nicht registrierte Waffe zu kommen. Um zehn Uhr verließ ich das Haus und vier Stunden später bin ich wieder mit einer SIG-Sauer zurück. Eine kleine Pistole mit neun Millimeter-Munition, die ich unauffällig in der Jacke tragen und mit der ich problemlos genügend Schaden anrichten kann. Ein leicht mieser Beigeschmack hatte dieser Handel, denn ich bekam diese Pistole für schlappe zweitausendzweihundert Euro, was bedeutet, dass man mich bei der Walther PPK über den Tisch gezogen hat. Ich schlucke meinen Groll herunter und zolle jenem dreisten Schwarzhändler meinen Respekt. Ich setze mich an den Tisch nehme sie auseinander, setze sie wieder zusammen, dies mindestens zehnmal, mache mich mit ihr vertraut, lade sie, bevor ich sie in den Holster stecke und die Lederjacke anziehe. Bequem, unauffällig. Jetzt muss nur die alte Pistole verschwinden, was ich nächste Nacht zu tun gedenke.

Es überkommt mich eine bescheidene Sicherheit und Zufriedenheit, vermutlich aus dem Gefühl heraus, mich wieder wehren zu können. Auch wenn mir diese Fähigkeit den ganzen Ärger mit der Polizei eingebrockt hat, werde ich nicht auf eine Waffe verzichten, sollte ich wieder in die Stadt zurückgehen, was mit größter Wahrscheinlichkeit der Fall sein wird. Allerdings ist es dafür zu früh, vielleicht sollte ich eine Woche warten oder auch zwei. Urlaub! Ich sollte dies als Urlaub betrachten, mich erholen, abschalten, erstmals alles ausblenden und mit neuen Kräften zurückkehren. In zwei Wochen wäre das kurze Gedächtnis der Öffentlichkeit wieder mit anderen Themen beschäftigt, außer jenes der Polizei, welches, wie bei einem Elefanten, kaum etwas vergisst, aber dies werde ich zu richten wissen.

Ein leichter Hunger meldet sich, weshalb ich überlege, einige Crostinis zu machen und eine Flasche Weißwein zu öffnen. Ich schneide das halbe Baguette in Scheiben, wie ich durch das Küchenfenster einen silberfarbenen Golf mit Basler Nummernschild neben das Haus rollen sehe. Matthias und Charlotte steigen aus. Mein Herzschlag setzt einen Moment aus, ich bin erst fassungslos, dann erstaunt, denke eigenartigerweise keine Sekunde an Flucht, im Gegenteil, ich überlege, ob ich das ganze Baguette in Scheiben schneiden soll, jetzt, wo ich Gäste habe.

Die Beiden schauen sich neugierig um, als begutachteten sie das Haus und die Umgebung, wie Touristen auf der Suche nach einem passenden Hotel. Sie haben mich gefunden, wie, das werden sie mir gleich erzählen. Ich trete vor das Haus, lehne lässig an den Türpfosten und warte bis sie mich sehen.

„Herzlich willkommen, meine Lieben. Ich wollte soeben einige Crostinis zubereiten und eine Flasche Weißwein öffnen, hättet ihr auch Lust?"

Sie sind sichtlich überrascht, hatten wohl nicht mit dieser Begrüßung gerechnet, finden aber langsam zu einem Lächeln.

„Idyllisch hast du es hier, muss schon sagen", meint Matthias mit einer ausladenden Geste. „Ein Ort, an dem ich dich eigentlich nicht erwarten würde. Zu ruhig, zu abgelegen, zu wenig urban."

„Genau der richtige Ort für einen erholsamen Urlaub. Ihr solltet hier eine Nacht erleben. Absolute Stille, nur ein leises Plätschern des Wassers. Auch die Tage sind so friedlich mit dem beruhigenden Grün der Tannen und dieser klaren Luft. Herrlich."

„Wahrhaftig ein Kontrast zur Stadt, vor allem was die Friedlichkeit anbelangt. Allerdings muss ich bemerken, dass es in der Stadt spürbar friedlicher geworden ist, seit du im Urlaub weilst. Keine Schießerei, keine Verletzten", spottet Matthias, während sie auf mich zu schlendern.

„Bitte tretet ein", sage ich, öffne die Tür und gehe voraus.

„Oh, Victor, du hast es ja richtig gemütlich hier. Irgendwie passt das nicht so recht zu dir. Ein Verbrecher mit Wochenendhaus. So viel Spießigkeit hätte ich dir niemals zugetraut", legt Charlotte nach.

„Ihr von der Polizei solltet nicht in Klischees denken. Intelligente Verbrecher haben mehr als eine Identität, sie nutzen meist die Bürgerlichkeit, um sich hinter deren anonymen Harmlosigkeit zu verstecken. Nur sollte man wirklich intelligente Verbrecher nicht so schnell aufstöbern können. Respekt. Nehmt doch Platz."

Ich arrangiere die Baguettescheiben auf einem Backblech, schiebe sie in den Ofen und beginne die Tomaten zu würfeln. Die Beiden ziehen ihre Jacken aus, hängen sie an die Garderobe, direkt neben meine Lederjacke, in der auch das Schulterholster mit der Pistole hängt.

„Darf ich fragen, welcher meiner Fehler euch hierhergeführt hat?"

„Deine akkurate Buchhaltung", erklärt Charlotte. „Eine Überweisung nach Frankreich für eine Mobiliarversicherung. Der Rest war simple Ermittlungsarbeit."

Ich kann über meine Dummheit nur den Kopf schütteln.

„Und jetzt? Wollt ihr mich verhaften?"

Matthias grinst und meint: „Du weißt sehr genau, dass wir hier in Frankreich keine Befugnisse haben, außer wir hätten die Gendarmerie ins Boot geholt. Nein, wir sind nur zu Besuch."

Ich entkorke den Pinot gris und fülle drei Gläser. Wir prosten uns zu, dann zerhacke ich Knoblauch, mische ihn unter die Tomatenwürfel, Kräuter, Salz, Pfeffer, arrangiere es auf die goldbraunen Baguettescheiben, die ich zuerst mit Olivenöl beträufle, bevor ich die Crostinis auf einem großen Teller serviere.

„Ich freue mich über euren Besuch, auch wenn ihr mir damit meine sträfliche Nachlässigkeit vor Augen führt. Trotzdem würde es mich interessieren, was ihr damit bezwecken wollt."

Matthias hat einen vollen Mund, weshalb Charlotte antwortet: „Von Rechts wegen müssten wir dich einlochen, nachdem du einen Mann niedergeschossen hast. Die Kugel ist identisch mit jener aus dem Bein des Albaners. Dir ist schon klar, wen ich meine. Du bist nicht doof, darum hast du diese Waffe entsorgt, somit können wir dir nichts beweisen..."

„Ist der Mann tot?", unterbreche ich sie, verunsichert durch ihre Formulierung.

„Nein, er lebt und ist auf einem guten Weg der Genesung. Also zumindest kein Totschlag. Wir werden deine Tat nur vordergründig verfolgen, denn wir versuchen herauszufinden, wer den Serben die Informationen zukommen lässt. Dieser Verräter könnte unser Zugang zu den Tätern sein. Wir sind der Meinung, dass du diese Person kennst, denn ich habe einen der Täter bei dir ins Haus gehen sehen. Anhand von Fingerabdrücken an dem Tatort konnten wir ihn identifizieren. Wer kennt alles deine Wohnadresse?"

Die Logik ihrer Worte ist überwältigend, wie auch die Schlussfolgerung in meinem Hirn. Mein soziales Umfeld ist sehr überschaubar, nur wenige Menschen pflegen einen Kontakt mit mir und noch weniger wissen, wo ich wohne. Benedict war als einziger Mann ein einziges Mal bei mir, aber es gibt keinen Grund an seiner Integrität zu zweifeln, er würde sich damit nur selbst schaden. Ansonsten waren es nur Frauen, die ich zum Vögeln nach Hause nahm. Den meisten Frauen traue ich keinen Kontakt zur Unterwelt zu, mit Ausnahme von Carla, die sich diesem Umfeld aus beruflichen Gründen nicht entziehen kann. Plötzlich passt alles zusammen. Es trifft mich wie ein Faustschlag. Aber warum? Das gibt keinen Sinn. Selbst in den depressivsten Träumen hätte ich mir nicht vorstellen können, ausgerechnet von ihr verraten zu werden. Der perfideste Vertrauensbruch, und dies von der mir am nächsten stehenden Person. Traurig, schlimmer tragisch. Es muss eine Erklärung dafür geben. Hat man sie gezwungen?

„Scheiße, warum hat sie das gemacht!", murmle ich gedankenverloren zu mir selbst.

„Eine Frau hat dich verraten?", fragt Matthias überrascht, immer noch kauend und dabei Brotkrumen spukend.

„Naja, abgesehen von einem einzigen Mann, der garantiert nicht in Frage kommt, sind es ausschließlich nur Frauen, die ich zu mir nach Hause mitgenommen habe und von denen wiederum nur eine in Frage kommt."

„Wer?", fragt Charlotte gespannt, die immer noch keinen Bissen angerührt hat.

Will ich der Polizei erzählen, wer mich verraten hat? Nein, ich möchte diese Angelegenheit gerne selbst in Ordnung bringen. Das ist eine ganz persönliche Angelegenheit.

„Das möchte ich euch nicht erzählen. Ich muss das selbst regeln."

Matthias schluckt schwer an seinem letzten Bissen.

„Ach Victor, komm, sei nicht so fürchterlich stur. Du wirst gar nichts regeln, wenn wir es nicht zulassen. Abgesehen davon sind wir nicht blöd, wir sind fähig zu denken, darum werden wir auch ohne deine Hilfe herausfinden, wer die Verräterin ist."

Logisch, ich konnte ja nicht mein dämliches Maul halten. Es kommen nicht viele Frauen in Frage, wenn man mein Umfeld nur ein kleines bisschen kennt.

„Ja, das werdet ihr, keine Frage, nur wird unsere Kooperation damit beendet sein. Das ist meine Angelegenheit."

Ich nehme einen Schluck, lasse meine Worte wirken, denn mehr gibt es nicht zu sagen. Es entsteht eine seltsame Stille in der jeder in sich gekehrt isst und trinkt. Sie verstehen mich, davon bin ich überzeugt, auch wenn sie es nicht zugeben werden.

„Vorzüglich diese Crostini, auch der Wein", schwärmt Matthias und leckt sich die Fingerspitzen. „Dennoch bist du ein sturer Hund, der sich langsam aber sicher mit seinem Verhalten in die Scheiße reitet. Du könntest hier deinen Urlaub genießen, fernab dem Wüten jeglicher Balkanclans, ohne Risiko, denn die haben keine Ahnung, wo du dich aufhältst. Erst dann, wenn alles vorbei ist, kommst du wieder zurück in die Stadt."

Eine verlockende Perspektive, gar keine Frage, aber wie soll ich mich künftig in dieser Stadt behaupten, wenn mein ängstliches Verstecken hinter dem Rücken der Polizei erst bekannt wird. Und das wird es mit Sicherheit, so wie allmählich die Hintergründe dieser Geschichte nach außen durchsickerten. Abgesehen davon kann ich einen Verrat nicht akzeptieren. Ich muss wissen, warum sie das getan hat und ich muss es verstehen, sonst werde ich keine Ruhe finden.

„Meine Lieben, ich muss schon sagen, ihr habt eine wirklich naive Sicht auf die Dinge. Habt ihr wirklich das Gefühl, dass man es mir in dieser Stadt verzeihen wird, wenn ich in feiger Manier auf Tauchstation gehe und mich nicht gegen Verrat und Aggression wehre. Ich werde dieser Frau nichts antun, aber ich möchte sie zur Rede stellen, um zu erfahren was hier genau läuft. Ich werde euch informieren, keine Angst, ich will mir auf keinen Fall die Finger verbrennen."

Wieder verfallen alle in ein grüblerisches Schweigen, nippen an ihren Gläsern, nach einer Lösung suchend, mit denen alle leben könnten. Dabei habe ich die schlechteren Karten, dessen bin ich mir bewusst, nur wollen es die Beiden nicht mit mir verscherzen, da ich unangenehme Aussagen über die Zusammenarbeit der Polizei mit einem Verbrecher machen könnte. Es wäre nahrhaftes Futter für eine hungrige Presse. Ich kann ein dreckiges Grinsen nicht verhindern.

„Ich frage mich, was du zu grinsen hast", bemerkt Charlotte und beißt endlich in ihr Crostini.

„Ich schmunzle über diese groteske Situation. Polizei und Unterwelt sitzen an einem Tisch und verhandeln bei einem kleinen Imbiss über das weitere Vorgehen. Ist denn so etwas nicht lustig?"

Jetzt beginnen auch Matthias und Charlotte zu grinsen, nicht mit Überzeugung, mehr aus Verlegenheit.

„Das ist wahrlich grotesk", gibt Matthias zu, „und ich bin es, außer mit dem Staatsanwalt, nicht gewohnt zu verhandeln. Also angenommen, wir würden dir ein Gespräch mit dieser Frau zugestehen, was könnten wir dann im Gegenzug von dir erwarten?"

„Ich liefere euch die Mörder von Alexa und Pretarsson."

„Wie lange brauchst du dazu?"

„Gebt mir zwei Tage, achtundvierzig Stunden. Wenn ich keinen Erfolg habe, dann gebe ich euch den Namen der Frau."

Wieder einmal verfällt Matthias in sein träges Nachdenken, als bestünde sein Gehirn aus lauter mechanischen Zahnrädern, die nur sehr mühsam in Schwung kommen.

Mit einem Tunnelblick sitzt er am Tisch, fixiert die längste Zeit ein Aquarell an der Wand und sagt dann: „Einverstanden."

Ich wechsle einen kurzen Blick mit Charlotte, der die Erleichterung anzusehen ist, dann murmle ich: „Danke."

60

Der Aufprall auf dem Wasser ist ein enttäuschend un-spektakuläres Geräusch, das vom Rauschen der Staustufe beinahe geschluckt wird. Hier ist das Wasser sehr tief, ein weicher Schlick bedeckt den Grund, also wird die Pistole für längere Zeit sicher aufgehoben sein. Ich bleibe in der Dunkelheit stehen, als hielte ich inne für einen Moment der Trauer, aber es sind meine Gedanken, die mich blo-ckieren. Es fällt mir sehr schwer, unter diesen Umständen in die Stadt zurückzugehen. Meine Intuition gibt mir das miese Gefühl, mit Carla die falsche Person zur Rechen-schaft zu ziehen, damit nicht die Täterin, vielmehr das Op-fer zu bestrafen. Ich kann mir nicht vorstellen, dass sie mich verraten hat, ohne unter massiven Druck gestanden zu haben. Zu lange kennen wir uns, zu viel verbindet uns.

Ich löse mich aus meiner Starre, steige in den Wagen und fahre in die Stadt, wo ich den Wagen wieder in seine hei-matliche Garage stelle. Gemächlich rauchend schlendere ich in die Innenstadt, immer noch unschlüssig, wie ich ge-genüber Carla auftreten soll. Hart und gnadenlos oder freundschaftlich und verständnisvoll? Was mach ich, wenn so ein verfluchter Drecksack in den Polstern hängt und auf mich wartet? Wird das ›Vesuvio‹ beobachtet? Ich habe keine Ahnung, also muss ich mich auf alles gefasst machen. Noch im Wagen habe ich die Pistole durchgeladen und ge-sichert. Jetzt, zwei Seitenstraßen vor dem Lokal, ziehe ich sie aus dem Holster, entsichere sie, stecke sie wieder zu-rück. Trotz der Kälte steht mir der kalte Schweiß auf der Stirn, meine Hände zittern leicht, aber ich bin hellwach, stehe komplett unter Strom. Ich atme tief durch, schließe kurz die Augen, dann gehe ich weiter.

Es ist dreiundzwanzig Uhr dreißig, als ich das Lokal be-trete. Es hat ungewohnt viele Gäste, vermutlich ein aus-ufernder Firmenausflug, denn selbst einige Frauen haben sich im Schutz der Gesellschaft in diese Männerdomäne gewagt. Es ist laut, es wird gelacht, eine leicht betrunkene Ausgelassenheit, die Tische sind besetzt und die Mädchen meist mit mehreren Männern ausgelastet. Carla nutzt die Gunst der Stunde und kümmert sich um einen lückenlosen Getränkenachschub. Mit einer gehetzten Miene und schweißglänzender Stirn versucht sie alle Wünsche möglichst zügig zu erfüllen. Ich beobachte gerne ihre Professionalität, ihr Geschick, ihre effizienten Handgriffe, keiner davon ist zu viel, dazu immer ein leichtes Lächeln auf den Lippen. Sie ist in ihrem Element, sicherlich auch froh über die Einnahmen, die in den letzten Jahren eher rückläufig waren, was ihr das Leben schwermachte. Sie hat mich bis jetzt noch nicht wahrgenommen, also setze ich mich auf einen der wenigen freien Barhocker und warte geduldig.

Dann sieht sie mich. Um einen Drink zu mixen, braucht sie eine Flasche, die genau vor mir steht. Unbeeindruckt und mit flinken Händen hantiert sie weiter mit Gläsern, Rum, Orangenschalen und anderen Ingredienzien, schenkt mir nur kurze, vielsagende Blicke, aber sagt kein Wort. Sie serviert die Drinks und kommt zu mir zurück.

„Du hier?"

„Warum sollte ich nicht hier sein?"

„Nachdem was geschehen ist, wirst du gesucht, verdammt nochmal, und nicht nur von der Polizei", raunt sie mir zu.

„Ach so. Mach dir keine Sorgen, ich bin hier, um meine Angelegenheiten in Ordnung zu bringen. Das mit der Polizei hat sich erledigt, denn sie haben keinen einzigen Beweis für ein Vergehen von mir", flüstere ich über die Theke gelehnt.

„Dann bin ich beruhigt. Moment bitte."

Ein Gast ruft laut nach einer Flasche Champagner, weshalb sie beflissen davoneilt. Sie wirkt seltsam verkrampft, nicht wegen den vielen Gästen, das beflügelt sie für gewöhnlich, nein, es ist das Fehlen ihres Humors, ihrer scherzhaften, oft zweideutigen Bemerkungen, ihrer Leichtigkeit, ihrer fröhlichen Aura. Wie sie sich heute gibt, macht einen sehr unnatürlichen, oberflächlichen Eindruck und es stellt sich die Frage, wie weit meine Anwesenheit dazu beiträgt. Oder rede ich mir das nur ein, weil ich meinte ihre Angst zu spüren? Nervös zu sein, ist in diesen schwierigen Zeiten kein exotischer Gemütszustand.

Sie kommt zurück, gesellt sich wieder zu mir und sagt: „Entschuldige, im Moment ist es ungünstig, wie du siehst, habe ich leider keine Zeit für dich."

„Macht nichts, ich werde warten. Ich habe alle Zeit der Welt."

Sie übertüncht ihren skeptischen Blick mit nachdrücklicher Geschäftigkeit, wäscht einige Gläser ab, wischt die Theke sauber, schneidet Zitronen, bis aus einer Nische ein Gast winkt. Sie geht die Bestellung aufnehmen, kommt zurück und zapft ein Bier.

„Das kann aber dauern", sagt sie beiläufig zu mir.

Sie serviert das Bier, was mir Zeit gibt, die Gäste genau zu mustern. Beim besten Willen kann ich keinen gefährlichen Anzugsträger erkennen, alles rechtschaffene Bürger, die für einmal über die moralischen Stränge hauen und zu diesem Zweck viel Alkohol benötigen. Zwei weitere Gäste betreten den Club, aber beim Anblick dieser ausgelassenen Horde machen sie gleich kehrt.

„Wäre es nicht besser, wenn wir uns morgen sehen würden?"; fragt sie, nachdem sie wieder bei mir hinter der Theke steht.

„Nein, ich muss mit dir reden und zwar noch diese Nacht. Gib mir bitte ein Tonic-Water, dann warte ich geduldig, bis es ruhig wird."

„Oh, entschuldige, ich bin eine schlechte Gastgeberin."

Sie stellt ein Glas mit einigen Eiswürfeln und einer Scheibe Zitrone vor mich hin und schenkt mit einem verlegenen Lächeln das Tonic ein.

„Zum Wohl", wünscht sie mir, bereits auf dem Weg zum nächsten Gast.

Ich spüre, wie sich meine Befürchtungen verdichten, wieso sonst sollte sie sich so seltsam verhalten? Als hätte

316

ich eine ansteckende Krankheit. Wo wir uns doch zur Begrüßung immer geküsst haben. Auch wenn es viele Gäste hatte, ließ sie es sich nicht nehmen, hinter der Bar hervorzukommen, um mich zu umarmen. Ich fühle mich wie in einer Beziehung, die zu Ende ging und man in der Folge nur einen distanziert kollegialen Umgang pflegt. Wir waren nie ein Liebespaar, es war mehr eine Seelenverwandtschaft zweier Außenseiter, wir waren uns immer sehr nahe, trotzdem ließen wir uns den nötigen Raum. Im Hinterkopf will ich das nicht wahrhaben, denn ich verlöre mit Clara einer meiner wenigen echten Beziehungen zu Menschen. Wer bleibt noch übrig in meiner Welt? Isabelle? Eine hysterische Karrierefrau kurz vor dem endgültigen Absturz. Claudia? Die kaputte Gemahlin eines reichen Arschloches, für die ich Drogenlieferant und Spielzeug bin. Gibt es Männer, die mir nahestehen? Benedict, der sich aus dem Staub gemacht hat, der immer nur ein Gleichgesinnter, aber nie ein Freund war. Alle anderen Menschen, in erster Linie die Mädchen und die Kunden sind wie Benedict aus meinem Leben verschwunden. Es erscheint mir absurd, aber die intensivste Beziehung pflege ich zurzeit mit der Polizei, mit Matthias und Charlotte, und dies sogar in einem durchaus angenehmen Rahmen. Man begegnet sich mit Respekt, was in dieser Konstellation nicht zwingend zu erwarten wäre. Matthias, der sanftmütige, intellektuelle Mystiker und Charlotte, die erfrischend freche Schönheit mit dem Mut einer Amazone. Zwei Menschen, die ich gerne unter anderen Bedingungen kennengelernt hätte.

Währenddessen sitze ich auf meinem Barhocker, eine Stunde ist vergangen und außer einigen gehetzten Blicken, versucht sie mich möglichst nicht zu beachten. Ich denke, sie ist froh über den Betrieb, der herrscht, aber fürchtet sich auch vor dem Moment, wenn nur noch wir zwei uns im Lokal befinden. Und der scheint schneller zu kommen, wie erhofft. Plötzlich entscheidet sich ein Großteil der Gesellschaft weiterzuziehen, weshalb ein umständliches Bezahlen der Zeche beginnt. Bis sich die angetrunkene Bande einigt, wer was zu bezahlen und wer was nicht bestellt, aber doch getrunken hat, verstreicht eine halbe Stunde, bis alle angezogen, unter lautstarken Diskussionen nach draußen gewankt sind und sich die Tür hinter dem Lärm geschlossen hat, ist es beinahe zwei Uhr. Sofort herrscht eine andere Stimmung, als hätte jemand den Stecker gezogen. Wäre nicht Clara, die geschäftig die Tische abräumt und wieder Ordnung herzustellen versucht, herrschte mit der sanften Musik und dem leisen Getuschel der Pärchen beinahe eine romantische Beschaulichkeit. Weiterhin fehlt jede Spur eines windigen Anzugsträger, nur sechs brave Bürger ergeben sich wehrlos den Reizen und den verführerischen Versprechungen der Mädchen. Von meinem Barhocker aus betrachtet, könnte ich genauso gut alleine im ‚Vesuvio' sitzen, derart absorbiert sind die Herren von ihren Trieben. Genau genommen, bin ich mit Carla alleine in diesem Raum und ich habe keine Lust länger zu warten. So folge ich ihr, als sie mit einem Tablett voller schmutziger Gläser in der Küche, welche gar keine Küche ist, verschwindet.

Sie stellt das Tablett ab, bleibt abgewandt von mir stehen, stützt sich auf der Anrichte ab und spürt, dass ich hinter ihr die Küche betreten habe, denn die Schwingtür federt nicht mehr nach. So stehen wir in dieser ausrangierten Chromstahleinrichtung mit einem alten Gasherd und großen Kühlschränken, zwischen aufgestapelten Getränkekartons und Kisten mit leeren Flaschen. Ich schweige, sie atmet schwer.

„Was willst du?", fragt sie nach einer Weile.

„Das weißt du ganz genau", antworte ich mit ruhiger Stimme.

Sie kann mir nicht in die Augen sehen, zeigt mir nur den Rücken. Sie tut mir beinahe leid und es drängt mich, sie zu umarmen, aber ich bleibe wartend an der Türe stehen. Das Schweigen wird unerträglich.

„Es gibt keine Vergebung für das, was ich getan habe, auch wenn ich dir sage, dass ich alles bereue", stammelt sie, dann beginnt sie lautlos zu weinen. Einzig das Zucken ihres Körpers zeugt von ihrem stillen Kampf mit den Tränen.

Ich überlasse sie ihrer Verzweiflung, warte, bis sie den Mut findet, sich umdrehen zu können. Aber sie fürchtet sich zu sehr.

„Warum?" will ich wissen.

Sie zieht den Rotz hoch, wischt sich Tränen von der Wange.

„Ich hatte keine Wahl. Entweder du oder mein Augenlicht. Sie drohten mir, mich zu verstümmeln, wenn ich ihnen nicht die Informationen liefere, die sie brauchen, um Fuß zu fassen."

„Man hat immer eine Wahl. Du hättest mit mir sprechen können und wir hätten eine Lösung gefunden. Da bin ich mir sicher."

„Ich hatte fürchterliche Angst. Drei Typen kamen kurz vor Feierabend, bedrohten die Mädchen, jagten sie davon, dann vergewaltigten sie mich und quälten mich mit einem Messer."

Sie öffnet ihre Bluse, zieht den Büstenhalter nach unten, dass ihre Brüste freiliegen, die übersät sind von halbwegs verheilten Schnittwunden. Unzählige Schnitte kreuz und quer. Mein Herz zieht sich zusammen, Adrenalin schießt in mein Blut, in meinem Kopf wird ein Kurzschluss ausgelöst, ein unfassbarer Zorn überkommt mich wie ein Welle.

„Mein Gott!", entfährt es mir.

Beschämt lässt sie den Büstenhalter los, schließt wieder ihre Bluse und beginnt die Gläser in die Geschirrwaschmaschine zu räumen.

Ich bin sprachlos, zu wirr sind meine Gedanken, als dass ich sie aussprechen könnte. Diese unermessliche Wut überstrahlt alles, selbst meine Frustration über den Verlust meiner Existenz verblasst dagegen. Was für abartige Scheusale sind hier am Werk? Ich spüre ein Zittern, beinahe ein Vibrieren in meinem Körper, kalter Schweiß bricht aus, dass mir das Hemd am Körper klebt, mein Magen krampft sich zusammen, als stünde mein Körper unter Strom, unter Hochspannung. Es ist der pure Zorn, der mich in einer derart unerwarteten Heftigkeit trifft, dass ich mich abstützen und erstmals tief durchatmen muss.

„Hilf mir, und ich werde diese Geschichte in unser beidem Sinne zu Ende bringen", versuche ich sie in einem möglichst besonnenen Ton zu überzeugen.

„Willst du der Hydra einen Kopf abschlagen, dass zwei neue nachwachsen? Wie naiv kann man sein, dass man sich dieser Mafia in den Weg stellen will", widerspricht sie bitter, nachdem sie sich mir zugewendet hat.

„Was ist denn die Alternative? Unterwerfung, Flucht? Hast du das Gefühl, man lässt uns in Frieden, sollten sie erst einmal die Macht übernommen haben? Wir werden entsorgt wie Müll. Alexa lässt grüßen. Du solltest mich nicht als naiv bezeichnen. Nicht mich! Wir sind über viele Jahre auf dünnem Eis gewandelt und jetzt plötzlich eingebrochen. Mir war immer klar, dass dies eines Tages geschehen wird, darauf bin ich vorbereitet. Einzig, was mich schockiert, ist diese brutale Gewalt, diese unmenschliche Vorgehensweise, wie im Krieg, erbarmungslos und barbarisch. Vertraue mir, ich werde eine Lösung finden."

„Und wie stellst du dir das vor?", fragt sie mich skeptisch und schaut mir erwartungsvoll in die Augen.

„Wir locken sie in eine Falle. Du gibst ihnen die Hinweise und den Rest erledige ich. Mehr musst du gar nicht wissen."

„Du willst mir nicht erzählen, dass du dies alleine erledigen wirst."

„Das wird sich zeigen. Ich beabsichtige nicht mit offenem Visier ins Verderben zu rennen. Ich werde diese Arschlöcher erstmals beobachten."

„Und die Polizei?"

„Das wird sich zeigen. Vielleicht brauche ich deren Hilfe."

61

Was irritiert, ist sein sanftes Äußeres. Ein unauffälliger Mann im mittleren Alter mit graumeliertem, kurzgeschnittenem Haar in einem kurzen, hellgrauen Tweed Mantel, der seine schmächtige Figur betont, steht vor Dejan und streckt ihm zum Gruß die Hand entgegen. Er trägt schwarze Handschuhe, die er anbehält. Man schüttelt sich die Hände, lächelt sich an, tauscht die üblichen Höflichkeiten aus und einigt sich, zuerst den Koffer im Hotel zu deponieren, um anschließend bei einem kleinen Frühstück über das weitere Vorgehen zu sprechen. Sie schlendern aus der Bahnhofshalle und Dejan hat das Gefühl von seinem Hemdkragen erwürgt zu werden. Als laufe der Teufel persönlich neben ihm. Kein Teufel mit grobschlächtiger Gestalt, kantigem Gesicht und eiskaltem Blick, nein, entgegen allen gängigen Vorstellungen ein eleganter, feingliedriger Herr mit weichen, braunen Augen. Wenn man nicht wüsste, dass er Dutzende von Menschen gefoltert und getötet hat, dann sähe man in ihm den typischen Account-Manager einer Software-Firma. Smart, gepflegt, geschmackvoll gekleidet, dagegen wirkt Dejan wie ein verkleideter Bauer.

Im Hotel wartet Dejan in der Lobby bis Branko sein Zimmer bezogen und sich frisch gemacht hat, dann nehmen sie die Straßenbahn und fahren bis zum Rhein, wo sie in einem Café ein Frühstück bestellen. Branko will zuerst die ganze Geschichte hören, dies wahrheitsgetreu und lückenlos, also erzählt Dejan flüsternd, um nicht die anderen Gäste daran teilhaben zu lassen, das Geschehene und beschönigt einzig sein eigenes Verhalten. Er schwitzt und sein Mund ist vollkommen ausgedörrt, wie Branko ihn nachdenklich und Brot kauend in die Augen sieht, nachdem er seinen Bericht beendet hat.

Er solle ihm danach die wichtigen Orte des Geschehens zeigen, damit er ein Gefühl für diese Stadt bekommt, meint Branko, während er sich einen weiteren Cappuccino bestellt. Wie der Kaffee serviert wird, vibriert Brankos Handy auf dem Tisch. Er nimmt den Anruf an, sagt kein Wort, hört nur zu, drückt nach einer Minute den Anruf wieder weg. Ohne sich zu rechtfertigen, trinkt er seinen Kaffee, dann bezahlt er und Dejan übernimmt die Rolle des Fremdenführers in einer ihm fremden Stadt.

62

Auch wenn meine Wohnung rücksichtsvoll durchsucht wurde, erkenne ich überall die Spuren wühlender Hände. Selbst an meinen persönlichsten Orten hat man meine intimsten Geheimnisse geprüft, sich darüber ein Bild gemacht, vielleicht geschmunzelt, vielleicht sich gewundert, vermutlich sogar fotografiert, auf jeden Fall hat man meine Wohnung entehrt. Eine Situation mit der ich gerechnet habe, die sich allerdings jetzt, nachdem sie eingetreten ist, weit unangenehmer abfühlt, wie angenommen. War es Charlotte, die meine Liebesspielzeuge mit spöttischer Belustigung begutachtete und mich sogleich in die Kategorie der Perversen einteilte? War sie es, die meine Administration zerpflückte, diesen minimalen Hinweis in seiner Relevanz erkannte, um mich dann in meiner Hütte aufzuspüren? Ich werde sie darauf ansprechen.

Während ich meine gewohnte Ordnung wiederherzustellen versuche, ärgere ich mich über meine schläfrige Selbstzufriedenheit, die mich unvorsichtig werden ließ. Ich verlor in der Trägheit meiner bequemen Existenz die lebenswichtigen Instinkte, wurde unvorsichtig, realisierte nicht das Gewitter, welches sich am Horizont auftürmte. Zu spät. Es gibt keine Möglichkeit das Geschehene rückgängig zu machen, wenn es überhaupt zu verhindern gewesen wäre, man kann es nur korrigieren, was ich tun werde.

Ich drücke die Kurzwahl, beim zweiten Freizeichen nimmt sie ab: „Ich versuche deine Spuren zu beseitigen."

Ein heiseres Lachen am anderen Ende der Verbindung, „Sei froh, war nur ich in deiner Wohnung."

„Du warst gründlich, trotzdem sehr sorgfältig. Ich danke dir, kein Chaos hinterlassen zu haben. Einzig was stört, ist die Tatsache, dass du mich jetzt kennst, wie kaum jemand."

„Ist das so schlimm?"

„Es widerspricht meinen Grundsätzen."

„Grundsätze sind etwas für dogmatische Korinthenkacker, aber nichts für einen selbstbewussten Mann. Wie ist es mit Clara gelaufen?"

Sie spricht den Namen aus, als gäbe es keinen Zweifel, dass es jemand anderen sein könnte. Sinnlos, zu leugnen.

„Wir haben uns ausgesprochen. Sie wurde von den Typen bedroht, vergewaltigt und gefoltert. Ich habe die Spuren an ihrem Körper gesehen. Hässlich, sage ich dir. Sie trifft keine Schuld, sie hatte Panik und handelte aus purem Selbstschutz. Sie wird eine falsche Fährte legen."

„Wann?"

„Das wird sich zeigen. In der Regel melden die sich, vermutlich im Laufe des Tages."

„Also warten. Hast du weiterhin Vertrauen in sie?"

„Ja, zweifellos."

„Gut. Ich habe mit Matthias gesprochen und werde dich als dein Mädchen begleiten. Eine starke Rückendeckung wird im Hintergrund bereitstehen. Ich möchte gerne einige Details mit dir besprechen. Hast du Lust auf einen kleinen Lunch?"

„Ja, dazu hätte ich Lust."

„Also hole mich um zwölf beim Zoo ab, dann fahren wir raus aus der Stadt. Ich kenne da ein schönes Lokal im Elsass."

„Das hört sich richtig gut an. Ich werde da sein. Bis bald."

„Bis bald."

Was soll denn das? Die Polizei auf Schmusekurs oder ist es Charlottes persönliches Anliegen?

Ich lehne mich an den Fensterrahmen und schaue hinab zu den Ameisen, ohne einen auf der Lauer liegenden Killer zu erblicken. Ganz wohl ist mir nicht, denn die wissen, wo ich wohne. Ich schrecke hoch, wie das Handy vibriert.

„Er hat soeben angerufen", erklärt Clara. „Ich habe ihm gesagt, dass du dich gemeldet hast und vorläufig abgetaucht bist, aber ich wüsste, dass du heute Abend vorbeikommen wolltest, da du in der Gegend etwas zu erledigen hättest."

„Sehr gut. Hat er etwas gesagt, was für mich wichtig sein könnte?"

„Kein Ton. Der Typ redet kaum, grüßt und verabschiedet sich nicht. Nur kurze Fragen."

„Okay, dann sollen sie mal kommen. Ich melde mich am späten Nachmittag nochmal, dann ich habe ich entschieden, wie der Plan genau aussehen wird. Mach dir keine Sorgen. Ciao Carla."

„Ciao Victor."

Ein ungewohnt nüchternes Telefonat, überschattet von dunklen Vorahnungen, voll diffusen Ängsten, ohne eine Spur von Humor und Vertrautheit. Ich befürchte, unsere Beziehung wird nie mehr so sein, wie sie einmal war. Ich frage mich, wie tief diese Scheusale mit dem Messer in ihre Seele geschnitten haben. All die vielen Jahre hatte Carla es geschafft der Gewalt im Milieu aus dem Weg zu gehen, musste übelste Beschimpfungen und Verleumdungen über sich ergehen lassen, aber nie wurde ihr körperlichen Schaden zugefügt. Ausgerechnet wegen ihrer Beziehung zu meiner Person wurde sie zum Ziel abartiger Psychopathen, für mich ein unerträglicher Gedanke.

Ich seufze, löse mich aus dem Grübeln und überlege, was es zu tun gibt, bis ich Charlotte treffen werde. Abgesehen von meiner Körperhygiene fällt mir nicht viel ein, also gönne ich mir eine ausgedehnte Dusche, ziehe Jeans, einen schwarzen Rollkragenpullover und schwarze Turnschuhe an, voraussichtlich wird heute Abend kaum ein elegantes Auftreten gefragt sein. Ich verzichte auf den Holster, schlüpfe in die schwarze Lederjacke, stecke die Pistole in die Jackentasche und setze mir die graue Schiebermütze auf. Im Spiegel erblicke ich die Karikatur eines Mannes, der mit der Nacht verschmelzen will. Was wird wohl Charlotte denken? Ich pfeife auf ihre Meinung, auch wenn mein Auftreten als etwas theatralisch bezeichnet werden könnte. Ich stecke noch zwei Magazine Munition ein, schließe hinter mir die Wohnungstüre ab und nehme den Lift in die

Tiefgarage.

Charlotte tritt zwischen zwei parkierten Automobilen hervor, wie ich suchend durch den Parkplatz des Zoologischen Gartens fahre. Sie winkt, ich halte an. In einen Lotus zu steigen ist eine körperliche Herausforderung, auch für die jugendliche Charlotte, vor allem für eine Frau in einem Rock. Trotz meiner angespannten Laune muss ich schmunzeln.

„Hast du kein normales Fahrzeug? Eines, in welches eine Frau mit Eleganz einsteigen kann?"

„Ich wusste nicht, dass du derart elegant daherkommen würdest."

„Als Mädchen eines Zuhälters kann ich kaum in Jeans aufkreuzen. Irgend so ein Flachwichser hat mir das vor einigen Tagen eingetrichtert."

Aus meinem Schmunzeln wird ein lautes Lachen. Wohltuend und befreiend.

„Hast du je einmal einen Zuhälter gesehen, der in einem Volvo Kombi gefahren kommt?", kontere ich, fahre laut röhrend an, biege auf die Hauptstraße ein und lasse kurz den Pferden ihre Freiheit. Ich sehe in den Augenwinkeln, wie sich ihre Hände verkrampfen, während das Heck ausbricht und auf geweitete Augen folgt ein seliges Lächeln, nachdem ich mit einer kurzen Gegenbewegung am Lenkrad den Wagen wieder in die Spur gebracht habe.

„Geile Kiste", sagt sie nur.

„Und wo geht es hin, meine Liebe?"

„Einfach geradeaus, ich werde dir den Weg weisen."

Die Fahrt führt durch Vororte, die sich nahtlos an die Stadt schmiegen, bis sich kurz vor der Grenze zu Frankreich die urbane Struktur langsam auflöst. Erste Felder und Waldstücke schieben sich zwischen die Eigenheime. Wir passieren ungehindert den verwaisten Zoll und im nächsten Dorf bittet mich Charlotte vor einem Restaurant zu parkieren. Ein Bistro aus dem vorletzten Jahrhundert, Jugendstil mit alten Holztischen, Thonet-Stühlen, die Theke mit einer reich verzierten Zinkblechabdeckung und nostalgischen Kristallleuchten. Auf einem Tisch für zwei Personen steht ein Kärtchen mit der Aufschrift ‚Reserviert für Charlotte 12.00 Uhr'. Sehr persönlich, wie sie, aber auch ich, begrüßt werden. Ich denke, Charlotte ist nicht das erste Mal hier. Man nimmt uns den Mantel und die Jacke ab, weshalb ich froh bin, die Pistole und die Munition unter den Fahrersitz geschoben zu haben, setzen uns und studieren die handgeschriebene Speisekarte. Ich kann mich nur schwer auf die wenigen Zeilen konzentrieren, denn Charlottes Dekolleté gewährt einen überraschend großzügigen Einblick, was spontan zu der wiederholten Überlegung führt, welch geiles Pferdchen sie im Stall meines Escort-Services abgegeben hätte. Sie trägt ein stahlblaues Wickelkleid aus einem weichen Wollstoff und eine Perlenkette um den Hals, knallrote Lippen, ansonsten nur dezent geschminkt, das Haar wallt offen auf ihre Schultern. Es ist eine Freude sie anzuschauen.

„Du siehst toll aus", versuche ich mich auf nette Weise einzuschmeicheln.

„Danke für das Kompliment, das ist ja eigentlich dein Verdienst, schließlich hast du mich zur Nutte gemacht."

„Du bist primitiv und vulgär. Natürliche Eleganz und Schönheit ist grundsätzlich wertfrei, und ziert jede Frau, wenn sie nicht übersteigert zur Schau getragen wird. Dieser Stil steht dir hervorragend, auch wenn du das Burschikose bevorzugst."

„Jeder Betätigung sein passendes Outfit. Kaum jemand würde mich ernst nehmen, erschiene ich in dieser Aufmachung im Büro, zudem gäbe es Irritationen bei den Männern."

„Genieße es doch, wenn sie dich begehren. Es gibt kaum ein größeres Kompliment."

„Quatsch, die meisten Kollegen würden alles bespringen, was nur im Entferntesten nach Frau aussieht, solange sie

Polizistin ist. Innerhalb der Polizei herrscht ein in sich gekehrter Beziehungskreislauf, denn nur ein Polizist kann nachvollziehen wie ein Polizist funktioniert, obwohl Polizeibeziehungen in der Regel auch keinen Bestand haben. Viele Polizisten sind asoziale Wesen."

„Auch Verbrecher sind asoziale Wesen, auch ich bin beziehungsunfähig."

„Ach, hör doch auf, dich als Verbrecher zu bezeichnen, als wärst du stolz darauf. Ich habe das Gefühl, du möchtest dieses schlechte Image pflegen. Hör bitte auf damit. Auch wenn du gegen einige Gesetze verstoßen hast, habe ich Mühe, dich als Verbrecher zu sehen, denn du hast kaum Schaden angerichtet. Ich weiß, meine Worte sind juristisch nicht haltbar."

„Nett von dir, mich moralisch reinzuwaschen, nur nützt mir dies leider nicht viel. Dabei ist die Polizei das kleinere Problem, wenn man sich überlegt, wer mir an den Kragen will. Auch wenn es belehrend wirkt, muss ich dir erklären, dass während all den Jahren die Konkurrenz in der Szene die größte Herausforderung darstellte."

Die Bedienung nähert sich unserem Tisch, also vertiefen wir uns wieder in der Speisekarte, von der wir abgeschweift sind. Beide bestellen wir das Lammcarré mit Kartoffelgratin und Ratatouille, dazu zwei Gläser Rotwein aus dem Languedoc und Mineralwasser. Für einen Moment entgleitet uns das Gespräch, wir mustern uns gegenseitig, suchen nach dem roten Faden, nach dem Grund, weshalb wir zusammen an diesem Tisch sitzen. Um die Strategie zu besprechen, bräuchte es kein gepflegtes Mittagessen in einem gehobenen Lokal, da hätte eine Imbissbude in der Stadt gereicht, also geht es um weit mehr.

„Warum sind wir hier?", frage ich bewusst naiv.

„Weil es mir hier gefällt und man das Gefühl hat, weit weg von der Stadt zu sein. Ich bin ein Stadtmensch, trotzdem bin ich ihr manchmal überdrüssig. Zudem wollte ich mit dir zusammen sein. Ja, du hörst richtig, du bist ein Mensch, mit dem ich gerne zusammen bin. Bild dir ja nichts ein, denn ich bin nicht in dich verliebt, aber du gibst mir eine andere Perspektive auf das Leben. Ich bin jung und neugierig."

Ich schüttle den Kopf über ihre verrückten Äußerungen.

„Du hast ja einen Knall, das ist garantiert der beste Weg, um sich Ärger einzuhandeln. Wenn nur der Hauch eines Gerüchts über unsere romantischen Rendezvous bekannt würde, wärst du geliefert. Mich wird es nicht die Karriere ruinieren, aber dir."

„Darum sind wir hier. Manchmal verirren sich einige Geschäftsleute zu einem Lunch hierhin, meist ist man alleine, erst abends ist das Lokal voll. Abgesehen davon essen wir hier zu Mittag und besprechen unsere Zusammenarbeit. Wir haben keinen Sex."

„Was sicherlich wunderbar wäre. Mit dir Sex zu haben, meine ich...", entfährt es mir und bereue meine Worte auf der Stelle.

Ihre Augen beginnen zu glänzen, ihr Mund verzieht sich zu einem lüsternen Schmunzeln.

„Erst markierst du den nüchternen Vernunftmenschen, dann spielst du mit dem Feuer. Du scheinst mir sehr wankelmütig."

„Ha, so ein Schwachsinn. Ich und Vernunftmensch. Das ist ein Widerspruch. Ich möchte nur nicht, dass du wegen mir Kopf und Kragen riskierst. Du bist mir sehr sympathisch, auch wenn du Polizistin bist."

Die Bedienung serviert die Getränke, weshalb wir uns zurücklehnen und schweigend warten, bis der elsässische Redeschwall der jungen Kellnerin versiegt ist und wir wieder unter uns sind.

„Sympathisch? Das ist ein sehr zurückhaltendes, wenn nicht sogar distanziertes Adjektiv."

Wir prosten uns zu und nehmen einen Schluck Wein.

„Unter anderen Umständen wäre es ein viel intimeres und gefühlvolleres Adjektiv. Lass uns zuerst diese Geschichte zu Ende bringen, dann können wir immer noch eine absurde Beziehung pflegen. Wenn ich nur verstehen könnte, was dich zu mir hinzieht.“

„Du bist nicht wie die anderen Männer. Du vereinst das Rohe, das Archaische mit dem Feingefühl und dem Schöngeistigen. Du hast Mut, nimmst dir Freiheiten und bist unabhängig. Du bist ein Mann, wie es wenige gibt, darum bin ich von dir fasziniert.‘

„Ich danke dir für deine Komplimente, die ich so in meinem Leben noch nie erhalten habe, was mich aber gleichzeitig verunsichert“, ich zögere, suche nach Worten. „Ich frage mich, ob du nicht mit dem Psychiater deines Vertrauens reden solltest. Ich, ein Schöngeist, ha, zudem bin ich viel zu klein.“

„Mach dich nicht über meine Worte lustig. Es hat mir viel Überwindung gekostet, dir das zu sagen“, meint sie leise und starrt auf den Tisch.

„Entschuldige, das war nicht sehr nett von mir. Ich bin es nicht gewohnt, mit Frauen über meine speziellen Eigenschaften zu reden, außer im Streit. Bis jetzt haben mich Frauen meist zum Teufel gejagt und mich als Scheißkerl bezeichnet. Die einzigen Beziehungen, die etwas länger Bestand haben, sind jene, die sich auf das Bett beschränken.“

„Plural, Präsens. Das bedeutet, du pflegst diese Sexbeziehungen auch heute noch.“

„Ja. Wieso nicht? Das sind alles unabhängige Frauen, die keinen festen Partner wünschen oder die ihre Ehen in Wohngemeinschaften umwandeln mussten. Auch diese Frauen haben ihre Bedürfnisse.“

„Dann kommen sie zu dir in dein Liebesnest, wo du es ihnen lustvoll besorgen kannst.“

„Ah, logisch, du hast ja in meinem Leben gewühlt und dir dabei dein Bild eines Wüstlings geformt. Machte dich das an, als du all diese Werkzeuge fandst?“

„Ja, zugegeben, meine Phantasie spielte verrückt“, haucht sie mit einem schrägen Schmunzeln.

Die Bedienung kommt mit unseren Tellern angerauscht, wünscht uns überschwänglich ein glückliches Genießen und begrüßt bereits von weitem die nächsten Gäste mit einem herzlichen ‚Bonjour mes chères'. Wir müssen beide über diese ungezwungene Fröhlichkeit grinsen, was uns für einen Moment aus unserem aufreizenden Gespräch reißt. In der Regel bin ich solch einem zweideutigen Dialog nicht abgeneigt, liebe die schmutzigen Worte und das verbale Spiel mit der Lust, ähnlich einem Vorspiel, welches das Verlangen auf die Spitze treibt, bis man vollkommen außer Kontrolle gerät. Nur ist es jetzt der falsche Zeitpunkt. Ich habe den Kopf nicht frei und das scheint auf meine Libido eine fatale Auswirkung zu haben. Ein befremdendes Gefühl, nicht lustgetrieben zu sein, wie ein Matrose auf Landurlaub. Bereits bei dem höchsterotischen Einblick in die Tiefen ihres Kleides, wo ihre Brüste mir ihre nackte Freiheit offenbarten und ich mich fragte, ob sie eventuell gar keine Unterwäsche trägt, stellte ich irritiert fest, keine Erektion zu spüren. Als hätte ich zu viel gesoffen, was eine ähnliche Auswirkung auf mein sexuelles Standvermögen hat.

„Weiss Matthias von unserem Rendezvous?"

„Ja und nein. Dass wir uns absprechen müssen, ist ihm klar, aber nicht auf welche Weise."

Ich kaue ein zartes Stück Lamm, weshalb ich nicht gleich antworten kann.

„Sollten wir uns dann nicht über unser Vorhaben unterhalten?"

Sie seufzt und widmet sich ihrem Kartoffelgratin, zerteilt ihn mit der Gabel, damit er auskühlen kann, nimmt vorsichtig einen kleinen Bissen, während sie mich betrachtet.

„Wir haben weiterhin keine Spur dieser Serben. Zurzeit findet in Basel ein großer Ärztekongress statt, was die Kontrolle der Hotels erschwert. Viele Bewegungen in den Hotels, da kann sich beinahe jeder Metzger als Arzt ausgeben. Wir müssen uns auf Carla verlassen. Was sagt sie?"

Das Ratatouille lasse ich auf der Zunge zergehen.

„Sie hat diesem Kontakt erzählt, dass ich bei einer Frau Unterschlupf gefunden habe. Sie wisse nicht genau wo, aber ich hätte versprochen, heute Nacht im ›*Vesuvio*‹ vorbeizuschauen.“

„Mutig von ihr.“

„Ja, als wollte sie etwas gutmachen. Schuldgefühle. Sie gab mir keine Chance zu intervenieren. ‚Zu spät‘, sagte sie.“

„Das heißt, wir müssen gut vorbereitet sein, damit es auf keinen Fall zu einer Eskalation im ›*Vesuvio*‹ kommen kann.“

Genau an diesem Punkt bleiben meine Überlegungen kleben, hier komme ich nicht weiter, denn tief in mir sträubt sich diese Logik gegen eine undefinierte Befürchtung. Verlassen sich diese Teufel wirklich auf eine eingeschüchterte Frau, haben die keinen Plan B? Das Perfide des Bösen ist seine Unberechenbarkeit, sein unendlicher Fundus an Perversionen, wenn es darum geht, Leid zuzufügen. Die Geschichte des Terrorismus zeigt mit großer Zuverlässigkeit, dass die Intensität der Gewalt immer wieder gesteigert werden kann.

„Was meinst du,“, denke ich laut nach, „lassen die sich so einfach in eine Falle locken? Das sind keine gewöhnlichen Verbrecher.“

„Naja, ich darf dagegenhalten, dass wir auch keine Laientruppe sind. Wir werden bereit sein.“

„Ja sicher, trotzdem habe ich ein mieses Gefühl. Wenn die eine Macht darstellen wollen, dann werden sie auch mächtig auftreten.“

Charlotte zeigt erstmals eine leicht verunsicherte Haltung, sie kaut viel zu lange an dem zarten Fleisch, während sie in ihren Teller starrt.

„Das ist nur ein Gefühl, du hast keinen konkreten Hinweis erhalten?“

„Nur eine vage Ahnung oder besser gesagt eine logische Überlegung. Würdest du bremsen, wenn die Ziellinie in Sichtweite ist?“

Sie zieht die Brauen hoch und hält den Kopf schief, um mir zu zeigen, dass eine Antwort überflüssig ist. Wir essen schweigend zu Ende, wischen uns beide mit der Serviette den Mund ab und schauen uns ratlos an.

„Und jetzt?", fragt sie.

„Das fragst du mich?"

„Ja, das frage ich dich."

Ostentativ mime ich den Denker.

„Ich denke, die Kavallerie müsste bereitstehen", sage ich nach einer Weile.

Sie nickt, erhebt sich und meint: „Ich habe dich verstanden. Ich gehe nur kurz mit Matthias telefonieren."

Ich sehe ihr nach, wie sie elegant durch die Tischreihen schreitet.

63

Früh beginnt es einzudunkeln. Das launische Wetter sorgt bereits vor siebzehn Uhr für eine düstere Untergangsstimmung mit Nebelschwaden und Dauerregen. Das Licht in den Fenstern ist das einzige Zeichen von Wärme und Geborgenheit, nur noch einige Grade kälter und nasser Schnee würde den Asphalt mit einem Film aus Matsch überziehen. Die Vorstufe zum Winter.

Branko und Dejan sitzen in ihrem Mietwagen, einen Audi A5 und verfluchen sich, auf das teurere Modell mit Standheizung verzichtet zu haben. Branko hat entschieden, frühzeitig die Bewegungen in der Umgebung des ‚Vesuvio' im Auge zu behalten, im Fall es ein Hinterhalt gäbe, der im Vorfeld vorbereitet würde. Er traut dieser Schlampe von einer Informantin durchaus zu, in der Not die Seiten zu wechseln. Einen Menschen zu nötigen, birgt immer das Risiko von mangelnder Loyalität und Verrat.

Trotz seiner professionellen Aufmerksamkeit staunt er über das beschauliche und geordnete Leben in dieser Stadt. Sauber, brav, ruhig, spießig, geregelt, aber auch friedlich. Zeit, das zu ändern, denkt Branko und weist Dejan an, sitzen zu bleiben, während er das Quartier erkunden will. Mit aufmerksamen Augen sucht er sich den perfekten Platz für die Nacht, von wo er die gewünschte Sicht über das Geschehen haben und gleichzeitig unauffällig verschwinden könnte. Wie die Quadratur des Kreises, so scheint dies ein beinahe unerfüllbarer Anspruch zu sein. Von Vorteil wäre ein höhergelegener Standort, ein Fenster im ersten oder zweiten Stock. Er schlendert durch die Straßen und Gassen rund um das ‚Vesuvio', prägt sich jedes Detail ein, jede Straßenlampe, jeden Eingang, jeden Durchgang zu einem Hinterhof, jedes Fenster ohne Licht, eventuelle Geschäftsräumlichkeiten, dies etliche Male, bis er sich für ein Fenster im ersten Stock mit einer Distanz von etwa achtzig Meter zum Ziel entscheidet, mit größter Wahrscheinlichkeit das

Büro einer Immobilienverwaltung. Er geht zurück zum Wagen, setzt sich wieder auf den Beifahrersitz und erklärt Dejan, wie der Plan aussieht. Gute Pläne sind einfach, ohne Schnörkel, sei es für einen Mord oder sei es für die Allgemeinheiten im Leben, ein Grundsatz in Brankos Denken, eines der Maxime aus seiner militärischen Vergangenheit. Zudem wird ein simpler Plan auch von Dejan verstanden.

Branko greift nach der Tasche vom Rücksitz, steigt aus, um im Zwielicht der Seitenstraße zu verschwinden.

64

„Scott, alles bereit?", quäkt Matthias' Stimme blechern aus dem Lautsprecher des Funkgerätes.

Scott drückt die Taste und antwortet: „Alles bereit, Chef."

„Dann Zugriff!"

Auf sein Handzeichen hin fährt ein anthrazitfarbener VW-Bus mit getönten Scheiben neben den Audi, die seitliche Schiebetür öffnet sich schwungvoll und zwei vermummte Polizisten springen heraus, während auf dem Gehsteig ebenfalls zwei maskierte Polizisten angerannt kommen. Die vier Seitenscheiben werden beinahe gleichzeitig eingeschlagen, dann zielen schwarzmattierte Läufe von vier Maschinenpistolen auf einen völlig perplexen Serben, den man mit laut geschrienen Befehlen eindeckt, von denen er kein Wort versteht. Trotzdem ist ihm deren Bedeutung bewusst und verschränkt seine Hände hinter dem Kopf. Die Fahrertür wird aufgerissen, er steigt aus, dann zerrt man ihn zu Boden, drei Knie drücken ihn nieder, während er entwaffnet und mit Handschellen gefesselt wird. Rundum werden Befehle geschrien, Sirenen nähern sich, Uniformierte riegeln die Straße ab, die verschlafene Stadt hat sich innert Sekunden in ein Tollhaus verwandelt. Passanten glotzen wie eine Schafherde. Keine Spur mehr von provinzieller Beschaulichkeit, gleich wie zwei Straßen weiter, wo ein zweiter Verdächtiger gefesselt auf dem nassen Boden liegt und teilnahmslos die schwarzglänzenden Kampfstiefel der Sondereinheit betrachtet.

Sternenberg kommt angeschlendert, wechselt da wie dort einige Worte mit den Beteiligten, mustert zuerst den einen Festgenommenen, später den anderen, lässt sich den Inhalt der Tasche zeigen, die sichergestellt wurden, gibt Anweisungen und ruft schlussendlich Staatsanwalt Feindrich an, um ihn zu informieren. Rundum zufriedene Gesichter, außer bei Sternenberg, der nach einem kurzen Gespräch mit seinen engsten Mitarbeitern grübelnd vom Platz schleicht. Er ist froh, mit seinen Leuten die richtigen Entscheidungen getroffen zu haben. Offensichtlich war da eine Sauerei geplant. Ein Anschlag, vermutlich auf Victor. Warum sonst hatte der eine ein Scharfschützengewehr mit Schalldämpfer und Nachtzielfernrohr in seiner Tasche? Wollten die tatsächlich an Victor ein Exempel statuieren? In ihren Augen war Victor ein renitenter Konkurrent, der nicht davor zurückschreckte sich zu wehren, was auf keine Weise geduldet werden kann. Alles nachvollziehbar, alles logisch, nur stellt sich Sternenberg wiederholt die Frage, wann dieser Krieg zu Ende sein wird. Jetzt? Oder wird jetzt erst recht die große Kanone ausgepackt, um damit auf die frechen Spatzen zu schießen? Er ärgert sich, keine Freude über den Erfolg zu empfinden. Wie so oft sieht er mit seinem aufsässigen Pessimismus nur das Negative und vermiest mit seinem launischen Grübeln die guten Momente. Seine Sonderkommission wird garantiert mit reichlich Bier, Wein und Schnaps anstoßen, was er nicht schon wieder verpassen sollte.

Wo ist eigentlich Charlie? Ihr Hinweis, den sie von Victor, respektive von Clara erhalten hat, ermöglichte erst diesen erfolgreichen Einsatz. Sie hatte mir am Telefon versichert, spätestens um zehn Uhr im ‚Vesuvio' zu erscheinen, möchte sich aber in Erwartung einer langen Nachtschicht einige Stunden aufs Ohr hauen. Wo sie zu schlafen gedenkt, hat sie nicht erwähnt, aber der Umstand, dass sie mit Victor zum Mittagessen verabredet war, beruhigt Sternenberg keineswegs. Dieser Kerl wäre durchaus in der Lage, Charlie zu verführen, denn sie steht auf ungewöhnliche Typen und ihr, die sich für den täglichen Sex einen Lover hält, wie einen Hund zum Spazieren, ist so ziemlich alles zuzutrauen, was das Zwischenmenschliche anbelangt. Hätte er doch nur nachgefragt. Jetzt hat er keine Ahnung, wo sie ist, was zusätzlich zur Verschlechterung seiner bereits schwermütigen Laune beiträgt. Allein die Vorstellung, was die beiden treiben könnten, lässt ihn leise fluchend einen kleinen Kieselstein davonkicken, der in einer flachen Flugbahn kurz vor einem parkierten Polizeimotorrad aufspringt, eine Pirouette dreht und mit Wucht das blaue Drehlicht hinter dem Sattel zertrümmert. Auch das noch, ich Idiot, denkt Sternenberg und schaut sich um, ob sein Missgeschick beobachtet wurde. Er winkt dem Motorradpolizisten mit einem gequälten Lächeln zu, der rauchend auf einer Treppe zu einem Hauseingang sitz, Pause macht und seine Maschine im Blickfeld hat.

„Entschuldige. Ich übernehme die Rechnung privat. Ich darf meine schlechte Laune nicht an deinem Motorrad auslassen, auch wenn ich es nicht treffen wollte. Hier meine Visitenkarte.", entschuldigt sich Sternenberg, während der Polizist nicht weiß, ob er lachen oder einen unterwürfigen Bückling machen soll, schließlich ist Sternenberg keine unbekannte Persönlichkeit. Wie ein geprügelter Hund trollt sich Sternenberg davon, wohl wissend, dass sein Missgeschick zur Belustigung herumgereicht wird. Er braucht jetzt dringend einen Whisky. Eine gute Idee, es ist Feierabend, der Fall scheint gelöst und eine kleine Belohnung wäre verdient, redet er sich ein, aber zuerst will er Charlie anrufen. Er drückt die Kurzwahl und muss lange warten, bis sie endlich abnimmt.

„Habe ich dich geweckt?"

Es dauert einige Sekunden, dann antwortet Charlie mit einem verschlafenen Krächzen: „Chef?"

„Ich wollte dir nur mitteilen, dass du liegenbleiben kannst, wir haben sie festgenommen."

„Was?"

„Naja, dein Hinweis auf einen vermutlichen Angriff auf Victor heute Abend ließ uns seit fünfzehn Uhr die Gegend observieren. Und das machten wir richtig gut. Gegen Abend parkierte ein gemieteter Audi A5 nicht weit vom ‚Vesuvio' entfernt, darin saßen zwei Männer, wovon einer dieser gesuchte Dejan Antic war. Der zweite begann die Gegend zu erkunden. Um siebzehn Uhr einundvierzig war die Gelegenheit perfekt und wir griffen zu. Es fiel kein Schuss, beide wurden verhaftet. Dieser zweite Mann hatte eine Tasche dabei, worin wir ein Scharfschützengewehr fanden. Darum kannst du liegen bleiben."

„Das sind ja gute Nachrichten. Ich gratuliere dir für diesen Erfolg", meint sie mit einem hörbaren Gähnen.

„Oh, welch überschäumender Enthusiasmus."

„Ich frage mich nur, ob es vorbei ist."

„Ich verstehe", sagt er nach einem kurzen Zögern. „Übrigens eine Frage, die auch ich mir stelle. Was meint Victor?"

„Er ist skeptisch. Er kann sich nicht vorstellen, dass sich die Serben widerstandslos vertreiben lassen. Die werden es zu Ende führen, egal was es kostet."

„Dann sind wir drei wohl gleicher Meinung. Treffen wir uns morgen früh im Büro. Ich wünsche dir einen erholsamen Abend. Ciao, Charlie."

„Ciao, Chef."

Er drückt sie weg, starrt noch eine Weile auf das schwarze Display, dann macht er sich auf.

65

Ein fremder Klang dieses Rauschen, gleich fremd, wie das Fehlen der urbanen Geräuschkulisse, denkt sie und bemerkt erst jetzt, wie die Kälte langsam in ihren Körper dringt. Nicht weiter verwunderlich, wenn man nur mit einem T-Shirt bekleidet im Wald steht. Sie atmet tief ein, ist fasziniert von der Luft, dann geht sie wieder zurück ins Haus.

Ich stehe am Kochherd, während sie die Hütte betritt, konzentriert beschäftigt mit einer Omelette, die ich mit Schafskäse und angebratenen Zucchini-Würfel verfeinere. Trotz dem Mittagessen haben wir uns gedacht, eine kleine Stärkung für die lange Nacht, wäre sicher nicht falsch. Es ist neunzehn Uhr fünfundzwanzig, das heißt, wir haben noch zwei Stunden Zeit, bis wir in die Stadt müssen, um die Geschichte zu Ende zu bringen. Bei diesem Gedanken spüre ich die Aufregung in mir wachsen. Ich schaue zu Charlotte, die bei der Türe steht und mich beobachtet, wie ich einzig mit einer Unterhose bekleidet, am Kochherd stehe. Vermutlich ein bescheuerter Anblick. Wir lächeln uns an.

„Wir müssen uns nicht beeilen, vor zwei Stunden haben sie die beiden Serben verhaftet."

Ich ziehe die Brauen hoch, derart überrascht bin ich über die Effizienz der Polizei. Meine Hochachtung vor Matthias steigt merklich.

„Wie denn das?"

„Dank unserem Hinweis entschieden sie sich bereits früh am Nachmittag die Gegend zu observieren, bis man den gesuchten Dejan Antic in einem parkierten Wagen entdeckte. In dem Wagen saß noch ein zweiter Täter mit einer Tasche, darin ein Scharfschützengewehr. Der Zugriff durch ein Einsatzkommando war ein voller Erfolg. Es fiel kein einziger Schuss", berichtet sie, während sie mich von hinten umarmt und meinen Nacken küsst, was ein wohliges Schaudern auslöst. „Das heißt wir haben einen freien Abend und könnten später dort weiterfahren, wo wir vor einer halben Stunde aufgehört haben."

Die letzten Worte haucht sie mir lüstern ins Ohr, dass sich sogleich eine Erektion bemerkbar macht. Ich bin immer noch völlig platt, als hätte ich ein ausgiebiges Konditionstraining hinter mir und ich muss eingestehen, noch nie von einer Frau derart gefordert worden zu sein.

Bereits im Restaurant übernahm sie die Initiative, erst mit beiläufigen Bemerkungen, dann mit einer direkten Frage und schlussendlich mit einer klassischen Verführung. Ich benahm mich selten dämlich, ich zierte mich zu Beginn wie eine frigide Jungfrau, bis sie mir schilderte, wie sie gedenke, mich zu verwöhnen, da schmolz mein Widerstand wie Butter in der Sonne. Schnell zahlte ich die Zeche und wir rasten lustgetrieben in den wolkenverhangenen Jura.

Mit fahrigen Händen wollte ich die Türe des Wochenendhauses aufschließen, sodass mir die Schlüssel zu Boden fielen und Charlotte ungeduldig von einem Bein auf das andere trat und die Augen verdrehte, denn sie musste unbedingt aufs Klo. Ich ließ ihr den Vortritt. Während sie kraftvoll vor sich hinplätscherte, legte ich die Jacke ab, stapelte einige Holzscheite in den Kamin, stopfte Holzwolle darunter und entfachte das Feuer. Erst züngelten die Flammen nur zögerlich, aber bald begann es kräftig zu knistern. Das Kamin zieht hervorragend, kein Rauch und kein Geruch machte sich breit. Wie ich mich von der Feuerstelle erhob und umdrehte, da stand sie vor mir und löste mit einer lasziven Bewegung das Band ihres Wickelkleides, dass der Stoff sich langsam öffnete. Sie trug keine Unterwäsche.

„Hättest du ein Bärenfell, dann könnten wir es vor dem Kamin treiben. Das wäre richtig romantisch."

„Du und romantisch?", fragte ich belustigt.

„Zugegeben, ich will jetzt ficken, die Romantik kann noch etwas warten, also komm mein Tier, besorg es mir."

Mit einem eleganten Wurf wende ich die Omelette in der Pfanne.

„Du könntest den Tisch decken. Da, in diesem Schrank hat es Geschirr, das Besteck liegt in dieser Schublade, in der Zeit öffne ich einen Wein. Willst du Salat?"

„Salat wäre fein", antwortet sie und streckt sich zu den Tellern, dass ihr T-Shirt nach oben rutscht und sich mir ihr nackter Arsch präsentiert.

„Hast du nicht kalt?", frage ich, denn ihre Brustwarzen drücken hart gegen den Stoff und schüttle den geschnittenen Salat aus der Tüte.

„Doch, ein bisschen, aber ich liebe es so wenig anzuhaben. Zu Hause bin ich oft nackt. Es ist eine Form von Freiheit und Erotik."

Olivenöl, etwas Aceto Balsamico, Pfeffer und Salz über den Rucola, dann einen Châteauneuf-du-Pape entkorken, die Kerze auf dem Tisch anzünden, die Omelette servieren und ein stimmungsvolles Nachtessen steht bereit.

Ich ziehe mir schnell ein T-Shirt über, dann setzen wir uns mit einem verlegenen Lächeln, wohl leicht irritiert über diese sehr ungewohnte Situation. Vor Stunden war es für mich noch undenkbar, mit einer Polizistin im Bett zu landen, auch wenn sie diese Sünde mehr als wert ist. Und jetzt das. Verhaltene Geilheit, Skrupel, abschweifende Gedanken, Zweifel. Erstaunlicherweise muss ich zugeben, nicht über Charlottes Abgebrühtheit zu verfügen, auch wenn ich mich selbst als einen mit allen Wassern gewaschenen Typen sehe, den nichts so schnell aus dem Gleichgewicht bringt. Verrückt, wenn man bedenkt, dass es sich nur um puren Sex handelt, keine Liebe, keine Verpflichtung, nur der reine Akt.

Einerseits haben die vergangenen, dramatischen Tage die

Lust auf den weiblichen Körper zur Nebensache schrumpfen lassen, andererseits gibt es noch diese gesetzliche Barriere zwischen ihr als Polizistin und mir als Verdächtigen. Eine undenkbare Konstellation, die zu garantiertem Ärger führen wird, sobald es Matthias erfährt, wenn er es nicht bereits ahnt. Dabei denke ich weniger an den Ärger, den Charlotte mit ihrem Chef haben wird, nein, ich denke an den Ärger, den ich mit Matthias haben werde.

Käme nicht die jahrelange Akzeptanz meines Geschäftsmodells in Gefahr? Was nützt mir der Erfolg der Polizei, wenn ich aufgrund einer inakzeptablen, sexuellen Beziehung zu einer Polizistin aus der Stadt gejagt würde, jetzt, nachdem eine Rückkehr zur Normalität einen Deut wahrscheinlicher wurde. Ich fühle mich verkatert, wie nach einem Rausch und ein schlechtes Gefühl verbreitet sich immer mehr im Magen. Trotzdem genieße ich diesen Moment der Zweisamkeit. Ein seltenes Ereignis, für eine Frau zu kochen, ohne sich nach dem Sex davonstehlen zu müssen, und eine weit größere Seltenheit, wenn sie heute Nacht bei mir im Bett schlafen würde.

„Was machen wir mit diesem angebrochenen Abend?", frage ich zwischen zwei Bissen.

Sie lacht mich schelmisch an und antwortet: „Mein Chef hat mir frei gegeben, hier ist es gemütlich, warm, es hat ein breites Bett und reichlich Wein. Was braucht es mehr für einen gelungenen Abend?"

„Und Pablo?"

„Pablo? Was soll mit Pablo sein?"

„Er ist immerhin dein Freund. Du solltest ihn zumindest anrufen und sagen, dass du heute nicht nach Hause kommst."

„Da hast du eine falsche Vorstellung unserer Beziehung. Er ist mein unregelmäßiges Polizistendasein gewohnt, zudem sind wir nur eine Wohngemeinschaft mit einem gemeinsamen Bett."

„Zweckgemeinschaft."

„Ja, so kann man es auch nennen."

„Wieso habe ich das verfluchte Gefühl, einen furchtbaren Fehler zu begehen, sollten wir heute Nacht hierbleiben."

„Weil du Angst hast."

„Angst?"

„Ja, du fürchtest dich vor den Konsequenzen. Du hast Angst vor der Nähe zu einer Frau und zu der Polizei. Du bist völlig verkrampft, was man bei deinem Kaliber nicht erwartet. Wo bleibt der coole, harte und unabhängige Kerl, der sich einen Scheiß um Autorität und Etikette kümmert. Du bist für mich der Inbegriff der Ungebundenheit, der Freiheit. Ich fürchte, dich hat diese Geschichte etwas aus der Bahn geworfen."

Mir bleibt der Bissen im Hals stecken, muss mich räuspern und sehe mich gezwungen, mit Wein nachzuspülen.

„Wie kommst du auf die Idee, mich so gut zu kennen? Bis vor einigen Tagen wussten wir noch nichts voneinander."

„Hei, ich bin Polizistin und du bist kein unbeschriebenes Blatt. Wir wissen mehr über dich, als du denkst, denn du bist seit vielen Jahren im Geschäft, weil man dich in Ruhe gelassen hat, weil niemand dich je angezeigt hat und du es immer verstanden hast, den Kopf unter der Schusslinie zu halten. Respekt."

Auch wenn sie mir ihren Respekt zollt, ziehen mich Ihre Worte völlig nach unten, die mir zu verstehen geben, wie harmlos ich doch bin, dass es die Polizei nie für nötig befand, mein Wirken einzuschränken. Ein kleiner, harmloser Ganove, der keinen Schaden anrichten kann. Harmlosigkeit, eine schreckliche Eigenschaft, die Vorstufe zur Bedeutungslosigkeit, gleichbedeutend mit den Adjektiven ‚nett' und ‚durchschnittlich'.

„Ich staune, dass du mich trotzdem anziehend findest. Ich scheine ja nichts Besonderes zu sein."

„Entschuldige, wenn ich dir auf die Eier getreten bin. Nimm mein Geschwätz nicht allzu persönlich und respektiere die Tatsache, dass du in einer außergewöhnlichen Situation steckst. Absoluter Ausnahmezustand. Ich frage mich, wie andere damit umgehen würden. Du kämpfst um deine Existenz und deine Reputation, was Mut voraussetzt. Das Milieu ist kein Ponyhof."

Ich nehme einen Bissen, um kurz nachdenken zu können.

„Das ist lieb von dir, mich wiederaufzubauen, nachdem du mich kurz vorher zur Bedeutungslosigkeit degradiert hast. War ich wirklich die lächerliche Witzfigur eines Ganoven, die man unbehelligt ließ, weil er derart harmlos war? Oder war ich so schlau, dass die Polizei mir nie etwas nachweisen konnte? Zwischen diesen beiden Fragen besteht ein gewaltiger Unterschied. Ich denke, du bist von deinen Kollegen sehr einseitig informiert worden. Es macht sich ja nicht gut, einzugestehen, diesem Ganoven nichts nachweisen zu können. Also macht man ihn klein. Ich könnte diese Kerle wegen Rufmord einklagen."

Charlotte lacht laut auf und bemerkt dann trocken: „Dir fehlt es nicht an Selbstvertrauen und Schlagfertigkeit. Aber ich muss eingestehen, dass etwas an deiner Argumentation dran ist. Auch bei uns gibt es genügend Dilettantismus, Selbstüberschätzung und Unfähigkeit, was meist mit viel Phantasie und Stillschweigen kaschiert wird. Allerdings wird die Wahrheit irgendwo in der Mitte liegen. Wärst du eine wirkliche Gefahr, dann hätte man dich mit derselben Härte angefasst wie die beiden Serben."

Ich schenke Wein nach, verteile den restlichen Salat aus der Schüssel auf die Teller, dann sage ich: „Trotzdem. Ich kann nicht ganz nachvollziehen, was dich in mein Bett treibt."

„Guter Sex!"

„Das sollten meine Worte sein. Vielleicht bist du eine moderne Frau, die sich nimmt, was sie will, ohne Rücksicht auf das traditionelle Rollenverständnis zwischen Mann und Frau."

„Wieso modern? Ich liebe Sex und halte nichts von einer

festen Beziehung. Ich denke nicht, dass dies etwas mit Modernität zu tun hat, muss allerdings eingestehen, dass mein Stil nicht der klassischen Rolle einer anständigen Frau entspricht. Mein Beruf passt auch nicht zu einem familiären Lebensentwurf mit einem netten Ehemann. Aber vielleicht ändert sich das ja eines Tages."

„Du lebst das Leben, das zu dir passt, aber manchmal habe das Gefühl, du bettelst um Ärger."

„Ach, das siehst du viel zu ängstlich. Solange du mich nicht verpfeifst, besteht überhaupt kein Risiko und solltest du mich verpfeifen, dann kämst du auch unter die Räder, das verspreche ich dir."

Ich schüttle den Kopf über unser Gespräch, welches so gar nicht als Einstimmung auf eine heiße Liebesnacht mit viel Hüttenromantik taugt, da höre ich mein iPhone vibrieren. Wie unpassend. Ich habe keine Lust, den Anruf entgegen zu nehmen, also ignoriere ich das nervige Surren, auch wenn es nicht enden will.

66

Ich fahre viel zu schnell, vor allem in Anbetracht der nassen Straßen. Immer wieder bricht das Heck aus, oft drehen die Hinterräder durch, wenn ich aus den Kurven heraus beschleunige, Vollgas, wo es nur möglich ist, aber der Lotus enttäuscht mich keinen Moment. Der Wagen zeigt, was er kann. Charlotte sitzt verkrampft neben mir, wir schweigen seit etwa zwanzig Minuten und sind nun kurz vor Basel. Wir fliegen mit knapp zweihundert Stundenkilometern auf dem Autobahnzubringer in die Stadt hinein, überholen links und rechts, begleitet von aufblinkenden Scheinwerfern und gehässigem Hupen der wenigen Fahrzeuge, die um diese Zeit unterwegs sind. Es ist wie eine Fahrt durch einen Tunnel, dessen Wände an mir vorbei rasen, der eingeengte Blick nur starr auf das Ende gerichtet ist. Ich bin hochkonzentriert, auch wenn meine Gedanken immer wieder die Nachricht in Erinnerung rufen, die diesen Abend derart abrupt enden ließ. Hätte ich doch den Anruf entgegengenommen, dann wären es jetzt vielleicht nicht zu spät.

‚Willst du deine Freundin noch einmal lebend sehen, dann musst du dich beeilen'.

Die SMS kam von Carlas Anschluss und es dauerte einen Augenblick, bis ich den Inhalt verstand. Mein Denken geriet ins Flimmern, während die Bilder ihrer geschändeten Brüste aufblitzten und ich mich fragte, warum ich sie nicht beschützt habe. Statt hier herumzuvögeln, hätte ich ihr beistehen sollen. Ich habe sogar vergessen sie anzurufen. Ich mache mir den Vorwurf, sie im Stich gelassen zu haben, und selbst jetzt nach dieser Amokfahrt durch all diese verschlafenen Dörfer, ist die Wut auf mich selbst nicht kleiner geworden. Sie wird nur von meinem Zorn auf diese Bestien überstrahlt, einem unbändigen Zorn, der mich ohne jegliche Umsicht in das offene Messer rennen lässt. Ich weiß sehr wohl, dass man genau diese Reaktion provozieren wollte, aber ich kann nur auf diese Weise reagieren, egal wie es enden wird. Ich war noch nie an dem Punkt angelangt, an dem alles egal ist, keine Konsequenz eine Rolle spielt, aber jetzt bin ich soweit und verrückterweise habe ich keinen Plan, denn mein Denken dreht sich unaufhörlich im Kreis. Charlotte zeigte eine erheblich nüchternere Abgeklärtheit, hatte ohne Rücksicht auf ihre Karriere Matthias informiert und keine Sekunde versucht, die Situation kleinzureden. Irgendwann wurde sie still und ich bin dankbar für ihr Schweigen, denn es gibt nichts mehr zu bereden.

An der Stadtgrenze reduziere ich das Tempo auf moderate achtzig Stundenkilometer, was sich nach Zeitlupe anfühlt, aber auch hilft meinen Puls etwas zu senken. Wir rollen durch die Stadt, die nicht weniger verschlafen erscheint wie die Dörfer auf dem Weg durch den Jura. Die Straßenlampen schaukeln im Wind, der böenhaft vom Westen her in die Häuserschluchten weht und frischen Regen mitbringt. Dann reflektieren sich erstmals die blauen Lichter der Einsatzfahrzeuge an den dunklen Fassaden, wie Leuchttürme markieren sie mit ihren Lichtkegeln die Präsenz von Gefahr, aber auch staatlicher Gewalt. Ich fahre noch langsamer, denn eine Polizeisperre blockiert uns die Zufahrt. Ich halte an, öffne mein Seitenfenster.

„Guten Abend, Sie können hier nicht passieren. Wohnen Sie in diesem Quartier?"

Charlotte legt sich über die Mittelkonsole und sagt zu dem Polizisten: „Paul, du kannst uns durchlassen, man erwartet uns. Danke."

„Oh, Charlie, sei gegrüßt", erwidert er, mustert nochmals skeptisch den Lotus, bückt sich herunter und schaut in den Wagen. „Ist in Ordnung, ihr könnt durch."

Er tritt zur Seite, ergreift das Absperrband, muss es nur wenig anheben, damit ich passieren kann. Langsam fahre ich vor, bis die Straße mit Polizeiwagen und zivilen Fahrzeugen verstellt ist. Ich stemme mich aus dem Sitz und ohne auf Charlotte zu warten, gehe ich eilig auf das ‚*Vesu-vio*' zu, wo sich mir erneut ein Uniformierter in den Weg stellt.

„Können sie sich ausweisen?“

„Nein kann ich nicht, aber meine Begleiterin kann das.“

Charlotte kommt angelaufen, immer noch mit der Eleganz einer Dame, weniger geeignet für den Polizeieinsatz bei Regen.

„Hei Klaus, hast du Matthias gesehen?“, fragt sie den Uniformierten.

„Er ist im Lokal, hat den Tatort aber noch nicht freigegeben.“

Tatort? Da stülpt sich beinahe mein Magen um, die Resthoffnung verwandelt sich in Schmerz.

„Wie schlimm ist es?“, will Charlotte wissen.

„Nicht schlimm, aber auch nicht gut. Das Lokal wurde komplett verwüstet, es hat Blutspuren, aber es fehlen irgendwelche Opfer.“

Sofort keimt ein Funke Zuversicht auf. Hat man sie entführt, lebt sie noch? Wo könnte man sie hingebracht haben? Unsinnige Überlegungen, solange keine Fakten vorliegen, also versuche ich mich zu beruhigen und die sehnlichst gewünschte Geduld aufzutreiben. Funktioniert nicht. Verzweifelt versuche ich eine logische Schlussfolgerung zu ziehen, was mir nicht gelingen will, derart konfus ist mein Denken, dass ich nur noch rauchen kann. Unruhig laufe ich hin und her, wartend, bis Matthias endlich aus dem Eingang des ‚*Vesuvio*' tritt und wie der Papst mit einer göttlichen Geste den Tatort freigibt.

„Oh, Charlie“, ruft er aus, wie er sie erblickt und steuert auf sie zu. „Gut, bist du gekommen. Ich denke, wir haben ein Problem. Carla Marchese ist verschwunden.“

Erst in diesem Moment nimmt er meine Anwesenheit wahr.

„Victor, es tut mir leid, aber es sieht nicht gut aus“, erklärt er, wendet sich dann an seine Leute, die sich unterdessen um ihn gescharrt haben. „Jemand hat die Einrichtung des Lokals in Schutt und Asche gelegt. Kein Drama, nur Sachschaden, wenn da nicht erhebliche Blutspuren wären. Stammt das Blut von einer einzigen Person, dann könnte es kritisch sein. Wir müssen das Opfer finden. Scott und Richard, ihr durchsucht mit den uniformierten Kollegen die Umgebung. Mir ist klar, ihr habt euch bereits umgeschaut, aber ich will, dass ihr das noch intensiver und in einem größeren Radius tut. Irgendjemand muss doch etwas gesehen haben. Sophie, du kümmerst dich um die wenigen Überwachungskameras im Quartier und Thomas, du fragst bei allen Taxifahrern nach, die heute Nacht Dienst hatten. Charlotte und ich werden mit den Mitarbeiterinnen reden und Carla Marcheses Wohnung durchsuchen. Danke."

Alle schwärmen aus, nur wir drei bleiben stehen. Matthias wendet sich mir zu, zieht bedauernd die Schultern nach oben und meint: „Leider kannst du nicht länger bleiben. Dies ist eine polizeiliche Ermittlung. Danke, hast du Charlie vorbeigebracht. Auf Wiedersehen."

Er drückt mir die Hand und ich sehe in seinen Augen, wie er sich mit diesen Worten schwertut. Ich nicke stumm, steige in meinen Wagen, fahre davon. Langsam und ziellos rolle ich durch die nächtlichen Straßen, ohne eine einzige Idee, wo Carla sein könnte und nach was ich Ausschau halten sollte. Verblüfft stelle ich fest, dass meine Hände zittern und mein ganzer Körper vibriert. Ein bis anhin unbekanntes Gefühl. Kalter Schweiß bricht aus, weshalb ich mich frage, ob es eine Erkältung sein könnte, die mich schwächeln lässt, aber meine Stirn ist kühl. Ich öffne das Seitenfenster, hoffe auf die Wirkung frischer Luft, atme tief durch, trotzdem ist keine Besserung zu spüren, schlimmer, das Atmen fällt mir immer schwerer. Was soll denn das? Ich lenke den Wagen Richtung Rhein, wo ich nach langem Suchen einen freien Parkplatz finde. Ich steige aus und bin irgendwie froh, der Enge dieser Zelle entkommen zu sein. Ich schaue mich um. Keine Menschenseele, absolute Leere, nur der breite Fluss, der sich träge und stumm wie Lava durch die Stadt wälzt. Ich laufe einige Schritte, steige hinunter zum Uferpfad und setze mich an das Bord. Es ist kalt, Nieselregen hat eingesetzt, allerdings spielt das keine Rolle. Warum dieser Druck in der Brust? Verdammt, wieso ist mir so mies? Das darf doch nicht wahr sein, jetzt verkrampft sich mein Herz. Es macht richtig weh.

In diesem Moment wird tief in mir drin eine unsägliche Angst geboren. Eine undefinierte Angst vor dem Tod. Noch nie hatte ich so intensiv Angst vor dem Tod. Warum denn jetzt? Weil ich mich unwohl fühle? Verdammt, es kann doch nicht sein, dass ich in die Knie gehe, nur weil mir etwas unwohl ist. Bei diesem Gedanken sticht ein scharfer Schmerz in mein Herz, dass ich beinahe das Bewusstsein verliere. Verdammte Scheiße, das ist definitiv keine Erkältung. Das darf doch nicht sein, nicht jetzt. Ich versuche einen klaren Kopf zu bewahren, was nicht gelingen will, denn diese dumpfe Angst nimmt überhand, steigert sich, bis sich das Sichtfeld verengt. Wie beim Verschluss einer Kameraoptik schließen sich die Lamellen, mir wird schwarz vor Augen, dann ist Schluss.

67

Die Taktik der verbrannten Erde. Das war sein erster Gedanke, als der das ‚*Vesuvio'* betrat. Meist eine Begleiterscheinung bei einem Rückzug, wenn man der Übermacht der Sieger weichen muss. Zerstöre, was du nicht besitzen kannst. Nachdem er seine Leute angewiesen hat, kehrt er in das Lokal zurück und beobachtet die Kriminaltechniker bei der Arbeit. Konzentriert wird das Schlachtfeld, einen anderen Ausdruck fällt ihm nicht ein, aufgenommen und vermessen.

Pure Gewalt muss geherrscht haben, derart hoch ist der Grad der Zerstörung. Nichts, absolut nichts ist mehr intakt, weder das Mobiliar, die Einrichtung, noch irgendeine Flasche, noch ein einziges Glas. Vermutlich waren es Baseballschläger, die zum Einsatz kamen und davon mehrere, wie sonst hätte man dieses Resultat erreicht. Es war garantiert eine schweißtreibende Arbeit und er ist sicher, dass Carla Marchese zum Zuschauen verdammt war. An die blutverschmierte Rundstütze mitten im Raum hatte man sie wohl gebunden, denn davor ist eine Blutlache nicht zu übersehen. Sternenberg will sich nicht vorstellen, was man mit ihr gemacht hat. Die Antwort auf die Frage nach dem Motiv und dem Sinn dieser Tat liegt irgendwie auf der Hand, sie passt nahtlos in den bisherigen Ablauf dieses Dramas, welches nur darauf aus ist, Schrecken zu verbreiten, um Macht zu übernehmen. Allerdings nimmt er diese Aggression langsam sehr persönlich, denn sie schadet seiner Reputation als Kommissär massiv. Längst wurde das Maß des Erträglichen überschritten, für ihn, aber noch viel mehr für die Staatsanwaltschaft, die Politik, die Presse und das Volk. Eine vernichtende Berichterstattung über diese Eskalation von Gewalt und Brutalität wird sich nicht verhindern lassen, was bedeutet, er wird in wenigen Stunden zu einem dringlichen Gespräch einberufen, wo ihm ein

ganzes Sortiment von Konsequenzen um die Ohren ge-
hauen wird. Versagen und Dilettantismus werden die zent-
ralen Vorwürfe sein, weit hässlicher werden ihn die Auf-
forderung zur Abgabe dieses Falls an einen anderen Kommissär oder sogar an die Bundespolizei treffen. Das bedeutet Höchststrafe. Sein Ruf ist am Arsch. Auch wenn er keinen großen Wert auf die Meinung anderer Leute legt, bedeutet dieser Rückschlag die Ausgrenzung aus seiner wirk-
lichen Passion. Polizist zu sein, ist seine einzige Berufung.
Er kann sich trotz seiner unendlichen Müdigkeit nicht vorstellen, etwas anderes zu tun, abgesehen davon, dass er
nichts anderes kann.

Schweren Herzens ruft er Staatsanwalt Feindrich an, der
glücklicherweise nicht antwortet. Dann verlässt er dieses
deprimierende Trümmerfeld und geht in seine Bar, wo er
sich gepflegt einige Whiskys genehmigt.

68

Charlotte kann sich nicht konzentrieren, sie hat größte Mühe den wirren Aussagen der Mädchen zu folgen, welche meist nur weinen und wenn sie fähig sind zu sprechen, nur mit dem Schicksal hadern. Warum fügt man Carla und ihnen so viel Leid zu? Sie können es nicht verstehen. Einzig, was sie mit einiger Klarheit aussagen können, ist, wie sie von vier Männern gleich zu Beginn des Abends, noch vor der Öffnung des Lokals, überfallen wurden. Die Mädchen wurden sofort in die Garderobe gesperrt, dann war nur dieser grässliche Lärm der Zerstörung zu hören, aber keine Schreie. Ihnen war klar, was sich ereignete, darum hatten sie schreckliche Angst als nächstes Ziel für diese Schläger herhalten zu müssen. Der Krach dauerte etwa zwanzig Minuten, dann herrschte Ruhe. Es waren relativ junge, dunkelhaarige Männer, von denen nur einer seine Anweisungen in einem gebrochenen Deutsch gab. Es sei schwer zu sagen, was für eine Nationalität diese Männer hatten. Schlussendlich blieben sie unbehelligt eingeschlossen, bis die Polizei sie befreite.

Es braucht beinahe eine halbe Stunde, um diese mageren Tatsachen aus den Mädchen heraus zu quetschen. Tatsachen, die nur wenig verwertbare Informationen enthalten, da sie teilweise erhebliche Widersprüche enthalten. Genau betrachtet, stimmen bei den verschiedenen Schilderungen nur die Anzahl der Täter überein, alle anderen Details variieren leicht oder weichen teilweise komplett voneinander ab, eine gängige Erscheinung bei Aussagen von verschiedenen Zeugen zur gleichen Situation, erst recht kein außerordentliches Phänomen bei traumatischen Erlebnissen. Für Charlotte war es von Beginn weg klar, dass es verlorene Zeit sein würde, dieses wirre und hysterische Gestammel in Protokolle zu fassen. Auch wenn nur der Form halber, bringt es keine einzige Erkenntnis, geschweige, dass man diese Aussagen als Beweise verwerten könnte.

Abgesehen davon kann sie sich auch nicht konzentrieren. Charlottes Gedanken schweifen immer wieder ab, verfangen sich in den Erinnerungen an den vergangenen Tag, der mit einem Mittagessen begann, in einem wunderbar erotischen Abenteuer seine Fortsetzung fand und in einem fürchterlichen Fiasko endete. Tief haben sich diese Stunden in ihr Hirn eingebrannt, derart intensiv war das Kaleidoskop der Sinne. Sympathie, Begierde, Leidenschaft, Ekstase, Wohlbefinden, Freude, Vertrauen, aber auch Tragödie, Zorn, Aggression, Ernüchterung. Und dies in wenigen Stunden und in aller Heftigkeit. Sie hätte weinen können, wie Victor ohne ein Wort, ohne einen Blick zurück, davonging. Sie wäre ihm gerne gefolgt, aber in diesem Moment wusste jeder, wohin er gehört. Sie fragt sich, was er jetzt tut, denn sie ist sich mehr wie sicher, dass er alles in seiner Macht Stehende versucht, um Carla zu finden.

Sie lächelt den Mädchen aufmunternd zu, während sie die Protokolle zusammenräumt und die Aufnahmefunktion am iPhone schließt.

69

Der erste Gedanken ist eine beschwerliche Feststellung unter verschlossenen Augen, dass die Bullen verdammt nah sein müssen, so laut heulen die Sirenen, mit dem zweiten Gedanken frage ich mich mit mühsam geöffneten Augen, weshalb ich festgezurrt liege und es derart schaukelt, erst der dritten Gedanken gibt mir die Einsicht in einem Krankenwagen zu liegen.

„Ich bin Doktor Sabrina Koschitz. Sie sind in guten Händen und in wenigen Augenblicken erreichen wir das Krankenhaus. Seien Sie beruhigt, wir haben Sie stabilisiert, alles wird gut."

Ich hebe den Kopf leicht an, sehe an mir herunter, wo aus meiner Brust farbige Drähte wuchern, die an verschieden platzierten Saugnäpfen angeschlossen sind. Scheiße, mich hat es umgehauen. Was ist passiert? Mein Gedächtnis fühlt sich wie eine graue Pampe an, denn ich habe nur eine vage Erinnerung an das Geschehene. Ich fühlte mich richtig mies und setzte mich an das Rheinbord, dann fehlt der Rest des Abends.

„Sie haben riesiges Glück gehabt, dass ein nächtlicher Spaziergänger per Zufall beobachtet hat, wie Sie zusammengebrochen sind. Er konnte nicht schlafen, darum wollte er einige Schritte gehen."

„Hat er mir das Leben gerettet?"

„Vermutlich."

Ich schließe die Augen und versuche die Tatsache zu begreifen, nur durch Zufall zu leben. Jemandem seine schlechte Nacht war meine Rettung. Was für ein schräges Schicksal. Es bleibt mir keine Zeit nachzudenken, denn der Krankenwagen nimmt mit Vehemenz eine scharfe Kurve und hält an. Die Türen werden aufgerissen, Arme greifen nach meiner Barre, die nach außen gezerrt wird und dessen Fahrgestell mit einem metallenen Geräusch ausklappt. Eilig schiebt man mich durch den Eingang, beschleunigt, dass die Wände nur so an mir vorbeifliegen und ich beginne mir über diese Hektik Sorgen zu machen. Offensichtlich ist mein Problem gravierend genug, um mich nicht anmelden zu müssen und nicht im Warteraum zu versauern. Man schiebt mich direkt durch etliche automatische Schiebetürcn und Schleusen in einen grell ausgeleuchteten Raum, dem seine lebenswichtige Ernsthaftigkeit anzumerken ist. Viel Elektronik, grün gewandete Spezialisten mit Mundschutz, leise sprechend, konzentrierte Betriebsamkeit, Hände, die sich an mir zu schaffen machen. Ich hatte noch keine Zeit Angst zu bekommen, aber langsam dämmert es mir. Ich bin der Grund, weshalb sich mitten in der Nacht so viele Spezialisten den Arsch aufreißen. Erst jetzt spüre ich wieder diesen Schmerz in der Brust, den ich wahrnahm, als meine Lampen erloschen.

„Herr Grober, mein Name ist Peter Bracht, ich bin Herzchirurg und Oberarzt und werde den Eingriff vornehmen. Sie haben großes Glück gehabt, darum werden wir alles daransetzen, dass sich das nicht ändert. Sie hatten einen Herzinfarkt, dessen Ursache wir zuerst mit einer Herzkatheoderuntersuchung feststellen wollen. Keine gewaltige Geschichte. Wenn Sie wünschen, dann können Sie eine Beruhigungsspritze haben."

Ich nicke, denn ich habe den Kanal gestrichen voll, kann nicht mehr, will nicht mehr, spüre aufkeimende Resignation. Ich weiß, ich bin nicht nett, ich bin ein Scheißkerl, aber ich frage mich trotzdem, warum mich das Schicksal derart hart anfassen muss, das wäre doch nicht nötig.

Bracht erwidert mein Nicken und meint sanft: „Das kann ich verstehen. Vertrauen Sie uns und schlafen Sie gut."

Eine Krankenschwester, von ihrem Gesicht einzig die wunderschönen, blauen Augen zu sehen sind, nimmt meinen rechten Unterarm, in dem eine Kanüle steckt, und drückt mit einer Spritze eine klare Flüssigkeit in den Zugang. Es wäre mir egal, wenn ich jetzt einschlafen und nie mehr aufwachen würde, auch wenn dies Gedanken sind, an die ich mich in einigen Stunden mit Scham erinnern werde, schließlich ist es nicht meine Art, zu kapitulieren. Allerdings hat sich die Lage kolossal verändert, denn plötzlich steht mein eigenes Leben und Sterben im Vordergrund. Verfluchter Mist, und bereits zum zweiten Mal in dieser Nacht entgleitet mir das Bewusstsein.

70

Als Feindrich endlich zurückrief, saß Sternenberg vor seinem dritten Whisky und war bereits derart locker, dass er ihn zu einem Glas einlud. Tatsächlich ließ er sich auf diese Einladung ein, murmelte etwas von – jetzt kommt es auch nicht mehr drauf an – und legte grußlos auf. Zwanzig Minuten später sitzen sie nebeneinander an der Bar.

Feindrich hat zumindest Eier in den Hosen, denkt Sternenberg, während sie auf ihr gemeinsames Scheitern anstoßen.

„Ich musste den Departementsvorsteher informieren, ich hatte leider keine andere Wahl. Du kannst dir ja vorstellen, was seine Worte waren."

„Naja, die Worte sind das eine, die Konsequenzen das andere."

„Er will heute früh noch Rücksprache halten, aber wir werden wohl raus sein, außer du zauberst heute Nacht die Lösung des Falls aus dem Hut."

„Das wird schwierig, denn wir haben keine Ahnung, wo diese Schläger und das Opfer zu suchen sind. Wie immer hat niemand etwas gesehen oder gehört."

Mit hängenden Köpfen, wie zwei alte Geier, sitzen sie vor ihren Gläsern, starren in das Regal mit den unzähligen Flaschen, jeder in seiner eigenen Gedankenwelt.

„Mensch, Matthias, das wird ohnehin niemanden interessieren", meint Feindrich mutlos. „Die werden uns die Hölle heiß machen, weil wir uns durch den Erfolg blenden ließen und diese Tat nicht verhindert haben. Uns ist die Häme sicher, wie im Fußball, wenn dich der Gegner austrickst, indem er den Ball zwischen deinen Beinen durchspielt. Aber ich bin überzeugt, dies war keine geplante Finte."

„Das kann ich mir auch nicht vorstellen. Ich denke, diese Aktion war der Plan B."

„Trotzdem wird man uns naive Amateure schimpfen."

Sternenberg nimmt einen Schluck und bemerkt trocken: „Vielleicht stimmt das sogar. Wenn ich mein Handeln nur ein klein wenig selbstkritisch hinterfrage, dann hätte ich das ‚Vesuvio' überwachen sollen. Diesem Lokal mit deren Besitzerin fällt in dieser Geschichte eine zentrale Bedeutung zu. Wir sind diese Kaliber von Verbrechern schlichtweg nicht gewohnt."

„Ich wäre froh, wenn deine Worte diese Bar nicht verlassen würden. Wir müssen kein kollektives Karriere-Harakiri begehen, es reicht, wenn wir stillschweigend vom Fall abgezogen werden."

„Du redest wirres Zeug und dies bereits nach einem Whisky. Diese Vorwürfe werden auf uns zukommen, das hast du vor zwei Minuten gesagt und jetzt sollen wir unsere Fehler verleugnen."

„Sei doch nicht so edel. Do solltest wissen, dass dein Geständnis unseren Vorgesetzten keinen Raum für faule Ausreden lässt. Du wirst schneller wieder Strafzettel hinter Scheibenwischer klemmen, wie du nur denken kannst. Wie eine heiße Kartoffel wirst du fallengelassen und mich schmeißen sie hinterher."

Nicht dass er zu Beginn seiner Karriere gerne Strafzettel verteilt hätte, aber eine Tätigkeit ohne Verantwortung und Druck würde ihm zurzeit schon zusagen. Wieder einmal macht sich diese zähe Müdigkeit spürbar, die ihn immer öfter befällt, wie ein Virus, der sich immer tiefer in seinem Bewusstsein einnistet. Dazu gesellt sich eine ausgedehnte Lustlosigkeit, die heute außerordentlich ausgeprägt scheint. Der perfekte Moment für einen Abgang von der beruflichen Bühne, denkt er, wenn es nicht so unschön wäre, mit einem Misserfolg abzutreten.

Feindrich schaut ihn misstrauisch an, als ahne er Sternenbergs Überlegungen und sagt: „Dir geht diese Geschichte nahe. Du machst mir einen leicht geknickten Eindruck."

„Zugegeben, es wäre gelogen, zu behaupten, dass mir dieser Fall und dessen Entwicklung Freude macht. Ich bin müde und ich habe das vage Gefühl, es sei langsam an der

Zeit, den Platz jemand jüngerem zu überlassen."

„Überlege dir das in Ruhe und entscheide nicht im Affekt. Du hast zurzeit eine leichte Delle in deiner ansonsten sehr erfolgreichen Karriere. Du würdest eine gewaltige Lücke hinterlassen. Also lass uns diese Geschichte zu Ende bringen, dann wird es wieder aufwärtsgehen."

„Nett von dir, mich zu motivieren. Nein, ich werde meine Truppe nicht im Stich lassen, außer man entbindet mich von diesem Fall. Sollte dies geschehen, dann werde ich darüber nachdenken."

Feindrich nickt verständnisvoll, als hätte er nichts anderes von ihm erwartet. Dann bestellt er nochmals eine Runde.

71

Der ganze Körper ist ein einziger Schmerz und die Augen sind zugeschwollen, dass sie nur mit viel Mühe verschwommene Umrisse, viel Schatten und wenig Licht erkennen kann. Sie friert, denn ein kalter Luftzug streicht immer wieder um ihren nackten Körper. Soviel kann sie fühlen, wenn sie bei Bewusstsein ist, was nicht dauernd der Fall ist. Wie eine Kerze im Wind flackert ihre Wahrnehmung. Einige weitere Sinne funktionieren noch, denn sie kann leise Stimmen hören und ein dezenter Duft nach Vanille steigt ihr in die Nase. Vorsichtig versucht sie sich zu bewegen, Gliedmaße für Gliedmaße, Gelenk für Gelenk, alles nur sehr beschwerlich, mit Ausnahme der Hände, da sind die Schmerzen unerträglich, da muss einiges gebrochen sein. Sie liegt wie ein Embryo auf der Seite, die Beine angezogen, die sie jetzt streckt, weil sie sich auf den Rücken drehen will. Erstaunlicherweise geht das, dafür pocht jetzt plötzlich ein grässlicher Schmerz im Kopf. Nur keine schnellen Bewegungen, denkt sie, da erwacht ein hässliches Brennen in ihrem Unterleib. Wenn sie nur wüsste, was sich ereignet hat, aber es herrscht nur Chaos in ihrem Kopf. Doch, etwas fällt ihr ein, sie weiß, dass sie Carla Marchese heißt, weiß, dass ihr das ‚Vesuvio' gehört, aber an einen Unfall kann sie sich beim besten Willen nicht erinnern. Was war da geschehen? Und sie fragt sich, warum sie nackt ist. Sie hat keine Erklärung, aber ihr dämmert langsam eine schreckliche Ahnung, da wird eine Türe aufgestoßen und Licht flutet in den Raum. Sie wird geblendet, schließt reflexartig die Augen.

„Na du Schlampe, bist du endlich erwacht?", nuschelt eine rauchige Stimme. „Dann können wir weitermachen, denn ein Stück totes Fleisch zu ficken macht keinen Spaß."

Da wird ihr schlagartig klar, weshalb ihr Unterleib lichterloh zu brennen scheint. Aber es ist wohl Gottes Geschenk, bei der Vorstellung der bevorstehenden Pein in

Ohnmacht zu sinken. Carla entgleitet, zum Verdruss ihrer Peiniger, dem schmerzvollen Schicksal. Unattraktiv als Opfer lässt man sie liegen und widmet sich erneut dem Kartenspiel, denn irgendwann werden sie sich der Schändung dieser Verräterin noch ausgiebig widmen können.

Carlas Bewusstsein kommt bald wieder zurück und was sie vor ihrem Wegtreten zu hören bekam, ist ihr sehr präsent, was sie allerdings weit mehr in Aufregung versetzt, ist der Raum, in dem sie liegt. Es ist ein Badezimmer, eines, welches sie kennt, denn hier war sie schon einige Male, immer wenn sie mit Victor Sex hatte. Das ist Victors Wohnung, denkt sie hektisch, also ist die Frage doch berechtigt, warum wir hier sind und ob Victor auch hier ist. Carla kann sich keinen Reim auf diese Situation machen, sie kann sich auch Victors Teilnahme an ihrer Vergewaltigung nicht vorstellen, einzig, was möglich wäre, ist, dass diese Bande seine Wohnung als Unterschlupf benützt. Wenn dies so wäre, dann haben sie Victor ausgeschaltet oder Victor ist abgehauen. Oh Gott, sagt sie zu sich, das sieht nicht gut für sie aus.

In diesem Moment blickt einer dieser Schläger durch den offenen Türspalt und meldet seinen Komplizen: „Sie ist wieder wach."

Er betritt das Badezimmer, stellt sich über Carla, die ihm ängstlich entgegenblickt, dann ergreift er sie wie ein Puppe und trägt sie in das Wohnzimmer, wo er sie auf dem Esstisch ablegt. Die vier Typen stellen sich rund um den Tisch auf und betrachten Carla, die sich in ihre embryonale Stellung zusammenzieht und jedem Blick auszuweichen versucht. Es ist mehr Scham, denn Angst.

„Frau Marchese", spricht sie einer an, „wir sind Befehlsempfänger und in der Regel für das Grobe zuständig. Darum erhalten wir einfache Befehle, denn wir sind auch nicht die hellsten. Der Boss hat gesagt, du seist eine Verräterin und müsstest bestraft werden, und dann hat er noch gesagt, dass wenn du dabei draufgehst, das auch nicht so schlimm wäre. Einfach keine Sauerei und keine Spuren. Er hat gesagt, wir hätten eine ‚Carte blanche', was das auch immer zu bedeuten hat. Zum Schluss hat er noch gesagt, dass wenn du uns diesen Victor Grober ans Messer lieferst, wir dich verschonen müssen. Also ergreife diese Gelegenheit und sage uns, wo wir ihn finden können."

Der astreine schweizerische Dialekt dieses Mannes hat sie nicht erwartet. Schweizer Söldner im Dienste der Serben, eine unerwartete Konstellation und kaum ein Vorteil für sie. Wenigsten weiß sie jetzt von Victors Unversehrtheit, was wiederum nicht Gutes für sie zu bedeuten hat, denn sie hat keine Ahnung, wo er sein könnte und wenn sie es wüsste, dann täte sie sich schwer, ihn zu verraten. Sie hat ihm schon genug Schaden zugefügt, auch wenn es nie ihr freier Wille war.

Nur ein schäbiges Krächzen ist zu vernehmen, wie sie zu sprechen versucht. Sie räuspert sich, dann sagt sie mit brüchiger Stimme: „Und wenn ich es wüsste, ich würde es euch nie verraten."

72

Der Vorgang des Erwachens ist so unspektakulär, wie zu Hause im Bett, nur ist es die ungewohnte Umgebung, die es diesmal zu einem prägenden Erlebnis werden lässt. Das erste Mal in meinem Leben liege ich in einem Krankenhaus und wie ich die hohe Konzentration an elektronischen Überwachungsgeräten und lebenserhaltenden Apparaturen wahrnehme, vermute ich, dass ich sogleich bei meiner Premiere auf der Intensivstation gelandet bin. Ich folge mit meinen Augen den Drähten, die zu den aufgeklebten Elektroden an meiner Brust führen, sehe, wie ein transparenter Schlauch eine farblose Flüssigkeit aus einem aufgehängten Beutel in meinen Unterarm leitet und stelle fest, dass mein Zeigefinger in einen Sensor eingeklemmt ist. Beindruckend. Mein Blick schweift zurück zu dem Monitor, mit den pulsierenden Linien, dem rhythmischen Blinken, was mir beruhigend bestätigt, dass ich zumindest noch lebe. Das will ja nichts bedeuten, selbst wenn ich keine Schmerzen verspüre. Welches Problem hat denn mein Herz? Noch nie hat dieses Herz je eine Schwäche gezeigt, egal, ob ich unter Druck stand, oder Adrenalin meinen Puls zum Rasen brachte. Wenn etwas an mir mit beruhigender Zuverlässigkeit funktionierte, dann war es mein Herz, auf jeden Fall viel besser als meine Nerven, die immer wieder einmal die Fassung verloren. Ausgerechnet dieses Herz soll jetzt zu meinem persönlichen Schwachpunkt geworden zu sein.

Die Tür wird leise geöffnet und eine Krankenschwester schaut herein.

„Herr Grober, Sie sind wach. Ich bin Schwester Mathilde. Wie geht es Ihnen?"

Ich schätze Schwester Mathildes Alter auf etwa sechzig Jahre, passend zu ihrem Vornamen, aber auch passend zu einer Pflegekraft, deren Erfahrung und Ruhe man lieber sein Leben anvertraut, als einer jungen Schönheit. Sie wirkt sogar sympathisch mit ihrem offenen Lächeln und ihren liebevollen Augen.

„Hervorragend. Es geht mir so gut, dass ich mich frage, warum ich hier liege. Wann kann ich nach Hause?"

Ihr Lächeln erhält nun eine bedauerliche Note.

„Herr Grober, haben Sie das Gefühl, dass man Sie zum Spaß an diese Geräte anschließt? Ihnen hat man einige Stents implantiert und der Arzt wird Ihnen schon erklären, was dies bedeutet."

Ein klares Verdikt, da muss ich nicht weiter diskutieren, im Gegenteil, ich sollte mir Sorgen machen.

„So schlimm?"

„Was heißt so schlimm?", stellt sie die Frage zurück. „Etliche Patienten haben solch eine Krise nicht überlebt, also sollten Sie demütig und dankbar sein."

Trotz ihrer sanften Stimme erscheinen ihre Worte nicht weniger zurechtweisend, wie der bellende Zusammenschiss eines knochenharten Feldwebels. Vermutlich bin ich nicht der erste Patient, der stur und besserwisserisch der ärztlichen Kompetenz widerspricht. Wenn ich ehrlich bin, dann markiere ich hier nur den harten Kerl, der sich alle Drähte von der Brust und den Schlauch aus dem Arm reißen möchte, um sich unbeeindruckt, als einsamer Rächer der bösen und kalten Welt entgegen zu stellen. Eine theatralische Angeberei, die Schwester Mathilde mit wenigen Worten zu lauem Geschwätz schrumpfen lässt.

Sie kontrolliert Geräte und Verbindungen, schraubt ein wenig an dem Schlauch herum und fragt: „Es ist jetzt acht Uhr und ich würde Ihnen gerne ein Frühstück bringen. Mein Vorschlag wäre: Kaffee mit Milch, Brot, Butter, Marmelade, Käse und ein Joghurt."

Frühstück ist nicht meine Stärke, da reicht ein Kaffee und eine Zigarette, aber eigenartigerweise habe ich heute Lust auf genau diese vorgeschlagene Kombination.

„Sehr gerne Schwester Mathilde. Das wäre sehr nett. Danke."

Sie lächelt mich an, verlässt das Zimmer und kommt

zwei Minuten später mit einem Tablett zurück. Sie setzt das Tablett auf das Tischchen, fährt den Rückenteil des Bettes hoch und schwenkt dann das Tischchen über meinen Schoss. Umständlich ordne ich meine Kabel und den Schlauch, damit ich trotz diesem Gehänge vernünftig frühstücken kann. Schwester Mathilde hilft mir dabei, schenkt mir sogar Kaffee ein, kippt etwas Milch nach und fragt mich dann: „Herr Grober, wir haben Ihren Namen nur dank Ihrem Ausweis herausgefunden, sonst wissen wir nichts über Sie. Wenn es Sie nicht stört, dann können wir während Sie frühstücken das Anmeldeformular ausfüllen. Ich frage, Sie antworten und ich schreibe. Einverstanden?"

Ich nicke, den Mund bereits mit einem Stück Käse gefüllt.

„Vorname, Name, Adresse, Wohnort und Alter haben wir bereits. Angehörige?"

„Habe ich keine."

„Niemanden?"

„Wie gesagt, ich habe keine Eltern, keine Geschwister, keine Verwandte, ich bin ganz alleine."

Schwester Mathilde schaut erstaunt, macht dann Striche in die Antwortfelder.

„Krankenkasse?"

„Ich habe eine, aber deren Name will mir im Moment nicht einfallen. Ich habe sie noch nie gebraucht."

„Hmm!", meint Schwester Mathilde. „Ungewöhnlich. Dann müssen Sie uns das nach Ihrem Austritt noch nachreichen. Wer ist denn Ihr Hausarzt?"

„Ich habe keinen Hausarzt. Das letzte Mal brauchte ich einen vor etwa zwanzig Jahren, der allerdings mittlerweile nicht mehr lebt."

„Sie sind vielleicht ein spezieller Patient. Haben Sie wenigsten einen Beruf?"

„Ja, Zuhälter und Drogenhändler."

Schwester Mathilde blickt stur auf den Fragebogen und murmelt: „Herr Grober, Sie sollten den Bogen nicht überspannen."

„Schreiben Sie ‚Unternehmer'."

Jetzt fixiert sie mich mit einem skeptischen Blick.

„Telefonnummer?"

Ziffer für Ziffer gebe ich ihr meine Telefonnummer an und gleichzeitig auch die E-Mailadresse. Dann stellt sie noch einige medizinische Fragen, die ich ausnahmslos mit ‚Nein' beantworten kann, mit Ausnahme der Frage zum Alkohol- und Tabakkonsum.

„Das wäre vorerst alles. Nach dem Frühstück kommt der Arzt, Doktor Bracht."

Sie lächelt mich an, nur diesmal wirkt es leicht gequält, dann verlässt sie das Zimmer. Ich sollte mich zusammen-reißen, denn ich darf es nicht mit Schwester Mathilde ver-scherzen. Mit großem Appetit verschlinge ich das Früh-stück bis auf die letzte Brotkrume und den letzten Schluck Milch, die ich zu guter Letzt sogar ohne Kaffee trinke. Ich stoße das Tischchen zur Seite, suche die Schalter für die Verstellfunktionen am Bett, teste sämtliche durch, bis ich wieder horizontal liege. Ich fühle mich schrecklich müde, regelrecht erschöpft, wünsche mir sehnlichst, die Augen schließen zu können und an nichts zu denken, obwohl ich mir dringend über einiges Gedanken machen sollte. Aber ich verdränge all die dringenden Fragen in meinem Leben, bin beinahe dankbar für meinen gesundheitlichen Absturz, der mich im Moment in eine wohlbehütete Opferrolle zwingt und das Grundbedürfnis auf Leben in den Vorder-grund stellt. Ich fühle mich auf eine seltsame Art geborgen, in Sicherheit, vertraue den weißen Göttern mit ihrer hoch-technisierten Infrastruktur, denn ich habe keine andere Wahl. Meine Lider beginnen schwer auf die Augen zu drü-cken, ich werde immer müder, da wird die Tür mit Schwung geöffnet und eine Armada von Ärzten mit Assis-tenten im Schlepptau kommen in das Zimmer geströmt.

„Guten Morgen Herr Grober", ruft das Alphatier mit den graumelierten Haaren und der Rolex am Handgelenk. „Wie fühlen Sie sich?"

„Müde."

„Das ist durchaus normal. Das sind Nachwehen des Beruhigungsmittels und des Eingriffs. Wir hatten mit Ihren Herzkranzgefäßen alle Hände voll zu tun. Drei Stents waren nötig, um die Verengungen auszuweiten, die für den Infarkt verantwortlich waren. Sie sind jetzt stabil, allerdings werden wir Ihr Herz weiter beobachten müssen und Sie müssen Ihren Lebenswandel ändern. Kein Tabak, genug Schlaf, viel Sport, weniger Alkohol, gesundes Essen und weniger Ärger."

Plötzlich ist meine Müdigkeit wie weggeblasen. Bracht mit seiner angenehm sonoren Stimme hat mich soeben über die Rahmenbedingungen meines weiteren Niedergangs orientiert. Es geht kontinuierlich bergab, schlimmer, es fühlt sich an wie im freien Fall. Existenz am Arsch, Gesundheit am Arsch und nur Ärger in Aussicht.

„Wenn ich Sie richtig interpretiere, dann darf ich noch ein paar Tage bleiben", frage ich mit leisem Zynismus.

Bracht nickt und tauscht leise mit einer Assistentin unverständliche Fachbegriffe aus, die sich sogleich eifrig Notizen macht.

„Ja, ich möchte, dass Sie vorerst hierbleiben. Zur Beobachtung, für einige Tests und zur Erholung. Dann sehen wir weiter. Wie bereits einmal erwähnt, Sie hatten sehr großes Glück, dass man Ihnen sehr schnell helfen konnte, trotzdem hat Ihr Herz leicht Schaden genommen und wir wollen die bestmögliche Heilung erreichen. Sie sind noch jung."

Der letzte Satz kommt mir vor wie Hohn, ich fühle mich unendlich alt.

„Ich danke Ihnen", ist das Einzige, was mir einfällt, auch wenn ich mich für einen Sekundenbruchteil frage, ob es nicht besser gewesen wäre, man hätte mich nicht gefunden.

73

Die Rufzeichen verhallen im Nichts, dann meldet sich die Sprachbox mit seiner Stimme und den üblichen Floskeln. Sie hinterlässt keine Nachricht, wie sie es auch die letzten zehn Mal nicht getan hat. Warum meldet er sich nicht? Wo ist er? Ein klein wenig macht sie sich Sorgen um ihn. Diese Nachricht, dieser Zorn, diese Sorge, diese wahnsinnige Fahrt zurück in die Stadt, diese Enttäuschung zum Schluss waren wirklich hartes Brot. Nicht dass sie meint, ihn gut zu kennen, aber ein für sie vollkommen anderer Victor kam zum Vorschein, den die rasende Wut und die Verzweiflung zu einem Pulverfass werden ließ, dessen Lunte heftig zu glimmen begann und mittlerweile wohl kaum von alleine erloschen ist. Vielleicht ist er auch enttäuscht von ihr, weil sie sich für ihn nicht stark gemacht hat, und nimmt deshalb ihre Anrufe nicht entgegen. Unwahrscheinlich, es ist nicht anzunehmen, dass er schwer beleidigt zu Hause sitzt. Trotzdem schwatzt sie Scott den Dienstwagen ab, fährt ins Kleinbasel, wo sie gegenüber Victors Haus den Golf im Parkverbot abstellt. Lange bleibt sie sitzen, starrt auf das Haus, überlegt sich wiederholt, ob es richtig ist, ihn aufzusuchen. Was will sie damit erreichen? Ist es die Sorge um ihn oder will sie ihn einfach nur sehen? Wird er ihr Erscheinen nicht missverstehen? Bemutterung, Belästigung, Aufdringlichkeit und Mitleid kommen ihr als mögliche Interpretationen für ihren Besuch in den Sinn, alles Gründe, die Victor nicht schätzen wird. Aber vielleicht freut er sich trotzdem.

Sie steigt aus, überquert die Straße, drückt auf die Klingel. Nichts. Sie drückt nochmals und nochmals. Weiterhin nichts. Dann drückt sie auf die anderen Klingeln, bis endlich jemand öffnet. Irgendjemand öffnet immer die Tür, ohne zu fragen, wer klingelt. Charlie steigt die Treppe hoch bis zum Penthouse und klopft an die Tür. Wiederum nichts. Sie horcht, aber kein Radio, kein Fernseher, keine

Stimme, kein Hüsteln, kein Knarren einer Diele oder irgend sonst ein menschliches Geräusch. Totenstille. Einen kurzen Augenblick lang war ihr, als verdunkle sich der Türspion. Ist jemand hinter der Tür, um sie zu beobachten? Ist er zu Hause, aber will sie nicht sehen? Tatsächlich wechselt das gläserne Fischauge wieder auf hell. Es macht keinen Sinn, weiterhin hier herumzustehen, wenn man nicht willkommen ist, also geht sie gemächlichen Schrittes die Treppe hinunter, vielleicht überlegt er es sich doch noch anders. Aber es ereignet sich nichts.

Einer plötzlichen Intuition folgend, verlässt sie das Haus nicht durch den Eingang, sondern sucht im Untergeschoss nach der Tiefgarage. Hinter einigen Türen gähnt ihr das Dunkel der Halle entgegen, deren Beleuchtung nur zögerlich durch einen Bewegungsmelder zum Leben erweckt wird. Flackernde Leuchtstoffröhren tauchen die aufgereihten Fahrzeuge in einen fahlen Schein, trotzdem erkennt sie schnell, dass Victors Lotus fehlt. Sein alter Golf ist an seinem Platz, allerdings klafft daneben keine Lücke, weil dort ein schwarzer Mercedes mit ausländischen Kennzeichen steht. Er ist tatsächlich nicht zu Hause, denkt sie und will bereits wieder die Halle verlassen, da blickt sie nochmals zurück. Dieser schwarze Mercedes, genauer gesagt das Kennzeichen löst etwas in ihr aus, darum sieht sie genauer hin. Klein und weiß auf blau stehen da die Buchstaben SRB geschrieben. Serbien!

Kaum ein Zufall. Nur, was hat das zu bedeuten? Alle erdenklichen Erklärungen und vollständige Verschwörungstheorien kommen ihr spontan in den Sinn. In erster Linie sind es Fragen, die ihr durch den Kopf schießen. Ist Victor Opfer oder Täter? Ist er der Kopf dieser Serbenbande? Sie muss über ihre lächerlichen Gedankengänge schmunzeln, die mehr von einem Übermaß an Phantasie, denn von logischen Schlussfolgerungen zeugen. Hysterie im Anfangsstadium. Vermutlich hat jemand hier im Haus Besuch von seiner Familie aus Serbien?

Sie mahnt sich zur Besonnenheit, fotografiert vorsorglich das Kennzeichen mit ihrem Smartphone und geht zurück zu ihrem Dienstwagen. Sie setzt sich hinter das Steuer, überlegt kurz, dann sendet sie eine E-Mail an Sophie, damit sie den Halter des Mercedes ausfindig machen kann. Wie sie den Motor starten will, blickt sie nach oben zu Victors Wohnung und meint eine Bewegung der Gardinen wahrgenommen zu haben, aber sie ist sich nicht sicher, denn die opulenten Wolkengebilde spiegeln sich in den Gläsern. Mit einem flauen Gefühl startet sie den Anlasser, stellt den Blinker und reiht sich in den Verkehr ein.

Es irritiert sie, dass ihre Gedanken so sehr um Victor kreisen, denn es sollte nicht sein, dass sie den unbefangenen Standpunkt als Kriminalbeamtin verloren hat. Wäre sie pflichtbewusst, dann sollte sie mit Matthias reden, was dieser vermutlich mit einem Schulterzucken zur Kenntnis nehmen und sogleich ignorieren würde. Er hat genug Ärger am Hals, braucht mit Sicherheit nicht das Gefühlschaos seiner Mitarbeiterin, zudem hat er so oder so zu wenig Personal.

Zurück im Büro kommt ihr auf dem Flur Sophie entgegen, mit einem Zettel wedelnd und meint: „Bist du sicher mit dem Kennzeichen? Offiziell gibt es dieses Kennzeichen gar nicht."

Charlie zückt ihr iPhone, öffnet das Foto und sie vergleichen gemeinsam die Zahlen. Alles stimmt.

„Hoppla, gefälschte Kennzeichen", bemerkt Charlie trocken. „Vielleicht ist das eine Spur."

„Matthias ist soeben erschienen, leicht verkatert, aber ansprechbar."

„Sehr gut, ich spreche gleich mit ihm."

Sie findet ihn beim Kaffeeautomaten mit einem dampfenden Pappbecher jonglierend, um sich nicht die Finger zu verbrennen. Er sieht schrecklich aus, dunkle Ringe unter den Augen, Haare, die ungekämmt abstehen und rasiert hat er sich auch nicht.

„Gut geschlafen?", fragt Charlie ohne jeglichen Spott in

der Stimme.

„Du solltest erst Feindrich sehen."

„Oh, das hört sich nach einem gemeinsamen Frustsaufen an."

„Falsch. Es war ein Motivationstrinken zweier Führungspersönlichkeiten. Mehr nicht."

Charlie muss schmunzeln und sich eingestehen, dass ihr Chef in seiner heruntergekommenen Erscheinung ganz verwegen und sexy aussieht.

„Vielleicht haben wir eine Spur. In der Tiefgarage bei Victor steht ein schwarzer Mercedes mit gefälschten, serbischen Kennzeichen."

Seine Augen werden zu schmalen Schlitzen, als fixiere er einen Punkt in der Ferne.

„Interessant", mehr sagt er nicht, scheint aber nachzudenken.

„Victor ist verschwunden, denn sein Lotus steht nicht in der Tiefgarage, obwohl ich das Gefühl habe, dass sich jemand in der Wohnung aufhält. Dafür steht da dieser Mercedes."

„Du meinst, wir sollten uns für Victors Wohnung einen Durchsuchungsbefehl besorgen? Mit welcher Begründung?"

„Sei doch etwas kreativ."

„Einverstanden, ich rede mit Feindrich, sofern er aufnahmefähig ist."

74

Charlotte hat ganze elf Mal versucht mich zu erreichen. Meinem ersten Impuls folgend, will ich sogleich zurückrufen, jetzt, wo ich wieder Herr über meine Sinne und wieder in Besitz meines Handys bin, nur eine quere Eingebung hindert mich daran. Ich lege mein Handy wieder zur Seite und versuche mich über meine Lage klar zu werden. Mir kommt es vor, als flössen die Gedanken wie zäher Honig durch meine Gehirnwindungen, derart bin ich noch neben der Spur. Ich schaffe es nicht mich zu konzentrieren, immer wieder schweifen meine Überlegungen ab, versanden im Nirgendwo, während ich durch die Gardinen in die Baumwipfel starre. Trotzdem komme ich zum Schluss, dass es vielleicht gar nicht so schlecht wäre, eine Weile verschwunden zu bleiben. Kein Mensch hat eine Ahnung wo ich mich aufhalte, vor allem die Serben nicht. Einzig, was mir an dieser Idee nicht gefällt, ist das miese Gefühl Carla im Stich gelassen zu haben. Ich merke, das ist die Ursache, wieso mich eine tiefe Unruhe bewegt und auf mein Gemüt schlägt. Was mag wohl mit ihr geschehen sein? Eine Frage, die von sinnloser Hoffnung lebt, denn diese Schweine werden sie nicht verschont haben. Die Nachricht, die er erhielt, war keine leere Drohung, das wäre nur ein Zeichen von Schwäche. Aber vielleicht lebt sie noch? Geschunden, verletzt und irgendwo in einem Verließ. Das Blut im Lokal stammt sicher von ihr.

Es bleibt wohl nicht viel anderes übrig, als auf Matthias und seine Leute zu vertrauen. Dabei kommt mir Charlotte und unser gemeinsamer Nachmittag in den Sinn. Unter anderen Umständen ein Höhepunkt im Leben, jetzt nur noch eine schöne Erinnerung mit schlechtem Beigeschmack. Sollte ich doch Charlotte anrufen? Ihr könnte ich vertrauen, sie würde mir zumindest Informationen zukommen lassen. Nein, doch lieber nicht, das würde mich in ihren Augen zu einem kranken Wrack werden lassen, dem sie künftig nur Mitleid entgegenbringen wird. Wem kann man sonst anrufen, wenn man keine Freunde hat? Alle Frauen, die ich als mir nahe Menschen bezeichnen könnte, sind nicht im Stande mir zu helfen, Claudia nicht und Isabelle nicht.

Ich durchstöbere die Kontakte in meinem Smartphone, nur finde ich dabei keine neuen Freunde, dafür bleibe ich bei Carla hängen. Ihr Profilbild hat mir immer gefallen, ein schönes Gesicht mit einem verträumten Blick. Ich wechsle zu den Fotos, scrolle, bis ich Bilder von ihr finde, die an unbeschwerte Tage erinnern. Schnappschüsse von gemeinsamen Ausflügen, von Partys und Nacktfotos, für die ich mich in diesem Moment beinahe schäme. Sie ist wirklich eine schöne Frau und ein feiner Mensch. Mein lädiertes Herz krampft sich zusammen, was auf dem Monitor zu sichtbaren und hörbaren Reaktionen führt.

Keine fünf Sekunden später öffnet sich leise die Tür und Schwester Mathilde lugt herein.

„Alles in Ordnung?", fragt sie.

„Ich habe mich nur etwas aufgeregt, mehr nicht."

„Das sollten Sie tunlichst vermeiden. Sie haben gesehen, wie ihr Herz reagiert. Schnell einmal könnte es ihre letzte Aufregung sein."

Ich nicke nur, denn mein Mund ist vollkommen ausgetrocknet. Langsam beruhigt sich wieder die Grafik auf dem Monitor und das Signal wird langsamer. Mein Herz findet wieder seinen Rhythmus.

„Wie kann man sich denn hier in dieser Ruhe derart aufregen?", will sie wissen, während sie sich auf meinen Bettrand setzt.

„Weil ich mir Sorgen um eine Freundin mache, die mir sehr am Herzen liegt."

„Jetzt liegen Sie hier und können ihr nicht helfen?"

Ich wundere mich über die Feinfühligkeit von Schwester Mathilde und ich wundere mich über mich selbst, dass ich ihr den Grund meiner Aufregung offenbart habe. Als hätte sie auf einen wunden Punkt gedrückt.

„Ja, das macht mich fertig."

„Kann ich Ihnen helfen?"

Unweigerlich stelle ich mir vor, wie sie die Serben auf ihre sympathisch strenge Art in die Schranken weist.

Ich schenke ihr ein mattes Lächeln und antworte: „Danke für Ihr Angebot, aber ich befürchte, meiner Freundin können Sie nicht helfen."

Sie legt ihre Hand auf meine und sagt mit sanfter Stimme: „Dann werde ich für Ihre Freundin beten."

Sie drückt meine Hand, blickt mir einen langen Moment in die Augen und geht aus dem Zimmer. Ich bleibe betreten zurück, irgendwie überwältigt von ihren wenigen Worten. Ich registriere, wie eine Träne langsam ihren Weg über meine Wange sucht. Scheiße, ich werde sentimental und weich, das gibt's doch gar nicht. Gleichzeitig kann ich mich einer heimlichen Bewunderung für Schwester Mathilde nicht erwehren. Mit ihrem sanften, empathischen Wesen passt sie perfekt in ihre Berufung, so, wie ich in die Gosse passe. Ich spüre das Selbstmitleid, wie es langsam in mir hochkriecht, wie mein Schutzschild gegen Gefühle zu bröckeln beginnt, eine Veränderung, die sich manchmal angedeutet hat, die in diesem Augenblick nicht mehr zu verleugnen ist. Altersmilde, gut möglich, dass auch Schwester Mathilde in jüngeren Jahren eine wesentlich härtere Schale hatte. Vielleicht ist dies auch ein Zeichen, endgültig von der Bühne abzutreten, und diesen skrupellosen Bestien das Feld zu überlassen. Soll sich doch die Polizei mit dieser Brut herumschlagen. Ich habe keine Lust mehr.

Ich irritiere mich selbst, wie ich mir plötzlich fremd werde. Ich liege in diesem Bett und resigniere. Welche Verschwendung an Ressourcen. Ich bin hier umgeben von sauteuren, lebensspendenden Apparaturen, betreut von den besten Spezialisten, die mir den Weg zurück ins Leben ermöglichen wollen, damit ich wieder eine vollwertige Stütze der Gesellschaft werden kann. Und was mache ich? Ich gebe auf, verzichte auf all meine Eigenschaften, die mich ein Leben lang über Wasser hielten. Wo sind mein

Stolz, meine Kampfbereitschaft, meine hinterfützige Bauernschläue, meine Abgebrühtheit und mein Mut geblieben? Wie ein Tiger, dem man sämtliche Zähne und Krallen gezogen haben liege ich in diesem Bett und verzage.

Ich drücke den roten Knopf, wenige Sekunden später kommt Schwester Mathilde ins Zimmer.

„Herr Grober, alles in Ordnung? Was darf für Sie tun?"

„Schwester Mathilde, ich möchte einzig einen Rat von Ihnen."

Sie setzt sich auf den Bettrand und schaut mich erwartungsvoll an.

„Was würden Sie alles für einen Menschen tun, wenn dieser in großer Not ist? Wie weit würden Sie gehen?"

Sie zögert, denn sie merkt, wie ernsthaft meine Frage ist.

„Etwas Unwesentliches für einen geliebten Menschen zu opfern, hat keinen bedeutenden Wert, aber etwas Wesentliches zu opfern zeugt von wahrer Größe. Den Maßstab, was wesentlich und unwesentlich ist, liegt bei Ihnen. Manche opfern ein klein wenig Besitz, andere ihr Leben. Ich bin mir bewusst, das sind altkluge und höchst idealistische Worte, aber für mich bergen sie einen wahren Kern."

Ihre Botschaft ist angekommen, wäre da nicht ihr Blick, der mir zu verstehen gibt, die Sache sehr gut zu überdenken.

„Ich verstehe, was Sie mir sagen wollen", bestätige ich.

„Über solche Weisheiten zu philosophieren, ist einfacher, denn sie zu leben, auch wenn sie noch so edel sind. Ich wünsche Ihnen nicht nur die richtige Erkenntnis, sondern auch die Kraft und den Mut dazu."

Sie legt wieder ermutigend ihre Hand auf meine.

„Die anderen Patienten brauchen mich auch. Ich komme später wieder vorbei."

Sie schwebt davon.

Erschöpft lege ich meinen Kopf ins Kissen, um nachzudenken, denn dies war wohl eine kleine Lektion in christlicher Nächstenliebe, aber auch ein klarer Hinweis darauf, wie sich Kerle mit Eiern zu verhalten haben. Ich ziehe den

Hut vor Schwester Mathilde, noch niemand hat mir in so wenigen Worten so viel zu verstehen gegeben. Trotzdem bin ich unschlüssig, besser gesagt ratlos. Wenn es nur eine konkrete Idee gäbe, wie Clara zu helfen wäre, dann würde ich mich gerne damit auseinandersetzen. Machtlos liege ich hier.

Ich ergreife mein Smartphone und betrachte nochmals die Fotos, schwelge in Erinnerungen, wechsle auf Kontakte und drücke, ohne wirklich zu überlegen auf Claras Mobilenummer. Das Rufzeichen ertönt, ertönt unzählige Male, monotone Rufe ins Nichts, die längste Zeit, bis plötzlich jemand antwortet.

75

„Nichts zu machen, wir bekommen keinen Durchsuchungsbefehl. Der Tatbestand ist ungenügend. Es gibt keinen zwingenden Zusammenhang zwischen diesem
schwarzen Mercedes mit gefälschten, serbischen Kennzeichen und der Wohnung von Victor. Victor ist offiziell kein
Verdächtiger. Wir haben uns dank der Kooperation mit
ihm selbst ins Knie geschossen."

Betretenes Schweigen. Insgeheim rechneten alle im
Raum mit diesem Bescheid. Feindrich ist ja nicht blöd. Der
fehlende Erfolg reicht vollkommen, da braucht es nicht
auch noch einen Verfahrensfehler.

„Zumindest behalten wir den Wagen und das Haus im
Auge. Charlie und Richard sind bereits Vorort. Es ist jetzt
neun Uhr fünfzehn. Scott, du wirst die beiden unterstüt-
zen, während ich schaue, dass wir für heute Abend von der
Fahndung weitere Leute bekommen, die die Nachtschicht
übernehmen. Die anderen wissen, was sie zu tun haben."

Stühle werden gerückt, murmelnd löst sich die Besprechung auf. Sternenberg bleibt sitzen, telefoniert mit der
Fahndung und braucht geschlagene zwei Minuten, um ein
Team aus drei Fahndern zur Verfügung gestellt zu bekommen. Absoluter Rekord und eine starke Solidaritätsbekun-
dung von seinem Kollegen. Üblicherweise hatte solch eine
Anfrage weit mehr Überzeugungsarbeit zur Folge, wie nur
die zwei Minuten für deren Formulierung. Er bedankt sich
mit dem Versprechen, die nächste Runde Feierabendbier
zu schmeißen.

„Scott", ruft er, welcher soeben den Raum verlassen will.
„Ich komme mit. Warte auf mich."

Sternenberg räumt eilig seine Unterlagen zusammen, die
er in seinem Büro auf den Schreibtisch wirft, um sich mit
demselben Schwung den Mantel überzuwerfen. Am Ende
des Korridors hat er Scott eingeholt, der ihn staunend an-
sieht, da Sternenberg in der Regel nie solch einen Elan an

den Tag legt. Scott hat Mühe zu folgen, derart leichtfüßig stürmt Sternenberg die Treppe hinunter, dies trotz seinem offensichtlichen Kater. In einem ähnlichen Tempo brettern sie auch durch die Stadt, mit Blaulicht, ohne Sirene, bis zwei Querstraßen vor Victors Wohnung. Wie sie aussteigen wollen dudelt Sternenbergs Handy.

„Charlie, was gibt's?"

„Man hat Victors Lotus gefunden. Ich habe den Streifen gesagt, sie sollen nach dem Wagen Ausschau halten. Vor zwei Minuten hat man ihn am Unteren Rheinweg gefunden. Schön brav parkiert. Also fünf Gehminuten weg von zu Hause. Was das auch zu bedeuten hat."

„Danke, wir sind gleich bei dir."

Er drückte sie weg, dann gibt er, während sie davoneilen, die Information an Scott weiter. Erst kurz vor Sichtweite zu Victors Haus verfallen sie in ein gemächliches Schlendern. Warum sie sich so beeilen, wissen beide nicht. Vielleicht ist es eine leise Ahnung oder die verzweifelte Hoffnung, dass diese Spur den dringend benötigten Erfolg bringen könnte. Ein Grashalm, an den man sich gerne klammert. Von Charlie und Richard ist weit und breit nichts zu sehen, was auch so sein sollte. Es braucht einen zweiten Gang durch die Straße, um Charlie in einem Café ausfindig zu machen.

„Und? Hat sich bereits etwas bewegt?", fragt Sternenberg, nachdem sich beide einen Espresso bestellt haben.

„Nein. Von hier aus habe ich nur den Blick auf die Eingangstür und Richi ist in der Tiefgarage, aber er hat keinen Empfang mit seinem Handy. Er sollte dringendst ein Funkgerät haben."

„Scott, kannst du das organisieren, Danke. Was meint ihr, wollen wir einen Stromunterbruch veranstalten und dann den Elektriker reinschicken? Vielleicht bewegt sich dann was."

Sie überlegt, spitzt den Mund, um dann in ein anerkennendes Nicken zu verfallen.

„Sehr gute Idee, nicht ganz legal, aber unauffällig und relativ schnell umsetzbar."

Scott hat sein Telefonat beendet und wendet seine Aufmerksamkeit wieder der Unterhaltung zu, deren Inhalt er mit einem Ohr mitbekommen hat.

„Wunderbar. Ich kenne da einen Elektroinstallateur, der würde mir die Panne in Szene setzen, dann könnte Scott als Elektriker verkleidet versuchen in die Wohnung zu kommen. Nur zur Abklärung. Was meint ihr?"

Scott ist ein wenig bleich geworden, denn er war nie der große Held und in diesem Fall müsste er sich in die Höhle des Löwen wagen. Nicht ganz risikofrei.

Während er daran nagt, antwortet Charlie mit viel Enthusiasmus: „Mir fällt nichts Besseres ein, legen wir doch los und verlieren keine Zeit."

Die Blicke wandern zu Scott.

„Äh, ja...äh... Okay, aber ich verstehe von elektrischen Installationen einen feuchten Furz."

„Brauchst du auch nicht. Du bekommst vom Elektriker noch einige Instruktionen, aber grundsätzlich musst du nur den Zutritt zu dem Sicherungskasten verlangen, damit du einige Kontrollen durchführen kannst, bevor der Strom wieder eingeschaltet werden kann. Mehr nicht, und dabei schaust du dich ein wenig um."

Seine Bedenken scheinen nur langsam zu bröckeln, weiterhin bleibt sein Blick skeptisch.

„Wir können auch einen Mann aus dem Sonderkommando anfordern, kein Problem, außer, dass dies etwas länger dauern könnte", meint Sternenberg.

„Ja, ja, ich habe verstanden, ich bin ja nicht schwer von Begriff. Dann schau lieber mal, dass dieser Elektriker schnell hier ist", gibt sich Scott geschlagen, vermutlich weniger aus Vernunft, denn mehr aus Stolz. Ein enormer Gesichtsverlust, den er sich nicht leisten will.

Sternenberg hängt sich sofort ans Telefon, spricht scherzend mit einem Markus, den er sehr gut zu kennen scheint und von dem er in den nächsten zwanzig Minuten Hilfe zu erwarten hat. Als wäre das Ganze bereits geplant gewesen. Charlie und Scott schauen Sternenberg mit erstaunten Blicken an.

„Was?", fragt er mit unschuldiger Miene.

„Du willst uns nicht weiß machen, dass dir die Idee auf der Fahrt hierhin in den Sinn gekommen ist, und dein Freund per Zufall einen Mann in Reserve hat?", spottet Charlie.

„Ich gebe zu, diese Eingebung nach Feindrichs Absage erhalten zu haben. Ich hatte nur ein kurzes Telefonat mit Markus, um nachzufragen, ob meine Idee realistisch wäre. Er hat mich nicht für verrückt erklärt."

„Ist das legal? Nicht, dass uns ein Verfahrensfehler zum Verhängnis wird", wirft Scott ein.

„Graubereich, es geht ja nur ein Elektriker auf Ursachensuche. Kein Polizist betritt die Wohnung. Klar?"

Scott verdreht die Augen.

„Seid doch nicht so verkrampft. Reine Erkundung, kein Einsatz."

„Und wenn Victor da oben ist und sich mit dieser Bande verbündet hat? Der kennt mich", sucht Scott nach weiteren Gründen.

„Zugegeben, das ist der einzige Schwachpunkt meiner Idee, aber wir werden nahe bei dir sein und schnell reagieren können."

„Ein wahrhaft überzeugender Trost."

76

„Es wird Zeit, dass du anrufst, sonst bleibt nicht mehr viel von ihr übrig."

Ich frage mich, was ich erwartet habe, vermutlich war es eh ein gedankenloses Handeln ohne jegliche Aussicht auf Erfolg. Ein unbewusster Vorgang. Diese Situation ist für mich derart abgedreht, beinahe surreal, dass ich im ersten Augenblick sprachlos bin.

„He, du Scheißkerl!", hakt die Stimme nach. „Hat es dir die Sprache verschlagen?"

Mein Verstand rastet wieder ein.

„Was wollen Sie?"

„Dich für sie."

Eine Antwort, die ich erwartet habe. Mein Blick bleibt am Monitor meines Überwachungsgerätes hängen, der kaum eine Veränderung meiner Herzfrequenz zu verzeichnen hat.

„Sagen Sie mir einen Grund, wieso ich auf Ihre Forderung eingehen sollte."

„Weil sie dir was bedeutet."

Woher will dieses Arschloch das wissen?

„Mag sein, aber welche Garantie können Sie mir geben, dass sie unversehrt ist."

„Du musst Vertrauen haben."

Ich frage mich, ob der Monitor defekt ist, denn er zeigt weiterhin eine stoische Ruhe an, wo ich mich doch fürchterlich zusammenreißen muss, um weiterhin eine distanzierte Sachlichkeit mit höflicher Anrede beizubehalten.

„Warum sollte ich in Sie Vertrauen haben? Geben Sie mir Carla ans Telefon und ich bin zufrieden."

Es herrscht plötzlich eine gedämpfte Geräuschkulisse, als würde das Mikrofon abgedeckt. Es dauert, während hektisches Genuschel und Geraschel zu hören ist.

Dann eine brüchige Stimme: „Victor?"

Mir schießen Tränen in die Augen und der Monitor

wechselt von Ballade zu Discobeat.

„Carla! Scheiße! Bitte, sprich zu mir."

Da öffnet sich die Türe und Schwester Mathilde kommt herein. Ich hebe abwehrend die Hand, sie bleibt stehen.

„Es ist so schön dich zu hören. Ich lebe noch", wispert sie, „aber ich sollte gelegentlich einen Arzt..."

Sie wird unterbrochen.

„Das reicht!", bellt dieser verfluchte Schweinehund. „Komm nach Hause, dann kannst du ihr Leben retten. Ich gebe dir eine Stunde."

Dann ist er weg.

Gebannt wartet Schwester Mathilde auf meine Reaktion, nachdem ich die Hand mit dem Handy sinken lasse. Ich sehe alles, wie durch einen Weichzeichner und die Geräusche dringen wie durch Watte an mein Ohr, während sich meine Gedanken auf einen erstaunlich kühlen Verstand verlassen können. Auf einmal haben sich alle offenen Fragen beantwortet und damit ist auch klar, was zu tun ist. In diesem Moment beginnt sich auch wieder der Monitor zu beruhigen, was sie mit einem Seitenblick zur Kenntnis nimmt.

„Schwester Mathilde, können Sie mir helfen?"

„Wie kann ich Ihnen helfen?", antwortet sie mit einer vorsichtigen Gegenfrage.

„Für mich ist jetzt klar, was wesentlich ist, nur kann ich deswegen nicht mehr länger bleiben. Können Sie mich losmachen?"

Ohne die erwartete Empörung setzt sie sich auf den Bettrand und fragt: „Ist das Wesentlich so wichtig, dass Sie ihr Leben riskieren möchten?"

„Ja. Es geht nicht um mich, es geht um einen geliebten Menschen, der weit tiefer in der Scheiße steckt denn ich. Sie wird sterben, wenn ich nicht bis in einer Stunde zu Hause bin."

Ich sehe, wie sie meine Worte zu verstehen versucht, sehe auch, wie sie mit sich selbst ringt. Aber ihre Augen strahlen eine ungewöhnliche Wärme aus, weshalb ich denke, dass sie vermutlich die einzige Person weit und breit ist, die mich verstehen könnte.

„Ich unterschreibe jeden Fetzen, damit Sie nicht in Schwierigkeiten kommen", versuche ich ihr die Entscheidung zu erleichtern.

„Ach, lassen Sie das mein Problem sein", meint sie und beginnt mir die Elektroden zu entfernen. „Den Zugang lassen wir drin, man weiß ja nie."

Sie entfernt den Schlauch, verschließt den Zugang mit einem Stopfen und klebt dann das Ganze eng an den Unterarm, damit es mich nicht stört. Ich steige aus dem Bett, halte mich an Schwester Mathilde fest, denn mir ist leicht schwindlig. Sie schaut mir skeptisch in die Augen.

„Geht's?"

„Keine Sorge, ich bin hart im Nehmen. Ich muss nur noch schnell auf die Toilette."

Ich bin froh, mich auf die Schüssel niederlassen zu können und der Schwindel bessert merklich, wie ich mich erleichtern kann. Nachdem ich mir den Kopf unter das laufende Wasser gehalten und gierig vom Hahn getrunken habe, fühle ich mich wieder gut. Ich gehe zurück in das Krankenzimmer, wo sie bereits meine Kleider auf das Bett gelegt hat. Ich ziehe mein rückenfreies Hemd ab, stehe nackt vor Schwester Mathilde, schäme mich einen Wimpernschlag lang, ziehe mir dann hastig meine Klamotten an, kontrolliere, ob sich noch alles an seinem Ort befindet, da streckt sie mir einen Beutel mit all meinen Wertsachen und einige Tabletten entgegen.

„Danke!"

„Diese zwei Tabletten nehmen Sie jetzt sofort und die anderen nehmen Sie, wenn es Ihnen schlecht gehen würde. Aber anschließend müssten Sie wieder dringendst zurück in die Klinik."

Ich werfe die Tabletten ein, spüle sie mit dem Glas Wasser, welches sie mir entgegenhält, hinunter, dann stecke ich mir meine Wertsachen samt den Pillen in die Taschen und schnalle mir die Armbanduhr um das Handgelenk.

Sie schaut mich an und sagt: „Ich habe heute die Zeitung gelesen, dabei überkam mich eine abenteuerliche Vermutung, was Sie als wesentlich betrachten könnten. Ihnen alles Gute zu wünschen, erscheint in diesem Zusammenhang beinahe lächerlich, aber ich werde für Sie beten, auch wenn Sie als Zuhälter und Drogenhändler nicht viel davon halten werden."

Ich kann ein Grinsen nicht verkneifen und küsse sie auf den Mund.

„Danke! Sie sind eine wunderbare Frau."

Verdutzt lasse ich sie stehen.

Auf dem Korridor muss ich mich zuerst orientieren, entscheide mich für jene Richtung, aus welcher eine ältere Frau in einem zugeknöpften Mantel und einem Blumenstrauß in der Hand gelaufen kommt. Tatsächlich, der Ausgang ist weiter vorne ausgeschildert. Ich verfalle in einen leichten Trab, wähle die Treppe, wie ich alle Aufzüge geschlossen sehe. Meine hektischen Schritte hallen hohl durch das kahle Treppenhaus. Nur zwei Stockwerke, dann erreiche ich die Eingangshalle, schwinge durch die Drehtür und stelle fest, dass seit längerem wieder einmal schönes Wetter herrscht. Ich wähle das Taxi, welches vor mir steht, dem Fahrer nenne ich die Adresse meines Lotus'.

„Bitte beeilen Sie sich, es ist wichtig", flehe ich ihn an, dabei stecke ich ihm einen Hundertfrankenschein in die Mittelkonsole.

Er würdigt den Geldschein keines Blickes, trotzdem fährt er einen Tick schneller. Kein Wort wird gesprochen, knappe fünf Minuten lang, dann hält er neben meinem Wagen. Mit einem knappen Dank steige ich aus und bevor ich die Tür geschlossen habe, fährt er mit quietschenden Reifen davon. Ich will nicht wissen, was er sich denkt, aber er wird sich eigenartige Fahrgäste gewohnt sein. Ich schließe den Wagen auf, steige ein, greife zwischen meinen Beinen durch unter den Fahrersitz. Sie ist noch da, die SIG Sauer mit zwei Reservemagazinen, eingewickelt in den Holster. In dieser Karre gibt es zu wenig Raum, damit man sich den Holster anziehen könnte, also lade ich sie durch, kontrolliere, ob sie gesichert ist, stecke die Pistole im Rücken in den Hosenbund und die Magazine in die Taschen. Ich entschließe mich zu laufen.

Ich blicke auf die Uhr, noch neunundzwanzig Minuten.

Ich zwinge mich zu einem gemächlichen Tempo. Nur nicht unnötig auffallen, nicht bereits jetzt schon die ganze Energie verschleudern.

Was erwartet mich in meiner Wohnung? Ich muss unumwunden eingestehen, diese Dreistigkeit sucht seinesgleichen und ich frage mich, wie sie auf diese Idee gekommen sind. Egal, ich sollte mir einen Plan zurechtlegen, auch wenn mir nichts Konstruktives einfallen will. Es gibt zu viele unbekannte Faktoren, besser gesagt, ich habe keine Ahnung, was mich erwartet, also verwerfe ich sämtliche Ansätze eines Plans und versuche mich zu entspannen. Scheißidee, klappt nicht wirklich.

Dafür wird mir etwas ganz Anderes bewusst. Die Welt ist weit weg. Ich bewege mich in einem völlig anderen Paralleluniversum, in einer komplett anderen Wirklichkeit. Jeder, der mir entgegenkommt, kann sich nicht im Entferntesten vorstellen, wohin ich jetzt gehe und was mir bevorsteht. Keiner sieht mir das an. Wie unsichtbar bewege ich mich durch diese Stadt, vielleicht war das schon immer so, nur werde ich mich dem erst jetzt bewusst. Das Desinteresse dieser Menschen finde ich zum Kotzen. Nicht, dass ich mich für deren Probleme interessiert hätte, wohl kaum, aber mein Problem ist derart schwerwiegend, man müsste mir zumindest Solidarität bekunden oder Empathie entgegenbringen. Nichts. Alle laufen an mir vorbei, ohne mit der Wimper zu zucken. Die geben mir etwa gleich viel Aufmerksamkeit wie ich ihnen. Idiotische Gedankenspiele!

Noch zwei Querstraßen, dann gilt es ernst. Mich würde es wundernehmen, was das für Pillen waren, die Schwester Mathilde mir gab, denn ich bin die Ruhe selbst, mein Puls fühlt sich an wie eine Dampflokomotive im Schritttempo.

Ich biege in meine Straße ein, das Haus in dem ich

wohne, ist mit einem Mal in Sichtweite. Nur noch fünfzig Meter. Wie ein Roboter marschiere ich mit steifen Beinen durch meine Straße, die mir eigenartig fremd vorkommt. Ich erreiche die Eingangstür, die ich mit meinem elektronischen Schlüssel öffnen möchte, die sich mir allerdings verweigert. Kein Summen mit dem prägnanten Klacken, wenn der elektrische Türöffner das Schloss freigibt. Ich versuche es nochmal. Nichts. Ich nehme also den guten alten Schlüssel, öffne die Eingangstür, trete ein. Eigenartig, wieso geht das Licht im Treppenhaus nicht an? Ich schaue nach oben in den dunklen Schlund des Treppenhauses und meine Nackenhaare stellen sich auf. Kein Laut, absolute Stille, wie ausgestorben. Ich entscheide mich für den Aufzug und drücke auf den Knopf, aber der beginnt nicht zu leuchten. Es setzt sich auch keine Kabine in Bewegung, das Surren des Elektromotors wird durch diese schwere Ruhe ersetzt. Da versteh ich erst – das Haus hat keinen Strom.

Warum genau in diesem Moment? Das kann kaum ein Zufall sein. Nur werde ich es nicht erfahren, wenn ich hier stehen bleibe, also steige ich langsam die Treppe hoch, Stufe für Stufe, den Blick nach oben gerichtet. In den stillen Treppenhaus sind meine vorsichtigen Schritte trotzdem zu hören. Ich nehme die Pistole in die Hand und entsichere sie, auch dieses Geräusch hallt unverhältnismäßig laut von den kargen Wänden zurück. Da realisiere ich die Überempfindlichkeit meines Gehörs, als lägen meine Hörnerven blank wie abisolierte Kabelenden. Meine Sinne spielen verrückt, mein Körper vibriert, ich versinke in eine Art Trance, während ich mich Stufe für Stufe mit dem Rücken der Wand entlang dem obersten Geschoss nähere. Langsam gewöhnen sich meine Augen an die Dunkelheit.

Auf dem zweitobersten Geschoss bin ich plötzlich nicht mehr alleine. Vor mir leuchten schwach drei Schriftzüge ‚Polizei' auf. Das müssen Rückenbeschriftungen von Schusswesten sein, eine andere Erklärung gibt es kaum. Ich geselle mich dazu, keiner reagiert. Wenn die wüssten,

388

wer sich in der Dunkelheit in die Gruppe gemischt hat, dann wäre garantiert Unruhe ausgebrochen.

„Auf was wartet ihr?", hauche ich meine Frage in die Runde.

Eine Taschenlampe flammt auf, blendet mich, wird aber sogleich wieder ausgemacht.

„Verdammt Victor! Was machst du hier und wo warst du gewesen?", zischt Charlotte.

„Später", antworte ich flüsternd. „Was geht hier ab?"

„Wir haben den Strom abgestellt und Scott ist als Elektriker verkleidet in deiner Wohnung, um zu erkunden."

„Carla ist drin und sie wollen sie gegen mich austauschen. Sie erwarten mich, ich gehe jetzt rauf."

„He Victor, mach keinen Scheiß!" meldet sich nun Matthias. „Lass uns diese Aktion mit Bedacht angehen. Ich will keine Toten und Verletzten mehr. Verstanden?"

„Ja, verstanden."

Ohne näher darauf einzugehen, was ich verstanden habe, dränge ich mich an ihnen vorbei und nehme die letzten Stufen in Angriff. Jemand zischt mir noch verzweifelt meinen Namen hinterher, dann herrscht wieder Stille. Ich schleiche weiter, erreiche das oberste Geschoss und presse mich neben die Wohnungstür an die Wand. Ich warte. Schweiß läuft mir die Schläfe herunter. Ich schließe die Augen, horche ich mich hinein. Alles in Ordnung, mein Herz schlägt zuverlässig und unaufgeregt.

Was ist da los, das kann doch nicht so lange dauern, frage ich mich, da wird die Wohnungstür geöffnet. Etwas Tageslicht aus meiner Wohnung wirft einen düsteren Schimmer in das Treppenhaus.

Scott kommt in Arbeitskleidung und mit einem Werkzeugkasten in der Hand aus der Wohnung und erklärt in Richtung Wohnung: „Ich gehe jetzt in den Keller und schalte die Hauptsicherung ein, dann sollten Sie wieder Strom haben. Besten Dank für Ihre Unterstützung. Einen schönen Tag noch."

Von Innen wird etwas Unverständliches gemurmelt, da

stoße ich mich von der Wand ab, schnelle an dem verdutzten Scott vorbei und werfe mich gegen die sich schließende Tür.

77

Der Blick von hier oben ist eindrucksvoll, ja, bei diesen Lichtverhältnissen beinahe atemberaubend. Weit im Westen kauert sich die untergehende Sonne hinter zerfließenden Zirren und wirft einen Schein zwischen rosa und orange an den Himmel. Im Schatten vor ihm liegt das schweizerische Mittelland, hügelig, lose besiedelt, friedlich. Eine ergreifende Stimmung herrscht, zumal der Frühling einen zarten Hauch von hellgrün über die Landschaft legt und Vögel lebensfroh zwitschern.

Vorbei ist der Winter mit seinen Schmerzen und seinen Tränen. Es war kein Winter, der mit raureifüberzogenen Landschaften, zugefrorenen Seen, Skilaufen bei blauem Himmel und Pulverschnee, Kaminfeuer und Weihnachten mit Zuckerguss in Erinnerung geblieben wäre. Es war ein schlechter Winter, es war die schlechteste Zeit meines Lebens. Eine Zeit zum Vergessen, wozu diese nasse Kälte, mit seinen alles durchdringenden Windböen, wozu diese trostlose Farblosigkeit mit seinen dunklen Stunden sehr gut passte. Ein schöner Winter hätte mich nur noch mehr kaputt gemacht, so konnte ich mich damit trösten, dass die Welt auf diese Weise an meinem Schicksal teilhaben konnte. Ich war ganz unten angekommen, da wo es nicht mehr weiter nach unten geht, da, wo man alles verloren hat und nichts mehr eine Rolle spielt. Selbst die Tatsache, keinen einzigen Menschen an meiner Seite zu haben, spielte nicht einmal mehr eine Rolle, auch wenn es mich zutiefst traf. Ich lebte ganz alleine in einem Paralleluniversum, kein Mensch interessierte sich für mein Schicksal, die gut geölte Maschinerie der Gesellschaft lief im selben Rhythmus weiter, wie sie es immer getan hat. Einige Schlagzeilen, etwas Betroffenheit, wenn es hoch kommt noch jemand, der sich nach einiger Zeit an dich erinnerte, ansonsten drehte sich die Welt unbeirrt weiter.

Klar, war meine Geschichte für hiesige Verhältnisse eine

fürchterliche Geschichte, die manche Zeitungsseiten füllte und manche Leute mit verständnislosem Kopfschütteln zurückließ.

Drei Tote und drei Schwerverletzte. Carla hatte ich bereits vorher verloren, sie war schon tot, als ich in die Wohnung stürmte. Eine Orgie aus Gewalt während dreißig Sekunden. Lauter sinnlose Opfer. Am Ende war ich noch der Letzte der stand, aber auch bei mir erlosch das Licht. Das ist das Fazit dieser dreißig Sekunden, abgesehen von dem was im Vorfeld alles geschah. Zwölf Tage im Herbst haben mein Leben zerstört.

Erst sechs Wochen später erwachte ich aus dem Koma, mit Erinnerungen aus einigen wenigen Fragmenten Vergangenheit, die sich erst nach Wochen zu einem Bild zusammenfügten. Den Rest las ich später in den Zeitungen, die Charlotte mir als gesammelte Werke vorbeibrachte. Ach ja, Charlotte. Vielleicht wäre sie bei mir geblieben, aber ich wollte es nicht. Sie wäre nicht glücklich geworden. Welche Verschwendung, solch eine Frau aus seinem Leben zu verabschieden.

Aber das Jammern habe ich mir bald abgewöhnt, denn hier in dieser Rehabilitationsklinik gibt es weit schlimmere Fälle und seit einigen Wochen habe ich ja sie. Sie hat mich gesucht und gefunden. Ich schaue hoch, sie lächelt milde zurück.

„Schöne Aussicht."

„Ja, eine wunderbare Aussicht."

Wir lassen nochmals unsere Blicke schweifen, dann sagt sie: „Es ist Zeit, Victor, ich habe uns für das Abendessen einen Tisch am Fenster reserviert."

„Danke, Mathilde."

Dann schiebt sie meinen Rollstuhl durch den langen Gang.

ENDE

Daniel Krumm
Geboren 1959 in Basel

Mich faszinieren die Randzonen der Gesellschaft mit ihren
schrägen Schicksalen. Mich reizen keine Helden, viel faszi-
nierender sind Verlierer, Versager, Blender, Gestrauchelte,
Ganoven, Exzentriker, vor allem, wenn sie ihr Schicksal in
die Hände nehmen. Wo Grenzen verwischen, Schwarz und
Weiss zu Grau wird, Gut und Böse nicht mehr klar zu unterscheiden sind, entstehen die besten Geschichten ...
«irgendwie tragisch» ist nach «völlig skurril» mein zweiter,
veröffentlichter Roman.

Zerstaltet

Siebenunddreißig
verschrobene Geschichten

Urs Inflüh
(Schweiz)

ISBN: 978-3-906112-68-8
Bestellung: **www.swiboo.ch**

Softcover
Inhalt: 476 Seiten
Format: A5
Preis: CHF 28.–

Aus dem Inhalt:

Wem sich ein Wildheuer in den Weg stellt, weiss nicht mehr, ob er weiss, was er weiss. Ein Gesicht höhlt sich zum winddurchtobten Rohr. Was dichtet der gespenstische Poet hinter seinem Dachfenster? Die Ecke eines Zimmers tut sich zum verschlingenden Tunnel auf. Wie kommt es, dass ein Toter einen Schuh entwendet? Die Sprache der Krähen müsste man verstehen …

In siebenunddreissig Geschichten bringt uns Urs Inflüh, der uns schon mit «Entwirkt» und «Befernt» in Abgründe des Erlebens und Empfindens hat blicken lassen, unheimliche Situationen einfühlbar nahe.

Bereits bei swiboo.ch erschienen:

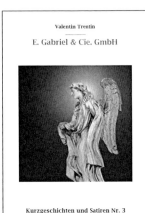

Valentin Trentin

E. Gabriel & Cie. GmbH

Kurzgeschichten und Satiren Nr. 3

E. Gabriel & Cie. GmbH
Kurzgeschichten und Satiren Nr. 3

Valentin Trentin
(Schweiz)

ISBN: 978-3-906112-75-6
Bestellung: **www.swiboo.ch**

Hardcover mit Fadenheftung
Inhalt: 236 Seiten
Format: A5
Preis: CHF 28.50

Aus dem Inhalt:

E. Gabriel & Cie. GmbH? Das ist eine Kollektivgesellschaft mit beschränkter Haftung. Also wir alle. Zuoberst auf den Teppichetagen der himmlischen Holding unterhalten sich Gott und Allah bei Schinkenbroten und Cognac über J. C. und M., über die H. M. G. Maria und über die kauzigen Kreaturen da unten auf der Erde.

Ferner wird Erzengel Gabriel vor den HERRN geladen. Als Troubleshooter und Nachfahre des Götterboten Hermes hat er theologisch Verwirrung gestiftet. Er hat Maria Verkündigung und den Besuch bei M. am Berg Hira vermasselt. Zudem will ein Professor einen Hund erschiessen. Man erfährt, was ein «Mutterbelag» ist, welches die zehn beschissensten Dinge sind und was einen Vegetarier in der Hölle erwartet. Erzählt wird auch von einem lesenden Leonberger, Stadtneurotiker Mischler, Verkaufsleiter Jack Fenner und vom Liebespaar Céline und Kevin.

Grossrat Leuchtenberger-Mozzi, zwei Biertrinker, Ephraim Thalberg als Literaturkritiker und das Weltbild von Berti Kellerhals schliessen den Reigen.